Virve Manninen

WELPENRETTER

IMPRESSUM

Bibliografische Informationen der Deutschen Nationalbibliothek
Die Deutsche Nationalbibliothek verzeichnet diese Publikation in
der Deutschen Nationalbibliografie; detaillierte bibliografische Daten
sind im Internet über
http://dnb.d-nb.de abrufbar.

ISBN: 978-3-95693-051-5

Korrektorat: Achim Klede

Freundschaft: www.facebook.com/fredundotto

INHALT

1. DIE HÖLLENHUNDE KOMMEN!

Zugegeben, unsere Lage war ziemlich aussichtslos. Wir waren in eine Box hineingezwängt und unsanft in einen Lieferwagen geworfen worden. Und jetzt wurde mir auch noch schlecht auf diesen holprigen spanischen Bergstraßen. Zum Abschied hatte die Frau uns als unnütze Köter beschimpft. Na ja, es war ja auch nicht unser bester Tag. Meine Mama lag mit hohem Fieber und halb bewusstlos neben mir, meine Schwester Alma zitterte nur. Mein gebrochenes Bein tat mir wieder höllisch weh.

Meine Schwester guckte mich mitleidig an. „Du siehst richtig blass aus, Arlo. Versuch' an Mamas Geschichten von den Blumen und den Wiesen zu denken, dann geht es dir sicher bald besser."

Das war wieder typisch Alma. Woher wollte sie wissen, wie ich gerade aussah, da sie doch blind ist? Irgendwie erkannte sie das aber immer. Ja, liebe Alma, wir sitzen hier in dieser Todesbox und ich soll da nicht blass aussehen.

„Kapierst du denn nicht, dass diese Geschichten von der Welt hinter der Regenbogenbrücke erzählen? Von der Welt nach dem Tod? Und wonach riecht es hier gerade? Nach Angst, Verzweiflung und Tod! Es ist doch bisher kein Hund von diesen Fahrten zurückgekommen! Kein einziger von unseren Freunden oder von den Müttern. Und Papa ist doch auch vor Wochen weggebracht worden!"

Alma starrte mich nur mit ihren schönen, aber stumpfen Augen an und lächelte. Ich fasste es nicht – sie lächelte. Für mich ist sie mit ihren Visionen und Prophezeiungen schon früher nicht ganz bei Trost gewesen, aber das war nun eindeutig zu viel. Ich schloss die Augen und versuchte an nichts zu denken, am allerwenigsten an irgendwelche dämlichen Blumen. Wäre bloß Mama nicht so krank. Und Alma zitterte wohl nur vor Aufregung. Aber ich muss zugeben, dass ich in diesem Moment richtig Angst hatte. Alma brabbelte einfach weiter. „Ich bin doch nicht blöd. Ich weiß auch, dass alle kranken und behinderten Hunde ganz schnell weggeschafft werden, um Platz für neue Welpen und ihre Mütter zu machen. Oder wie du selber schon öfter gehört hast, werden alle für die Menschen nutzlosen Hunde – so wie wir – von der Klippe in den Bergen einfach heruntergestoßen. Aber vertraue mir, Arlo. Ich sehe da etwas anderes – es ist hell und voll Geborgenheit und garantiert keine Welt der Toten hinter der Brücke."

Ich ließ sie reden. Wenn diese Tagträume ihr halfen, so war es doch wenigstens etwas Trost für einen von uns. Ich mochte sie nämlich sehr, obwohl sie manchmal richtig anstrengend mit ihrer ewigen Hellseherei war. Ich wünschte mir, dass ich sie irgendwie beschützen könnte – und natürlich auch Mama. Ich wünschte mir, dass ich groß, kräftig und gefährlich wäre, ein Typ, vor dem alle bösen Menschen Angst haben. Stattdessen war ich nur ein Zwerg – sechs Monate alt und dazu noch mit einem kaputten Bein. Und selbst wenn ich älter wäre, wäre ich auch nicht viel größer. Die Menschen nennen uns Minimischlinge, überall bei den modernen Europäern ist unsere neue Rasse beliebt. Wir alle sind kostbare und begehrte Designerhunde – wohl abgesehen von uns dreien.

Bis vor kurzem war es erträglich gewesen. Diese Leute nannten Mama die beste Zuchthündin aller Zeiten, immer zuverlässig schwanger und mit den besten Welpen. Mein Vater war ihr fester Partner, weil alle die Mischung von Chihuahua und Cavalier King Charles so süß fanden und die Welpen sich sehr gut verkaufen ließen. Das große Geld verdient man besonderes im Ausland. Alma und ich sollten zu Showhunden ausgebildet werden, um Werbung für die Züchter zu machen. Wir sollten zeigen, wie schlau wir Welpen sind und wie gut ein Welpe trotz Behinderung zurechtkommt. Natürlich war das nur möglich, weil Alma keine erbliche Krankheit hatte. Diese Leute erzählten immer, dass sie als Neugeborene unglücklich gefallen sei und ihren Kopf angeschlagen habe. Ja, sicher, ich bin ja dabei gewesen. Alma war die Kleinste und die Schwächste von uns. Mit sechs Wochen konnte sie noch nicht richtig herumtoben, wie wir anderen. Die Menschen wollten keine Schwächlinge in ihrer Zucht haben. Eines Tages kam der Mann, warf Alma einfach kräftig gegen die Wand und schmiss sie in einen Mülleimer. Dort fand ich sie. Wie durch ein Wunder hat sie überlebt, aber seit dem Tag ist sie blind. Meine Eltern und ich pflegten sie so gut wir konnten. Zu dieser Zeit waren dort so viele Welpen von anderen Müttern. So war es ziemlich leicht, Alma unter ihnen zu verstecken. Die Menschen entdeckten sie erst, als sie und ich schon ein geübtes und geschicktes Paar waren. So kamen sie wohl auf die Idee mit der Show. Im Unterschied zu vielen anderen Hunden durften wir von da an viel draußen spielen und uns wurden viele Tricks beigebracht. Die Menschen fanden es wohl witzig: ein blinder Hund hatte einen Blindenhund.

Aber dann wurde Mutter plötzlich krank und hatte Schmerzen. Mein Vater weigerte sich, sie zu bedrängen und verteidigte sie gegen die Menschen. Das war nicht erlaubt, auf gar keinen Fall. Alle dort wussten, dass diese Ungehorsamkeit das Todesurteil für ihn war. Papa wurde umgehend weggeschafft. Mama wurde noch kränker und die Menschen hatten kein Interesse, ihr zu helfen. „Diese Hündin bekommt nur noch Missgeburten." Alma und ich hatten beschlossen, bei Mama zu bleiben, egal, was auch passieren würde. Wir verweigerten völlig die Zusammenarbeit mit diesen Menschen. Und der Mann schlug mich, immer wieder schlug er mich, bis er eines Tages so hart zuschlug, dass mein Bein brach. Damit war es dann auch für uns drei vorbei – eine Kranke, eine Blinde und ein Krüppel. Vorbei mit dem Showbusiness. Vorbei mit allem.
Die Angst kroch wieder in mir hoch.

Todesfahrten, Todesklippen, Todesberge, Todeswege... bevor ich mich diesmal vor Furcht tatsächlich übergab, musste ich etwas dagegen tun. Ich konnte nicht nur abwarten. Das konnte doch nicht das Ende sein. Ich fing an, gegen die Tür der Box zu springen, das Gitter zu beißen und daran zu rütteln, immer wieder, hundert und einmal oder vielleicht zweihundert Mal, bis ich völlig erschöpft zusammenbrach – und was tat ich dann: Ich weinte. Mann, wie erbärmlich. Und dann kam noch Alma und flüsterte fröhlich, dass sie gerade eben eine Botschaft erhalten habe. Sie gab mir dazu noch ein Küsschen. Jetzt reichte es aber.

„Argh!", knurrte ich sie an. „Sabbere mich nicht voll und wenn du sonst nichts zu sagen hast, halt einfach deine Klappe!" Erschrocken wich sie von mir. Ja toll, nun hatte ich es noch geschafft, das Wesen zu verletzen, das ich die letzten Monate immer gegen alle und jeden verteidigt hatte. Ich wollte mich entschuldigen, aber da hörte ich Mama leise seufzen. Sie machte die Augen auf.

„Kommt her zu mir, Kinder." Wir kuschelten uns eng an die fiebrige Mama. „Bleibt ruhig, es wird alles gut. Ich bin so müde, lasst uns noch ein wenig schlafen." Sie schloss wieder die Augen. Ich weiß nicht, ob ihr noch bewusst war, wo wir waren.

Der Wagen wurde langsamer und hielt endlich an. Vielleicht könnte ich den Fahrer angreifen, wenn er nur nahe genug herankam. Alma hielt ihre Pfote fest an meine und zwang mich, sie anzuschauen. „Arlo, hör doch zu. Ich habe wirklich eine Botschaft erhalten. Sie haben gesagt, dass der Kampf begonnen hat." Ich würde eher meinen, dass wir gerade dabei waren, den Kampf zu verlieren.

Der übelriechende Fahrer machte die Tür zum Laderaum auf. Es war schon fast dunkel, aber ich konnte trotzdem seine Konturen erkennen. Das war nicht gut – das war doch der fiese Typ von der Welpenhalle, der uns immer getreten und geschlagen hat, das letzte Mal mit einer Eisenstange so sehr, dass jetzt mein Bein gebrochen war. Und wir sollten uns nun keine Sorgen machen? Richtig witzig fand ich das nicht.

Gerade als er unsere Box aus dem Lieferwagen heraushob, hörte ich ein leises Knurren. Der Fahrer drehte sich um und schrie auf. Wie aus dem Nichts standen im Halbkreis zwischen dem Auto und der Klippe plötzlich vier Kreaturen. Sie starrten den Fahrer an und knurrten nun lauter, fingen an die Zähne zu fletschen und traten einen Schritt näher. Kein Wunder dass sogar der Fahrer zitterte und wir in der Box auch. Die Kreaturen sahen furchterregend aus, wie riesige Hunde und noch größer, aber das Schlimmste war, dass sie voller Blut waren. Es war überall und tropfte sogar aus ihren Mündern. Langsam begriff ich es.

„Das sind Höllenhunde! Die wollen uns haben, uns verschleppen und verspeisen!" Ich fing an zu schreien. „Ich will zur Klippe, ich springe selber hinunter. Hilfe!" Der Fahrer dachte anscheinend genau so, da er die Tür der Box öffnete und uns auf die Erde schmiss. Direkt vor diese Höllenhunde! Direkt vor die allerschlimmsten Monster aus Mamas Abendgeschichten!

„Da!", grunzte er. „Da habt ihr eure Beute. Lasst mich in Ruhe." Der fiese Typ ging langsam und immer mehr zitternd in Richtung Fahrertür. Die Höllenhunde bewegten sich nicht, aber ihr Knurren wurde immer wütender. Plötzlich sprang der Fahrer ins Auto, schloss die Tür und gab Gas. Er ließ uns allein mit diesen Monstern. Ich knurrte so laut ich nur konnte.

„Nehmt mich, aber lasst bloß meine Mama und meine Schwester in Ruhe! Hört ihr!"

Und was machten die Kreaturen? Sie fingen an zu lachen! Zuerst war es nur ein Kichern aber bald brüllten sie richtig los. Okay, ich weiß, dass ich in diesem Moment wohl keine sehr gute Figur machte, aber trotzdem. Die vier wälzten sich am Boden und konnten gar nicht mehr aufhören zu lachen. „Habt ihr gesehen, wie der zitterte!" Brüllen. „Er hat sich in die Hose gemacht, ganz nass war sie!"

Ha-ha-ha, habe ich nicht. Jetzt machten die sich noch lustig über mich.

„Ein bisschen Knurren und weg war er! Give me five, Bruder!"

Tatsächlich schlugen sie die Pfoten zusammen. Aber was hat der eine gesagt – weg war er? Der Fahrer? Was sollte das alles? Jetzt fing Alma auch an zu kichern – sogar Mama lächelte matt! Ich begriff absolut nichts mehr. Alles was mir einfiel, war einfach weiter zu knurren, obwohl das wohl keinen großen Eindruck hinterließ.

Na gut, wenigstens schaute das Größte der Monster mich endlich an. Sofort knurrte ich noch lauter und so richtig böse. Er sah wirklich grauenhaft aus, überall das Blut.

„Ach, hör mit dem Zwergenaufstand auf, mein Kleiner. Wir sind doch schließlich hier um euch zu helfen. Oder heißt du etwa nicht Arlo – und das sind deine Mutter Haya und deine Schwester Alma. Ich glaube, wir haben gerade unsere Aktion erfolgreich abgeschlossen."

Ich konnte das Monster nur anstarren, obwohl das wohl nicht so klug war. Aber er wusste wer wir waren – und helfen wollten sie uns? Nun, vielleicht war es nicht so schmerzvoll von ihnen verspeist zu werden, wie von einer Klippe heruntergestoßen zu werden. Allmählich dämmerte es mir, dass hier irgendetwas nicht stimmte. Das Monster kam etwas näher.

„Sei nicht so schwer von Begriff, Junge. Hast du etwa Angst vor unserer Tarnung? Das ist nur Beerensaft, aber richtig wirkungsvoll, nicht wahr?" Es roch tatsächlich nicht nach Blut oder irgendwie höllisch, weder modrig noch nach Verwesung. Er sprach weiter. „Ich bin übrigens Toran und die drei anderen sind meine Verwandten. Und wenn du dich etwas anstrengst, siehst du vielleicht, dass wir ganz normale

Wölfe sind." Oh je, war mir das peinlich. Hoffentlich sah keiner, wie rot ich wurde. Ich blickte verlegen zur Seite und leckte meine Lippen. Mir fiel nichts ein, was ich noch hätte sagen können. Ich hatte aber auch noch nie einen Wolf gesehen, zwar auch keinen Höllenhund, aber trotzdem. Alma rettete mich aus der Verlegenheit und quasselte wieder unbekümmert los.

„Woher wisst ihr, wer wir sind? Wieso seid ihr gerade jetzt hier? Was machen wir jetzt und warum habt ihr eigentlich den bösen Mann nicht gebissen? Was habt ihr vor? Können wir nicht mit euch kommen?"

Toran, der wohl bei den Wölfen das Sagen hatte, seufzte. „Langsam, junge Dame, langsam. Es wird sich alles aufklären, aber wir haben nicht viel Zeit. Wir sollen euch in Sicherheit bringen. Der Weg ist zwar nicht sehr lang, aber wir können nicht schnell laufen. Erstens, weil ihr solche Minis seid und zweitens, weil eure Mutter getragen werden muss. Ach, ja, und der Zwergenheld hier kann ja anscheinend auch nur auf drei Beinen laufen. Das wird ja noch spaßig. Wir müssen am Ziel sein, bevor die Sonne aufgeht."

Es hätte mich gefreut, wenn er mich nicht andauernd als Zwerg bezeichnet hätte. Aber egal. Ich traute mich wieder etwas zu sagen. „Ja, äh, Herr Toran, woher wissen wir denn, dass wir Ihnen vertrauen können?" Nur ja möglichst höflich bleiben.

„Da hast du wohl keine andere Wahl, kleiner Mann." Immerhin kein Zwerg mehr. „Außerdem nenn' mich einfach Toran und da du schon gezeigt hast, dass in dir ein ganz mutiger und starker Kerl heranwächst, kannst du mich auch duzen." Wieder wurde ich rot. Dann kam der Hammer.

„Euer Vater, Paison, schickt uns."

Unser Vater war doch tot, oder etwa nicht? Wir wollten gerade mit unseren Fragen losschießen, aber Toran trieb uns an. Wir mussten den Berg hinunter. Die Wölfe wollten Mama abwechselnd tragen. Alma sollte ganz dicht bei mir bleiben, damit sie nicht verloren ging. Es war anstrengend und es blieb keine Zeit mehr zu reden.

Das letzte, was Toran uns bereit war zu erzählen, war schon immerhin ein Anfang. „Wir haben Paison sehr schwer verletzt unterhalb der Klippe gefunden und haben ihn zu meiner Tochter in Sicherheit gebracht. Er bat uns, euch zu retten und zu ihm zu bringen – zur Finca Assisi. Er wird euch später alles erzählen. Ihr müsst ihm unbedingt eine Botschaft überbringen: Der Kampf hat begonnen! Versprecht ihr mir das?"

Der Kampf hat begonnen! Vielleicht sollte ich endlich lernen, Alma zu vertrauen. Manchmal sieht sie auch ohne Augenlicht besser als andere.

2. DER SCHUTZENGEL VON FINCA ASSISI

Obwohl die Sonne noch nicht aufgegangen war, wurde es schon warm. Der Tag würde sehr heiß werden, auch für einen spanischen Frühlingstag. Ohne Wasser würden wir den Tag nicht überstehen. Unter dem Busch neben der Steinmauer würde es zwar sicher etwas kühler bleiben, aber ich musste einfach den Mut für den nächsten Schritt finden. Mama und Alma waren vor Erschöpfung eingeschlafen. Ich war auch sehr müde, aber ich konnte vor Aufregung nicht ans Schlafen denken. Ich lehnte mich an die kühle Mauer und hoffte zum tausendsten Mal, dass ich nicht so lächerlich klein wäre. Dieser Wolf hatte ja gut reden.

Toran hatte uns in der Nacht zur Finca Assisi gebracht. „Das ist ein sicherer Ort." Ich sah aber nur hohe Mauern, Eisengittertore, Zäune und ganz hinten ein Haus mit einem kleinen Turm. Das sah eher aus wie ein neues Gefängnis. Ein Ort, wo man sicher nicht mehr herauskam. Und dort sollten wir hinein.

„Ein sicherer Ort mit Menschen ist doch ein Schauermärchen", hatte ich auf dem Weg hierher gesagt. „Gute Menschen gibt es genauso wenig wie schöne Katzen oder helle Nächte. Warum können wir einfach nicht irgendwohin gehen, wo wir für uns sein können? Ihr lebt doch auch ohne Menschen."

Toran lachte kurz auf. „Ohne dich beleidigen zu wollen, Kleiner, aber schau dich doch an. Ich bin ein Wildtier und du bist ein Schoßhund." Ich wollte soeben diesem ungepflegten Waldbewohner an die Gurgel springen und zeigen, wer hier ein Schoßhund ist, aber gerade in dem Moment schrie Toran, sprang plötzlich über mich und griff etwas an. „Verschwinde du blödes Vieh oder ich mache aus dir ein Federkissen. Diese gehören zu mir!" Ich hörte nur einen furchtbaren Schrei aus der Luft.

„Das war eine Eule. Sie wollte dich gerade mitnehmen, als

kleines Nachtmal für ihre Kinder."

Na gut, ich hatte schon begriffen, dass ich noch viel zu lernen hatte. Aber bei Menschen? Bisher haben sie uns nur in Käfige gesperrt, beschimpft und geschlagen. Ach, ja, und die Kleinigkeit mit der versuchten Tötung hatte der Wolf wohl völlig aus seinem Gedächtnis verdrängt. Nie im Leben würde ich wieder etwas mit einem Menschen zu tun haben wollen.

Toran schaute mich an. „Ich habe schon einmal eine sehr schöne Katze gesehen." Knurr. „Und ganz weit im Norden, wo viele von unseren Verwandten leben, sind die Nächte tatsächlich im Sommer hell." Ach, ja. „Finca Assisi ist für euch zur Zeit der sicherste Ort. Ich kann euch hier in den Bergen auf keinen Fall alleine lassen. Du darfst dein Vertrauen an das Gute nicht verlieren."

Toran bat alle eine kleine Pause zu machen. Den Wölfen schien diese Lauferei nichts auszumachen, obwohl sie abwechselnd Mama trugen. Alma und ich hingegen waren schon ziemlich aus der Puste.

„Aber ihr lebt auch ohne Menschen. Vielleicht können wir das ebenfalls lernen, wenn du uns mitnimmst und uns einiges beibringst. Das wäre sicher besser als bei den Menschen." Ich blickte Toran hoffnungsvoll an.

In seinen Augen sah ich etwas ähnliches wie Mitleid. „Wir sind Wildtiere, Junge, wir haben die Freiheit im Blut. Lass uns ein kleines Gedankenspiel machen. Antworte ganz einfach, was dir besser gefällt, ohne groß nachzudenken. Bereit?"

„Ja...", sagte ich etwas zögerlich. Auf irgendwelche Spiele hatte ich in dem Moment eigentlich keine große Lust.

„Kissen oder Erde?"

„Kissen. Natürlich."

„Fertiggericht oder selber jagen?"

„Was könnte ich denn bitteschön schon jagen? Marienkäfer?"

„Tagelang wandern oder bummeln?"

„Das mit dem Wandern reicht mir eigentlich jetzt schon."

„Überlebenskampf oder nette Bedienung?"

Ja, schon begriffen, worauf er hinauswollte. So schwieg ich.

„Es ist völlig richtig, dass du vorsichtig bist und zuerst einmal keinem traust. Deshalb bringen wir euch auch zur Finca Assisi, dort seid ihr sicher. Diese Menschen sind in Ordnung, sie haben vor langer Zeit meiner Tochter sehr geholfen und euer Vater wurde auch nur dank ihrer Unterstützung gerettet."

Hmmm. Das mag ja sein, aber richtig glauben konnte ich das nicht. Mir blieb allerdings wohl nichts anderes übrig. Dann schlug Toran mir auf die Schulter.

„Wir brauchen euch für den Kampf gegen die Quäler, aber erst musst ihr gesund werden. Und nun lauf weiter und passe gut auf deine Schwester auf."

Wir werden für den Kampf gebraucht, hatte Toran gesagt. Die werden mich brauchen, obwohl ich noch so klein war! „Ich werde gebraucht, ich werde gebraucht...", trällerte ich aufgeregt. Alma holte mich von meiner Hochstimmung wieder herunter.

„Von welchem Kampf spricht er dauernd? Wenn wir schon für eine Eule nur ein Snack sind, wie sollen wir dann einen richtigen Kampf überstehen? Und er sagte Kampf gegen die Quäler! Und wer quält uns – die Menschen!"

„Tja Junge, wo deine Schwester recht hat, da hat sie recht. Aber denke daran, alle Menschen sind nicht gleich!"

Ohne weitere Erklärungen geben zu wollen, trieb Toran uns mit seinen Verwandten weiter, bis wir die Finca Assisi erreicht hatten. Wir sollten unter einem Busch warten, bis jemand herauskam und uns dann bemerkbar machen. Da machte es sich Toran ja ganz einfach, haute einfach ab und ließ uns den schwersten Teil allein erledigen. Nun saß ich da. Mein Bein tat weh und ich hatte Durst. Und garantiert keine Lust auf Menschen. Aber vielleicht war unser Vater tatsächlich dort. Das Haus lag anscheinend völlig abgelegen zwischen Pinienbäumen und Büschen. Ich hatte auf unserem Weg hierher nur sehr entfernt andere Häuser gesehen. Ich musste zugeben, dass dieses Haus doch viel gepflegter als die Welpenhalle aussah. Mit den weißen Fensterläden und den ockerfarbenen Wänden eigentlich ganz freundlich. Vor dem Haus standen ein paar Olivenbäume und überall sah ich schöne Blumen. Auf dem Hof sah ich einen Geländewagen stehen, aber keinen Lieferwagen weit und breit. Das war schon mal gut. Nur der Zaun machte mir sorgen. Wenn wir da einmal hineingegangen waren, konnten wir nicht mehr hinaus. „Habe Vertrauen." Ja, Toran.

Ich musste eingedöst sein. Ich schreckte auf, irgendetwas war anderes. Die Sonne schien, Mama und Alma waren auch aufgewacht. „Wasser." Mama stöhnte. Alma flüsterte in mein Ohr. „Da ist jemand, ich kann den Blick fühlen. Aber es fühlt sich hier alles sehr freundlich an."

Vorsichtig schaute ich mich um. Hinter dem Gittertor sah ich eine wolfsähnliche Hündin in unsere Richtung schauen. Nun ging es also los. Das große Tier schnüffelte. „Ich kann euch riechen. Ich weiß, dass ihr da seid. Toran hat gesagt, dass ihr kommt. Habt keine Angst. Wartet noch einen Moment, dann komme ich euch holen." Sollte das ein Versprechen oder eine Drohung sein? Ganz geheuer war mir das alles nicht. Aber Mama musste Hilfe bekommen. Abwarten.

Nach einer Weile ging das Gittertor mit einem knirschenden Geräusch langsam auf. Eine große Hündin kam und eilte mit riesigen Schritten auf uns zu. Oh-oh, was sollte das nun werden? Sie steckte den Kopf unter den Busch.

„Na, da seid ihr ja. Aber ihr seid noch kleiner als ich dachte. Und kränker. Da müssen wir euch wohl aufpäppeln. Die Dame Haya braucht sicher einen Arzt und dein Bein sieht ja auch richtig übel aus." Wie beruhigend, zum Arzt. Ich schwieg. Alma war wieder völlig unbekümmert.

„Hallo! Du bist sicher die Tochter von Toran. Ich bin die

Alma, das ist mein Bruder Arlo und das ist die Mama. Sie ist richtig krank. Aber du kannst ihr sicher helfen. Du riechst aber irgendwie komisch." Alma!

„Ja, ich bin Luna. Und ganz sicher kann ich euch helfen. Es kann zuerst etwas ungemütlich werden, aber es wird alles gut." Na wunderbar, das hörte sich ja richtig ermutigend an.

„Übrigens, wieso rieche ich komisch? Du solltest dich mal sehen, äh...riechen. Du hast wohl in den letzten Wochen keine Badewanne mehr gesehen." Ja, sind dann alle Mädchen gleich beleidigt?

„Nein, nein, das meinte ich gar nicht", beeilte Alma sich zu korrigieren, „sondern dass du ein bisschen nach Wolf und ein bisschen nach Hund duftest. Das ist ja eine richtig tolle Mischung. Wenn ich in deiner Nähe bleibe, vielleicht überträgt sich der Geruch auch auf mich, wäre doch toll? Und ich muss wirklich bald ein Bad nehmen, mein ganzes Fell ist ja auch völlig durcheinander."

„Danke, das ist ja nett. Aber ich finde deine Fellfarbe wirklich sehr schön, dieses Weiß mit den braunen Flecken, das kann ich gut trotz diesem doofen Schmutz erkennen. Meine graubraune Farbe und diese struppigen Haare finde ich ganz langweilig. Ich weiß ja auch, wie schwierig es ist, in den Bergen gepflegt auszusehen."

Alma strahlte. „Ich finde deine Farbe aber überhaupt nicht langweilig. Du hast irgendetwas ganz elegantes an dir. So vornehm. Und es ist sicher leichter mit etwas dunklerem und kürzeren Fell, meines sieht so leicht total ungepflegt aus, wenn es nicht mindestens alle zwei Tage gebürstet wird."

Ich konnte es nicht fassen. „Hallo, habt ihr echt keine anderen Sorgen? Hört doch mit diesem nervigen Mädchengequassel auf und helft endlich Mama."

„Oh, entschuldige Arlo. Ich gehe meine Freundin holen. Eigentlich sollte ich ja gar nicht alleine durch das Tor. Wartet kurz!" Und weg war sie, Luna. Wieso wollte sie noch eine Hündin – oder was auch immer sie war – holen? Ich starrte Alma genervt an.

„Musst du auch jeden anquatschen, du kennst sie doch gar nicht!", knurrte ich. „Woher willst du wissen, dass das nicht eine Falle ist, und ob wir gleich nicht noch schlimmer dran sind? Vielleicht wollen sie uns gar nicht helfen? Woher willst du wissen, wie alles wird? Hast keine Furcht?"

„Das kannst du auch riechen, Arlo. Ich rieche die Stimmung und die Absichten. Diese sind völlig aufrichtig und freundlich. Das musst du doch auch zugeben!" Ich musste gar nichts. Am allerwenigsten irgendwelche Absichten riechen. Allerdings hatte Alma in letzter Zeit ziemlich oft recht gehabt.

Bevor ich weiter über unsere Lage nachdenken konnte, hörte ich eilige Schritte näherkommen. Das waren aber außer dem sanften Tapsen von Lunas Pfoten auch Schritte von einem Menschen. Das konnte ich auch hören, ohne irgendwelche Zaubertricks. Hatte Luna uns doch reingelegt?

„Luna, zieh doch nicht so an der Leine!" Eindeutig ein Mensch und Luna gefangen an der Leine. Es war für uns auf jeden Fall zu spät, wegzulaufen oder sonst etwas zu unternehmen. „Luna, nicht zum Busch, wir wollen doch spazieren gehen. Was hast du bloß heute?" Eine weibliche Stimme, nicht ärgerlich aber verwundert. Und was machte meine Schwester – sie verließ unser Versteck und lief zu Luna und zu dem Menschen.

„Oh, wer ist das denn? Ist die aber süß! Wo kommst du denn her?" Der Mensch, eine junge Frau, streckte ihre Hand Richtung Alma. Keine Menschenhand sollte meiner Schwester noch einmal weh tun. Knurrend sprang ich aus dem Busch und stellte mich zwischen diese Frau und Alma. Sollte sie zuerst einmal meine Wut zu spüren bekommen. Ich zeigte ihr meine Zähne und knurrte so laut ich konnte. Ich war bereit zum Angriff.

Diese verräterische Luna musste sich natürlich auf die Seite des Menschen schlagen. „Hör doch auf, Arlo! Das ist meine beste Freundin Terri – oder eigentlich Theresa – und sie wird euch sicher helfen. Nicht knurren, sage ich dir!"

„Sag du lieber diesem Menschen, dass er die Finger von meiner Schwester lässt!" Wir starrten uns an. Das war nicht gut, bald würde Luna schon zeigen, welche Kräfte in ihr steckten. Auf einmal mischte sich diese Theresa in unsere Angelegenheiten ein.

„Was soll das, Luna! Siehst du nicht, wie klein und harmlos dieser arme Hund ist!" Klein und harmlos, das würde ich nicht auf sich beruhen lassen. Ich knurrte nochmal ganz laut.

„Komm, setzt dich hin, Luna. Der Kleine ist doch auch noch verletzt und hat sicher nur Angst." Luna setzte sich tatsächlich hin. Tja, schwache Leistung, großer Hund. Der Mensch ließ aber nicht locker, sondern kniete sich hin. Wieso kniete ein Mensch sich vor mich hin? Vor lauter Staunen vergaß ich einfach weiter zu knurren. Was machte sie wohl als nächstes? Ich schnüffelte die Luft und schielte zu Alma, die wohl im Begriff war, auf den Menschen zuzugehen. Alma!

„Ach, sei endlich ruhig, Arlo. Sie scheint doch wirklich sehr nett zu sein." Alma tapste schwanzwedelnd noch ein paar Schritte weiter, bis der Mensch sie berühren konnte. Vorsichtig, Alma! Aber der Mensch ließ sie nur an ihrer Hand riechen und streichelte sie ganz sanft an der Seite. Alma leckte die Hand!

„Na, du bist aber ein hübsches und tapferes Mädchen! Was hat man wohl mit euch angestellt, dass ihr so eine Furcht habt? Aber der kleine Kerl braucht Hilfe und ihr habt garantiert Durst und Hunger. Möchtet ihr mit Luna und mir mitkommen?"

Durst und Hunger hatte ich allerdings. Ich fühlte mich etwas feige, da ich Alma mit dem Menschen so alleine ließ.

Ich reckte meinen Hals und versuchte den Menschen noch besser zu riechen. Eigentlich ganz angenehm. Keine Spur von Hass oder Aggression. Ich kam ein paar Schritte näher und da war die Hand – knurr – aber sie ließ mich nur daran riechen.

„Siehst du, kleiner Mann, ich tue dir wirklich nichts. Komm einfach mit!" Die Frau, Theresa, roch aber wirklich gut, irgendwie blumig. Sie hatte außerdem richtig freundliche Augen, zwar mit einer komischen Farbe, musste wohl blau sein. Und ihre Haare waren nicht so dunkel, wie bei den anderen Menschen, die ich gesehen hatte. Sie waren ganz hell und lang. Sie hatte eine leichte weiße Bluse und kurze Hosen an. Vielleicht war das so ein weißer Schutzengel aus Mamas Geschichten. Jeder Hund, auch der kleinste, hatte einen eigenen Schutzengel. Diese waren vor langer, langer Zeit verstorbene Menschen, die in ihrem Leben gut zu den Tieren gewesen sind. Heutzutage gab es diese gar nicht mehr. Aber wieso hatte dieser Engel dann keine Flügel? Auf einmal dachte ich wieder an Mama. Ich hatte sie in der ganzen Aufregung völlig vergessen, wie konnte ich nur! Ganz schnell lief ich zurück zum Busch und kroch darunter.

„Mama, wach auf, bitte! Da sind ein komischer Hund und ein Schutzengel. Mama!" Aber sie rührte sich nicht mehr. Ich stupste sie ganz leicht an, aber sie zeigte keine Reaktionen. Sie war doch nicht... sie atmete doch noch, oder? Ja, doch, aber ganz flach und unregelmäßig. Ich wusste, dass sie im Sterben lag. Oh, Mama, wenn ich nur etwas tun könnte. Ich musste Alma holen, damit sie sich von Mama verabschieden konnte. Ich blickte zu ihr rüber und sah, wie sie sich von dem Schutzengel oder was auch immer es war nun schon den Bauch kraulen ließ. Sie wirkte immer so unbekümmert und vertrauensselig. Und nun musste ich diesen Moment des einfachen Glückes wieder verderben. Ich seufzte und rief Alma ganz leise.

„Was ist denn nun wieder, komm auch her!" Alma steckte etwas genervt ihren Kopf unter den Busch. Ich hätte sie wahrscheinlich warnen sollen, ich konnte mich nicht daran gewöhnen, dass sie immer die Situation besser einschätzen konnte als ich. „Mama!" Alma fing an furchtbar zu weinen und legte sich direkt neben Mama hin. Es war alles zu spät. Wir hatten es nicht geschafft. Auch ich legte mich zu Mama und Alma und wünschte mir, dass wir einfach alle gemeinsam über die Regenbogenbrücke gehen könnten. Ein beängstigendes Gefühl der Einsamkeit verbreitete sich um uns. Mama konnte uns nicht mehr hören. Auf einmal hatte ich ein Bild in meinem Kopf und irgendwie wusste ich, dass Alma genau dasselbe sah. Mama stand vor einer farbenfrohen Brücke, die in einem großen Bogen nach oben in einen seltsamen hellen Dunst führte. Sie blickte noch kurz zurück auf uns und lächelte sanft, bevor sie den ersten Schritt auf die Brücke tat. Mama, verlasse uns nicht, bitte, Mama!

3. ZWISCHEN VERZWEIFLUNG UND HOFFNUNG

Es ging dann alles furchtbar schnell. Dieser nutzlose Schutzengel Theresa kam zum Busch und suchte uns. Als sie Mama sah, wurde sie ganz bleich. Sie streckte ihre Hand aus und berührte Mama vorsichtig. Mir war es in diesem Moment völlig egal.

„Das ist wohl eure Mutter. Sie muss aber sofort in die Klinik. Ich hoffe, es ist noch nicht zu spät. Ich hole Oma und Opa. Luna, bleib bitte hier." Theresa sprang auf und lief zurück zum Haus.

„Opa, Oma! Ein Notfall! Eine kleine Hündin! Kommt bitte schnell!"

Sofort hörte ich eilige Schritte und aufgeregte Rufe. Zwei ältere Menschen, ein Mann und eine Frau, eilten hinter Theresa zu uns. Sie hatten auch die helle Haut- und Augenfarbe wie Theresa. Ihre Haare waren aber ganz grau, wie bei einigen älteren Hunden auch. Der Mann trug einen silberfarbenen Koffer. Er bückte sich zu uns und hob zuerst Alma und mich in einen großen Korb, den die Frau dabei hatte, und legte dann Mama vorsichtig auf eine Decke daneben. In unseren Köpfen sahen wir aber, wie Mama immer weiter über die Regenbogenbrücke ging. Wir schauten ihr einfach nach und weinten leise. Was die Menschen machten, kümmerte mich nicht mehr.

„Martha, hol bitte Wasser für die Kleinen. Terri, ruf bitte die Klinik an und sage, dass sie sich für eine Not-OP bereithalten sollen." Nein, ich will nicht trinken. Ich will meine Mama zurück.

Mama ging in den Dunst.

„Sie kollabiert!! Ich habe keinen Puls mehr. Terri, beatmen, sofort! Martha, Herzmassage! Ich mache die Injektion fertig. Schnell! Ruhig bleiben, macht weiter, ja, genau so…Injektion Adrenalin jetzt…weitermachen…Okay, wir haben sie wieder, sie atmet selbstständig! Ich versuche sie soweit zu stabilisieren, dass wir sie transportieren können. Martha, hol schon mal den Wagen!"

Ich sah den Schatten von Mama auf der Brücke.

Wir wurden mitsamt dem Korb in den Geländewagen gehoben. Der Mann setzte sich neben uns. Luna sprang hinten hinein. „Fahr schnell, Martha, ich weiß nicht, ob ich sie bis zur Klinik durchbringen kann." Ich spürte, dass der Wagen immer schneller wurde. Nun sah ich keine Bilder mehr. Alma lag dicht neben mir und sagte nichts. Mir wurde wieder schlecht, die Kurven, Mama.

„Ich hatte ja gerade keine Gelegenheit, die Klinik anzurufen, Opa. Soll ich es jetzt versuchen?"

„Ach, gib mir bitte das Handy, ich versuche Silva direkt zu erreichen." Nun schaute sich der Mann Alma und mich genauer an. Komm bloß nicht auf die Idee, mich zu berühren. Aber er konzentrierte sich wieder auf das Telefon.

„Ja, Silva – hier Gerhard. Bist du schon in der Klinik? Gut. Ich bringe einen Notfall rein, könntest du eine OP vorbereiten? Es ist eine Chihuahua-Hündin, bewusstlos, schwacher und unregelmäßiger Puls, wurde reanimiert, Verdacht auf schwere purulente Endometritis. Vielleicht kann Doktor Morales dir assistieren. Wir sind in 15 Minuten da. Und die Hündin hat zwei halbwüchsige Welpen bei sich. Der eine mit einem Beinbruch und der andere ist anscheinend blind. OK, bis gleich. Danke!"

„Was hat die arme Hündin wohl, Gerhard?" Die ältere Frau blickte uns im Rückspiegel an. Sie hatte auch diese komischen blauen Augen, sorgenvoll und eigentlich sehr freundlich. Wo waren wir hier bloß?

„Ich vermute stark, dass sie eine schwere Gebärmutterentzündung hat. Wenn sie nicht gleich operiert wird, wird sie garantiert sterben."

Mama war schon auf der Brücke. Anscheinend wusste der Mann nicht, wann die Zeit gekommen war. Nicht nur die Trauer, sondern auch diese ewigen Kurven machten es mir richtig schwer. Mir war so schlecht. Ich brauchte irgendeine Ablenkung.

„Alma, was tust du da, sprich bitte mit mir.“

„Ich bin bei Mama.“ Sie schaute mich unendlich traurig an. „Ich möchte sie noch etwas begleiten.“

Wieder hatte ich Tränen in den Augen. Und mir war so übel. Autofahren schien mir nicht so gut zu bekommen. Luna winselte mir leise zu, sie versuchte wohl mich zu trösten.

„Luna, erkläre mir bitte mal, was hier los ist. Wohin fahren wir? Was ist eine Klinik?“

„Es wird euch dort geholfen. Ich habe doch gesagt, dass diese Menschen in Ordnung sind. Diese Clinica Veterinaria Santa Maria ist ein Ort, wo kranken Tieren geholfen wird.“

„Das verstehe ich nicht, wieso kann man kranken Tieren helfen? Entweder sie werden einfach wieder gesund oder sie werden weggeschafft.“

„Hör mal, natürlich kann man fast allen kranken Tieren helfen. Zumindest die Schmerzen lindern, wenn man sonst nichts tun kann. Aber meistens können die Doktoren dort in der Klinik auch heilen.“

Ich konnte das nicht glauben. Es war einfach unmöglich. Vielleicht war ich auch schon tot und das war die neue Welt hinter der Regenbogenbrücke. Oder wahrscheinlich wollte diese riesige Wolfshund-Kreatur mich einfach auf den Arm nehmen. Manche haben einen richtig merkwürdigen Sinn für Humor.

„Euer Vater Paison wird auch in der Klinik behandelt. Er war ja in viel schlechterer Verfassung als ihr, naja, vielleicht deine Mutter ausgenommen. Dein Vater soll eigentlich nun nach mehreren Wochen endlich bald entlassen werden. Er ist zwar nicht mehr ganz der Alte, aber immerhin haben Doktor Morales und die nette Silva ihm das Leben gerettet. Er musste sicher vier Mal operiert werden. Aber er fragt dauernd nach euch.“

„Woher weißt du das alles? Wer sind diese komischen Menschen?" Ich war sehr skeptisch. Unser Vater war über die Klippen geworfen worden. Ich hatte selbst gehört, wie der Mann in der Welpenhalle gelacht hat. Der dämliche Köter habe so laut geschrien. Ich hasste den Mann. Ich hasste alle Menschen.

„Du hast doch die Finca Assisi gesehen. Dort wohnen der Opa und die Oma von Terri seit einigen Jahren. Sie sind aus einem Land im Norden, ich glaube es heißt Deutschland, gekommen, weil sie so alt sind, dass sie nicht mehr arbeiten müssen. Der Gerhard war früher Arzt in der Notfallmedizin, oft auch in anderen Ländern. Und die Martha schrieb Berichte für Zeitungen, sie ist Journalistin."

„Und wieso lebst du mit ihnen zusammen und nicht wie dein Vater in den Bergen?" Irgendetwas war da schon komisch. Aber wenn diese Menschen von einem anderen Ort stammten, würde es die merkwürdigen hellen Haare und die blauen Augen erklären. Also doch keine Schutzengel.

Luna schaute kurz weg, irgendwie verlegen. „Das ist eine längere Geschichte. Aber manchmal stelle ich mir auch vor, wie es wohl bei Vater wäre. Meine Mutter ist gestorben, als ich noch ganz klein war. Sie war eine sehr schöne Schäferhündin. Ihre Menschen waren nicht gut, sie haben sie an einem Baum in den Bergen festgebunden, damit ein Wolf sie schwängern kann. Dadurch entstehen dann solche Wolfshunde wie ich. Gute Arbeitstiere. Gehorsam und eifrig. Gute Wach- und Schutzhunde."

„Und der Wolf war dann Toran?" Jetzt verstand ich, warum sie etwas eigenartig roch.

„Ja. Aber es lief anders, als die Menschen dachten. Für meine Eltern war es Liebe auf den ersten Blick. Es war kein Zwang. Deswegen ist mein Vater auch hier in der Gegend geblieben, um in ihrer Nähe sein zu können. Manchmal konnten sie sich nachts treffen, auf dem Hof, wo meine Mutter an der Kette leben musste. Meine Mutter hat mir oft erzählt, wie groß ihre Sehnsucht nach meinem Vater war. Und wie glücklich er war, als ich geboren wurde. Bevor meine Mutter starb – sie hatte Krebs – hat mein Vater ihr versprochen, sich um mich zu kümmern."

„Wenn mir nicht schon übel wäre, dann garantiert jetzt nach so einer schnulzigen Geschichte. Außerdem ist deine Mutter gestorben, die Menschen konnten ihr auch nicht helfen!" Ich war wieder zornig. Alles nur dummes Gerede.

„Was wahre Liebe ist, wirst du verstehen, wenn du älter bist." Kotz, würg. „Ich habe auch nicht gesagt, dass alles heilbar ist. Aber meine Mama hätte nicht so große Schmerzen haben müssen, wenn sie bei den richtigen Menschen gelebt hätte."

„Also, das waren nicht dieser Gerald und diese Martha?"

„Oh, nein, natürlich nicht! Mein Vater hat sein Versprechen gehalten. Eines Nachts befreite er mich aus der Scheune, wo ich immer über Nacht eingesperrt worden bin. Er brachte mich zur Finca Assisi, weil er diese Menschen schon länger aus der Ferne beobachtet hatte und so mitbekommen hat, dass sie vielen schutzlosen Hunden geholfen haben."

„Dein Vater hätte dich auch in die Berge mitnehmen können."

„Ich war noch zu klein. Und er war damals noch alleine. Es wäre zu gefährlich für uns beide geworden, wegen der Jäger und so. Ich fühle mich inzwischen richtig wohl auf der Finca. Die Martha ist eine Seele von Mensch, unheimlich lieb. Und der Gerhard hat mir eine sehr wichtige Aufgabe gegeben, vielleicht kannst du da auch mitmachen. Aber mit meinem Vater bleibe ich heimlich in Kontakt. Deswegen wusste ich auch, dass ihr kommt. Ja – und euren Vater hat er auch gerettet."

Das war alles zu viel und völlig neu für mich. Welche Aufgabe mochte Luna wohl haben, vielleicht war sie auch eine Showhündin. Das kannte ich wenigstens. Ich hatte noch unzählige Fragen, aber als ich einen Blick aus dem Autofenster warf, merkte ich, dass wir durch eine Stadt fuhren. Die bunten mehrstöckigen Häuser und die großen Hotelanlagen kamen mir bekannt vor. Als ich das Meer zwischen zwei Häusern erblickte, wusste ich es wieder. Das war der Ort, wo wir früher als Familie bei mehreren Hundeausstellungen und auch in den Hotels aufgetreten sind. Wo die Menschen uns zujubelten und wo wir unsere Tricks bis zur völligen Erschöpfung aufführen mussten. Und wo der böse Mann von der Welpenhalle immer dabei war. Ich wollte Alma gerade warnen, als der Wagen vor einem großen weißen Gebäude hielt.

„Bring die Hündin schnell rein, Gerhard! Ich suche einen Parkplatz und dann kommen wir mit den Welpen nach."

„Ja, gut, Martha. Ich hoffe Doktor Morales und Silva haben die Operation vorbereitet. Die Hündin wird es sonst wohl kaum mehr schaffen."

Mama! Alma und ich winselten leise. Warum konnte Alma jetzt nicht eine ihrer Visionen haben und sagen, was passieren würde? Gerade, wenn man diese am meisten gebrauchen könnte. Mama wurde durch die Tür getragen. Sie lag einfach schlaff und bewusstlos in den Armen von Gerhard. Wie sollten wir sie jemals wiederfinden? Ich wollte sie wenigstens einmal noch sehen, bevor sie weggeworfen wurde. Das Gebäude war so riesig. Ich konnte bis fünf zählen und das reichte nicht für die vielen Stockwerke. Über der Tür befanden sich große Buchstaben, da stand wohl etwas von einer Klinik. Das war alles einfach so hoffnungslos. Vielleicht war der Mann von der Welpenhalle auch hier.

„Streng dich doch etwas an, Alma. Du weißt doch sonst alles besser. Was ist nun mit Mama, ist sie schon tot? Und was wird mit uns passieren?" Ich starrte sie an. Wir fuhren auf einen großen Parkplatz und hielten an. Es war heiß, ich war durstig, müde und nicht gerade in bester Laune. Überall waren Motorengeräusche, viele Menschen, eigenartige Gerüche. Es war so laut und alles machte mir Angst. „Sag doch endlich etwas und sitz nicht nur so dumm da!" Ja gut, ich war ziemlich gereizt. Aber alle schwiegen nur und das ging mir allmählich richtig auf die Nerven. „Oder soll ich dir meine Zähne zeigen, du blöde Kuh!" Knurr-knurr.

„He – nicht streiten! Ist alles gut." Theresa kam zu uns und hob Alma aus dem Korb. Alma drückte ihren Kopf an Theresas Schulter.

„Du kennst diesen Menschen doch gar nicht – was bist du für eine Verräterin! Kämpfe doch, du weißt doch gar nicht, wo du hingebracht wirst. Muss ich hier alles alleine erledigen? Kämpfe!"

„Oma, kannst du den Korb nehmen. Ich glaube der Junge dreht total durch. Er hat bestimmt große Angst. Luna, komm auch mit!" Luna sprang aus dem Wagen und ich wurde samt Korb hochgehoben. Dann legte Martha noch eine Decke darauf. Nun konnte ich nichts mehr sehen. Es war so erbärmlich. Es half aber nichts. Ich war in diesem Korb gefangen und wurde irgendwohin gebracht. Einfach erbärmlich. „Alma, sag wenigstens etwas!"

Sie sagte nichts aber sie schickte mir ein Bild, wie auch immer das möglich war. Mama und sie saßen auf der Regenbogenbrücke ganz dicht beieinander. Es war alles so friedlich. Ich verstand, dass Alma dieses Bild festhalten wollte und sich voll darauf konzentrierte. Ich verstand aber auch, dass Mama noch nicht ganz über die Brücke gegangen war. Hoffen, warten.

In der Klinik wurden wir in ein kleines Zimmer gebracht. Endlich nahm jemand die Decke ab und ich konnte wenigstens etwas sehen. Alles war hell, die Wände weiß und gelb, die Fenster groß und sauber. Die Luft roch merkwürdig nach Krankheit, aber auch nach Chemie und Sauberkeit. Der Korb mit mir darin stand auf einem langen, schmalen Tisch aus Metall. Theresa legte Alma zurück zu mir und ich gab meiner Schwester ein Küsschen.

„Sabbere mich nicht voll, großer Bruder!" Alma lächelte.

Luna stand neben uns auf dem Boden und versuchte uns zu trösten.

„Diese Klinik ist eine von den besten Kliniken im ganzen Land. Sie können hier fast jeden heilen. Wenn eure Mutter bei Doktor Morales und bei Silva ist, ist alles bestens. Silva heißt eigentlich Frau Doktor Silva Heising und sie ist eine ausgezeichnete Chirurgin – genau wie Doktor Morales. Wir kennen sie beide schon lange. Silva kommt auch ursprünglich aus Deutschland. Und Terri macht hier seit einiger Zeit ein Praktikum. Alle Leute hier sind sehr nett und freundlich."

Gerade als Luna das gesagt hatte, hörten wir Stimmen durch die offene Zimmertür. Jemand kam näher und schien über etwas verärgert zu sein. Von wegen, alle sehr nett und freundlich.

„Hat denn niemand unserer Praktikantin gesagt, dass sie nicht alle Straßenhunde retten kann? Oder wenigsten, dass sie diese nicht immer hierherschleppen soll? Jemand muss doch für die Behandlungskosten aufkommen und wie soll ich bei solchen Tieren den Besitzer ermitteln? Oder will sie das Honorar von ihrem Taschengeld bezahlen?"

Ich sah Theresa und Oma Martha lauschen und Blicke wechseln. Theresa sah nicht gerade glücklich aus. Oma Martha dagegen war ganz rot geworden, wohl aus Zorn, wie sich herausstellte. Ein junger Mann, ungefähr in Theresas Alter, kam ins Zimmer und wedelte mit Papieren. Er war nicht gerade groß, aber doch mit den schwarzen lockigen Haaren und den hellbraunen Augen irgendwie attraktiv. Mit seinem schwarzen Anzug und der blauen Krawatte sah er ziemlich steif und zugeknöpft aus. Theresa wurde auch rot, aber wohl nicht nur vor Zorn.

„Guten Tag, Frau Schneider. Theresa. Also, wir haben anscheinend hier wieder etliche Notfälle, die sofort behandelt werden sollen. Zuerst muss ich aber von jemanden eine Unterschrift für die Kostenübernahme bekommen. Es wäre mir wirklich lieber, wenn zuerst eine Perrera kontaktiert würde. Es ist ihre Aufgabe, sich um die Straßenhunde zu kümmern. Als eine Privatklinik sind wir zumindest auf Kostendeckung angewiesen. Wir sind nicht die Heilsarmee!"

„Hören Sie mal, Mateo! Sie wissen doch genau so gut wie wir, dass diese kranken Tiere kaum Chancen in einer Perrera hätten – diese städtischen Auffangstationen haben sicher nicht die Mittel und die Möglichkeiten, selbst wenn der Wille da wäre, was ich manchmal bezweifle." Nun war die kleine Oma Martha aber richtig wütend. Ich wusste zwar nicht, was eine Auffangstation war, aber es hörte sich nicht gut an. Vielleicht war diese Oma in Ordnung. Dieser Mateo hingegen nicht. Wir waren doch keine Straßenhunde, und wenn, sollte er trotzdem nicht so über uns reden.

„Sie wissen, dass Dr. Schneider und ich bis jetzt immer für sämtliche Behandlungskosten aufgekommen sind, auch wenn der Besitzer nicht gefunden werden konnte. Aber bei dieser reinrassigen Chihuahuahündin sollten Sie wohl keine Probleme haben. Sie ist wahrscheinlich gechipt oder wenigstens tätowiert."

„Ja, das stimmt schon, Frau Schneider, obwohl das auch bei Ihrem letzten Patienten nicht der Fall war. Die Kosten der Operationen für diesen Cavalier King Charles Spaniel sind doch ziemlich hoch und bis jetzt konnten wir keinen Besitzer ermitteln. Ich meine es ja auch nur gut. Sie sollen nicht Ihr ganzes Geld für diese verwahrlosten Hunde verschwenden. Die Klinik kann und will keine Tiervermittlung sein, nur weil Ihre Enkelin ein Herz für alle Straßenhunde hat. Es schadet auch unserem Image als angesehene Privatklinik. Das fehlt noch, dass wir es noch mit Flöhen oder viel schlimmer, mit irgendwelchen ansteckenden Krankheiten zu tun bekommen." Der Typ war definitiv nicht nett. Ich hörte Luna ihn leise anknurren. Theresa legte ihre Hand auf Lunas Kopf, um sie zu beruhigen.

„Ich habe diesen Praktikumsplatz unbedingt haben wollen, weil Ihr Vater – Doktor Morales – so einen ausgezeichneten Ruf hat." Theresas Stimme zitterte vor Wut und vor etwas anderem. Ich glaubte Verachtung und auch Enttäuschung heraus zu hören. „Vielleicht sollte ich mit ihm ein paar klare Worte reden. Kaum zu glauben, dass sein Sohn kein Interesse an der Rettung dieser Tiere zeigt. Wenn das alles nur eine schöne Fassade ist, würde ich lieber heute als morgen kündigen."

„Lassen Sie doch meinen Vater aus dem Spiel. Er hat mich mit den Verwaltungsaufgaben betraut und ich vertrete die Interessen der Klinik so gut ich kann. Wie ich selbst zu der Sache stehe, spielt hier keine Rolle. Wenn Sie aber zunächst für die Kosten aufkommen, haben wir ja kein Problem."

Ich vermutete, dass er sich sehr schnell mit dem Mann von der Welpenhalle anfreunden würde. Als hätte er gehört, was ich dachte, blickte er uns an und schwieg einen Moment. Theresa starrte ihn immer noch zornig an. Oma Martha unterschrieb die benötigten Papiere und reichte diese zurück an Mateo. Er schien etwas zu überlegen. Hoffentlich ließ uns keiner allein mit ihm. Er roch komischerweise nicht schlecht oder böse, aber seine Stimme und seine Worte sprachen für sich. Alma schien auch etwas verwirrt zu sein. Nun, der Schock kam aber erst noch.

„Ich glaube, ich kenne diese Hundemeute." Mateo grinste. „Ich habe vor einiger Zeit hier im Büro einen Flyer über eine Hundeausstellung gesehen, wo ganz ähnliche Hunde in einer Show auftreten sollten. Vielleicht finde ich ihn noch und kann darüber den Besitzer ausfindig machen und informieren. Das waren auch vier Hunde und der Spaniel würde gut dazu passen – es sind ja eindeutig Mischlingswelpen. Der Besitzer muss in großer Sorge sein, wenn ihm seine wertvollen Hunde verloren gegangen sind."

Luna und ich schauten uns einfach nur an. Alma fing an zu zittern, diesmal jedoch vor Angst.

4. EIN VERRÄTERISCHES TELEFONAT

Ich machte die Augen kurz auf. Und ganz schnell wieder zu. Mir war so schwindelig. Das durfte nicht wahr sein. Mir war wieder schlecht. Ich wusste nur noch, dass ich heimtückisch eine Spritze bekommen hatte und dann war da nichts mehr. Bis jetzt. Ruhig atmen, nicht bewegen. Ich dämmerte wieder weg. Irgendwann wachte ich erneut auf. Es musste wohl viel später sein, weil es überall so dunkel war. Nun konnte ich mich wenigstens umschauen, ohne gleich ans Erbrechen zu denken. Ich lag auf etwas Weichem am Fußboden in einem kleinen Zimmer. Die Jalousien waren zu, nur durch einen kleinen Spalt an der Tür kam Licht. Es roch immer noch nach der Klinik. Etwas war aber anders. Ich versuchte mich aufzurichten, aber mein gebrochenes Bein spielte nicht mit. Es sah total geschwollen und ganz grün aus. Was war das nun schon wieder? Ich schnüffelte daran. Irgendein Stoff – und das Bein war fast taub. Mein Bein war ganz hart geworden, wie ein Knochen! Ich versuchte vergeblich, es zu biegen. Nein, mein Bein war steif wie ein Brett. Was war das für eine Folterklinik? Ich musste aber zugeben, dass die Schmerzen auch anders waren. Besser gesagt, die Schmerzen waren weg. Ich stöhnte.

„Hi Arlo, du bist endlich aufgewacht!" Meine Schwester stürmte durch den Türspalt. „Wie geht es dir? Ich wette, es war richtig gruselig bei der Operation. Die haben dein Bein aufgeschnitten, habe ich gehört. Und die haben den Knochen wieder zusammengebracht, ist das nicht irre spannend? Fühlt es sich jetzt schwerer an mit dem Gips? Die sagten, das Ding ist aus Kunststoff, weil du dein Bein nicht biegen darfst. Kannst du trotzdem laufen? Versuche es doch!"

Operation, Knochen, Gips – ja Schwesterherz, das ist ja richtig spannend. Oder wirklich und wahrhaftig gruselig. Vielleicht war ich nun in irgendeinem Versuchslabor und an mir wurden neue Baumethoden ausprobiert. Oder besser gesagt, in mir. Eigentlich fühlte ich mich trotzdem nicht besonders schlecht, jedenfalls nicht mehr oder nicht im Augenblick. Ich wollte aufstehen, aber da kam ein neuartiger Schmerz wieder. Ich jaulte laut auf und legte mich hin. Ich musste aus dem Labor weg, bevor ich noch an ganz anderen Stellen irgendwelche Knochen zusammengebracht bekam – vorgeblich jedenfalls!

„Wer weint dann hier?" Theresa kam durch die Tür. Wohlgemerkt, ich weinte nicht, ich schrie vor Schmerzen! Aber was wusste so ein Menschenmädchen schon. Sie machte ein schwaches Licht an und kam näher. Sollte ich knurren? Ich wartete ab. Sie hatte eine grüne Jacke und eine weiße Hose an. An ihrer Jacke hing ein Schild, wohl mit ihrem Namen. Ach, ja, sie machte ja hier irgendein Praktikum. Sie kam noch näher. Leichtes Knurren war aber nun wirklich angesagt. „Hab' keine Angst, ich bin es doch nur." Ja, eben. Sie hockte sich neben mich hin und ließ mich an ihrer Hand schnüffeln. Na gut. „Du hast sicher noch Wundschmerzen. Warte mal kurz, ich hole die Ärztin." Ja, wo sollte ich denn großartig hingehen? Theresa verschwand und Alma gesellte sich zu mir. Irgendwie war es tröstend, ihre Wärme zu spüren. Ich war gerade dabei, ihr klarzumachen, dass wir schleunigst versuchen sollten, abzuhauen, bevor mit uns noch mehr experimentiert wurde. Doch da kam Theresa mit einer anderen Frau schon wieder zurück.

Die Frau war ziemlich groß und schlank. Sie hatte ganz ähnliche grün-weiße Kleider an wie Theresa. Ihre langen, roten Haare hatte sie mit einem Gummiband zusammengebunden. Die grünen Augen waren hinter dicken Brillengläsern fast unsichtbar. Sie roch sehr stark nach Medizin, Chemie und nach dieser Klinik. Ich guckte Alma kurz an, sie schien auch Schwierigkeiten zu haben, die Frau richtig zu erschnüffeln. Die Frau machte einen etwas hektischen Eindruck.

„Was macht unser kleiner Patient?" Klein – sofort erntete die Frau einen ganzen Korb Minuspunkte. „Die Operation ist ja sehr gut verlaufen. Wir konnten den Bruch wieder richten und fixieren. Den Kunststoffgips sollst du noch einige Wochen tragen. Wir beobachten dein Bein, aber es gibt sicher keine Komplikationen. Trotzdem wird die Wunde sicherlich noch eine Weile schmerzen."

Sie schien tatsächlich mit mir zu sprechen. Das war aber wirklich kaum zu fassen, die Frau versuchte mich zu streicheln. Knurrrrr! Mach bloß keinen Fehler, du Mensch!

„Ich verstehe, dass dir das alles nicht geheuer ist. Aber ich muss dich kurz untersuchen." Die Frau hob tatsächlich Alma auf ihren Schoß – und Alma schien es richtig schön zu finden. „Siehst du, es wird dir nichts Schlimmes passieren. Theresa, holst du bitte die Infusion und die Ampulle Morphium, die da auf dem Tisch bereit liegen. Der kleine Mann soll ja keine Schmerzen haben."

„Ja natürlich, Doktor Heising." Theresa brachte eine Spritze und eine sehr kleine Flasche mit etwas Flüssigem darin. Die Spritze hatte eine sehr lange Nadel. Also, nun wirklich, dass könnt ihr ohne mich machen. Ich kroch so weit weg wie möglich, jaulte vor Schmerzen aber biss die Zähne zusammen und knurrte so laut ich konnte. Ja, meine Zähne funktionierten noch einwandfrei. „Aber wie können wir ihm die Infusion verabreichen, wenn wir ihn gar nicht anfassen können?" Ja, das würde ich auch gerne wissen, knurr. „Hol' doch bitte die Wurst aus dem Kühlschrank, du weißt schon, welche ich meine?" Theresa nickte und ging in das andere Zimmer. Dort stand also ein Kühlschrank voller Wurst. Das war ja gut zu wissen. Mir lief in dem Moment das Wasser im Mund zusammen und ich merkte, dass ich ziemlich hungrig war. Als Theresa mir dann ein kleines Stück Wurst zuwarf, schluckte ich es blitzschnell. Entschuldige Alma, ich hätte dir wohl etwas abgeben sollen, aber das Stück war wirklich klein.

„Mein Bruderherz, manchmal bist du wirklich nicht zu beneiden." Wieso nicht? Was sollte das nun wieder, ich hatte die Wurst bekommen und nicht sie. „Hast du denn nicht gerochen, dass das nicht nur die Wurst war?" Ach, ja? Na wenn sie meinte. Ich wurde tatsächlich plötzlich wieder müde, aber ich behielt die Frauen noch ganz genau im Auge. Mann, ich könnte mich aber auch kurz hinlegen, ganz kurz nur. Ich schloss die Augen und alles war richtig entspannt.

Ich fühlte kurz, wie ich eine Spritze bekam. Ich machte die Augen wieder auf und sah, wie ein komisches Ding an den Ohren der Ärztin hing – ein Schlauch mit einer Metallplatte daran. Und diese Platte drückte sie auf meine Brust. Vielleicht wurde diese nun in meine Brust implantiert. Egal. Ich fühlte keine Schmerzen mehr. Alma, komm her zu mir und lass uns noch ein bisschen Schlafen, ja?

Als ich wieder zu mir kam, hatte ich einen furchtbaren Durst. Alma lag neben mir und schlief tief und fest. Die Tür zum anderen Zimmer war wieder einen Spalt breit offen und ich hörte irgendwo in der Ferne jemanden leise sprechen. Ich hatte aber echt Durst. Ich schaute mich um und sah direkt neben meiner Unterlage, wohl eine dünne Matratze, eine Schüssel voll mit Wasser stehen. Ich kroch dahin und trank und trank und trank. Herrlich! Ja und dann natürlich das Unausweichliche – ich musste mal. Aber wohin nur? Das war ja wie in der Welpenhalle, wo wir einfach in unseren Käfigen auf den Betonboden machen mussten. Ob die Menschen hier auch alle paar Tage mit Wasserschläuchen den Boden sauber machten? Ich beschloss, dass das nun wirklich nicht mein Problem war und versuchte, mich etwas aufzurichten. Ging doch! Mit drei Beinen und einem dicken Klotz humpelte ich in eine Ecke und ließ es laufen. Alma war aufgewacht und schien mich ein wenig vorwurfsvoll anzustarren.

„Was ist nun, ich musste mal!" Aber sie schnauzte mich leise an. „Sei still und höre zu, ich kann nichts verstehen, wenn du da so einen Lärm machst. Pssst!" Ich verstand nicht, was es da zu hören gab, außer dem leisen Gemurmel aus dem anderen Zimmer. Jemand flüsterte vor sich hin, musste wohl ein Telefonat sein. Oder verrückt, falls er nur mit sich selber sprach. Oder sie – ich konnte sogar das nicht unterscheiden. Ich hockte mich hin und dachte zum tausendsten Mal, dass Alma nach ihrer Erblindung alles besser riechen und hören konnte als ich. Ja – und fühlen, einschätzen, erahnen und was weiß ich noch alles. Ich war dann zu neugierig und schleifte mich ganz leise etwas näher zur Tür. Und dann hörte ich etwas, was ich eigentlich nicht hätte hören wollen.

„Es sind aber garantiert deine, José. Zuerst kam der Rüde und nun sind die anderen drei Köter auch hier." Kurze Pause. „Natürlich sind sie nicht gechipt. Es ist nur, dass ich hier vor mir einen alten Flyer über deine Hundeshows liegen habe und rate mal, welche dämlichen Köter auf dem Titelblatt zu sehen sind. Ja genau." Wieder hörte die Stimme zu. „Es wurde hier heute schon darüber diskutiert und sie werden dich morgen sicher anrufen und bis dahin musst du dir etwas einfallen lassen." Pause.

Die Stimme klang plötzlich noch ärgerlicher. „Hast du etwa wieder getrunken? Blutverschmierte Werwölfe haben sich die Hunde geschnappt? Also wirklich, du musst dir etwas Besseres einfallen lassen und bevor du auf die Idee kommst: Nein, ich kann weder die Hunde noch den Flyer verschwinden lassen. Es gibt jetzt schon zu viele Zeugen. Wenn das nächste Geschäft deinetwegen platzt, hast du echte Probleme und nicht nur mit mir. Lass dir eine gute Geschichte einfallen." Pause.

„Was weiß ich, wie sie es bis hierher geschafft haben. Es war doch ausgemacht, dass du sie erledigst. Du – und nicht ich! In drei Wochen soll der nächste Transport nach Norden komplett sein und du solltest aufpassen, dass die fünfzig

Welpen dir bis dahin nicht auch noch entwischen! Einen schönen Abend noch!" Zornig hörte der Sprecher auf. Dann hörte ich nur noch Schritte, die sich entfernten. Ich blickte zu Alma.

„Was war das bloß jetzt? Hast du die Stimme erkannt?" Alma schüttelte den Kopf. „Nein, ich konnte nur die Worte hören, ich weiß nicht einmal, ob es ein Mann oder eine Frau war. Aber freundlich war das auf jeden Fall nicht." Ach nee, das konnte ich aber auch heraushören.

„Jemand hat mit dem Mann von der Welpenhalle telefoniert. Diese Menschen sollten uns eigentlich doch helfen und nicht mit diesem Mann zusammenarbeiten. Ich habe doch gesagt, dass wir niemanden vertrauen können. Aber du musst dich wieder bei allen einschleimen. Kannst du mir bitte erklären, was wir jetzt machen sollen? Und hier sind jetzt keine Mama, kein Papa, keine mutigen Wölfe oder andere Helfer mehr. Wir müssen abhauen!" Ich fing an, hin und her zu laufen. Oder besser gesagt – zu hopsen.

„Ja, Arlo, aber vielleicht will er uns gar nicht zurück. Er kann doch nicht wirklich erklären, warum wir in so einer schlechten Verfassung sind. Er hat uns doch schon abgeschrieben. Sonst muss er doch auch die ganzen Behandlungskosten übernehmen und Geld an uns verschwenden wird er garantiert nicht mehr. Mir macht etwas ganz anderes Sorgen. Hast du gehört, dass sie planen, wieder Welpen ins Ausland zu bringen? Die sind doch immer noch viel zu klein und weinen die ganze Zeit, weil ihre Mütter nicht mitdürfen. In drei Wochen! Dann sind doch auch die Babys von unserer Tante Rosa erst fünf Wochen – wir müssen unseren Kusinen und auch den anderen Babys helfen! Wir müssen mit Toran sprechen, Arlo!"

Alma schrie fast. So aufgeregt hatte ich sie noch nie erlebt. Ich schämte mich etwas, dass ich nur an uns gedacht hatte. Aber was Alma sagte, stimmte natürlich. Es ist immer das allerschlimmste gewesen, wenn wieder ein Transport fertig gemacht wurde. Zu der Welpenhalle kam dann immer ein großer Lieferwagen und alle Welpen wurden nacheinander aus den Käfigen geholt. Jeder bekam ein Halsband mit einem zufällig ausgewählten Namen und einwandfreie Papiere mit Nachweisen über ihre Herkunft aus einer liebevollen familiären Zucht, Impfungen und ärztlichen Untersuchungen. Alle waren angeblich gechipt und bereit für eine Reise. Wir wussten, dass nichts davon wahr war. Die Menschen hatten sich so oft darüber lustig gemacht, wie ausgezeichnet die Fälschungen waren und wie leichtgläubig viele Menschen sind. Wir hatten noch nie einen Tierarzt gesehen, wir waren sicherlich nicht geimpft und nicht gechipt. Keiner außer uns vier Showhunden wurde von den Menschen mit Namen gerufen. Und aus einer liebevollen familiären Zucht? Na ja. Wohl nicht gerade die Wahrheit. Aber keiner der Welpen kam jemals zurück. Einige starben sogar schon während der Reise – dann waren die Menschen immer ganz verärgert, wegen des großen finanziellen Verlustes. Und die Mütter mussten sofort wieder neue Welpen „produzieren". Das war alles schon wirklich sehr schlimm, aber so richtig schlimm ist das ängstliche Weinen der Welpen und die unvorstellbar tiefe Verzweiflung in den Stimmen der Mütter gewesen, wenn sie nach ihren Babys riefen und versuchten, diese irgendwie zu trösten. Die Augen der Mütter hinter den Käfigtüren – in denen unendlicher Schmerz zu sehen war.

Das musste aufhören, das mussten wir verhindern. Aber wie sollten wir das nur hinbekommen? In dieser Klinik war doch jemand, der Kontakt zu der Welpenhalle hatte. Man musste keine Leuchte sein, um zu verstehen, dass gerade dieser Mann oder diese Frau für die gefälschten tierärztlichen Papiere verantwortlich war. Es könnte für uns richtig gefährlich werden, wenn diesem José keine überzeugende Geschichte einfiel. Der Mensch, der mit diesem José Geschäfte machte, könnte uns doch leicht verschwinden oder irgendwie verenden lassen, sei es dann zum Beispiel auf dem Weg zurück zu ihm. Oder wir würden in eine Auffangstation gebracht. Aber vor allem durften wir keine Zeit verlieren, sondern mussten einen Plan entwickeln, wie wir die Welpen retten konnten. Und uns rächen. Da fiel mir Luna ein – und notgedrungen die menschliche Verbindung zu Luna: Theresa. Wir mussten irgendetwas versuchen.

„Glaubst du, dass diese Theresa noch hier ist?", fragte ich Alma.

Sie schnüffelte und legte ihren Kopf etwas schief, schloss die Augen und schien aufmerksam zu horchen. „Ja, und außerdem kommt sie gleich rein zu uns."

„Alma, wir müssen zur Finca Assisi zurück. Nur so können wir Kontakt mit Toran aufnehmen. Also, wir müssen Theresa für uns gewinnen. Wir dürfen nicht zu irgendeiner Auffangstation kommen."

„Und was ist mit Mama? Wir können sie doch nicht einfach hier lassen?"

Wieso Mama – hinter der Regenbogenbrücke können wir sie nicht besuchen, also was sollte das? Alma konnte sie mit ihren Kopfbildern so oft besuchen, wie sie wollte, aber wir zwei mussten aus dieser Klinik raus. Ich wollte ihr gerade etwas erwidern, als Theresa hineinkam.

„Na ihr zwei, wollt ihr gar nicht schlafen. Ich wollte noch kurz nach euch sehen, bevor meine Schicht endet. Dem kleinen Kerl scheint es aber auch schon etwas besser zu gehen." Alma lief sofort schwanzwedelnd zu ihr und ich zwang mich, nicht zu knurren. Ein bisschen Schwanzwedeln hat noch keinem geschadet. „Ich habe es gesehen – wie süß, dein Bruder scheint nicht mehr so viel Angst zu haben. Ob ich ihn wohl ganz kurz streicheln könnte, was meinst du, kleines Mädchen, gehen wir zusammen zu ihm?" Augen zu und durch. Nicht knurren. Augen zu. Es ist gleich vorbei. Denk an die Babys. Schon kam die Hand und streichelte mich leicht auf der Seite. Und nochmal.

„Guter Junge, so ist es doch viel schöner. Aber wir wollen es nicht gleich übertreiben." Das war eigentlich gar nicht so schlimm. Dass eine Menschenhand so weich sein kann. Ich war schon etwas verblüfft. „Ich lass euch nun in Ruhe und morgen früh dürft ihr garantiert wieder zu eurer Mama, wenn sie nach der Narkose wieder richtig fit ist. Sie hatte ja eine sehr schwere Operation, aber sie wird es schon schaffen, wenn das Antibiotika erst richtig anschlägt. Ihr musst euch keine Sorgen machen." Und dann machte sie das Licht aus und winkte uns zum Abschied.

„Alma, ob das wahr ist – Mama soll noch leben?"

„Ja klar lebt sie noch, habe ich doch gesagt. Ich habe sie nach ihrer Operation besucht, aber sie schlief noch. Genau wie du. Mit uns wird es schon wieder, lass uns jetzt nur an die Welpen denken. Und daran, was hier eigentlich los ist."

Ich war einfach erleichtert und glücklich. Ich wollte dieses Gefühl eine Weile lang genießen und nicht sofort an die nächsten Katastrophen und die für uns fast unmöglichen Aufgaben denken. Vielleicht könnten wir mit Mama irgendwo ein neues Leben beginnen. Nur wir drei. Ohne Probleme und ohne diese andauernde Furcht, die unser Leben bis dahin begleitet hat. Die Furcht in der Welpenhalle... es half nichts, ich musste wieder an die armen Babys denken.

„Ja, hast ja recht. Aber wir können uns keine Fehler leisten. Du weißt ja wirklich nicht, wem du hier vertrauen kannst und wem nicht. Bist du überhaupt sicher, dass diese Theresa in Ordnung ist?"

„Natürlich ist sie das. Sie hat uns doch mit Luna gerettet. Außerdem spüre ich, dass sie einfach lieb ist. Aber jemand treibt hier ein ganz böses Spiel. Und Arlo, wir müssen wirklich vorsichtig sein, ich habe ein ungutes Gefühl in diesen Räumen. Es kann noch etwas ganz furchtbares passieren." Na, das war ja wieder richtig beruhigend. Wenn ich jetzt wieder Angst bekam, konnte ich nicht richtig denken.

Also, der Reihe nach. „Okay. Wir müssen Theresa jetzt einfach vertrauen." Ich seufzte. „Wir müssen sie dazu bringen, uns und Mama zur Finca Assisi mitzunehmen, und das möglichst schnell. Wir müssen aber auch verhindern, dass jemand etwas über unsere Herkunft herausfindet. Also ich meine, jemand weiß es ja schon, aber hat kein Interesse daran, es bekannt zu machen. Wenn die anderen den Flyer entdecken, sind wir erledigt."

„Dieser Mateo hat uns ja angeblich erkannt und nach dem Flyer gesucht. Vielleicht wollte er nur auf Nummer sicher gehen und den José vorwarnen. Wäre doch möglich. Wenn dieser Flyer hier rumliegt, kann doch jeder auf dieselbe Idee kommen."

„Ja, der Mateo. Das ist ein merkwürdiger Typ. Es wäre natürlich ganz schlau von ihm, selber als erster darauf zu kommen. Wenn er dann morgen noch mal mit diesem José telefoniert, wäre ja alles schon vorbereitet. Aber wenn er nicht der Mensch ist, dann kann er nichts ohne den Flyer beweisen. Oder keiner kann etwas beweisen. Er müsste ja da in einem der anderen Zimmer irgendwo liegen, wie der Mensch am Telefon gerade gesagt hat. Falls der Flyer also verschwindet, haben wir vielleicht bessere Chancen zu Theresa zu kommen. Wenn wir weiterhin niedlich tun. Oder ich, du bist ja so wie so immer so ein Menschennarr."

Alma setzte soeben an, etwas Passendes zu erwidern, da hörten wir plötzlich Schritte näherkommen. Jemand kam durch das Nebenzimmer direkt auf uns zu. Ein Schatten erschien an der Tür. Er machte das Licht an. Mateo! Er stand einfach bewegungslos da und starrte uns grimmig an. Nach einer Weile schien er irgendeine Entscheidung getroffen zu haben, schaltete das Licht wieder aus, ging hinaus und schloss die Tür fest hinter sich. Wie gruselig! Und nun trennte uns die geschlossene Tür auch von dem Flyer.

5. VERSCHWINDE, DU BLÖDER FLYER!

„Kommen Sie, Theresa! Sie haben sicher Interesse an den kleinen Hunden. Wir machen noch eine abschließende Untersuchung und dann können wir sie entlassen. Ob der Besitzer inzwischen gefunden worden ist?" Ein dunkelhaariger großer Mann kam am nächsten Morgen als erster mit Theresa zu uns. Er sah diesem Mateo ziemlich ähnlich, nur war er deutlich älter. Und er hatte auch eine grüne Jacke und eine weiße Hose an. Ich vermutete gleich, dass es Doktor Morales war. Der Vater von Mateo und der Klinikchef. Ich stupste Alma an und wollte wissen, wie sie den Mann einschätzt.

„Ich weiß nicht recht. Es ist hier echt schwer, weil alle Menschen irgendwie nach diesen chemischen Mitteln riechen. Aber Theresa ist ja auch hier." Alma lief natürlich sofort wieder fröhlich zu Theresa und leckte ihre Hand. Theresa hob sie auf den Schoß und flüsterte ihr wohl wieder irgendwelche Mädchensachen ins Ohr, so selig wie meine Schwester aussah.

„Vielleicht möchten Sie nach meinen Anweisungen die Untersuchung selbst vornehmen? Es scheint ja so, dass Sie bereits ein gutes Verhältnis zu unserem Patienten aufgebaut haben." Das war ein Vorschlag nach meinem Geschmack. Theresas Hände kannte ich ja schon ein wenig, wenn mich denn schon wieder jemand betatschen musste. Theresa kam mit Alma näher und hockte sich neben mich.

„Vielen Dank, Doktor Morales." Also doch der Chef! „Das würde ich sehr gerne machen." Sie schielte zu mir rüber. Das war ja höflich, meistens starren alle Menschen uns nur an. Sie reichte mir ihre Hand und ich schnüffelte daran. Ja, mach nur, was du machen musst aber schnell. Ob sie mich wohl verstanden hatte, weil sie Alma vorsichtig auf den Boden legte und damit begann, mich und mein Bein nach den Anweisungen des Arztes zu untersuchen. Nach einigen Minuten war diese Tortur dann überstanden und ich bekam die Erlaubnis, die Klinik zu verlassen. Juhuu! Die Freude darüber war aber nur von kurzer Dauer.

„Haben Sie mit meinem Sohn schon gesprochen, ob er den Besitzer ermitteln konnte? Diese Hunde haben keinerlei Tätowierungen oder Chips. Sie sind aber immer noch in ziemlich schlechter Verfassung und brauchen in jedem Fall für eine Weile eine Pflegestelle, bevor sie zur Not in eine Auffangstation gebracht werden können. Der kleinen Hündin können wir leider nicht mehr helfen. Das Röntgenbild hat ja eindeutig eine schwere Schädelfraktur gezeigt, die wohl als ursächlich für die Blindheit angesehen werden muss. Es ist überhaupt ein Wunder, dass die Hündin das offenbar vollkommen unbehandelt überlebt hat."

„Ich habe gerade gesehen, dass Ihr Sohn eingetroffen ist, aber ob er schon etwas erreicht hat, das weiß ich leider nicht. Meine Großeltern wollen übrigens heute Vormittag noch vorbeischauen, vielleicht könnte ich sie überreden, die Hunde in Pflege zu nehmen. Dann müssten Sie nicht weitersuchen." Theresa, wenn das nur klappen würde. Alma sah mich an und nickte eindringlich. Ich seufzte, nahm meinen ganzen Mut zusammen und leckte kurz Theresas Hand.

„Wie niedlich! Meinst du, dass du auch gerne mit uns kommen würdest, he?" Niedlich! Soll ich meine Zähne ins Spiel bringen und zeigen, wer hier niedlich ist! „Arlo!", mahnte mich meine Schwester leise. Ja-a. Ja, du liebes Menschenmädchen, ich würde so gerne mit dir kommen, bitte. Leck, Schwanzwedeln, kotz würg.

„Arlo, nun wirklich! Sie ist doch sehr nett. Dank ihrer Hilfe können wir vielleicht doch noch zurück zur Finca Assisi."

„Ja, oder dieser Mateo oder sonst jemand findet den Flyer und dann sind wir erledigt. Diese Schleimerei den Menschen gegenüber macht mich echt krank. Da wird eh nichts

Gutes draus werden. Nie und nimmer."

„Etwas dankbar könntest du aber ruhig sein. Es scheint ja, dass dein Bein wieder gesund wird und Mama wurde das Leben gerettet! Sei nicht immer so furchtbar misstrauisch. Die sind doch in Ordnung."

„Was ich zu tun oder zu lassen habe, kannst du mir nicht vorschreiben! Hast du etwa schon vergessen, was mit dir passiert ist – und hast du vielleicht auch schon vergessen, was wir gestern Abend gehört haben? Hier gibt es jemanden, der ein ganz falsches Spiel spielt! Wenn ich nicht wäre, würdest du doch alles und jeden einfach schön und nett finden. Das hier ist das richtige Leben und ohne mich würdest du keine Stunde überleben." Ich schrie sie richtig an. Ihre Stimme fing an zu zittern. Ja, plärre doch nicht gleich wieder los.

„Arlo, das weiß ich doch alles. Ich weiß, dass ich dich brauche und dass du mich oft beschützt hast. Aber vergesse auch du nicht, dass ich viel besser spüren kann, was die Menschen von uns wollen und mit uns vorhaben. Ich kann nur wegen diesen Gerüchen die Menschen kaum auseinanderhalten, aber ich weiß, dass es für uns nicht schlecht ausgehen wird."

Die Tür ging plötzlich auf und Mateo kam breit grinsend herein. In der Hand hatte er tatsächlich den Flyer mit unserem Familienfoto darauf. Was meinte Alma wohl mit nicht schlecht ausgehen? Dass wir nicht in eine Auffangstation kommen, sondern dass wir zurück zur Welpenhalle müssen und unser Tod damit absolut sicher war? Ich war so endlos frustriert, dass ich Alma hart anstupste.

„Hee, nicht streiten, ich habe gute Neuigkeiten. Hallo Vater, hallo Theresa. Ich glaube, ich habe herausgefunden, woher unsere kleinen Streuner stammen. Vielleicht sollten wir aber zuerst eine kleine Familienzusammenführung vornehmen, um auf Nummer sicher zu gehen. Theresa, könnten Sie einen Pfleger bitten, Ihnen zu helfen, die zwei anderen

Hunde hierher zu bringen? Ich glaube Pedro macht wieder Überstunden und ist nach der Nachtschicht noch da."

Alma und ich saßen schweigend auf der Matratze. Anscheinend waren da viel mehr Menschen als wir ahnten. Wie sollten wir herausfinden, wer das Telefonat mit diesem José geführt hatte? Ich würde es aber garantiert nicht erlauben, dass meine Schwester dahin zurück musste. Ich wusste zwar überhaupt nicht, wie ich das verhindern sollte, aber es war ja noch ein weiter Weg bis dahin. Ich würde mir schon etwas Geniales einfallen lassen. Ich musste mir etwas einfallen lassen. Nur nicht die Nerven verlieren.

Theresa und ein uns fremder, dunkelhaariger Mann in dieser grün-weißen Klinikuniform kamen herein. Sie trugen zwei Decken und in diese Decken gehüllt waren zwei Gestalten.

„Mama! Und Papa!" Wir schrien und jaulten und winselten und hopsten und freuten uns so unendlich. Mama und Papa waren wieder da! Mama lag noch schwach da mit einem Verband um ihren Bauch, aber sie lächelte uns an und leckte unsere Gesichter. Und Papa freute sich so sehr! Aber ihm schien es gar nicht so gut zu gehen, oder besser gesagt, er schien gar nicht zu gehen.

„Was ist mit dir, Papa? Was hast du? Ist dir nicht gut?" In unsere Freude mischte sich ganz schnell Sorge. Papa lächelte aber und versuchte, uns zu beruhigen.

„Halb so wild, Kinder. Mir geht es schon tausend Mal besser als noch vor ein paar Wochen. Meine Hinterbeine wollen nur noch nicht mitspielen, aber die Ärzte sagen, das könnte auch langsam wieder vorübergehen, wenn die Nerven in der Wirbelsäule sich nach der letzten Operation erst wieder beruhigt haben." Was könnte vorübergehen? Ich schaute Papa fragend an und er nickte nur. Er war vom Becken an gelähmt. Ach, Papa!

„Ich habe aber keine Schmerzen mehr. Es ist doch die Hauptsache, dass wir endlich wieder zusammen sind. Eure

Mutter hat mir schon die ganze Geschichte mit Toran und den angeblichen Höllenhunden erzählt." Er machte sich doch nicht lustig über mich, oder? „Und sie hat auch erzählt, wie mutig und tapfer ihr Kinder gewesen seid. Ich bin so unendlich stolz auf euch beide!" Es blieb keine Zeit uns richtig zu freuen, geschweige denn, unseren Eltern zu erzählen, was wir gehört hatten, da dieser Mateo erneut mit diesem dämlichen Flyer anfangen musste.

„Keine Frage, dass die drei mit dem Rüden bekannt sind. Das ist eindeutig diese Hundefamilie: Hündin Haya, Rüde Paison und die Welpen Alma und Arlo. Hier, seht doch das Bild mit dem Text an – sie sehen genauso aus, obwohl die Welpen jetzt natürlich schon etwas älter sind." Alle nickten und schienen zuzustimmen. Theresa guckte ziemlich unglücklich drein. Ich knurrte diesen selbstzufriedenen Mateo leise an. Doktor Morales nahm den Flyer und suchte nach Kontaktinformationen.

„Ach, das ist dieser José Rodriguez. Er hat ja drüben in den Bergen unweit von unserem Zuhause eine sehr schöne Villa, fast so schön, wie das Ihrer Großeltern, Theresa. Ich habe ihn dort mal besucht, aber das ist schon lange her. Er hatte damals erst mit seiner kleinen familiären Zucht angefangen. Muss wohl ziemlich erfolgreich sein. Ich glaube aber, er arbeitet mit anderen Tierärzten zusammen – hier habe ich ihn noch nie gesehen. Mateo, ruf ihn bitte gleich an. Ich muss noch zu den anderen Patienten." Doktor Morales gab Mateo den Flyer zurück und ging fort. Mateo lächelte Theresa an, richtig scheinheilig, wie ich fand.

„Sehen Sie Theresa, vielleicht klärt sich alles ganz schnell auf und Sie können das Portemonnaie Ihrer Großeltern schonen. Wäre doch nicht schön, wenn sich bereits während Ihrer ersten Monate hier ihre prächtige Finca mit diesen Sozialfällen füllt. Und denken Sie doch ab jetzt endlich bitte daran, dass unsere Privatklinik nicht die richtige Adresse für herrenlose Straßenköter ist." Wir alle vier knurrten ihn kräftig an. „Ja, ja, nur ruhig bleiben, bald dürft ihr wieder nach Hause." Er grinste tatsächlich richtig breit.

Als er gegangen war, hockte Theresa sich zu uns nieder. Sie streichelte Alma und hob sie wieder auf ihren Schoß. Was sollte nun aus uns werden? Mama und Papa sahen sich sorgenvoll an. Das Mädchen schien uns irgendwie zu verstehen. „Ich weiß, dass Mateo recht hat. Ihr seid wirklich diese Hunde. Aber ich glaube, ihr wollt dort gar nicht hin zurück, nicht wahr?" Alma leckte ihre Hand. Ich zwang mich, zustimmend mit meinem Schwanz zu wedeln. „Hat dieser José Rodriguez euch all das angetan? Hat er euch so schwer misshandelt?" Wir winselten leise. Ich sah, wie eine Träne Theresas Wange hinunterlief. Alma leckte sie weg. „Ich verstehe zwar nicht, wie ihr die weite Strecke bis zur Finca geschafft habt, aber es muss irgendetwas zu bedeuten haben. Auf jeden Fall werde ich mich jetzt erst mal um euch kümmern, egal was dieser Mateo sagt."

In diesem Augenblick kam er wieder zurück. Er zerknüllte den Flyer und warf ihn in den Papierkorb. „Ja, dann spielen Sie mal weiter Samariter. Herr Rodriguez behauptet, dass die Hunde schon vor Wochen ins Ausland vermittelt worden sind. Er wird mir noch die Verträge zufaxen. Ich glaube ihm nicht, aber das Gegenteil kann ich leider nicht beweisen. Wenn Sie die Hunde zu sich nehmen wollen, müssen Sie und Ihre Großeltern auch für die Kosten aufkommen. Sonst kommen sie in eine Auffangstation. Mir reicht es jetzt langsam." Er ging weg, ohne noch mal zurück zu blicken.

„Habt ihr das gehört? Ihr dürft mit zu uns, ich werde meine Großeltern schon davon überzeugen, ich verdiene hier ja auch ein paar Euro und kann mich an den Behandlungskosten beteiligen! Ist das nicht schön! Luna wird sich sicherlich darüber sehr freuen. Ihr bekommt die bestmögliche Pflege, ganz viel zu essen und ihr könnt euch den ganzen Tag ausruhen oder sogar ins Schwimmbecken gehen, wenn es euch zu heiß wird! Aber nun muss ich schnell Oma und Opa informieren. Ich glaube, den Flyer hebe ich besser auf, irgendetwas scheint doch mit diesem Rodriguez nicht zu stimmen." Theresa kramte in dem Papierkorb herum und steckte den zerknüllten Flyer in ihre Tasche. Sie winkte uns noch kurz zu und ging dann auch.

Wir konnten unser Glück kaum fassen. Wir saßen ganz dicht beieinander und fühlten uns zum ersten Mal seit langer Zeit sicher, eigentlich hatte ich mich in meinem bisherigen Leben noch nie so sicher gefühlt. Alma begann aus lauter Freude hin und her zu hüpfen, Mama und Papa schauten sich tief in die Augen und ich – nun, ich erinnerte mich plötzlich daran, was ich Papa unbedingt noch sagen musste. Es war noch nicht vorbei.

Ich seufzte. „Papa. Toran hat eine Nachricht für dich. Ich soll dir unbedingt sagen: Der Kampf hat begonnen!"

Papa richtete sich auf so gut das mit zwei Pfoten ging. Er wurde ganz ernst und schaute mir direkt in die Augen. „Endlich. So lange habe ich auf diesen Tag gewartet. Die Wächter und Kämpfer sind also eingetroffen. Nun kann uns keiner mehr aufhalten. Die Rache wird die Quäler treffen und vernichten, bevor diese überhaupt verstehen, was los ist. Und ihr zwei müsst noch einmal ganz mutig und tapfer sein, weil wir euch brauchen. Ich kann es leider nicht ändern. Dadurch werden wir unsere Freunde retten können und denen das Grauen lehren, die es verdient haben. Sie haben unsere Liebe und Treue nur missbraucht, sie haben unsere Herzen gebrochen und versucht, unsere Seelen und Körper zu zerstören. Wir werden gnadenlos zuschlagen und das Böse zugrunde richten. Sie werden es bereuen, was sie uns allen jahrelang angetan haben."

Die Augen von meinem Papa glühten. Die fröhliche Stimmung war verschwunden. Ich konnte fühlen, wie meine Nackenhaare sich aufrichteten. Und als wenn es noch nicht deutlich genug wäre, sagte Papa noch: „Ich muss meine Kinder in den Kampf schicken, damit die anderen Kinder und auch die zukünftigen Generationen von dem Bösen befreit werden. Dass der Mensch mich so weit gebracht hat, dass er durch seine Taten mich dazu zwingt, so etwas zu tun, wird er bald zutiefst bereuen."

6. GESPRÄCHE MIT DEN ZWEIBEINERN

Ich saß im Schatten auf der kühlen Terrasse und beobachtete, wie Mama, Luna und Theresa, die wir nun auch Terri
nannten, Alma ins Schwimmbecken zu locken versuchten.
Papa lag neben mir und ruhte sich nach seiner Therapie
aus. Terri hatte Papas Füße massiert und gestreckt, bis er
nicht mehr konnte. Mein Bein war so weit in Ordnung, ich
konnte es sogar schon belasten, aber ins Wasser durfte ich
leider noch nicht. Seit vier Tagen waren wir nun auf der
Finca Assisi und konnten nur darüber staunen, wie anders
diese Menschen waren.
Terris Großeltern hatten uns einen ganz großen Korb mit
weichen Kissen gekauft, worin wir alle schlafen konnten.
Sogar Luna zwängte sich manchmal zu uns rein. Es war
einfach gemütlich. Wir bekamen jeden Tag sogar zwei Mal
etwas Richtiges zu essen und ab und zu noch Süßigkeiten,
so kleine braune Bonbons. Wir wurden nicht angeschrien,
nicht geschubst und vor allem nicht geschlagen, von keinem. Und ich durfte meine Ruhe haben, keiner außer Terri
versuchte mich anzufassen. Sie durfte es, ein bisschen, aber
nicht zu oft. Allerdings musste ich zulassen, dass sie jeden
zweiten Tag meinen Verband wechselte. Alma schlief
manchmal sogar auf dem Schoß von jemandem. Das sah
schon angenehm aus, aber da konnte man nicht so gut aufpassen. Ich würde nie so nahe bei einem Menschen einfach
einschlafen können. Man konnte ja nie wissen. Deshalb
passte ich immer auf Alma auf.
Wir hatten einen sehr großen Garten mit vielen Bäumen
und Blumen am Haus, wo wir völlig frei herumlaufen durften. Luna hatte mir erklärt, dass, obwohl da ein Zaun und
dahinter noch eine Mauer waren, diese nur zu unserem
Schutz seien. Sie sollten verhindern, dass jemand in die Finca einbricht oder uns klaut. Das hat sie erzählt und wahrscheinlich glaubte sie auch selber daran. Ich war nicht so

leicht hinter das Licht zu führen. Zaun blieb Zaun und Mauer blieb Mauer. Wenn wir weglaufen wollten, ginge dies nicht. Das war das, worauf es ankam. Ich konnte nicht verstehen, wie viele – sogar erwachsene – Hunde so leichtgläubig sein konnten.

Ich versuchte das Luna zu erklären, aber sie lachte nur. Wo würden wir denn hingehen wollen? Wir hätten da doch alles, was ein Hund braucht. Das war schon richtig, aber wenn man dringend wegmusste, zum Beispiel zum Kampf um die Freunde zu retten, dann hattest du gleich ein Problem. Zurzeit schien sich keiner außer mir darüber Sorgen zu machen. Ich suchte aber jeden Tag eine Möglichkeit, im Notfall hinaus zu kommen. Ich würde diese auch finden, da war ich sicher.

„Luna, schwimme hierher und hilf deiner Freundin!" Terri saß halb im Wasser und winkte Luna zu, die große Kreise im Schwimmbecken drehte. Das Becken war oval und ziemlich groß, am Anfang waren einige breite Stufen aus Stein, aber dann wurde es so tief, dass sogar Luna nicht mehr stehen konnte. Mama lag auf dem gefliesten Rand und versuchte Alma gut zuzureden. Alma hatte eine Pfote einen Zentimeter tief im Wasser, sie weigerte sich einfach weiterzugehen.

„Lasst mich, das kühlt schon so. Einfach herrlich!" Wenn ich könnte, würde ich einfach kopfüber rein springen. Alma wollte wohl zeigen, wie mutig und entgegenkommend sie war und setzte ihre andere Pfote auch ins Wasser. „So ist schön!" Ich seufzte. Luna stieg zu Alma hinauf und packte sie am Nacken.

„Nun komm schon, ich halte dich fest!"

Alma fing an, furchtbar zu schreien. Ich sprang auf – was sollte das? „Lass sofort meine Schwester in Ruhe oder du wirst demnächst nur in Bandagen herumlaufen!" Ich knurrte so laut ich konnte. Das war auf jeden Fall effektiv, dachte ich. Luna lies Alma los, weil sie so heftig lachen musste.

Sehr nett. Mama schaute mich etwas mitleidig an. Wenigstens Papa hätte etwas sagen können, aber er träumte und schien nichts mitbekommen zu haben. Wahrscheinlich auch gut so. Luna schien sich gar nicht mehr beruhigen zu können. Um nicht vor Lachanfällen ertrinken zu müssen, stieg sie aus dem Becken und ging unter einen Baum in den Schatten. Ich hörte sie weiter kichern. Blödes Vieh.

„Danke, Arlo!" Das war meine liebe Schwester wieder. „Ich habe mich nur so erschrocken. Es ist aber wirklich sehr angenehm hier am Wasser. Komm doch auch her." Nein, lieber nicht.

Terri kam zu Alma und hob sie auf ihren Schoß. „Was glaubst du, Alma, würdest du vielleicht mit mir schwimmen gehen? Ich halte dich ganz dicht bei mir und du kannst das schöne Wasser an dir einfach genießen." Kein Schreien, kein Winseln. Terri stieg ganz langsam die Stufen nach unten und hockte sich vorsichtig ins Wasser. Nun war Alma schon halb bedeckt. Und jetzt lief das Wasser über ihren Rücken. Und sie genoss es tatsächlich. Terri wiegte sie langsam im Wasser hin und her. Alma machte sogar ein paar Schwimmbewegungen, aber Terri ließ sie nicht los. Nach einer Weile hob sie Alma zurück auf den Beckenrand, wo sie sich sofort ausschüttelte und Mama ganz nass machte. Luna kicherte weiter oder erneut, was weiß ich. Normalerweise war sie nicht so nervig. Ich ignorierte sie einfach und ließ meinen Blick in die Ferne schweifen.

Die Finca lag an einem Berghang, die Aussicht von der Terrasse war wirklich wunderschön. Soweit ich gucken konnte, sah ich Pinienbäume und kleine Büsche. Unten im Tal sah man ab und zu Wanderer, einige hatten sogar Hunde dabei. Gestern hatte ich Schafe gesehen, die ganz langsam zwischen den Büschen weideten. Ja gut, ich habe erst gestern gelernt, dass es Schafe waren, und nicht etwa heruntergestürzte Wolken oder eine neuartige Hunderasse. Noch weiter weg konnte man am Abend die Lichter der anderen Fincas oder von herumfahrenden Autos sehen. Luna hatte erzählt, dass hinter dem Tal das Meer liegt. Und ein Meer ist groß, wie tausende und noch mehr Schwimmbecken zusammen. Muss auch schön sein. Hinter der Finca stiegen die Berge auf, bis sie nur noch dunkle Schatten waren. Und auf diese sollte ich mich eigentlich konzentrieren, weil in den Bergen die furchtbare Welpenhalle lag.

Ich schlenderte langsam zu Luna und versuchte sie auszufragen.

„Hast du schon etwas von Toran gehört? Die Zeit läuft."

Sie guckte mich an und machte mit diesem nervigen Kichern weiter.

„Ach, lass es jetzt gut sein, Luna. So lustig war es nun auch wieder nicht. Was ist bloß heute mit dir los?"

Kichern. Mann, ich wurde allmählich richtig sauer. „Andere leiden und werden bald vielleicht sterben und du kicherst nur dämlich. Etwas mehr habe ich von dir schon erwartet. Aber lach nur weiter, ich werde alles schon alleine schaffen." Ich drehte mich um und wollte zurück zu Papa laufen. Luna sprang auf und stellte sich vor mich hin.

„Sei doch nicht so humorlos, Arlo. Das Leben ist schwer genug, man muss sich auch freuen können, wenn die Gelegenheit dazu da ist." Ja – wenn. „Ach, komm schon. Ich bin nur etwas nervös, weil ich heute erstens eine Prüfung habe und zweitens am Abend Kontakt mit Toran aufnehmen soll." Sie schaute mich ganz ernst an.

„Äh – das musst du mir noch genauer erzählen. Was für eine Prüfung und wie sollst du Kontakt aufnehmen?" Ich war etwas irritiert.

„Ich habe dir doch neulich erzählt, dass der Opa von Terri mir eine Aufgabe gegeben hat. Ich werde als Rettungshund ausgebildet und heute ist die letzte Prüfung, bevor ich an richtigen Einsätzen teilnehmen darf. Ich werde dann mit Opa Gerhard arbeiten und vermisste Menschen suchen. Die Ausbildung macht richtig Spaß und ist auch sehr aufregend.

Einige Leute aus der Klinik nehmen zusammen mit ihren Hunden auch an der Ausbildung teil. Vielleicht lernst du die Hunde bald kennen, weil sie öfter nach dem Training oder den Prüfungen zur Finca zum plaudern kommen. Die Menschen natürlich auch." Ihre Augen strahlten.

„Ich verstehe nicht ganz. Warum sollte man nach Menschen suchen? Ist doch gut, wenn die verschwinden? Und beim Training wirst du doch sicherlich oft geschlagen, wie wir von dem Mann in der Welpenhalle auch." Ich wollte seinen Namen auf keinen Fall aussprechen.

Ich hasse es, wenn andere mich mitleidig oder mitfühlend ansehen, so wie Luna jetzt. „Du brauchst sicher viel Zeit und neue Erfahrungen, bevor du glaubst, dass nicht alle Menschen böse sind. Wir werden da nie geschlagen, im Gegenteil, wie kriegen Leckerlies, wenn wir etwas richtig gut gemacht haben. Stell dir vor, ein kleines Kind wäre verschwunden – oder jemand, den du liebst, zum Beispiel Terri? Wäre es nicht schön, wenn du helfen könntest?"

Ich liebte keinen Menschen - Terri war höchstens okay und erträglich. Niemals würde ich nach einem Menschen suchen, vollkommen absurd. Aber nach einem Freund oder einem Baby aus der Welpenhalle – oder nach Alma. Das würde ich gerne machen. „Kann man auch nach Tieren als Rettungshund suchen?" Irgendwie war ich doch neugierig.

„Ja, sicher. Einige von uns werden auch dafür ausgebildet. Da kannst du lernen, worauf du besonderes achten musst, wie du dich am besten konzentrieren kannst und wie du auch einer ganz alten Spur noch folgen kannst." Das klang eigentlich richtig interessant. „Möchtest du da mitmachen, soll ich Opa Gerhard fragen?"

„Ja schlecht wäre das wohl nicht, ich könnte es wenigstens ausprobieren. Aber wie willst du ihn fragen, er wird uns doch nie verstehen?"

„Komm mal mit und mache, was ich dir sage!" Luna ging in die Finca hinein und ich tapste hinterher. Drinnen war es wirklich angenehm kühl. Im Vorbeigehen schnappte Luna eine gelbe Hundeweste von einer Bank und trug sie hinein zu Opa Gerhard, der gerade in einem kleinen Zimmer vor dem Computer saß. Ich hatte schon gelernt, dass am Computer sitzen etwas ganz Wichtiges für die Menschen war und dass man sie dabei auf keinen Fall stören sollte.

„Luna, lass mal, das ist keine gute Idee." Ich blieb an der Türschwelle stehen. Luna flüsterte mir etwas zu. „Was hast du gesagt?", fragte ich und Luna zeigte auf die gelbe Weste und flüsterte noch mal. „Diese Weste trage ich immer bei der Arbeit. Da steht Rettungshund drauf. Nur die Mitglieder der Rettungshundestaffel bekommen so eine." Das war ja richtig cool. Die Weste sah echt toll aus. Und man musste sich ziemlich wichtig vorkommen, wenn man diese Arbeitskleidung tragen durfte. Ja, man wäre dann auch wichtig, und nicht nur so ein nutzloser Zwerg.

„Ach, komm nun endlich!" Luna bellte kurz. Opa Gerhard drehte sich zu uns um und lächelte. „Na ihr zwei, was habt ihr vor – oder wollt ihr mir nur Gesellschaft leisten. Schön das ihr da seid"! Er war ja gar nicht wegen der Störung genervt. Ein komischer Mensch. Luna wuffte noch mal kurz, schwang die Weste und ließ sie auf mich plumpsen. Opa Gerhard lachte. Bin ich für alle nur eine Witzfigur oder was? Luna stupste mich an und flüsterte: „Lauf mit der Weste etwas herum, nun mach schon."

Obwohl ich kaum unter der monströs großen Weste gucken konnte, ging ich einige Schritte im Zimmer herum. Opa Gerhard lachte erneut. „Ach, wie putzig. Aber Luna, du sollst deinen kleinen Freund nicht hänseln. Die Weste ist doch viel zu schwer für ihn." Er nahm die Weste weg. Da machte Luna etwas Unerhörtes, was ich mich nie mit einem Menschen zu machen getraut hätte. Sie hob sich mit zwei Pfoten auf Opa Gerhards Schoß und riss die Weste wieder an sich. Dann kam sie zurück zu mir – ohne Strafe und ohne Schläge von dem Opa – und legte die Weste vor mich hin. „Nun lege dich darauf und schau freundlich." Ich tat wie mir befohlen und zwang mich noch Opa Gerhard anzuschauen und zu lächeln.

„Das war also kein Versehen von dir, Luna. Wollt ihr mir etwas sagen?" Opa Gerhard blickte abwechselnd zu mir und zu Luna. Luna versuchte die Weste wegzuziehen und flüsterte wieder: „Nun knurre mich an." Ja, das konnte ich gut. Luna ließ die Weste sofort los und schaute intensiv zu Opa Gerhard. Ich lag nun ziemlich blöd auf dieser Weste. Das wird doch nie funktionieren. Ich wollte gerade aufstehen und weggehen, aber Opa Gerhard stand auf und kam zu uns. Nicht zu nahe – leises Knurren. „Ja, ich berühre dich nicht. Aber sag mal, kann es sein, dass du auch so eine Weste haben möchtest? Dass du auch Rettungshund werden möchtest?"

Luna und ich winselten laut und sprangen hin und her. Luna leckte Opa Gerhards Hand und jaulte fast vor Freude. Ich leckte lieber die Weste. „Okay, ich habe schon verstanden. Aber der kleine Mann muss zuerst den Verband abhaben und gesund werden. Dann können wir mal schauen. Es gibt auch Westen in deiner Größe. Und Luna kann immer mitkommen. Abgemacht?" Er streckte seine Hand aus – und bevor ich mich versah, machte ich den Trick, den ich für unsere Shows gelernt hatte. Ich schlug meine Pfote auf seine Hand. Ups! Etwas verlegen trat ich zurück, lief ganz schnell hinaus und hörte Opa noch kurz etwas sagen.

„Er hat mir tatsächlich Highfive gegeben. Hast du das gesehen Luna? Was ist das bloß für ein feiner kleiner Kerl?"

Ich setzte mich zu Papa und versuchte teilnahmslos auszusehen. Bloß nicht auffallen. Aber die Menschen waren wohl ziemlich schlau. Opa Gerhard kam auch auf die Terrasse und setzte sich zu Oma Martha an den Tisch. Terri kam mit Alma und Mama zu uns und setzte sich auf die Treppe.

„Was war gerade los?"

„Das war großartig – Luna und der kleine Kerl haben eben

einen Wunsch vorgespielt. Der Kleine möchte anscheinend auch Rettungshund werden. Kaum zu glauben, wozu diese Tiere fähig sind. Und dann hat er seine Pfote noch auf meine Hand geschlagen, so wie Sportler, wenn etwas gelingt!" Opa Gerhard strahlte uns an.

Oma Martha sah etwas besorgt aus. „Ich möchte dich nicht enttäuschen, aber solche Tricks muss jemand dem Hund beigebracht haben. Ich fürchte, es sind wirklich die Showhunde von diesem Rodriguez, obwohl er das vehement abgestritten hat."

„Aber Oma, ist das nicht egal? Wir können sie ja auch so nennen, sie scheinen die Namen zu mögen. Aber wir können sie doch nie mehr zurückbringen." Terri sprang auf und starte ihre Großeltern verzweifelt an. „Die sind doch so liebe Hunde und außerdem brauchen sie ja noch viel Pflege."

„Nein, nein, natürlich werden sie nicht zurückgebracht. Ich meinte ja nur, wenn sie wirklich diese Rodriguez-Hunde sind, stimmt da vorne und hinten etwas nicht. Rodriguez soll eine liebevolle familiäre Zucht haben – und diese vier sind von jemanden brutalst gequält und misshandelt worden." Wie recht sie doch hatte. „Ich kann nur nicht verstehen, wie sie vor unser Tor gekommen sind – die Finca von Rodriquez liegt doch mindestens fünf Kilometer entfernt von hier. Und wir haben keinerlei Verbindung zu ihm."

„Luna tauchte ja auch eines Tages einfach so bei uns auf." Opa Gerhard streichelte Luna und sie legte ihren Kopf auf seinen Schoß.

„Tja, ob es einfach so war, da habe ich meine Zweifel. Vielleicht gibt es da draußen jemanden, vielleicht einen Mitarbeiter von Rodriguez oder einen Nachbar, der ein Herz für die Hunde hatte."

„Ja, aber weshalb kommen sie dann ausgerechnet zu uns? Ich glaube, Martha, dass du es wieder nicht lassen kannst, eine spannende Geschichte hinter jedem Zufall zu sehen."

Opa Gerhard lächelte Oma Martha mit etwas Ironie an.

„Oma hat aber sehr oft recht gehabt! Und als Journalistin hat sie doch einen Instinkt für gute Geschichten." Dass unsere Geschichte mit der Rettung von Toran und seinen Freunden kaum einer glauben würde, war mir klar. Egal wie gut Oma Martha als Journalistin ist oder mal gewesen war, unsere Story würde sie nie herausfinden. Dachte ich. Außerdem hatte ja keiner von uns auf dieser Finca gelebt, sondern alle in dieser grauenhaften Welpenhalle.

Oma Martha sah noch besorgter aus. „Ich glaube nicht an solche Zufälle. Etwas ist da nicht in Ordnung. Aber es könnte auch gefährlich werden, wenn unser Verdacht sich gegenüber Rodriguez bewahrheitet. Bei solchen Geschäften mit Hunden geht es teilweise um sehr hohe Summen, besonders wenn man bei der Zucht schwindelt und betrügt."

„Ach, soweit würde ich doch nicht gehen. Lass uns einfach darüber freuen, dass wir – oder besser gesagt Luna - diese Hunde gefunden hat und dass wir ihnen helfen konnten. Von mir aus können sie einfach hier wohnen bleiben. Wir müssen uns doch wegen diesem Rodriguez keinen Kopf zerbrechen." Opa Gerhard wollte aufstehen und in die Küche gehen.

„Es gibt da noch mehr." Oma Martha hielt einen Notizblock in der Hand. „Vorhin hat mich eine Frau Mittenröder von AfF angerufen und etwas besorgniserregendes berichtet."

„Was ist dann AfF?" Terri kam zum Tisch. Ich hörte einfach gespannt zu. Es war also möglich, dass wir für immer auf der Finca Assisi bleiben dürften. Ich grinste. Mama, Papa und Alma schienen auch ganz konzentriert zuzuhören. Ich hörte, wie Papa ganz tief durchatmete.

„Das ist ein deutscher Tierschutzverein, Asyl für Fellnasen. Sie arbeiten schon seit Jahren mit spanischen Tierschützern zusammen und versuchen für ausgesetzte und verstoßene Hunde neue Familien in Deutschland zu finden. Bis jetzt haben sie auf diese Weise mehrere hundert Hunde gerettet, die sonst in den Perreras verendet wären." Oma Martha blätterte in ihren Notizen.

„Und nun kommt es. Sie haben wiederholt von Fällen gehört, wo ein angeblich seriöser ausländischer Züchter Welpen auf dem deutschen Markt verkauft hat – übers Internet oder Anzeigen in Zeitungen etc. Viele von diesen Welpen waren aber sehr krank, mussten langwierig behandelt werden oder sie starben sogar. Die meisten Welpen waren zudem viel zu jung."

Das wurde nun ja richtig interessant. Mama und Papa tauschten Blicke. Ich ging zu Alma hin und merkte, dass sie total angespannt zuhörte. Sie dachte garantiert an die Babys von unserer Tante Rosa, die wir irgendwie retten mussten.

Terri hatte Tränen in Augen. „Ich habe auch von solchen unseriösen Züchtern gelesen. Sie haben richtige Welpenfabriken aufgebaut und produzieren mit den armen Hündinnen Welpen ohne Ende. Und sie transportieren die armen kleinen Seelen dann illegal ins Ausland, oft nach Deutschland, nach Holland oder nach Belgien. Bei einigen zufälligen Kontrollen hat der Zoll furchtbare Zustände entdeckt. Die kleinen waren in Transportern in engen Käfigen eingesperrt, ohne Futter und Wasser. Einige waren schon während der Fahrt verendet oder waren zu schwach zum Überleben. Die Fotos von solchen Transporten verursachen mir immer noch Alpträume." So genau wollte ich das nun auch wieder nicht wissen. Der Mann der Welpenhalle musste einfach sofort gestoppt werden.

Opa Gerhard umarmte Terri kurz. „Das habe ich auch in den Nachrichten vor kurzem gesehen. Es ist wirklich grausam. Aber Martha, was hat das nun mit uns zu tun?"

„Wahrscheinlich mehr als uns lieb ist. Frau Mittenröder hat erzählt, dass die Welpen immer Papiere mit Herkunft und Impfausweisen dabeigehabt hätten, aber diese waren anscheinend gefälscht. Die Stempel von den Veterinären waren immer etwas verwischt, so das man nicht genau feststellen kann, wer für die Untersuchungen oder Behandlungen zuständig gewesen ist. Oder angeblichen Behandlungen – wahrscheinlich haben diese Welpen noch nie einen Tierarzt zu Gesicht bekommen." Ja, das stimmte tatsächlich.

„Frau Mittenröder hat mit ihren Mitarbeitern folgende Teile der Stempel entziffern können: Clinica Veter... und Sant... Und auch die angegebene Telefonnummer, natürlich nur teilweise lesbar, deutet auf unsere Region hier hin."

Opa Gerhard und Terri starrten Oma Martha an. Ich stupste Alma leicht. Wir hatten doch recht gehabt, irgendetwas in dieser Klinik war mehr als faul.

„Du meinst nicht, dass unsere Klinik etwas damit zu tun hat?" Opa Gerhard schüttelte ungläubig seinen Kopf. „Das würde doch bedeuten, dass jemand vom Klinikpersonal ein ganz falsches Spiel spielt – das wäre doch Betrug und Urkundenfälschung. Absolut unverstellbar bei jemandem, der einen Beruf gewählt hat, der auf Tierliebe basiert. Als Humanmediziner kann ich das mir nicht vorstellen - es wäre doch absolut gegen das Berufsethos!"

Oma Martha seufzte. „In den vielen Berufsjahren habe ich gelernt, dass es nichts gibt, was es nicht gibt. Wir haben aber nur diese ganz wagen Vermutungen und können damit eigentlich nicht viel anfangen. Wir müssen darüber mit unseren Freunden, Dr. Morales und Silva, reden. Sie kommen doch heute Abend nach eurem Training oder der Prüfung noch mit hierher, oder?"

„Ja, sicher. Wahrscheinlich ist Mateo mit seinem neuen Hund auch dabei. Aber solche Anschuldigungen kannst du nicht einfach so erheben. Wir müssen sehr vorsichtig vorgehen, sonst beleidigen und verletzen wir alle. Und wenn du unbedingt weiter recherchieren willst, sei bloß vorsichtig. Für diese Kriminellen ist da sehr viel Geld im Spiel und das wollen sie garantiert nicht verlieren."

Und hallo? Was war nun mit dem Mann von der Welpenhalle? Und mit dem nächsten Transport? Irgendein Stempeldieb in der Klinik war ja auch ganz spannend, aber uns half es sicher nicht weiter. Ich fühlte mich ziemlich verzweifelt. Ich hopste in Terris Zimmer und schaute mich um. Sie hatte doch den Flyer aus der Klinik mitgenommen, aber wo war der nun? Einmal im Leben muss man auch Glück haben. Neben ihrem Bett, auf einem kleinen Nachtisch, lag der Flyer mit dem schönen Bild von unserer Familie. Ich schnappte ihm, lief direkt zu Terri und legte den Flyer vor ihre Füße.

„Was machst du, Süßer? Was hast du da?" Terri hob den Flyer auf und schaute mich lange an. „Wisst ihr was, Oma und Opa, ich glaube, wir sollten uns doch diesen José Rodriguez genauer anschauen. Er hat sicher etwas mit der ganzen Sache zu tun." Zum ersten Mal fühlte ich mich gar nicht gezwungen, als ich Terris Hand leckte.

„Ach – natürlich, ich habe ja vergessen zu erwähnen, was Frau Mittenröder noch sagte." Oma Martha blätterte in ihren Notizen noch weiter. „Sie hat mich ja angerufen, weil ich diese Kolumne für die „Tier in Heim" -Zeitschrift schreibe und über unser Leben in Spanien berichte. Aber das ist jetzt nicht so wichtig, sondern dass sie sagte, dass die meisten von den armen Hundewelpen zu dieser neuen Designerrasse gehören: Mischung von Chihuahua und Cavalier King Charles Spaniel – genannt Chiliers."

Alle starten uns vier an und schwiegen.

7. FREUND ODER FEIND?

Wir hatten gerade leckeres Abendbrot bekommen und genossen die letzten Sonnenstrahlen auf den warmen Natursteinen im Garten, als drei Autos auf den Parkplatz fuhren. Luna und Opa Gerhard stiegen zuerst aus und Luna konnte es kaum erwarten, dass Opa das Tor am Zaun öffnete. Sie stürmte zu uns. Vorbei mit der Ruhe also.

„Ich habe es geschafft, ich habe es geschafft! Ich bin offiziell eine richtige Rettungshündin! Ich darf bei dem nächsten Einsatz mit! Habt ihr das gehört, ich habe es geschafft, die Prüfung!"

Luna, wir haben es schon begriffen. Ich freute mich zwar für sie und gratulierte ihr beiläufig – im Gegensatz zu Alma, die gleich auch aus dem Häuschen war und Lunas Knie leckte, viel höher kam sie ja nicht. Mich interessierten aber mehr die anderen, die aus den Autos ausgestiegen waren und nun auf die Finca zu kamen. Die Menschen waren mir bekannt – Silva, Dr. Morales und dieser Angeber Mateo. Was hatte er dann hier zu suchen? Egal. Sie hatten nämlich noch drei Hunde dabei.

„Vielleicht sollten wir uns irgendwie in Sicherheit bringen. Mama, Papa – schaut, was da auf uns zukommt!" Ich fing wieder zu zittern an. Dieses Monster war auch nicht angeleint. Was stellten sich die Menschen eigentlich vor? Alles nur Theater, ich wusste ja, dass es nicht gut enden würde. Ich hörte Mama und Papa neben mir schlucken – doch nicht vor Angst, oder? Ich konnte meine Augen nicht von diesem Monster abwenden. Sollte dies etwa ein Hund sein?

„Haya – bring doch bitte die Kinder ins Haus und versteckt euch unter dem Sofa, dahin kann dieses – äh, Tier – euch nicht folgen." Papa versuchte sich aufzurichten. „Jetzt sofort, Haya. Kinder, geht mit Mama." Sogar Alma folgte Mama ohne Widerspruch. Papa fing an, sich hinter uns her zu ziehen, so schnell er konnte. Ich wusste aber, dass er die

Treppe nicht alleine schaffen würde. Ich kehrte um und wollte bei Papa bleiben. „Nein, geh mit deiner Schwester. Sofort!"

Luna guckte zwar etwas verdutzt, aber half Papa. Sie packte ihn einfach am Nacken und hob ihn die Treppe hinauf. Und warum grinste sie wieder so komisch? Egal. Wir vier zwängten uns unter das Sofa und warteten ab. Oma Martha und Terri liefen aus der Küche an uns vorbei und gingen zur Terrasse. Das würde ich nicht machen, aber sie mussten es ja selber wissen.

„Hallo, alle zusammen! Na, wie war es? Habt ihr es alle geschafft?" Oma Martha schien gar keine Angst zu haben. „Kommt doch alle hierher, ich habe etwas Abendbrot vorbereitet. Setzt euch doch und erzählt mal." Oma Martha und Terri begrüßten alle. Wo war dieses Monster nur geblieben? „Lasst die Hunde einfach frei schnüffeln, sie können ja nicht weglaufen. Vielleicht möchten sie auch nach der Anstrengung ins Schwimmbecken. Und Wasserschüsseln zum Trinken stehen ja dort bereit."

Luna war ebenfalls verschwunden. Ich hörte keine Schmerzensschreie, aber trotzdem bewegte sich keiner von uns auch nur einen Millimeter. Die Menschen fingen an zu plaudern und von der gelungenen Prüfung zu erzählen. Alle waren richtig fröhlich. Wie wäre es, wenn alle einfach die Klappe hielten und dafür das Monster verjagen würden? Was hatte es auf unserem Gebiet zu suchen und warum hatte Opa Gerhard es überhaupt reingelassen? Waren sie alle blind? Oh, entschuldige Alma.

Terri blickte sich um und stand auf. Sie sah als einzige tatsächlich besorgt aus. Sie ging in den Garten und kam gleich wieder zurück. Dann ging sie in die Küche, ins Schlafzimmer, ins Arbeitszimmer, ins Wohnzimmer und lief zurück zur Terrasse. „Oma, hast du unsere vier Kleinen gesehen? Ich finde sie nirgendwo. Sie können doch nicht weggelaufen sein." Tja, noch nicht, aber einen Weg würde ich schon finden, für Notfälle, wie diesen. Oma schaute jetzt auch besorgt drein. „Nein, gerade waren sie doch noch da unten und haben Luna begrüßt. Sie sind hoffentlich nicht alleine zum Schwimmbecken gegangen. Die kleine Alma kann doch nicht sehen, wenn sie hinfällt." Oma sprang auf und lief in den Garten. Terri folgte ihr. Die anderen Menschen waren nun auch still. Ja, hallo, sieht dann keiner, dass da dieses Monster rumläuft? Opa Gerhard war auch aufgestanden und blickte sich im Garten um. Er schien die Lage zu beobachten und etwas zu entdecken.

„Ich glaube, die vier haben noch nicht so viele Erfahrungen gesammelt." Opa Gerhard lächelte. „Ich ahne schon, was passiert ist. Dr. Morales – Ihr Mastiff hat ihnen wohl einen kleinen Schrecken eingejagt. Sie haben sich sicherlich irgendwo versteckt!"

Mastiff? Was soll das wieder sein? Papa wirkte irgendwie etwas unsicher.

„Das könnte die Erklärung sein, warum alle so ruhig sind. Ich habe von solchen Hunden schon gehört."

Hunden? Doch nicht wieder irgendwelche maskierten Wölfe. Das Monster da draußen war riesig, viel größer als irgendein Wolf. Papa klärte uns auf.

„Diese Hunde heißen wohl Mastín Español, sie können fast ein Meter groß werden und über zwanzig Mal so viel wiegen wie zum Beispiel eure Mama. Ich habe aber nie gehört, dass sie Kannibalen wären." Wir sahen wohl aus wie drei Fragezeichen. „Also, er wird uns nicht fressen." Pause. „Hoffe ich jedenfalls." Sehr beruhigend. Ich würde garantiert da unten dem Sofa bleiben.

Plötzlich erschien ein Gesicht vor uns – Terri.

„Ach, da seid ihr ja. Was wollen wir nun mit euch machen? Ihr braucht keine Angst zu haben. Der Hund von Dr. Morales ist sehr nett. Er heißt Anton und ist ein Kumpel von Luna. Meint ihr, dass ihr ihn und die zwei anderen Hunde kennenlernen möchtet?"

Nein. Schweigen unsererseits. Dr. Morales guckte auch in unsere Richtung. „Wir sind hier zu Gast und wollen den kleinen Gastgebern keinen Schrecken einjagen. Wie wäre es, wenn ich Anton einfach anleine und hierhin zu mir bringe. Dann können die kleinen beruhigt sein." Gesagt, getan. Bald sahen wir die riesigen Pfoten neben Dr. Morales auf die Terrasse kommen. Ein Berg ließ sich neben ihm nieder. Ein atmender Berg. Der Hund war einfach riesig. Okay, das hätten wir. Aber Terri hatte doch gesagt, da sollten noch zwei weitere Hunde sein. Durch diesen Schreck hatte ich gar keine Notiz von ihnen genommen. Vielleicht waren sie genauso. Wir beobachteten still die Lage.

„Hi! Darf ich beim Verstecken mitspielen?" Mein Gott wie wir uns erschreckten! Jemand hatte sich hinter uns geschlichen. Zuerst sahen wir einen kleinen Kopf und dann zwängte sich der Rest zu uns. Ein Hund, eindeutig ein Hund, und dazu noch ein ganz junger. Weiß mit braunen und schwarzen Flecken und kurzem Fell.

„Was machst du denn, du hast uns zu Tode erschreckt!" Papa und ich schnauzten den Eindringling gleichzeitig an.

„Regt euch wieder ab. Ich bin es doch nur, der Rudi. Warum hockt ihr alle hier? Wir könnten doch was anderes spielen. Wozu habt ihr Lust? Wir könnten uns gegenseitig jagen oder schwimmen gehen - oder was möchtet ihr? Mann, ist das eng hier. Warum rieche ich Angst – doch nicht vor mir? Vor dem Rudi braucht keiner Angst zu haben. Kommt nun endlich, seid keine Schlafmützen. Na, kommt." Er zwängte sich rückwärts wieder hinaus. „Kommt nun, ich fange gleich ohne euch an. Die anderen wollen eh nicht spielen, aber vielleicht Luna. Die ist ja auch schwer in Ordnung. Ich gehe sie mal fragen und dann kommt ihr gleich nach, abgemacht? Bis gleich!"

Was für ein Quatschkopf! Genauso schlimm wie Alma, wenn nicht noch schlimmer. Papa und Mama schauten Rudi total verblüfft nach. Ich hätte eigentlich schon Lust, mitzuspielen, wenn dieser Rudi nicht die ganze Zeit so viel quasseln würde. Und Alma – ja, das war doch nicht zu fassen – sie strahlte über das ganze Gesicht. Sie hatte wohl einen Seelenverwandten getroffen.

„Wir dürfen doch mitspielen, Mama? Papa?" Alma winselte aufgeregt. „Der Rudi ist doch echt nett. Es könnte richtig viel Spaß machen. Arlo, hast du bemerkt, wie nett der Rudi ist? Findest du auch, oder? Ich habe noch nie zuvor einen so netten Hund getroffen! Er ist sicher nicht viel älter als wir, was meinst du Arlo? Aber das ist eigentlich egal. Er ist sooo nett. Lasst uns doch bitte mitspielen, ja? Wie sah er aus? Aber das ist ja auch unwichtig. Er ist einfach echt nett, muss ich sagen. Und einen schönen Namen hat er. Und er ist ja wirklich witzig. Und nett."

„Lasst uns gehen, bitte. Ich kann das nicht mehr mit anhören. Der Monsterhund ist doch nichts im Vergleich zu einem akuten Nervenzusammenbruch, wenn ich noch eine Sekunde lang dieses verliebte Gequassel mir anhören muss."

„Ich bin nicht verliebt. Was behauptest du eigentlich? Ich fand ihn nur einfach sehr nett. Wieso sollte ich gleich verliebt sein, ich kenne ihn doch kaum. Er ist nur nett und witzig und aufregend, und vor allem nett."

„Mama! Papa!" Sie lächelten sich an und gaben uns endlich die Erlaubnis, zu gehen. Manchmal könnte ich meine nette Schwester einfach erwürgen. Oder doch nicht. Aber anhören musste ich das mir wirklich nicht. Ich fürchtete nur, dass es noch schlimmer werden würde, wenn Alma den Rudi erst richtig kennenlernen würde. Hoffentlich fand ich bis dahin diesen Rudi auch nett. Ich führte Alma ganz schnell über die Terrasse möglichst weit entfernt von diesem Mastiff. Er blickte gar nicht auf. Ein schlafender Berg. Ich sah Luna und Rudi im Garten herumtollen. Gerade wollte ich hin, als mir die Statur unter dem Pinienbaum auffiel. Ja klar, der dritte fremde Hund.

Luna und Rudi rannten zu uns. „Na endlich. Was wollen

wir machen?" Bevor Rudi wieder loslegen konnte, deutete ich nur kurz mit meinem Kopf auf den Pinienbaum. Luna guckte sich um.

„Ach, das ist nur Condesa. Oder wie uns immer gesagt wird, eine reinrassige spanische Galga. Sie wird uns sicher ignorieren. Sie spricht meistens mit keinem." Das war ja eine angenehme Abwechslung. „Aber sie ist eigentlich ganz nett." Ach nee.

Irgendwie faszinierte die Condesa mich. Ich hatte noch nie so eine ebenmäßige Statur gesehen. Durch meinen Kopf flogen Wörter wie graziös und anmutig. Sie hatte fast zarte Gesichtszüge, einen zerbrechlich aussehenden schlanken Körper und lange Beine. Sie war dunkel wie die Nacht. Sie hatte ein dunkelrotes, ganz dickes Halsband um – noch mit glitzernden Steinen geschmückt. Vielleicht waren es auch echte Diamanten. Und sie war ungefähr zwanzig Mal größer als ich. Aber nicht bedrohlich. Sie lag einfach ruhig da im Schatten und schaute in die Ferne. Sie schien völlig in Gedanken versunken zu sein. Sie war so schön.

„Ähm – geht ihr schon vor, mein Bein tut etwas weh und ich möchte mich zuerst kurz ausruhen." Ich konnte meine Augen von Condesa nicht abwenden. Ich tapste langsam zu ihr hin. Näher betrachtet merkte ich, dass sie schon einige graue Haare hatte – und dass sie doch irgendwie traurig aussah. Ich atmete tief durch und sprach sie einfach an.

„Hi! Darf ich mich zu dir setzen. Von hier aus hat man so eine schöne Aussicht." Ja super, und was Langweiligeres fiel dir nicht ein? Ich setzte mich vorsichtig und schielte zu ihr rüber. Sie blickte kurz zu mir aber sagte nichts. Ach, ja, sie spricht ja mit keinem, hatte Luna doch gesagt. Sollte ich es als Fortschritt andeuten, dass sie mich auch nicht anknurrte?

„Ich möchte dich nicht stören, aber ich muss einfach sagen, dass ich noch nie etwas so Schönes und gleichzeitig so Trauriges gesehen habe wie dich." Hatte ich noch alle Tassen im

Schrank? Was faselte ich bloß für einen Schwachsinn. „Entschuldigung, das sollte wirklich ein Kompliment sein. Ich halte lieber meine Klappe. Oder soll ich wieder verschwinden? Es tut mir echt leid, dass ich dich einfach so angesprochen und gestört habe. Du scheinst lieber alleine sein zu wollen. Ich dachte nur, dass es hier angenehmer wäre als da bei diesem Riesenhund. Er soll lieb sein. Aber du siehst auch ganz lieb aus. Wir sind ja noch nicht so lange hier und ich kenne die Regeln nicht so gut. Ich finde dich einfach interessant." Ja ging es noch – ich machte jede Sekunde alles nur noch schlimmer. Warum konnte ich nicht meine Schnauze halten? Ich quasselte ja fast so doof wie Alma. „Ich gehe dann mal lieber." Ich drehte mich um und wollte zu den anderen.

„Danke für deine Komplimente. Du störst nicht." Condesa blickte mich kurz direkt an und lächelte leise. Sie war aber wirklich eine Schönheit. Das sagte ich diesmal aber nicht laut.

„Super." Ich setzte mich wieder hin. Dann schwiegen wir. Ich betrachtete sie vorsichtig. Jeder ihrer Bewegung schien absolut ruhig und gut überlegt sein. Ich hatte aber den Eindruck, dass sie auch ganz anderes konnte. Ihre Ruhe war sehr ansteckend. Ich schaute ebenfalls in die Ferne und genoss den Moment.

„Es ist ja eine schöne Abwechslung jemanden kennenzulernen, der nicht die ganze Zeit redet. Meistens komme ich gar nicht zu Wort. Ich bin wohl etwas langsamer und wenn ich etwas sagen möchte, sind die anderen schon weg. Dann denken viele, dass ich arrogant wäre. Eigentlich bin ich nur etwas schüchtern, glaube ich." Sie schaute weg und leckte kurz etwas verlegen ihre schönen Lippen.

Ich guckte mich um, um zu sehen, wo Alma war und ob dieser Rudi sich auch artig benahm. Einige hänselten Alma oft, weil sie nicht alles mitmachen konnte. Oder wollten dann einfach nicht mehr mit ihr spielen. Ich sah sie mit Luna und Rudi zusammen hocken. Plötzlich lief Rudi laut bellend weg, Alma und Luna hinterher. Sie spielten wohl Katze und Hund. Und Rudi machte Lärm, damit Alma wusste, wo er war. Nicht schlecht.

„Warst du auch bei der Rettungshundeprüfung?" Ich wollte etwas Neutrales sagen.

„Ach, nein." Sie schwieg wieder. Gerade als ich dachte, dass es mit dem Gespräch wohl endgültig vorbei war, fing sie doch erneut an zu sprechen. „Für diese Tätigkeit bin ich leider zu alt. Meine Besitzerin, Frau Doktor Heising, ist aber als Rettungsassistentin im Team mit und ich schaue mir gerne die Übungen an. Und bevor du fragst, ich bin schon zehn." Sie wirkte dabei wieder etwas verlegen.

„Wau – dann kennst du ja sicher viele spannende Geschichten! Ich bin auch bald sieben Monate." Sie lächelte mich kurz an. „Aber warum sprichst du so offiziell von Doktor Heising, das ist doch einfach die Silva? Wenn du doch bei einem einigermaßen erträglichen Menschen wohnst, werden diese doch meistens Mama, Papa oder Oma oder so genannt?"

„Ja, das höre ich auch oft. Aber bei uns ist es ein bisschen anderes. Frau Doktor Heising ist wohl sehr stolz auf mich und nimmt mich oft zu verschiedenen Veranstaltungen und dergleichen mit. Da stellt sie mich immer als eine reinrassige Galga vor – Condesa. Ich muss mich immer sehr artig und höflich benehmen, damit Frau Doktor Heising sich nicht schämen muss. Aber dafür bekomme ich dann gutes Essen und einen eigenen Korb in ihrem Haus. Es ist ein gutes Arrangement, finde ich." Na ja. Für mich hörte es sich etwas unterkühlt an, aber das musste ja jeder selber wissen.

„So eine feine Veranstaltung wäre noch nichts für mich. Mit so einem Gipsbein kann man sich ja nur ziemlich blöd anstellen."

„Du wurdest von deinem Vorbesitzer geschlagen, habe ich gehört."

„Oft. Bist du schon mal geschlagen worden?"

„Natürlich." Sie blickte wieder richtig traurig in die Ferne.

„Von Doktor Heising?" Ich war empört. Wie konnte diese Silva diese wunderschöne ruhige Hündin schlagen?

„Ach, nein. Aber vorher. Sie hat mich ja aus einer Auffangstation herausgeholt, wohin ich von meiner Familie mit damals acht Jahren abgeschoben worden bin. Ich war für alle zu alt und nutzlos. Sie wollten mich schon umbringen, aber dann kam Doktor Heising. Ich möchte aber an diese Zeit nicht mehr denken. Ich wollte nur sagen, dass ich auch deswegen Frau Doktor Heising sehr dankbar bin." Sie schaute nach oben, wo die ersten Sterne sichtbar wurden. Der Mond war fast voll und auf dem wolkenlosen Himmel deutlich sichtbar.

Luna und Rudi liefen aufgeregt und tobend an uns vorbei. Sie schienen sich echt gut zu amüsieren. Sie liefen bis zum anderen Ende des Gartens – und verschwanden fast völlig im Dunkeln. Sie spielten Kämpfen und machten furchtbaren Lärm. Deswegen hörte ich auch nichts und es fiel mir erst Sekunden später ein: wo war Alma? Ich sprang auf und bellte kurz laut. Alle schwiegen und dann hörte ich nur Planschen und panisches Winseln. Alma!

Es war wie die Zündung einer Rakete. Ich traute meinen Augen kaum. Ich hatte mich noch gar nicht bewegt, als dieser Blitz an mir vorbei flog - und bevor die anderen überhaupt reagieren konnten – Alma aus dem Schwimmbecken zog. Condesa legte Alma behutsam auf den Boden. „Alles in Ordnung, kleines Fräulein?"

Alma schniefte noch kurz und schüttelte sich trocken. „Danke! Ich bin da einfach rein gestolpert. Es war blöd von mir, am Beckenrand zu balancieren." Sie zitterte leicht. „Arlo, bist du da?"

Und so gut konnte ich auf sie aufpassen. Wir waren angeblich in Sicherheit und sofort ließ meine Konzentration nach. Ich schämte mich. Ohne Condesa wäre sie womöglich ertrunken. „Es tut mir so leid, Alma. Ich habe nicht aufgepasst." Ich war den Tränen nahe.

„Ach, das war doch nicht deine Schuld. Ich habe mich einfach blöd benommen. Du musst doch nicht dauernd auf mich aufpassen. Vor allem hatte ich mich nur erschrocken. Aber Condesa hat mich rausgeholt!" Alma hopste wieder hin und her. „Danke noch mal! Möchtest du nicht doch mit uns spielen, Condesa?"

Luna und Rudi kamen ziemlich zerknirscht zu uns. „Bitte entschuldige, Alma. Wir haben uns einfach gehen lassen. Wir hatten ja Glück, dass Condesa so schnell reagiert hat. Sie ist die schnellste Hündin, die jemals geboren worden ist." Ich hätte wetten können, dass Condesas schwarze Farbe noch ein Stück weit dunkler geworden war, ganz so als wäre sie rot geworden.

„Nun lasst uns kein Trübsal blasen. Ist ja nichts passiert. Lasst uns weiterspielen!" Alma war wieder die Alte. Mama und Papa schauten aber zu uns von der Terrasse aus und befahlen uns wortlos, zu ihnen zu kommen. Hoffentlich bekamen wir keine Standpauke zu hören. Aber sie deuteten nur auf die Menschen und da hörten wir auch den Namen Rodriquez. Für die Menschen und für uns war damit der gemütliche Teil des Abends vorbei.

8. DIE HEILIGE KLINIK

„Wenn ich Sie richtig verstehe, Frau Schneider, soll es in unserer Klinik jemanden geben, der ein betrügerisches Spiel mit Señor Rodriguez in Form vom Welpenhandel betreibt?" Doktor Morales versuchte sichtbar seinen Ärger zu unterdrücken. „Und als Beweise hätten Sie einen alten Flyer und irgendwelche undeutlichen Stempelabdrücke. Bei allem Respekt – das überzeugt mich nicht. Wie Sie doch wissen, gibt es mehrere Tierkliniken in dieser Region – oder überhaupt in Spanien – die nach einem unseren Heiligen benannt worden sind."

Mateo versuchte erst gar nicht, ruhig zu bleiben. „Das ist wirklich unerhört. Dass die Klinik meines Vaters etwas mit solchen Geschichten zu tun haben soll... das können Sie doch nicht im Ernst behaupten. Außerdem habe ich ja vor einigen Tagen die Verkaufsunterlagen von Señor Rodriguez bekommen und die waren völlig in Ordnung. Er hat doch nur eine kleine familiäre Zucht. Dass die Welpen so aussehen, wie diese vier hier, ist doch nur ein Zufall." Er starrte uns wieder an. Was für ein unangenehmer Typ. „Ich meine – solche Mischlinge werden doch überall gezüchtet. Diese kleinen Ratten gibt es wie Sand im Meer." Knurr. Mama schaute mich streng an. Ja-a.

„Martha, ich weiß, du meinst es nur gut und bist wegen der Welpen besorgt." Silva Heising mischte sich ein. „Aber angenommen, es wäre wirklich wahr, und jemand in unserer Klinik wäre daran beteiligt – wer sollte das denn sein? Derjenige müsste ja Zugang zu Dokumenten und Medikamenten, wie Ausweise, Impfstoffe und so weiter haben. Und diese sind doch immer hinter Schloss und Riegel. Nur wir fünf Ärzte haben die Schlüssel – und der Verwaltungschef." Sie blickte kurz zu Mateo auf.

„Nun hören Sie mal, Frau Doktor Heising..." Mateo war ganz rot vor Zorn geworden. „Wollen Sie etwa andeuten, dass ich etwas damit zu tun habe?" Das wäre aber wirklich kein Wunder. Oder sogar sehr wahrscheinlich. Wir saßen in unserem Korb und hörten alles ganz genau zu. Na ja – Alma war gleich eingeschlafen, der Tag war wohl ziemlich anstrengend für sie gewesen. Die anderen Hunde lagen gemütlich auf der Terrasse. Nur Condesa war nach einem Kopfnicken von Doktor Heising an der Treppe geblieben. Es gehörte wohl nicht zum feinen Benehmen, wenn ein Hund dem Esstisch zu nahe kam. Aber Condesa schien es nichts auszumachen. Ich weiß nicht, ob sie das Gespräch überhaupt interessierte. Sie blickte wieder hinauf in die Sterne. Was mochte sie wohl gerade denken?

„Beruhigen Sie sich, Mateo. Ich will gar nichts andeuten. Ich spiele nur in Gedanken durch, wie so etwas in unserer Klinik möglich wäre. Es ist für mich schwer vorstellbar. Von uns fünf Ärzten sind zwei erst seit ungefähr einem Monat hier, und wie ich es verstanden habe, läuft dieses Geschäft schon länger. Und Doktora Diaz wird im nächsten Jahr in den Ruhestand gehen – erstens hat sie sicherlich als Teilhaberin der Klinik keine finanziellen Interessen und zweitens spricht sie ja nur Spanisch. So ein Geschäft mit dem Ausland etc. wäre für sie sicherlich nicht zu bewerkstelligen. Außerdem hilft sie ja auch den hiesigen Tierschützern - ich kann mir absolut nicht vorstellen, dass sie etwas damit zu tun hat." Silva schwieg kurz. „Dann blieben also nur noch Doktor Morales und ich selber."

„Ach, hör doch auf Silva", erwiderte Opa Gerhard. „Das glaubt doch keiner. Aber spielen wir das Gedankenspiel einfach weiter. So einen Schlüssel könnte jemand doch relativ leicht unbemerkt nachmachen lassen, oder? Dann könnte es ja fast jeder sein."

Doktor Morales nickte. „Ja, sicher, mit genug krimineller Energie. Aber wir haben keinerlei Beweise. Das sind alles nur Mutmaßungen. Ich werde jedoch gleich Morgen eine Überprüfung einleiten."

„Ich bin vollkommen sicher, dass unsere Klinik absolut sauber ist", sagte Mateo immer noch sehr aufgebracht. „Was sollen wir als hochangesehene Privatklinik von solchen dubiosen Welpengeschäften für einen Vorteil haben? Auf solche Peanuts sind wir gar nicht angewiesen. Suchen Sie doch bitte lieber nach Kliniken, deren Personal sich sonst nichts leisten kann. Sie glauben doch wohl nicht, dass der Tank von meinem Porsche mit dem lächerlichen Erlös aus solch einem Zwergenhandel befüllt werden kann?" Mateo starrte uns wieder an. Unhöflich. Was für ein ekelhafter Typ. Vielleicht sollte ich ihm einen Denkzettel verpassen. Knurr.

Terri kam kurz zu mir und streichelte mich beruhigend. „Aber sollten wir nicht auch an die grausamen Welpentransporte denken? Wir müssen doch irgendetwas unternehmen, wenn sowas hier in der Region passiert. Das sind ja nicht nur ein paar gestohlene Dokumente aus einer Klinik, worum es hier geht."

Doktor Morales seufzte. „Ach Theresa, Sie sind ja noch nicht so lange hier im Land. Sie sollten sich nicht alles so zu Herzen nehmen. Wir versuchen ja so viel zu helfen, wie es nur möglich ist. Aber denken Sie bitte daran, dass so lange ein Hund einen Besitzer hat, wir ohne Erlaubnis nichts unternehmen können. Das gilt natürlich auch für Züchter."

Terri sah richtig betroffen aus. „Meinen Sie damit etwa, wenn ich einen leidenden Hund sehe, welcher geschlagen oder vernachlässigt wird, oder welcher zum Beispiel nur an der Kette leben muss um Welpen zu produzieren, geschweige denn, wenn jemand eine Massenproduktion aufbaut, wo die Tiere nur einfach leiden, ich nichts unternehmen darf, weil der Hund sozusagen jemandes Eigentum ist? Das kann doch nicht Ihr Ernst sein?"

„Leider ja", sagten alle anderen im Chor.

„Und das nehmen Sie alle einfach so hin? Opa – Oma? Wir müssen doch etwas dagegen machen können!" Terri war wieder den Tränen nahe. Nein – sie flossen schon. Ich leckte kurz ihre Hand. Irgendwie war sie voll in Ordnung.

„Mein Gott, diese ausländischen Tierliebhaber immer." Mateos Stimme war wirklich verächtlich. „Wir können uns sehr wohl selber um unsere Tiere kümmern. Wir sind doch keine Barbaren, sondern nur vernünftig und rational, wie es sich für ein Land mit einer langen Geschichte gehört. Natürlich werden die schlimmen Tierschutzverletzungen von unserer Polizei, Guardia Civil, zur Kenntnis genommen. Aber vielleicht haben sie oft viel Wichtigeres zu tun, als sich mit diesen alten, kranken und so gut wie toten Kötern zu beschäftigen. Haben Sie nur ein einziges Mal darüber nachgedacht, dass wir zum Beispiel die südliche Grenze der EU auch für Sie bewachen? Dass wir auch für Ihren Wohlstand Schutz leisten müssen?"

„Junge, lass gut sein." Doktor Morales blickte ihn streng an. „Wir können im Moment nicht so viel machen. Wie wäre es, wenn wir unsere Augen einfach offenhalten und versuchen sicher zu stellen, dass in unserer Klinik alles ordnungsgemäß läuft? Wenn wir jemandem nachweisen können, dass die Dokumente gestohlen oder gefälscht sind, ist die Lage eine andere. Dann kann die Polizei denjenigen wegen Urkundenfälschung und Diebstahl – vielleicht sogar wegen Einbruchs – vorläufig festnehmen."

„Wenn aber jemand mit seinen Welpen spazieren fahren will – egal wie viele es auch sind, ist das nicht strafbar." Doktor Morales trank sein Glas leer. „Wir können ja auf das Thema gelegentlich zurückkommen, aber ich glaube, es wird allmählich Zeit." Er stand auf und sofort war der Berg neben ihm auch auf den Beinen. „Vielen Dank für Ihre Gastfreundschaft, Frau Schneider, Doktor Schneider. Wir sehen uns sicher bald wieder. Mateo – du fährst doch mit mir wieder zurück, oder?"

Alle brachen auf. Rudi kam noch kurz zu uns und natürlich weckte er damit auch Alma auf. Mateo ging schon in Richtung Auto, so konnte er sich nur kurz verabschieden.

Der Rudi tat mir richtig leid, weil er mit so einem Typen leben musste. Condesa nickte uns zu und lächelte. Der Berg ging langsam vorbei und brummte mit ganz tiefer Stimme: „Hallo und auf Wiedersehen, ihr Spatzen." Ja, geht es noch? „Und tschüss, Berg."

Mama schubste mich kurz an. „Sei doch nicht so unhöflich, Arlo."

Als alle weg waren, saßen wir noch zusammen. Terri hatte Alma auf ihren Schoß gehoben und streichelte sie langsam. „Das ist ja nicht so gut gelaufen, oder?"

Oma Martha schaute nachdenklich in die Dunkelheit. „Na ja. Ich weiß nicht, ob das alles so einfach abzuhaken ist, wie sich Doktor Morales und Mateo das denken. Aber sicher haben sie recht damit, dass die Polizei in vielen Fällen keine Möglichkeit zum Eingreifen hat. Diese Tiertransporte müssten demnach hinter der spanischen Grenze gestoppt werden – dann könnte man wenigstens den Fahrer wegen Tierquälerei anklagen."

Opa Gerhard schüttelte den Kopf. „Das ist doch einfach unmöglich. Die illegalen Transporte benutzen sicher irgendwelche Bergwege und Nebenstraßen. Es ist pures Glück, wenn der Zoll einen von wohl unzähligen Transporten erwischt."

„Wir können einfach nicht nichts tun! Es muss einen Weg geben. Vielleicht wenn Oma noch weiter recherchiert und etwas neues findet?"

„Ja, das natürlich auch. Aber vielleicht sollten wir etwas anderes wagen. Ich glaube nicht, dass dieser Rodriguez so unschuldig ist, wie alle zu denken scheinen. Wenn wir beweisen könnten, dass er Welpen in großen Mengen produziert, ohne Rücksicht auf irgendwelche Verluste, geschweige denn auf die Tiere, könnten wir eventuell auch nachweisen, dass er die Welpen illegal ins Ausland bringt oder eher wohl bringen lässt."

„Das hört sich wirklich gut an, Martha. Ich bezweifle nur,

ob du das jemals herausfinden und noch dazu beweisen kannst. Dafür müsstest du doch irgendwie seine Räumlichkeiten durchsuchen und Beweise sammeln – wie gefälschte Dokumente, Stempel und natürlich vor allem die Welpen finden. Wie willst du das denn zustande bringen? Wir sind doch keine Polizisten und haben keinerlei Befugnisse."

Oma Martha spielte nachdenklich mit ihrem Stift. Sie streichelte Luna, die sie mit großen Augen anschaute. Sie wollte wohl genauso gern wie wir wissen, welchen Plan Oma Martha hatte. Es könnte doch unserem Vorhaben nur helfen. Tja, man sollte sich nie zu früh freuen.

„Ich habe gar keinen Plan." Na toll. Menschen sind ja wirklich zu nichts zu gebrauchen. „Noch nicht." Schon besser. Aber sie wusste natürlich nicht, dass die Zeit drängte. Die Babys von Tante Rosa konnten nicht einfach warten, bis ihr etwas einfällt. Alles blieb also wieder an uns hängen. Alma saß auf Terris Schoß und schubste ihre Hand vorsichtig.

„Hast ja recht, kleines Mädchen. Wir müssen etwas tun." Terri schaute ihre Oma an und lächelte. „Ich glaube, ich hätte da eine Idee. Es könnte auf jeden Fall etwas Licht in die Sache bringen. Ich wollte schon immer Undercover-Agentin spielen." Ja, ich auch, ich will auch ein Undercover-Agent sein, das hörte sich ja echt cool an. Endlich mal eine gute Idee. Zwar hatte ich keinen blassen Schimmer, was ein Undercover-Agent war, aber das war jetzt wohl nebensächlich.

„Ach, hör auf Terri." Opa Gerhard fand das wohl überhaupt nicht lustig. „Das ist kein Spiel und die Leute können gefährlich sein, wenn sie etwas zu verbergen haben. Das kommt überhaupt nicht in Frage. Willst du dich etwa als Polizistin verkleiden und diesen Rodriguez besuchen? Das ist doch nicht dein Ernst."

„Moment mal, Gerhard. Nicht so schnell. Terri hat mich tatsächlich auf eine Idee gebracht. Und wenn wir das vorsichtig anstellen, wird es auch nicht gefährlich werden. Ich muss aber noch darüber nachdenken und mich noch mal mit dieser Frau Mittenröder in Verbindung setzen. Lasst uns nun zu Bett gehen, Terri muss ja morgen früh wieder in die Klinik."

Terri setzte Alma zurück in unseren Korb. Sie schaltete alle Lichter und Laternen aus und es wurde nach einer Weile ganz ruhig und still auf der Finca. Ich wusste nur, dass keiner von uns Hunden schlief. Wir hatten nicht vergessen, was Luna früher am Tag gesagt hatte.

Luna kam zu uns und flüsterte. „Abwarten. Es ist gleich soweit. Ich werde nun Toran kontaktieren. Es ist ja Vollmond und absolut perfekt für uns. Kommt mal mit!"

Leise tapsten wir alle außer Papa hinter Luna her zum Garten. Papa saß auf der Treppe und schaute uns nach. „Bloß keinen Blödsinn machen." Danke, Papa. Genau das hatte ich eigentlich auch gedacht. Was hatte das alles mit Vollmond zu tun? Es wäre doch wohl besser, wenn es ganz dunkel wäre. Wenn ich ein Wolf wäre, würde ich garantiert nicht in so einer hellen Nacht herumlaufen wollen.

„Woher weiß Toran, dass wir wach sind? Er kann doch nicht jede Nacht auf gut Glück hierhin kommen? Ist es denn nicht gefährlich für ihn? Alle können ihn doch sehen, sogar die Menschen, obwohl ich manchmal daran zweifle, ob sie überhaupt etwas sehen. Oder riechen. Oder hören." Ich konnte aber auch keinen Wolf hinter dem Zaun oder am Tor ausmachen. Es roch auch alles völlig normal. Die Wolken verzogen sich langsam und es wurde immer heller. Ich konnte die Sterne und den goldigen Mond sehen, es war richtig schön und angenehm ruhig.

„Ach Junge. Er kommt nicht heute hierhin. Ich will ihm nur sagen, dass er in der nächsten dunklen Nacht vorbeikommen soll. Und da es Vollmond ist, fällt das gar nicht auf." Luna ging auf einen möglichst freien Platz im Garten und schaute nach oben.

„Wieso das nun? Natürlich fällt es auf, wenn es so hell ist."

Ich verstand Luna nicht. Vielleicht war es wieder irgendwie so ein Mädchenzeugs oder vielleicht konnte Luna genau wie Alma Bilder und Gedanken an den anderen senden. Ja, so musste es sein.

„Nun – weil die Menschen meistens denken, dass Wölfe den Mond anheulen. Und bei Vollmond ist es doch natürlich für sie. Und da ich ein halber Wolf bin, tue ich das auch oft. Nur, dass ich dadurch mit meinem Vater kommuniziere, ahnen sie nicht."

Bevor ich noch etwas fragen konnte, streckte Luna ihren Hals ganz nach oben und fing mit einem lauten und intensiven Geheule an.

„Uuu-huuu-uu, Paaaaa-paaa, uhuuu-ouuuu!" Mein Gott, das würde doch gleich auch noch die Toten wecken. Ich schaute zurück zum Haus, aber es blieb alles dunkel. „Macht doch auch mit, das ist lustig!" Wo war ich denn hier gelandet, ich heule nicht wie ein verrücktes Huhn mitten in der Nacht irgendein Schwachsinn in die Gegend. Aber da hörte ich etwas – es kam richtig weit weg aus den Bergen.

„Oo-uuuu-houuu, Luuuu-naaaa, oo-uuu!"

„Das ist Papa! Das ist Toran! Hört ihr es?" Ja, wir konnten es ganz gut und deutlich hören. Ich war wirklich verblüfft. Sollte das wirklich so einfach funktionieren?

Nun machten alle mit. Sogar Mama und Papa. Nach einer Weile probierte ich es auch. Und es war wirklich lustig. Wir saßen alle da und schrien in die Nacht so laut wir konnten.

„Haaal-loooo! Toooo-raaaan! Huuu-ouuu-uuu! Kooommmeee hiiieeer-hiin iiiiii-m duuuun-keeeel! Hooo-uuu-ouuu!" Oder so was ähnliches. Ich muss zugeben, dass es sich bei Alma und mir doch etwas piepsig anhörte. „Iiiiiii-uuuu-iiiii!" Aber wir machten einen Höllenlärm.

„Jaaa-aaaa. Hooo-uuu-uuu! Jaa-aaaa!" Toran antwortete. Wie aber Luna bereits vermutet hatte, fanden die Menschen das wohl völlig normal. Keiner regte sich auf. Keine Lichter gingen an und kein Mensch befahl uns zu schweigen. Wir heulten noch eine Weile weiter – auch allen möglichen Blödsinn in die Luft. Es war witzig. Auf einmal sagte Luna: „Es reicht. Auf drei sollen alle schweigen: eins-zwei-drei!" Stille. Absolute Stille. Wir saßen noch eine Weile zusammen und gingen dann ohne noch ein Wort zu sagen zurück ins Haus. Als ich mich umdrehte, sah ich jedoch, dass wohl nicht alle Menschen das Geheule als völlig normal betrachteten. Terri stand an ihr Schlafzimmerfenster und beobachtete uns leise. Sie schaute mir direkt in die Augen und nickte kurz, so wie sie verstanden hätte, was wir eben gemacht hatten.

„Weißt du was, Arlo?" Alma lag neben mir in unserem Korb. „Ich kann Terris Gedanken sehen." Nicht schon wieder, Alma. Ich seufzte. „Es ist wahr, Arlo. Und wenn ich mich anstrenge, kann ich ihr sicher meine Gedanken zuschicken. Ich versuche es mal." Mach nur, aber lass mich nun endlich schlafen. Ich drehte mich um und war eben kurz vor dem Einschlafen, als ich leise Schritte näherkommen hörte. Terri kam zu uns und streichelte Alma leicht.

„Ich verstehe. Ihr habt einen Wolf kontaktiert, er ist wohl mit Luna verwandt. Ich weiß zwar nicht genau, worum es geht, aber ich würde euch auch gerne helfen, wenn ihr mich lasst. Ich glaube, es dreht sich alles um diesen Rodriguez." Wir alle schauten Alma nur mit großen Augen an. Terri lächelte. „Und außerdem findet unser kleines Mädchen den Rudi wohl richtig nett."

9. TRICKS GEGEN FRUST

In den nächsten Tagen war Terri sehr oft in der Klinik. Ein paar Mal hatte sie auch Nachtschicht und musste deshalb tagsüber schlafen. Das war ziemlich langweilig für uns, weil wir immer Rücksicht auf sie nehmen mussten und nicht so richtig toben durften. Oma Martha saß fast den ganzen Tag am Computer und wirkte sehr konzentriert. Opa Gerhard musste oft weg, um irgendetwas zu erledigen und hatte nicht so viel Zeit mit uns zu spielen. Vor allem beschäftigte er sich mit der Therapie von Papa. Sie beide übten mindestens zwei oder drei Mal am Tag. Ich sah aber leider keinen Fortschritt, Papa konnte seine Hinterbeine immer noch kein bisschen bewegen.

Es wurde immer wärmer, die Nächte blieben auch noch kristallklar und schwül. Oft lagen wir alle am Schwimmbecken, Alma immer nur auf der ersten Stufe unter Wasser. Nur ihr Kopf schaute heraus. Ich wurde immer geschickter mit meinem Bein, es tat auch überhaupt nicht mehr weh. Mamas Wunde von der Operation verheilte gut und sie wurde jeden Tag kräftiger und fröhlicher.

Nur Papa schien immer in Gedanken zu sein. Sicher belastete ihn seine Behinderung, aber es war noch etwas anderes. Je länger klares Wetter herrschte desto ungeduldiger wurde er. Als wir eines Abends alle im Garten zusammensaßen, konnte er nicht mehr schweigen.

„Hört mal, es kann so nicht mehr weitergehen. Zuerst kontaktieren wir Toran und unerklärlicher Weise kann unsere Alma sogar mit Terri kommunizieren, aber dann passiert wieder nichts. Gar nichts. Wir lassen es uns hier einfach gut gehen und denken nicht daran, wie unsere Freunde und ihre Kinder jede Sekunde leiden müssen." Papa schaute uns alle eindringlich an.

„Aber mein Liebster, Toran hat doch versprochen zu kommen, wenn die klaren Nächte vorbei sind." Mama tätschelte mit ihrer Schnauze die seine. „Und wir alleine können doch nichts tun."

„Ja, das stört mich eben dabei. Dass wir hier einfach untätig herumsitzen müssen und so absolut nichts erreichen können. Die Menschen scheinen auch nicht voran zu kommen, oder?" Papa guckte Luna fragend an.

„Nein, ich glaube nicht. Ich habe auf jeden Fall nichts gehört. Aber mein Vater hält sicher sein Versprechen."

„Daran zweifele ich auch gar nicht, Luna. Aber wir müssen darauf vorbereitet sein. Es nützt nichts, wenn er kommt und wir ihm nur guten Tag sagen. Wir müssen in der Lage sein, ihm einen Plan zu präsentieren." Einen Plan zu haben ist immer gut. Ich räusperte mich.

„Öh, Papa. Entschuldige, aber wie wollen wir mit Toran einen Plan besprechen, wenn wir nur ein paar Wörter heulen können? Ich meine, wenn er hierherkommt, kann er doch nicht tatsächlich hier hinein." Ich zeigte mit meiner Pfote auf den Garten. „Und bis zum Tor und zur Mauer ist es zu weit. Ich meine, wir müssten dann ganz laut sprechen, damit wir uns überhaupt verstehen können. Und dann kommen die Menschen doch gleich nachsehen, was los ist."
Eigentlich hatte ich gedacht, dass Papa oder die anderen Erwachsenen daran schon gedacht hätten und eine geniale Lösung für das Problem hätten. Aber als sie nun alle schwiegen, wusste ich Bescheid. Oh je. So schnell waren wir wieder absolut planlos. Das wurde doch nie was. Ich fühlte, wie der alte Frust wieder in mir hochstieg und wollte schon – um etwas Dampf abzulassen – Alma ein bisschen zwicken, weil sie nur so da saß. Das musste sie natürlich schon geahnt haben – irgendwie wurde es langsam etwas langweilig mit ihr.

„Lass das Arlo. Ich hätte da nämlich eine Idee." Alma war wieder total hibbelig, was ein sicheres Zeichen dafür war, dass sie ihrer Meinung nach etwas richtig Aufregendes zu sagen hatte. Sie trippelte dann irgendwie zuerst mit den vorderen Pfoten und sofort danach mit den hinteren. Sah immer albern aus. „Dann mal raus mit der Idee, Schwesterchen, mach doch nicht gleich in die Hose." Mann, war ich wieder gut darauf. Die Erwachsenen sahen mich alle streng an. Ja-a, ich halte schon die Schnauze. Aber wenn unsere einzige Hoffnung diese überdrehte Wahrsagerin sein sollte, hatte ich eh keine Lust mehr.

„Ich bin nicht überdreht."

Wie wäre es, wenn du nicht meine Gedanken lesen würdest, liebes Schwesterchen.

„Ich kann deine Gedanken gar nicht lesen, glaube ich jedenfalls. Ich fühle deine Stimmung. Aber wenn dir nichts einfällt, könntest du dir wenigstens erst einmal anhören, was ich im Kopf habe." Ich weiß, was du im Kopf hast – den netten Rudi. Aber ich wurde dann doch ruhiger.

„So wie ich das verstanden habe, gibt es da zuerst die Mauer mit dem Tor, dann einen kleinen Vorhof mit den Autos und dann den Zaun." So ist es. „Könnte der Toran nicht über die Mauer springen und dann einfach zum Zaun kommen?" Und das war also die Superidee?

Luna seufzte. „Leider nein, Alma. Die Mauer wäre für ihn vielleicht nicht zu hoch, aber darauf stehen spitze Metallstäbe, die zu gefährlich sind. Und außerdem würde er sich nie freiwillig hinter irgendeine Mauer bringen."

„Das habe ich mir fast schon gedacht." Ach, ja, und die Superidee ginge denn wie weiter? „Da ist doch auch ein Tor im Zaun, oder?" Natürlich. „Ist das denn immer mit einem Schloss verschlossen?"

„Nein, das Gittertor an der Mauer ist immer fest zu, besonders nachts. Aber dieses am Zaun ist nur mit solchen komischen Metalldingen festgemacht." Luna schien etwas verwirrt. „Die kannst du aber nicht zerbeißen."

„Ihr habt aber gesagt, als wir hier ankamen und ich bewusstlos wurde, dass Luna uns hinter dem Tor gefunden hat." Mama nickte Luna dankbar an. „Und ab und zu geht

Luna doch mit den Menschen aus, besonderes mit Terri."

„Ja sicher kann ich dann hinaus, aber dann öffnen ja die Menschen die Tore."

„Wir bräuchten also einen Menschen." Papa blickte Alma an. „Alma kann ja die Terri fragen."

Alma lächelte mich zufrieden an. So einfach wird es sicher nicht gehen. Und da bestätigte Luna mich schon.

„Sicher. Aber mein Vater würde nie im Leben hierhin kommen, wenn ein Mensch dazu kommt. Das könnt ihr sofort vergessen."

„Ja das glaube ich auch, aber das war gar nicht das, was ich gerade gemeint habe." Alma lächelte mich immer noch an. Nun kam sicher wieder ein genialer Einfall von ihr, der absolut nichts mit der Realität zu tun hatte. Ja, ich weiß, ich war richtig frustriert. „Weißt du noch Arlo, als wir bei den Shows auftreten mussten?" Sicher. „Und diese Tricks, die wir geübt haben? Besonders das, wo der Blindenhund dem Blinden behilflich ist, aus einem Käfig zu kommen?" Langsam dämmerte es mir. Wenn ich nicht so mit meinem Frust und mit diesem Gefühl der Nutzlosigkeit beschäftigt gewesen wäre, hätte es mir eigentlich auch einfallen müssen. Irgendwann mal müsste ich mich wohl bei meiner Schwester entschuldigen. Ich wurde allmählich richtig neidisch auf sie, warum musste sie immer so ruhig bleiben und die besten Ideen haben?

„Ach, mein Kind, das ist ja wahr!" Mama gab ihr ein Küsschen. „Dass wir gar nicht daran gedacht haben. Du weißt doch auch noch, Paison, wie lange die Kinder das geübt haben: wegrennen trotz von uns auferlegten Stubenarrest. Das war bei den Shows immer ein Erfolg!"

„Das könnte uns tatsächlich nutzen. Wir müssten nur ganz genau beobachten, wie die Menschen die Tore aufmachen, welcher Mechanismus da ist. Natürlich unauffällig." Papas Augen fingen wieder an zu leuchten. „Weißt du, Luna, die Kinder haben da fast jede Käfigtür aufbekommen. Die Tore hier sind zwar viel, viel größer, aber wir könnten es eventuell gemeinsam schaffen."

Luna nickte zustimmend. Es wurde verabredet, dass ich zuerst mal vor dem Zauntor herumlungern sollte und schauen, ob ich die Funktion herausfinden konnte. Dann könnten wir alles noch gemeinsam besprechen. Ich hoffte nur, dass es nicht so lange dauern würde. Die klaren Nächte würden auch nicht ewig bleiben. Am schwersten fand ich, dass die Verantwortung nun bei mir lag. Zum tausendsten Mal wünschte ich mir etwas älter und viel größer zu sein.

Am nächsten Morgen stand ich schon sehr früh auf. Terri kam gerade von ihrer Nachtschicht zurück. Sie fuhr mit ihrem kleinen Moped durch das Tor der Mauer und parkte neben dem Zaun. Ich flitzte hin, um die erst beste Möglichkeit, meine Aufgabe zu erfüllen, wahr zu nehmen.

„Das ist ja schön, dass du mich begrüßt, Arlo! Warte kurz, ich muss das Zauntor zuerst mal öffnen." Genau darauf wartete ich ja und starrte das Tor gespannt an. „Ich bin ja gleich bei dir." Oh je, daran hatte ich gar nicht gedacht. Wenn ich beobachten sollte, wie die Menschen das Tor aufmachten, musste ich in der Nähe von Menschen sein. Nicht gut. Vermeidbar auch nicht. Ich wollte weglaufen und drehte mich um. Alma saß oben auf der Treppe. Na toll, vor meiner Schwester wollte ich garantiert nicht kneifen.

„Du schaffst das schon, Bruder. Terri ist doch nett. Es wird dir nichts passieren." Ich schwöre, dass sie ihren Mund nicht bewegt und ich auch keinen Ton gehört hatte, aber trotzdem hörte ich irgendwie ihre Stimme in meinem Kopf. Hören ohne Ohren. Das war ja mal was Neues. Ich war wieder über Alma so verblüfft, dass ich meine Angst vergaß. Ich drehte mich gerade im richtigen Moment wieder zu Terri. Sie legte ihre Hand an das Tor und schob etwas nach links. Ja, links und rechts hatten wir auch lernen müssen. Dann hielt sie ihre Hand etwas mehr nach unten und hob etwas nach oben und drückte das Tor auf. Sehr einfach war das aber nicht. Ich wiederholte den Vorgang in meinen Gedanken, aber Terri musste meine Konzentration stören.

Ihre Hand streichelte meine Schulter leicht. Uaah! Ich atmete tief ein und wedelte kurz mit dem Schwanz. Es war genug. Ich lief so schnell ich konnte zu Alma. „Lass du dich doch betatschen, ich mag das jetzt nicht. Nun habe ich die Hälfte vergessen, weil sie mich stören musste. So wird das nie etwas."

„Na gut. Nächstes Mal komme ich mit dir, um die Menschen abzulenken. Dann kannst du dich auf die wichtigen Sachen konzentrieren." Sie lief fröhlich zu Terri und sie fingen an zu Schmusen. Alma, die Unbekümmerte. Ich ging zur Küche in der Hoffnung, dass es gleich Frühstück gäbe. Die anderen waren gerade aufgewacht und schlenderten langsam zu mir. Niemand hatte wohl mit einem schnellen Erfolg gerechnet, weil keiner mich wegen Terri und dem Tor ansprach. Gut so.

„Ihr seid ja schon alle auf." Terri trug Alma in die Küche. „Ich mache uns allen gleich Frühstück." Das hörte ich gerne. „Wo habt ihr eure Schüssel – ach, da. Moment, gleich ist es so weit." Als wir endlich aßen, setzte Terri Kaffee für sich und ihre Großeltern auf und schmierte sich ein paar Brote. „Ich sollte eigentlich gleich ins Bett. Ich bin so müde, es waren viele Notfälle in der Nacht. Aber ich warte noch, bis Oma und Opa kommen." Ja, ist mir eigentlich gleich. Ich wollte nach dem Frühstück in den Garten. „Ich habe nämlich eine Überraschung für euch, ganz besonders für Paison. Etwas, was Oma, Opa und ich gemeinsam vorbereitet haben."

Wir gingen noch kurz in den Garten schnüffeln. Terri hob Papa die Treppe herunter und setzte sich hin. Wir hörten aber sofort, als Oma und Opa aufstanden und liefen schnell zur Treppe. Wir alle fünf Hunde saßen in einer Reihe da und starrten Terri an. Wir waren ganz ruhig. Taten über-

haupt nichts und trotzdem fingen die Menschen an zu lachen, als sie uns so sahen. Oma holte sogar ihre Kamera
und machte Fotos. Was war jetzt schon wieder? Darf man
nicht einfach sitzen und auf eine Überraschung warten?
Oma lachte immer noch. „Ach Terri, hast du den Lieben
schon etwas über unsere Überraschung gesagt?"
„Ja, Oma, die haben mich sicher ganz genau verstanden."
Natürlich. „Aber ich habe nicht gesagt, was es ist."
„Die sind ja köstlich. Aber Gerhard, meinst du nicht, dass
wir es gleich enthüllen sollten, die geben sonst ja doch keine Ruhe." Wir waren aber absolut ruhig. „Siehst ja, wie intensiv uns alle anstarren."
Opa ging etwas holen und Terri lief kurz zu ihrem Moped,
wo sie ein größeres Etwas auf der Tragefläche hatte. Das
hatte ich ja vorhin gar nicht bemerkt. Ich war aber so gespannt, dass ich keine Lust hatte, diesmal die Tortechnik zu
beobachten. Wir blieben sitzen und warteten. Opa kam mit
einer großen und breiten Metallleiste zurück. In der einen
Hand hatte er irgendeine Maschine, hätte ein Bohrer sein
können. So etwas hatte ich mal in der Welpenhalle gesehen.
Opa legte die Leiste auf die Treppe zum Garten. Es sah
wohl eher aus wie eine Rutsche. Ich flüsterte leise zu Alma.
„Papa will keine Rutsche haben, oder?" Opa bohrte und
schraubte und bald war die Rutsche fest.
„Das ist eine Rampe für euren Vater." Opa wischte sie noch
sauber. Ja, das war eine ganz tolle Überraschung. Es würde
für ihn nun viel leichter in den Garten zu gelangen. Papa
sah etwas skeptisch aus. „Aber das ist noch nicht alles.
Schaut mal, was Terri mitgebracht hat." Wir sahen Terri etwas Merkwürdiges tragen. Sie legte das Ding vor uns hin.
Metall, Stoff, Räder – das sah ein bisschen gefährlich aus.
Ich trat vorsichtshalber einen Schritt zurück.
„Das habe ich von Mateo bekommen." Ich trat noch einen
Schritt zurück. „Das ist zwar gebraucht aber er hat es repa-
riert und für Paison passend gemacht. Wir dürfen es benut-

zen, zwar gegen eine kleine Leihgebühr, aber immerhin."
Klar wollte der Typ Geld für alles. Und das da soll dann für
Papa gut sein – etwas von Mateo? „Das war diesmal richtig
nett von ihm, meint ihr doch auch, nicht wahr?" Nein –
erstens weil es von ihm war und zweitens weil es nett war.
Was war das überhaupt?

„Siehst du, Paison. Das ist ein Rollstuhl für Hunde, oder eigentlich ein Rollwagen. Damit bist du bald so schnell und
so beweglich wie ohne deine Behinderung. Und über die
Rampe kannst du immer, wenn du selber willst, in den
Garten oder zurück ins Haus. Ist das nicht toll?" Wir waren
erst einmal blaff. Ein Rollwagen? Tatsächlich, so sah es
auch aus. Wie cool war das denn! Vielleicht ließ Papa mich
das auch mal ausprobieren – die Rampe mit so einem Ding
runter zu sausen musste echt irre sein.

Papa schob sich vorsichtig näher an den Wagen und schnüffelte den ausgiebig. Bei Mama, Luna und Alma flossen wieder die Tränen, natürlich. Alma sprang sogar auf Terris
Schoß. Mama leckte Opas Hand und Luna legte ihren Kopf
auf Omas Schoß. Ich trieb Papa an.

„Nun probiere es schon aus, Papa. Das ist doch ein super
Ding, oder? Du bist sicher mit dem schneller als wir! Papa!"
Ich hüpfte hin und her. Die Gesellschaft von Alma färbte
wohl auf mich ab. Papa schien sprachlos zu sein. Aber er
sah sehr glücklich aus.

Papa blickte Terri und ihre Großeltern dankbar an. „Kein
Mensch hat mir jemals so ein großartiges Geschenk gemacht. Ich weiß nicht, was ich sagen sollte. Was sind das für
merkwürdige Menschen, wenn sie Geld, Zeit und Mühe für
so einen Krüppel wie mich verschwenden. Toran hatte absolut recht. Auf der Finca Assisi leben Menschen, die wir so
sonst nicht kennen. Ich werde ihnen mein ganzes Leben
lang dankbar sein. Ich werde das nie vergessen."

Obwohl die Menschen seine Wörter wohl nicht genau verstanden, schien Papas Absicht klar zu sein. „Na, junger

Mann, ist ja schön, wenn es dir gefällt. Wollen wir deinen Wagen dann mal anprobieren?" Opa tätschelte Papas Wange.

Es sah schon etwas lustig aus. Papa bekam ein Geschirr angezogen, womit er das Gerät hinter sich herziehen konnte. Es war wie eine kleine Karre, worin seine Hinterbeine lagen. Etwas ungewohnt nahm Papa die ersten Schritte. Es funktionierte tatsächlich, Papa lief immer schneller im Garten herum und hatte Riesenspaß. Plötzlich blieb Papa mit einem Rad an einem Baum hängen.

„Zieh stärker!"

„Nein, lege dich hin!"

„Hüpfe!"

Unsere Ratschläge waren wohl ziemlich sinnlos. Papa guckte sich um und überlegte. Bevor die Menschen einschreiten konnten, hatte er den Bogen raus. Er ging einfach ein paar Schritte zurück und so war die Karre wieder frei. Stolz und zufrieden kam Papa zu uns.

„Na, das ist ein wirklich tolles Gerät. Ich hoffe, Lunas Familie kann meine Dankbarkeit und Wertschätzung erkennen und fühlen." Papa drehte vor uns noch ganz kleine Kreise. Es war so schön. Wir spielten mit Papa noch Jagen und Wer hat Angst vorm Hundefänger, bis alle erschöpft im Schatten lagen. Außer Papa – ihm musste Opa Gerhard zuerst den Rollwagen abnehmen.

„Ich glaube, das reicht auch fürs Erste. Wir müssen es ja nicht gleich übertreiben. Bald gehe ich noch mit dir, Paison, ins Schwimmbecken und mache mit dir deine Übungen. Wir wollen doch nicht die Hoffnung verlieren, dass du diesen Wagen nur vorübergehend brauchst, oder?"

Wir dösten in der Morgensonne. Ich ließ meine Gedanken schweifen und schloss meine Augen. Mit diesen Finca Assisi Menschen war das Leben eigentlich schon erträglich. Keine Schläge, keine Drohungen, keine Tritte, keine Angst. Und immerhin bekamen wir jeden Tag leckeres Essen und durften so viel spielen und herumlaufen wie wir wollten. Es wäre natürlich noch besser, wenn es dort gar keine Menschen gäbe. Wenn ich später mit Luna zu diesen Rettungshundeübungen ginge, müsste ich zulassen, dass der Opa Gerhard mich ständig berührt. Vielleicht könnte ich Luna bitten, mir mit der Weste zu helfen. Aber das ging wohl nicht. Ich wusste nicht, ob ich das überhaupt ertragen könnte. Und Alma wäre in der Zeit auch alleine. Ja gut, Papa und Mama wären ja da, aber. Vielleicht könnte Alma mitkommen, sie könnte ja immer die Gesuchte spielen und sich irgendwo verstecken. Keine gute Idee, sie konnte ja nicht sehen, wohin sie ging und vielleicht könnte ich sie am Anfang nicht finden und dann ginge sie wirklich verloren. Also eine extrem schlechte Idee. Ob Condesa immer dabei war? Der Rudi schon. Wenn ich das Alma erzählte, würde sie darauf bestehen, mitzukommen. Ich war mir nicht sicher. Und wenn Rudi da wäre, wäre das Ekel Mateo ja auch da. Ich traute ihm auf gar keinen Fall. Er hatte garantiert irgendwelche Hintergedanken bei dem Rollwagen, abgesehen von dem Geld, welches er dafür bekam. Vielleicht war der Wagen nur eine Falle und würde irgendwann unter Papa zusammenbrechen und ihn noch mehr verletzen. Bei dem Gedanken sprang ich wieder auf und schlenderte zum Rollwagen hin.

Der Rollwagen sah völlig harmlos aus. Ich schnüffelte daran und glaubte kurz den Geruch von Rudi wahrnehmen zu können. Ich schubste den Wagen vorsichtig an. Woran sollte ich erkennen, ob der nicht in Ordnung war? Ich schubste noch Mal. Nichts passierte. Ich fing an, an dem Wagen zu rütteln, immer heftiger und heftiger. Irgendwo musste doch eine Schwachstelle zu finden sein. Rütteln, rütteln, rütteln.

„He, Junge, mach doch meinen Wagen nicht gleich kaputt, was soll das denn?" Papa schnauzte mich verärgert an. Er kroch in meine Richtung.

„Das ist eine Falle, Papa. Das ist von diesem Mateo. Das ist eine Falle!" Ich war so wütend auf Mateo, dass ich den Tränen nahe war. „Du darfst es nicht mehr benutzen!"

„Was soll der Blödsinn? Der Wagen funktioniert doch perfekt. Lass den einfach nun in Ruhe."

„Alma, hilf mir – sag den anderen, wie böse der Mateo ist! Der Wagen ist doch ein Teufelsding!"

Alma sah selber etwas besorgt aus, sicher hielt sie den Wagen auch für verflucht. Wenn wir beide Papa überzeugen könnten, würde nichts Schlimmeres passieren. Dann könnte er einfach mit seiner Therapie weitermachen und dieser Mateo könnte uns gestohlen bleiben. Warum sollte ich als einziger die Gefahr erkannt haben, gut das meine Schwester so klug war.

„Arlo, hast du irgendwelche Schmerzen?" Was sollte das jetzt? „Oder hast du etwas Falsches gegessen, fühlst du dich benommen oder verwirrt?" Das durfte doch jetzt nicht wahr sein. Alma hielt mich für bekloppt. Aber denke doch an den Mateo, Alma!

„Ich weiß nicht, was oder wie dieser Mateo ist. Er ist mir auch nicht ganz geheuer. Aber weißt du nicht, dass dieser Rollwagen früher von Rudi benutzt worden ist?"

„Ja, willst du mich total veräppeln, oder was? Der Rudi ist kaum älter als wir und rennt herum wie ein irre gewordenes Perlhuhn. Der hat garantiert in seinem ganzen Leben noch keinen Rollwagen gesehen, geschweige denn gebraucht. Warum unterstützt du mich nicht?" Ich starrte ihr direkt in die Augen, zwar konnte sie das nicht sehen, aber sicher fühlen. Und ja, ich meinte es auch als eine direkte Provokation zum Kampf.

„Wenn du mir nicht immer sofort mit deinen 'Rudi ist nett' -Sprüchen kämest, wenn ich dir etwas über ihn erzählen möchte, wüsstest du Bescheid", erwiderte Alma und ließ sich nicht beirren. Na gut, ich starrte einfach weiter und unterstrich meinen Blick mit einem kleinen Knurren.

„Ach, ich habe keine Lust, wenn du so schlecht darauf bist.

Denk was du willst." Alma drehte sich beleidigt um und ging direkt zum Schwimmbecken, stieg die eine Treppe runter und legte sich hin. Wieder ragte nur ihr kleiner Wuschelkopf heraus. Trotz allem musste ich kurz lächeln. Ich trat noch einmal gegen den Rollwagen und legte mich in den Schatten. Wenn die anderen nicht hören wollten, dann sollten sie halt fühlen. Ich hatte versucht, Papa zu warnen. Dieser Mateo war böse. Aber was hatte Alma gerade gesagt – ich wüsste Bescheid. Worüber wohl? Ob ich nachgeben und zu ihr gehen sollte? Sie war aber richtig sauer auf mich. Es ging ja um ihren netten Rudi. Es störte mich allerdings, dass ich wohl etwas überhört hatte. Ich seufzte und ging zum Schwimmbecken.

„Äh, Alma, was sollte ich eigentlich wissen?"

Stille. Sie blickte nicht einmal in meine Richtung. So hartnäckig hatte sie aber noch nie geschmollt. Und alles wegen diesem Rudi? Es hatte sie wohl richtig erwischt. Mädchen.

„Komm, Alma, sei doch nicht mehr böse!" Aber sie reagierte überhaupt nicht. Ich wollte sie wieder zornig anschnauzen, aber ich befahl mir ruhig zu bleiben. So kannte ich Alma gar nicht und ich musste zugeben, dass mir richtig komisch zumute wurde. Was sollte ich noch sagen? Oder lieber gar nichts? Ich war zu neugierig.

„Okay, Alma, es tut mir leid, wenn ich dich geärgert habe." Die Worte waren draußen, ich knirschte aber doch etwas mit meinen Zähnen. Alma blickte kurz in meine Richtung und schwieg weiter. Zu diesem „beleidigte Leberwurst" spielen hatte ich eigentlich keine Lust. Ich fühlte mich unwohl, hatte ich plötzlich Fieber? Vielleicht war ich zu lange in der Sonne gewesen.

„Was soll ich denn noch sagen? Ich habe doch nur versucht, Papa zu warnen!"

„Hmm." Mindestens kam ein Ton von ihr.

„Und du musst zugeben, dass das alles verdächtig ist, wegen Mateo!"

„Ach, Arlo. Ich erzähle dir etwas, wenn du versprichst, mit deinen blöden Sprüchen über Rudi aufzuhören." Ich wusste doch, dass es um ihn ging! Wieder dieses Unwohlsein, was hatte ich bloß?

„Oder bist du etwa eifersüchtig auf ihn?"

„Ach was! Ich soll eifersüchtig sein – auf diesen Trottel?" Ich lachte laut, sehr laut. Es hörte sich sogar in meinen eigenen Ohren zu laut an.

„Dachte ich mir doch. Aber dazu hast du doch keinen Grund. Du bist und bleibst immer mein lieber Bruder." Nun lächelte sie mich wieder an. Sollte ich wirklich eifersüchtig sein – und war das dieses komische Gefühl?

„Na ja, du redest ja nur noch über ihn und was ich tue oder sage interessiert dich gar nicht mehr." Mein Tonfall war aber echt zu jämmerlich. Ich mochte den Typen einfach nicht und damit sollte es gut sein.

„Das stimmt ja nicht. Nur – du siehst sofort rot, wenn ich seinen Namen nenne. Aber er ist doch wirklich ne...öh, lustig, und du bist mir genauso wichtig wie früher. Willst du nun hören, was er mir erzählt hat oder nicht?"

„Ja, schieß los. Du hast ja schon angedeutet, dass er den Wagen selber gebraucht hat."

„Rudi hat mir gesagt, dass er nach einem Autounfall auch gelähmt war. Er wurde in der Klinik operiert und hatte danach kurzzeitig den Rollwagen gebraucht. Die Ärzte konnten ihn aber heilen."

„Und das soll dieser Mateo ermöglicht haben? Er will doch garantiert keinen behinderten Hund bei sich gehabt haben."

„Es war aber ein großer Erfolg und damit sehr gute Werbung für die Klinik. Sie haben darüber viel berichtet - auch in den Zeitungen, weil der Fall eigentlich wohl hoffnungslos gewesen ist."

„Werbung für die Klinik, das klingt allerdings ganz nach ihm. Das könnte aber doch bedeuten, dass auch Papa noch

Hoffnung hat." Alma lächelte mich zustimmend an. Ich legte mich auf den Beckenrand hin und dachte noch lange über ihre Worte nach. Ich war ihr Bruder und Beschützer. Sie brauchte mich - keine anderen. Am allerwenigsten brauchte sie einen Freund. Genau, so war es doch. Oder nicht? Ich seufzte und gab endlich zu, dass ich wohl eher sehr zufrieden sein sollte, wenn sie froh und glücklich ist. Ich musste es sein. Alles andere wäre absolut ungerecht von mir. Ich beschloss, dass ich wenigstens versuchen würde, etwas weniger egoistisch zu sein. Aber musste es nun ausgerechnet dieser nervige Rudi sein?

10. GEMEINSAM SIND WIR GROß

Nach ein paar Tagen glaubte ich heraus gefunden zu haben, wie das Öffnen des Zauntores funktionierte. Es gab zwei Riegel, die man einerseits schieben und andererseits heben musste. Das Problem war nur, dass diese viel zu hoch waren. Alma oder ich konnten sie auf keinen Fall erreichen – und Alma konnte auch nicht auf meinem Rücken stehen, wie oft bei den Shows, weil mein Gipsbein das noch nicht zuließ. Es wäre viel zu wackelig. Ich versuchte den anderen klar zu machen, wie die Riegel zu öffnen waren, aber keiner außer Alma und mir hatte die Technik beigebracht bekommen. Papa verstand es schon irgendwie, aber er konnte sich ja am allerwenigsten bewegen, obwohl er jeden Tag mit seinem Wagen im Garten rennen veranstaltete. Unsere letzte Hoffnung war die Luna.

In einem ruhigen und menschenleeren Moment schlenderte ich mit ihr zum Tor. Es war aus Gitterzaun und Metallstäben gebaut. Der untere Riegel lag bereits in Lunas Kopfhöhe, der obere noch viel höher. Aber Luna könnte diesen mit Leichtigkeit erreichen, wenn sie sich auf die Hinterpfoten stellte. Ich beschrieb ihr die Funktion der beiden Riegel. Am wichtigsten war, dass man den oberen Riegel zuerst zur Seite schiebt und erst danach den unteren Riegel hochhebt. Und weil sich das Tor nur nach innen öffnen ließ, musste man dann noch daran etwas ziehen und so sollte es sich dann öffnen lassen.

Luna starrte nur vor sich hin. Ja, wie wäre es mit etwas mehr Aktion, du Wildhund? Luna betrachtete endlich das Tor von oben bis unten. Sie schien also doch begriffen zu haben, was ich erklärt hatte und wollte sich nun wohl eine genaue Vorgehensweise überlegen. Ich hatte auch oft solche gedanklichen Trockenübungen gemacht, bevor ich früher einen neuen Trick vorgeführt habe. Es half wirklich. Gut, dass wir Luna hatten.

„Äh, was hast du gerade über das Tor gesagt?"

Na prima. Das konnte ja noch ein sehr langer Tag werden. Ich wiederholte geduldig alles noch einmal, ganz ausführlich und etwas langsamer. Immer noch nichts. Ich versuchte es zum dritten Mal. Ich war stolz auf mich, dass ich dabei relativ ruhig blieb und sie nicht anschrie, obwohl ich nichts lieber getan hätte. Das kann nicht so schwer sein.

Luna fing an zu zittern. Es war aber nicht gerade kalt, sogar das Metall an dem Tor fühlte sich furchtbar heiß an. Sie zitterte noch heftiger. Hatte ich wirklich laut gesagt, dass sie unsere letzte Hoffnung sei? Kann gut sein. So ein Zittern kannte ich von Alma, wenn sie sich total überfordert fühlte. Aber dass dieser große Wolfshund überhaupt unsicher werden konnte, hätte ich echt nicht gedacht. Ich hatte keine Ahnung, wie ich die Situation retten könnte. Zu sagen, dass wir noch viele andere Möglichkeiten haben, hätte ich mir selber nicht abgenommen. Zittern, zittern. Sie stand nur da und zitterte. War sie irgendwie kaputt gegangen? Ich stupste sie leicht. Keine Reaktion. Was hatte ich wieder gemacht?

„Alma! Hilfe!" Meine Schwester lief so schnell sie nur konnte zu uns und erfasste die Situation anscheinend sofort. Sie bat Luna sich mit ganz leiser und sanfter Stimme hinzulegen – und Luna fiel förmlich zu Boden. Wenigstens bewegte sie sich wieder. Alma leckte ihre Backen und flüsterte ihr irgendwas zu. Allmählich ließ das Zittern nach. Alma legte sich zu ihr hin und sprach weiter mit einer sehr ruhigen Stimme. Na ja. Wenn man selber öfter so eine Zitterpartie veranstaltete, wusste man wohl, was zu tun war. Ich versuchte unbeteiligt in den Himmel zu schauen. Alles war blau, keine Wolken und die Sonne brannte in meinen Augen. Luna würde das nie hinkriegen, so viel war klar. Aber sie war die einzige mit der richtigen Größe. Es war zum Verrücktwerden, dass ich nicht mehr viel wachsen würde und für immer so klein bliebe. Es wäre alles ein Kinderspiel, wenn ich so groß und stark wie Luna wäre. Und da hatte ich die Idee. „Luna, Luna, es wird alles gut! Ich weiß, wie wir das machen. Du brauchst das Tor nicht auf zu machen, du musst nur still am Tor stehen." Endlich blickte sie mich wieder an. „Ich werde auf deinen Rücken klettern und selber die Riegel öffnen. Das schaffen wir – zusammen!" Ich war total aufgeregt und wusste auf einmal, dass es funktionieren würde. Luna wusste es anscheinend auch, da sie aufsprang und vor Freude laut jaulte.

„Die Idee ist super, kleiner Mann! Ich dachte schon, dass alles verloren wäre, weil ich mich so blöd anstellte! Tut mir so leid! Aber nun schaffen wir es sicher. Lass es uns sofort versuchen!"

In meiner Aufregung hatte ich allerdings völlig verdrängt, dass ich das Gipsbein hatte. Aber Lunas Rücken war so breit, dass es eigentlich trotzdem gehen sollte. Ich wollte nicht schon wieder alle Hoffnung verlieren, sondern biss die Zähne zusammen. Luna legte sich hin und ich versuchte auf ihren Rücken zu klettern. Das war aber wirklich nicht einfach. Ich hatte keinen Halt und plumpste immer wieder herunter, bevor ich richtig auf ihr sitzen konnte.

„Halt doch still, so wird das nie etwas, Luna!" Sie musste ja natürlich die Sache noch durch irgendein Wackeln erschweren. Typisch Mädchen – einfach stillhalten ging nicht.

„Das kitzelt aber furchtbar, Arlo, wenn du mit deinen Minipfoten auf mir herumkrabbelst! Ich kann doch nichts dafür!" Luna kratzte sich kräftig mit den Hinterpfoten. „Das ist wirklich kaum auszuhalten. Du pikst mich ja richtig in die Rippen."

„Lieber Minipfoten als solche riesigen Latschen." Ich hatte es echt satt, dass alle immer Bemerkungen über meine Größe – oder eher über meine nicht vorhandene Größe – machen mussten. Lunas Pfoten waren außerdem tatsächlich riesig. Ich starrte sie einen Moment an und überlegte, was ich alles machen könnte, wenn ich solche Pfoten hätte. Und welche Kräfte darin steckten! Vielleicht hätte ich daran früher denken sollen, so wütend wie Luna mich gerade anschaute.

„Nun ja." Ich interessierte mich plötzlich sehr für einen kleinen Käfer, der in der Erde herumwühlte. Ganz beiläufig trat ich ein paar Schritte beiseite. Sicher war sicher. Ich schielte vorsichtig zu ihr herüber, aber sie war zum Glück wieder mit kratzen beschäftigt. Mir wurde klar, dass ich doch noch einiges zu lernen hatte. Zum Beispiel dass es nicht sehr lohnenswert war, jemanden zu ärgern der ungefähr tausendmal größer war. Ich erlaubte mir, vorsichtig noch einen Vorschlag zu machen.

„Alma könnte es versuchen."

„Wie? Ich kann die Riegel gar nicht sehen."

„Aber du kannst doch gut balancieren und da deine Beine in Ordnung sind, wäre es sicher für Luna auch besser. Und ich könnte dich führen und erklären, was du machen musst."

Luna lächelte breit. „Es könnte tatsächlich gelingen. Du bist ja auch nicht so ungeschickt, wie dein Bruder." Okay, das war die Retourkutsche wegen der Riesenpfoten, nur nicht aufregen. Aber etwas böse dreinblicken durfte ich doch wohl. Alma und Luna waren schon eifrig dabei zu üben. Und was für ein Wunder, es klappte auf Anhieb. Luna stand auf und Alma blieb einfach auf ihrem Rücken ruhig sitzen. Sogar als Luna vorsichtig umherlief, hatte Alma keinerlei Schwierigkeiten. Ich schluckte meinen Ärger herunter.

Luna stellte sich seitlich direkt an das Tor. Alma saß nun direkt vor dem unteren Riegel. Ich wollte ausprobieren, ob der Plan überhaupt funktionieren würde und da der untere Riegel auch der einfachere war, fingen wir damit an.

„Du musst einfach deine Pfote durch das Gitter stecken und nach oben heben." Das klappte auch. „Und da spürst du ja den Riegel. Versuch' ihn anzuheben."

Almas Pfoten waren noch schlanker als meine. Sie hatte

den Riegel sofort gefunden, aber ich bezweifelte, dass sie genug Kraft hatte.

„Also, soll ich den Riegel jetzt tatsächlich hochheben oder ist das nur eine Übung?" Gute Frage. Aber wir mussten es wissen.

„Versuche es einfach." Ich starrte Alma gespannt an. Sie hob leicht ihre Pfote und der Riegel sprang auf.

„Na toll! Das ist ja nun wirklich nicht schwierig gewesen. Und deswegen haben wir hier tagelang gesessen und überlegt?" Alma fing wieder an, hin und her zu trippeln. Sie hatte vor lauter Freude etwa nicht vergessen, dass sie auf Lunas Rücken stand, oder? Ich hatte es geahnt. Nach ein paar Sekunden brach alles zusammen. Luna fing an, sich zu schütteln.

„Nicht kitzeln, nicht kitzeln!" Und in dem Augenblick fiel Alma natürlich herunter und jaulte furchtbar laut auf. Das war es dann mit unserem ruhigen Moment. Mama lief zu uns und hinter ihr kam auch Terri angelaufen.

„Was tut ihr denn da? Ihr ärgert doch nicht etwa Alma? Mein kleines Mädchen, hast du dir weh getan?"

„Nein, Mama, es war alles meine eigene Schuld. Wir haben nur geübt. Sei bitte Arlo und Luna nicht böse. Aber wir müssen verhindern, dass Terri merkt, was wir hier machen."

Ich blickte besorgt zum Tor. Natürlich war der untere Riegel immer noch offen. Terri musste sofort irgendwie abgelenkt werden. „Alma, lauf bitte sofort zu Terri." Obwohl ich glaube, sie hätte das so wie so gemacht. Sie konnte wohl nicht genug von diesem ständigen Tätscheln bekommen. Manchmal war es sehr nützlich, denn Terri fiel sofort darauf rein. Und ich durfte nun wieder das endlose Mädchengequassel über mich gehen lassen.

Ich schlenderte zurück zur Finca. Da fühlte ich, wie etwas Nasses auf meinen Kopf tröpfelte. Spuckte mich da jemand an – das gab es nicht! Nun wartet mal ab! Ich drehte mich zornig um und wollte schon etwas Passendes dazu sagen als ich sah, wie alle nach oben blickten. Hinter den Bergen sammelten sich dunkle Wolken und warfen die ersten Regentropfen hinab. Falls die Wolkendecke bis in die Nacht den Mond bedeckte, würde es bedeuteten, dass Toran kam. Und wir hatten erst den einen Riegel geschafft. Nun fing es an, richtig zu gießen. Wir beeilten uns ins Haus zu kommen.

Papa saß auf der überdachten Terrasse und schaute uns gespannt an. „Es wird heute Nacht so weit sein. Seid ihr bereit?" Tja, was sollte ich dazu sagen? Ich bezweifelte, dass wir jemals bereit sein würden. Aber Alma war mal wieder voller Zuversicht.

„Papa, ich habe es geschafft! Es war ganz leicht und ich musste nur einmal versuchen und ich stand auf Luna und konnte den Riegel sofort finden und jetzt ist er offen und wir können hinaus und ich habe dann Luna gekitzelt und fiel herunter und ich habe mich erschrocken und dann kamen alle angelaufen und dann konnte ich noch Terri ablenken und..."

„Halt doch Mal einen Moment den Atem an." Wieso waren alle anderen nie genervt von ihr? „Du weißt doch sicher auch, dass da noch ein zweiter Riegel ist und der ist zehn Mal so schwierig zu öffnen. Du hast erst einen kleinen Teil geschafft!" Alma schwieg tatsächlich. Ich war ja wieder eine richtige Spaßbremse. Aber es war meine Aufgabe, das Tor aufzubekommen und es war noch ein sehr weiter Weg bis zum Erfolg. Ich wollte keinen enttäuschen. Außerdem musste ich ständig an die Welpenhalle und die kleinen Babys von Tante Rosa denken. Alma kam zu mir.

„Mach es dir doch nicht immer so schwer, Arlo. Wir schaffen das schon zusammen." Ach, ja. Tatsächlich? Uns blieb aber nicht mehr viel Zeit. „Du kannst es mir ja ganz genau erklären, wie es funktioniert. Wenn der Moment gekommen ist, sind wir vorbereitet. Das haben wir doch früher auch geschafft, mit all den neuen Tricks, die wir lernen mussten." Da hatte sie allerdings recht. Wir hatten die Tricks immer genau besprochen und das hat viel geholfen. Sonst hätte es ja auch noch mehr Schläge gegeben, wenn wir uns zu dumm angestellt hätten.

„Ich vertraue euch, Kinder. Es wird schon klappen. Es muss einfach!" Papa kroch zu uns. „Ich muss aber noch überlegen, wie wir dann weiter vorgehen und was wir Toran mitteilen sollen. Ich muss unbedingt selbst mit ihm reden, aber bis zur Mauer schaffe ich das nicht in der kurzen Zeit. Meinen Rollwagen können wir nicht ohne die Hilfe der Menschen benutzen."

„Luna könnte dir helfen, Liebster." Mama blickte hoffnungsvoll zu Luna.

„Natürlich, wenn Paison das möchte. Ich kann dich leicht bis zur Mauer tragen und dann wieder zurück." Luna richtete sich auf um zu zeigen, wie groß und kräftig sie war. Ich glaubte ihr auf Anhieb, dass sie mit Papa keinerlei Schwierigkeiten haben würde.

„Ich bedanke mich sehr und nehme dein Angebot an." Papa verbeugte sich leicht. „Aber Haya und Alma sollen beim Gittertor bleiben, damit sie Alarm schlagen können, falls die Menschen aufwachen. Alma kann ja viel besser hören, als wir alle zusammen." Alma grinste zufrieden.

„Arlo soll mit Luna und mir zur Mauer kommen." Jetzt grinste auch ich. „Er kann zur Not als Bote zwischen euch und uns fungieren. Außerdem ist er ja derjenige, der mit Toran in den Kampf ziehen muss." Ich weiß nicht, ob mein Grinsen jemals so schnell wieder verschwunden war. Jetzt bloß nicht kneifen, nicht zittern und nicht vor Angst weinen. Ich biss die Zähne zusammen. So schlimm kann es wohl nicht werden. Toran würde ja dabei sein, hat Papa gesagt. Gemeinsam mit Toran. Ich beruhigte mich etwas.

„Nun brauche ich meine Ruhe. Ich muss über den Plan nachdenken. Am besten legt ihr euch auch etwas hin, damit wir alle dann frisch sind." Ich war überhaupt nicht müde, aber ich ging mit den anderen zu unserem Korb. Wir kuschelten uns zusammen und hörten, wie der immer stärker werdende Regen auf das Dach prasselte. Ich erklärte Alma leise, wie der obere Riegel funktionierte und wir überlegten gemeinsam, welche Griffe am besten wären. Sie wiederholte die Anweisungen immer und immer wieder. Ich nickte schließlich doch ein.

Beim Abendessen war keiner von uns besonders hungrig. Oma Martha beobachtete uns etwas besorgt. Sonst würden wir ja alle Schüsseln innerhalb zehn Sekunden geleert haben, so ungefähr jedenfalls. Ich räusperte mich und zeigte vorsichtig auf die Oma.

Papas Blick war streng. „Bloß keinen Verdacht aufkommen lassen, sonst bleiben die Menschen noch länger auf, wenn sie denken, dass wir irgendwie krank sind."

Also eifrig happa-happa machen. Wir versuchten, möglichst gierig zu mampfen. Endlich schien Oma Martha zufrieden zu sein und ließ uns alleine. Ich konnte nicht anders, ich war einfach zu aufgeregt. Ich lief ganz schnell in den dunklen Garten und erbrach mich hinter einem Busch. Ich würde wohl nie mehr mit Genuss essen können. Es hatte wenigstens aufgehört zu regnen, obwohl es weiterhin bedeckt war. Eine perfekte Nacht also.

Gerade als ich zurück zum Haus ging, hörte ich Terri wegfahren. Sie hatte also wieder Nachtschicht. Ein Mensch weniger somit, schon Mal ein gutes Zeichen. Terri hatte sich anscheinend gar nicht darüber gewundert, dass das Tor nicht ganz verriegelt war. Ich ging zu den anderen und spürte, dass sie genauso aufgeregt waren wie ich. Es war ungeheuer schwer, sich nichts anmerken zu lassen. Wir mussten so tun, als wenn alles wie immer wäre. Ich wusste plötzlich gar nicht mehr, wie alles immer war. Wie waren wir denn normalerweise? Ich begann richtig nervös zu werden. Die Menschen würden sicher bald aufmerksam werden, weil ich zuerst eine Weile so dumm herumlief, zwei Sekunden sitzen blieb und dann wieder ziellos umherwanderte.

„Arlo, was tust du da? Das sieht sicher absolut bescheuert aus. Du solltest dich doch einfach normal benehmen!" Alma hatte mich wohl schon eine Weile beobachtet. Ja, was sollte ich denn machen? Tat ich das nicht immer? Es gibt bei so einem Wetter ja nicht viel anderes zu tun als herumzulaufen oder sich hinzusetzen. Was ich gerade auch tat. Spreche ich normalerweise mit jemandem? Nun saß ich, aber mein Blick wanderte hin und her, irgendwie völlig unkontrolliert.

„Arlo!" Alma kam zu mir. „Ich fühle, dass du viel zu aufgeregt bist. Du musst dich beruhigen, sonst wird das heute nichts." Ich war ja absolut ruhig. „Du humpelst wie ein Irrer herum und wenn du das zufällig gerade mal nicht tust, dann höre ich dich hecheln und bestimmt siehst du auch total angespannt aus." Sie hatte wieder eiserne Nerven. Wie machte sie das bloß? Wahrscheinlich, weil sie nicht sehen konnte, wie schwierig das alles war, mit den Riegeln und so.

„Es regnet ja nicht mehr. Komm, lass uns noch kurz in den Garten gehen, vielleicht fühlst du dich dann besser." Alma stupste mich in Richtung Treppe. Schon gut, ich gehe ja. Aber Alma hatte recht. Im Garten atmete ich tief ein und fühlte mich gleich ruhiger. Ich lief mit ihr etwas herum, einfach nur so um zu schnüffeln. Alles roch etwas anders nach dem Regen, frischer und auch intensiver. Ich fühlte wie meine Muskeln sich langsam entspannten. Es war noch sehr warm. Der Himmel blieb aber bedeckt. Am liebsten hätte ich mich im feuchten Sand gewälzt, der sah irre matschig aus. Aber auf das zwangsmäßige Bad danach hatte ich jetzt wirklich keine Lust. Ich seufzte und ging mit Alma noch ein paar Nachtfalter jagen. Oder besser gesagt ich jagte und sie folgte mir, wobei sie versuchte, mit ziellosen Sprüngen etwas zu fangen. Ich wollte mich gerade über sie lustig machen, als mir einfiel, dass die Falter auch für mich zu schnell waren. Alma sah trotzdem richtig witzig aus und ich konnte mir ein kurzes Lachen nicht verkneifen. Sie wurde zum Glück nicht wieder sauer, sondern tapste einfach fröhlich weiter.

„Kinder, kommt bitte hinein. Es ist Zeit zu schlafen, wir sollten uns zumindest kurz hinlegen." Mama winkte uns zu sich. „Oma und Opa scheinen gleich ins Bett zu gehen, sie sollen ja nichts merken."

Wir kuschelten uns in unserem Korb zusammen. Es war so heiß, dass die Terrassentür offen blieb. Das war natürlich für unseren Plan von Vorteil, obwohl Alma und ich mit solchen einfachen Schiebetüren wohl kaum Probleme haben würden. Aber es war wenigstens ein Hindernis weniger. Luna mit ihrem dicken Fell hatte es bei diesem warmen und feuchten Wetter nicht ganz einfach. Sie legte sich auf die etwas kühleren Terrassenfliesen. Trotz Aufregung fühlte ich mich plötzlich sehr müde. Hoffentlich schlief ich nicht tatsächlich ein, oder wir alle. Vielleicht sollte jemand Wache halten.

Papa schaute uns an. „Ihr könnt ruhig etwas schlafen, ich passe schon auf. Wir müssen sicher ein paar Stunden warten, bis es so weit ist. Und ausgeruht werden wir alles viel besser bewältigen können."

Das musste Papa mir nicht zwei Mal sagen. Unfassbar, aber ich schlief sofort ein. Ich dachte, es wären nur etwa fünf Minuten vergangen, als Mama mich vorsichtig anstupste. Aber als ich meine Augen endlich aufbekam, umhüllte mich eine fast vollkommene Dunkelheit. Es musste sehr spät in der Nacht sein. Ich nahm die anderen nur als Umrisse wahr. Ich konnte nur hoffen, dass es im Garten etwas heller sein würde, sonst hätten wir noch mehr Probleme. Ja, alle außer Alma natürlich. Wir schlichen so leise wie möglich hinaus auf die Terrasse, wo Luna auf uns wartete.

„Alles klar. Es ist sehr dunkel, aber die Wolkendecke reißt immer wieder auf und wird schon so viel Mondschein hindurchlassen, damit wir genug sehen können. Wollen wir dann mal los?" Luna drehte sich um, da räusperte Papa sich leise. „Oh, entschuldige, Paison. Natürlich helfe ich dir." Luna packte Papa vorsichtig am Nacken und trug ihn ohne sichtbare Anstrengung zum Gittertor. Mama, Alma und ich trabten hinterher. Dieser Halbwolf machte so große Schritte. Jetzt bloß nicht stolpern oder gegen irgendetwas stoßen. Dann würden die Menschen sofort wach werden.

Das Gittertor wirkte in der Nacht irgendwie bedrohlich. Und viel höher als tagsüber. Ich war froh, dass ich nicht auf Lunas Rücken balancieren musste. Konzentrieren sollte ich mich aber trotzdem, damit Alma die Riegel finden konnte. Es ging los.

Luna setzte Papa vorsichtig ab. Alma kletterte auf ihren Rücken und so hob Luna sie zum Tor. Alma schnüffelte kurz und hatte innerhalb von ein paar Sekunden den unteren Riegel wiedergefunden und mit Leichtigkeit geöffnet. Das fing ja gut an. Aber genau in dem Moment erkannte ich, dass der obere Riegel außerhalb von Almas Reichweite lag. Das durfte ja nun wieder nicht wahr sein. Wir hatten alles geübt, na ja, theoretisch halt, und nur an diese Kleinigkeit haben wir nicht gedacht.

„Was ist Arlo? Wo ist der andere Riegel?", flüsterte Alma und stellte sich auf die Hinterpfoten. Dabei wackelte sie überhaupt nicht und natürlich kitzelte es Luna deshalb auch nicht. Aber zwischen Almas Pfoten und dem Riegel lag immer noch mehr als ein halber Meter. Springen würde nichts nützen. „Arlo, sag etwas?" Ich fühlte, wie alle Blicke fest auf mich gerichtet waren. Ich musste schnell eine Lösung finden, bevor meine Dämlichkeit allzu offensichtlich wurde. Nachdenken, nachdenken.

„Öh, das ist nun mal die Sache." Diese Blicke! „Die Sache, dass die Sache da nicht direkt problematisch ist. Nicht die problematische Sache, sondern eine andere Sache, die schon gar nicht so schlimm ist." Die Blicke durchbohrten mich. „Ja, für jede Sache – besonderes für solche, die gar nicht so schlimm sind – gibt es eine Lösung. Und die Lösung dieser nicht problematischen Sache ist... tatsächlich ganz einfach." Mann, war ich erleichtert, als ich auf das naheliegendste kam. „Da Alma etwas klein geraten ist, müssen wir uns natürlich nur zu helfen wissen. Und wie ich von Anfang an und somit vollkommen rechtzeitig daran gedacht habe, damit wir in diesem Moment keine Probleme bekommen, habe ich selbstverständlich auch schon längst eine Lösung."

„Arlo!" Nur nicht ungeduldig werden.

„Also ich habe vorher nichts gesagt, weil Luna leicht etwas nervös wird. Sie soll sich auf die Hinterpfoten stellen und an das Tor lehnen. So kann Alma ganz leicht den oberen Riegel erreichen."

„Aber Arlo, wie soll das denn funktionieren? Wenn Luna so schräg steht, muss ich mich doch mit allen vier Pfoten festhalten." Alma konnte wohl nicht so kreativ denken, wie ich. Wir hatten die Öffnung des Riegels mit der Pfote durchdiskutiert, aber es gab auch andere Wege. Man sollte sich nie festlegen. Man musste flexibel bleiben, wenn man eine wichtige Aufgabe zu erledigen hatte. Es setzt schon ein gewisses Talent voraus, dass man einen einmal gefassten Plan in Sekundenschnelle abändern kann, wenn die Umstände es erfordern.

„Arlo! Ich kann deine selbstzufriedenen Gedanken ganz genau hören." Alma starrte mich von oben herab an. Luna war tatsächlich sehr groß. Ich hätte da oben nicht sitzen wollen, wenn dieser Riese sich noch auf die Hinterpfoten stellte. „Sag mir doch lieber, wie ich den Riegel öffnen soll?"

„Mit deiner Schnauze natürlich. Die ist doch so schmal, dass sie ohne Schwierigkeiten durch die Gitter passt. Außerdem ist es viel leichter, den Riegel mit den Zähnen als mit den Pfoten zu schieben, wirst schon sehen. Probiere es einfach aus."

Alma quietschte leise, als Luna sich auf die Hinterpfoten stellte. Aber sie fiel nicht. Tapfer hielt sie sich fest und schnüffelte am Tor.

„Der Riegel ist jetzt direkt vor deiner Nase. Ein Zentimeter. Genau da. Und nun musst Du ihn nach links schieben." Es passierte nichts. „Nein, nicht den ganzen Riegel. Da ist so ein dünnerer Griff. Ja, genau da. Und jetzt nimm den Griff zwischen Deine Zähne und zieh nach links. Nach links, Du weißt noch, wo links ist?"

Ein kurzer metallischer Ton und der Riegel war auf. Nur noch Lunas Gewicht hielt das Tor zu. Wir hatten es geschafft! Luna legte sich vorsichtig hin, damit Alma herunterklettern konnte. Mama und Papa schauten uns voller Stolz an. „Sehr gut gemacht, Kinder. Nun öffnet das Tor, damit Luna und ich und natürlich auch Arlo zur Mauer können. Wunderbar! Schön, wenn man so intelligente Kinder hat!" Papa tätschelte uns kurz. „Aber Alma, du musst nun wirklich aufpassen. Wenn du etwas hörst, musst du es sofort melden. Und Haya kann dann zu uns laufen und uns warnen. Das ist wirklich sehr wichtig."

„Ja, Papa. Ich werde mich nur auf mein Gehör konzentrieren. Das ist ja nicht schwer für mich." Hörte ich etwa ein bisschen Wehmut aus Almas Stimme heraus? Vielleicht war sie nach dieser ganzen Akrobatik nur etwas erledigt.

„Alles klar bei dir, Alma?" Ich schnüffelte sie kurz.

„Ja. Sicher. Geh nur." Ich wusste, dass Alma kein Mitleid wollte. Manchmal konnte ich mir aber nicht helfen. Am besten ging ich einfach, bevor sie mir meine Gefühle wieder anmerkte.

Luna ging Papa tragend wieder voraus. Es war alles absolut still. Ich hörte nichts, auch hinter der Mauer war alles ruhig. Ob dieser Toran überhaupt heute Nacht kam? Oh, doch. Als wir direkt an das Mauertor kamen, konnte ich ihn riechen. Es roch ein bisschen nach Luna, aber noch mehr nach Wald, Bergen, Wild und Gefahr. Das wäre doch ein guter Männerduft!

„Vater, ich bin hier in Begleitung von Paison und Arlo." Luna flüsterte leise durch die Gitterstäbe des Tores. Ein Schatten kam hinter einem Busch hervor. Toran. Obwohl ich wusste, dass er unser Freund und Retter war, bekam ich richtig Gänsehaut. Er sah noch gefährlicher aus als ich ihn in Erinnerung hatte. Seine Augen leuchteten in der Dunkelheit und er bewegte sich kraftvoll, aber mit einer Vorsicht, die wohl etwas mit der Nähe zu den Häusern und den Menschen zu tun hatte. Er war sehr angespannt. Nach dem kleinsten menschlichen Geräusch wäre er garantiert hundert Kilometer weit weg. Ich war froh, dass ich ihn nicht zum Feind hatte.

„Luna." Falls ein Wolf zärtlich schauen könnte, dann war das in diesem Moment so. Eine Sekunde später blickte er uns an. „Wie geht es euch?" Ich war absolut sicher, dass er mit nur einem Blick uns alle und auch das Gebiet hinter uns erfassen, analysieren und bewerten konnte.

„Dank dir geht es uns jeden Tag besser, Toran." Papa atmete tief durch. „Aber wir sollten keine Zeit verlieren. Es geht um unsere Freunde und ihre Kinder in der Welpenhalle. Ich fürchte, diese Menschen dort bereiten bald den nächsten Transport nach Norden vor. Wir müssen das unbedingt verhindern. Du hast ja angedeutet, dass deine Leute angekommen sind?"

„Ja, wir sollten uns wirklich beeilen. Ich fühle mich sowieso unwohl in dieser Gegend. Aber was die Welpenhalle betrifft, haben wir alles im Griff. Wir beobachten die Lage dort ununterbrochen. Die Wächter wechseln sich ab, es sind immer mindestens vier Wölfe im Dienst. Und die Kämpfer bereiten sich jeden Tag vor. Wir erkunden die Gegend da oben und machen uns Gedanken über mögliche Transport- und Fluchtwege."

„Die Kinder haben mitbekommen, dass der nächste Transport in ungefähr zwei Wochen abgehen soll. Er muss gestoppt werden. Ich möchte Arlo und Alma nicht dort hinschicken müssen, aber es wird eventuell notwendig sein, in die Halle einzudringen. Die Kinder können euch die Tür öffnen. Und vielleicht auch die Türen der Käfige, das würdet ihr doch schaffen, Arlo?"

„Von außen ist es leicht. Wenn du jedoch darin sitzt, ist es schon schwieriger, aber auch nicht unmöglich." Ich versuchte möglichst taff zu wirken, als wenn ich keine Angst hätte. Ich glaubte aber, die Erwachsenen haben mein Zittern trotzdem bemerkt.

„Aber nur, wenn es keinen anderen Weg gibt." Papa wechselte mit Toran einen Blick. Was hatte das zu bedeuten, glaubten sie etwa, dass ich zu dieser Aufgabe nicht fähig wäre oder dass ich zu feige wäre?

„Wenn unsere Kinder mitmüssen, kompliziert es die Operation ungemein. Schon allein wegen dem langen Weg." Ach so. Oder sagte Papa das nur so, damit ich mich nicht schlecht fühlen musste?

„Du glaubst also in ungefähr zwei Wochen erst?", fragte Toran und wirkte etwas überrascht. „Heute habe ich aber beobachtet, wie ein kleiner Transporter zu dieser Halle kam und ein Mann mehrere Transportboxen in die Halle hineinbrachte. Als er schließlich wieder wegfuhr, rief er noch jemanden etwas wie 'bis morgen' zu. Was hat das wohl zu bedeuten?"

Papa und ich wussten nur zu gut, was das zu bedeuten hatte. Ich wollte nicht, aber ich konnte nicht anders – ich fing an, leise zu weinen. Was sollten die Männer jetzt nur von mir denken? Zum Glück war es so dunkel. Vielleicht bemerkte es keiner.

Papa schaute mich mitfühlend an. „Ach, Arlo, das macht doch nichts." Na toll. „Es ist ja auch grauenhaft. Weißt du, Toran, es wird dort das vorbereitet, was mit uns fast geschehen wäre. Vor einem großen Auslandstransport werden die Kranken und die Schwachen aussortiert. Getötet. Der Mann wird mit diesen ärmsten wahrscheinlich morgen wieder zu dieser Klippe fahren. Oder zu irgendeiner anderen. Wie sollen wir das so kurzfristig verhindern können?"

„Seit unserer Blut- und Rettungsaktion für eure Familie bewachen wir diese Klippen. Es sind bis jetzt keine Hunde mehr dorthin gebracht worden." Das war auf jeden Fall eine große Erleichterung. „Aber es gibt unzählige andere Stellen, die in Frage kommen. Deswegen beobachten wir jeden Weg, den die Menschen von der Welpenhalle aus nehmen könnten." Da hatte Toran wiederum recht. Es gab so unendlich viele einsame Plätze, wo die Menschen hinfahren könnten. Wie sollte das je funktionieren?

Anscheinend konnte Toran auch Gedanken lesen. „Es sind aber so viele Wege, kleinste Straßen und Pfade, dass es tatsächlich etwas schwierig werden könnte. Aber da wir nun wissen, dass die Menschen eher zu den einsamen Gegenden und nicht direkt nach Norden fahren würden, begrenzt das natürlich die Möglichkeiten. Wir werden uns darum kümmern. Morgen, meintet ihr?"

„Ja, entweder ganz früh oder dann spät am Abend. Aber da die Transportboxen schon dort sind, vermute ich, dass es morgen früh passieren wird. Dieser Mann, José Rodriguez, kümmert sich ja immer persönlich um diese Mordtransporte. Es macht ihm wohl richtig Spaß." Papa blickte wieder richtig finster drein und knurrte leise.

„Da sind auch noch einige andere Menschen, haben wir bemerkt. Aber dieser Mann mit den Boxen scheint da nicht zu übernachten. Er geht abends immer fort. Mit dem werden wir aber fertig." Toran blickte um sich. „Es wird mir langsam zu unangenehm. Ich mag diese Menschengegenden nicht. Ich muss gleich los."

Luna ging kurz dicht zum Tor, steckte ihre Schnauze durch die Gitter und Toran legte seinen Kopf gegen ihre Wange.

„Sei vorsichtig, Vater. Diese Menschen sind böse. Und sie werden garantiert auch keine Wölfe verschonen." Toran gab ihr ein flüchtiges Küsschen.

„Also. Wir kümmern uns darum. Ich komme übermorgen um dieselbe Zeit wieder, wenn das Wetter es erlaubt. Sonst kontaktieren wir uns kurz so wie immer." Dann könnten wir wieder heulen, wenigstens etwas Spaß. „Und dann machen wir weitere Pläne für die Rettung eurer Freunde."

Papa verbeugte sich wieder kurz. „Unseren ergebensten Dank für alles." Toran verschwand schnell und lautlos. Wir gingen etwas bedrückt zurück zum Zauntor. Alma und Mama waren ebenso schockiert wie wir als sie die Nachricht hörten. Dass das Zauntor notgedrungen offenbleiben musste, konnten wir jetzt nicht ändern. Wir schoben es einfach zu, aber den oberen Riegel schafften wir nicht wieder zu schließen. Wir waren viel zu müde dazu. Vielleicht dachten die Menschen, dass sie den Riegel einfach vergessen hatten. Das war jetzt aber unser kleinstes Problem.

Alles war still und ruhig. Ich musste an die armen Kranken und Schwachen denken. Wenn sie die Boxen gesehen hatten, wussten sie, was sie erwartet. Was für eine furchtbare Nacht mussten sie haben! Wenn sie nur erfahren könnten, dass sie nicht alleine waren. Und obwohl wir wussten, dass Toran und seine Leute alles daransetzen würden, die Freunde zu retten, war es nicht sicher, ob sie es wirklich schafften. Ans nicht gelingen wollte ich aber gar nicht denken.

„Ach, Alma, kannst du da nichts machen?" Alma guckte mich verständnislos an.

„Oh, wie meinst du das jetzt? Ich kann das Tor doch nicht alleine schließen. Das ist doch auch nicht so schlimm, finde ich. Terri kommt ja irgendwann nach Hause und wird es selber schließen." Alma gähnte. Ob ich genauso winzige Zähne hatte? Dabei wollte ich bedrohlich wirken. Seufz. Aber ich sollte mich jetzt konzentrieren.

„Das meinte ich doch gar nicht, du Blödian."

Alma haute mir tatsächlich eins auf die Rübe. Aua. Sie war wohl angespannter oder müder als ich gedacht hatte.

„Kinder! Benehmt euch. Denkt doch, wie schwer es für unsere Freunde zurzeit ist." Mama jagte uns zu unserem Korb. „Und nun versucht zu schlafen. Es ist schon sehr spät." Wir bekamen noch Küsschen. Bäh, diese Schlabberei immer. Aber eigentlich war es in dem Moment sehr tröstlich.

Wir flüsterten weiter. „Wieso haust du mich?"

„Wieso beschimpfst du mich? Lass mich einfach in Ruhe."

„Würde ich ja überaus gerne, liebenswürdiges Schwesterchen, aber diesmal denke ich zu deiner Überraschung nicht nur an mich." Ich musste mich beruhigen. Wenn sie sich aufregte, würde aus meinem Plan garantiert nichts. Ich stupste Alma leicht. „Sei doch nicht mehr böse."

„Hmmm." Aber sie lächelte schon wieder leicht.

„Also vielleicht könntest du unseren Freunden helfen, diese Nacht besser durchzustehen. Es muss furchtbar sein, wenn sie all diese Boxen sehen und wissen, dass die Menschen einige von ihnen morgen umbringen werden."

Alma erschauderte neben mir. „Ich habe auch schon daran gedacht, wie verängstigt und mutlos sie alle nun sicher sind. Aber ich weiß nicht, was ich da großartig tun könnte."

„Du fühlst ja immer diese Stimmungen und hast schon oft gesagt, dass du Gedanken lesen oder erraten oder was weiß ich kannst. Und neulich hast du gemeint, dass Terri deine Gedanken gesehen hat, weißt du noch?"

„Ja. Natürlich. Außerdem ist es fast jeden Tag so. Es gibt Momente, wo ich mich mit Terri ohne Worte verständigen kann. Es ist ein ganz komisches Gefühl. Aber sie ist ja jetzt nicht hier."

„Ja, ja. Das meinte ich auch nicht. Sondern – vielleicht könntest du deine Gedanken bis zur Welpenhalle schicken. Gedanken können doch blitzschnell fliegen und alle Hindernisse überwinden. Du könntest ihnen mitteilen, dass sie keine Angst haben müssen und dass die Rettung naht."

Alma starrte mich einfach nur fragend an. „Das ist wohl nicht dein Ernst, oder? Wie soll das denn gehen, es ist viel zu weit entfernt und ich fühle ihre Anwesenheit gar nicht. Es funktioniert doch nur, wenn ich den Betreffenden sehen kann."

„Woher willst du das denn wissen, wenn du es noch nie versucht hast?" Klar, ich hatte oft genug gesagt, dass Alma spinnt. Aber wenn etwas Wahres an diesen Spinnereien dran war, könnte sie es doch wenigstens versuchen.

„Und wenn ich es versuche, woher willst du denn wissen, ob es geklappt hat?" Wieso musste sie auf einmal so skeptisch sein.

„Hmm. Wir können es ja ausprobieren. Du könntest an Terri in der Klinik einen Gedanken schicken und wenn sie morgen etwas darüber sagt, dann wissen wir, dass es funktioniert hat. Und von unseren Freunden hören wir es, wenn sie gerettet sind!" Ich war in dem Moment völlig sicher, dass es klappen würde.

„Wenn du meinst. Was soll ich denn schicken? Ich bin keine Brieftaube." Nein, obwohl manchmal genauso flatterig. Das sagte ich aber nicht laut.

„Etwas, was außergewöhnlich ist. Hmm. Sag ihr, dass wir einen Wolf an der Mauer gesehen haben und dass das Zauntor offen ist und wir deswegen Angst haben."

Alma zuckte kurz mit den Schultern. Sie setzte sich hin und schien sich total zu konzentrieren. Es war überall so ruhig. Die Eltern diskutierten noch irgendetwas auf der Terrasse. Alma saß nur da mit geschlossenen Augen. Hoffentlich schlief sie nicht ein. Es wäre wirklich ein Trost zu wissen, dass die Lieben in der Welpenhalle nicht so eine furchtbare Angst haben müssen. Ich wurde auch müde. Ich wollte mich aber nicht bewegen, um Alma nicht zu stören. Hoffen durfte man ja wohl noch. Plötzlich fing sie an, leise zu reden.

„Ich fühle es. Ich fühle die Angst, sie ist dort überall. Viele weinen bitterlich und die kranken Babys klammern sich an ihre Mütter. Die Boxen stehen direkt vor den Käfigen. Es ist so grausam." Mich schauderte es. Alma weinte leise. „Ich versuche sie zu trösten." Es war natürlich möglich, dass sie sich das alles nur einbildete. Ich wusste nicht, was ich glauben sollte.

„Die Mütter heben ihre Köpfe so als wenn sie etwas hören würden. Sie schauen sich um. Einige fangen an zu lächeln. Sie schauen sich gegenseitig an. Einige lachen sogar und umarmen ihre Babys. Es wird alles dunstig. Ich kann nicht mehr." Alma fiel um und nach zwei Sekunden fing sie an zu schnarchen. Auch eine gute Leistung. Ich beschloss, einfach daran zu glauben, was sie erzählt hatte. Sonst würde ich kein Auge zu machen - wahrscheinlich sogar nie wieder. Ich lag da und dachte, was für eine merkwürdige Schwester ich doch hatte. Und wie sehr ich sie doch liebhatte, obwohl sie so ein Quasselkopf war. Eine kleine liebenswerte Nervensäge.

Kurz danach hörte ich ein Telefon läuten. Oma kam ins Wohnzimmer und antwortete schläfrig.

„Wer? Terri? Was ist denn passiert?" Oma schaute sich um und sah uns im Korb und die anderen auf der Terrasse sitzen. „Nein, hier ist alles in Ordnung und die Hunde sind völlig ruhig."

Opa war auch aufgewacht. „Wer ist es denn?"

„Terri ruft an. Sie hatte plötzlich das Gefühl, dass hier irgendetwas nicht in Ordnung ist und dass die kleinen Hunde in Gefahr sind. Ja Terri, warte kurz, ich sage es ihm." Oma wandte sich wieder zu Opa. „Terri meint, dass das Zauntor offen sei. Könntest du kurz nachschauen, damit wir wieder ins Bett kommen?"

Opa Gerhard grunzte etwas, nahm eine Taschenlampe und ging in den Garten. Wir hörten das Tor etwas klappern. Nach einer Weile hörten wir seine Schritte wieder.

„Das Mauertor ist fest zu. Es war auch nichts Verdächtiges zu sehen. Aber das Zauntor war tatsächlich offen."

„Hast du das gehört, Terri?" Oma schaute uns noch mal an.

„Ja, sie sind aber alle hier. Und alles ist ruhig. Sie haben sich auch nicht gemeldet, also ist hier auch kein Fremder oder irgendein Tier gewesen. Du hast wahrscheinlich unabsichtlich einfach vergessen, den Riegel am Tor zu zu machen."

„Ja. Gute Nacht." Oma legte auf. „Terri war aber vollkommen sicher, dass sie alles fest verschlossen hat. Aber jeder kann ja mal etwas vergessen. Sie sorgt sich manchmal viel zu sehr. Dieses Tor fiel ihr sicher irgendwie unterbewusst ein und deswegen hat sie lieber angerufen."

Oder wegen Alma. Ihre Augen waren kaum offen und ich war sicher, dass sie nach einer Sekunde wieder einschlafen würde. Aber sie grinste jetzt breit.

11. EINE V.I.P. UND IHR BODYGUARD

„Ich habe eben mit Doktor Morales telefoniert." Oma Martha setzte sich zu Opa Gerhard an den Terrassentisch. „Er hätte jetzt gleich Zeit und wir könnten zu ihm, um die weiteren Pläne wegen dieser Geschichte mit der Klinik zu besprechen."

„Steigere dich da bloß nicht zu sehr hinein, Martha. Du weißt doch gar nicht, ob es wirklich um unsere Clinica geht."

„Ich sammele ja nur Hinweise. Frau Mittenröder von diesem deutschen Tierschutzverein Asyl für Fellnasen hat zum Beispiel inzwischen herausgefunden, dass einige von diesen dubiosen ausländischen Welpenhändlern zu einer Züchtervereinigung Namens European Dog Alliance gehören. Über diese Vereinigung gibt es aber kaum Informationen, höchstwahrscheinlich ist es nur ein Scheinverein, um Seriosität vorzutäuschen."

„Hmm."

„Aber Gerhard, du solltest etwas mehr Interesse zeigen. Es geht letztendlich um die armen Hundewelpen." Oma Martha blickte etwas genervt von ihren Notizen auf.

„Natürlich bin ich daran interessiert. Aber ich möchte das Thema nicht unbedingt wieder direkt mit Doktor Morales erörtern. Ich vermute, er könnte sich sehr schnell angegriffen fühlen und verstimmt sein. Wir möchten doch auch nicht, dass wir auf die Dienste der Klinik irgendwann verzichten müssen. Ich kann immer noch nicht glauben, dass unser Klinikpersonal etwas mit diesen Diebstählen oder Betrügereien zu tun hat."

Oma Martha seufzte. „Es gibt vieles, was man zuerst nicht glauben mag. Aber ich muss mit Doktor Morales sprechen. Ich will ja auch nichts hinter seinem Rücken unternehmen."

„Warum klären die deutschen Tierschützer das nicht direkt

vor Ort auf? Es sollte doch viel einfacher sein, diese Welpenverkäufer und sogar namentlich bekannte Züchter zu kontaktieren und zur Rede zu stellen."

Oma Martha seufzte erneut und trank einen Schluck Kaffee. „Das habe ich Frau Mittenröder auch vorgeschlagen. Es scheint aber nicht so einfach zu sein, weil diese unseriösen Verkäufer entweder darauf bestehen, dass die Dokumente für die Welpen keine Fälschungen seien und damit die Erkrankungen nur rein zufällig auftreten - oder die meisten Verkäufer gar nicht mehr zu erreichen sind, obwohl es angeblich um offizielle Züchter geht. Meistens benutzen sie Prepaid-Handys und wechseln die Nummern ständig. Außerdem ist die Anonymität auch durch unkontrollierte Internetmarktplätze so gut wie garantiert. Und in vielen Fällen hat der Verkauf irgendwo auf Parkplätzen oder Rastplätzen stattgefunden, weil die Welpen ja aus dem Ausland kommen."

„Wieso soll jemand einen Hund an einem Parkplatz kaufen?" Opa Gerhard schüttelte seinen Kopf. „Bei niedlichen Welpen sind einige Menschen wirklich sehr blauäugig."

„Na ja, die Erklärungen von den Verkäufern sind meistens recht gut überlegt. Sie zeigen doch nicht all die vielen Welpen, die in irgendeinem Transporter sitzen, sondern nur einzelne Tiere. Es werden die angeblich echten und vollständigen Dokumente gezeigt, dazu irgendeine Geschichte erzählt – wie zum Beispiel, dass die anderen Welpen noch weiter weg übergeben werden sollen. Damit die armen Würmchen doch nur noch möglichst kurz im Wagen bleiben müssen - nach der eh schon langen Reise - werden die Leute freundlichst gebeten, zu irgendeinem Ort zu kommen. Alles natürlich nur aus Tierliebe und aus Sorge um die Welpen, die schon so einen langen Weg hinter sich haben."

„Mir ist natürlich klar, dass man hinterher solche Verkäufer nicht mehr erreichen kann. Aber wenn einige Leute bei den angeblichen Züchtern kaufen, sollte ihnen doch etwas merkwürdig vorkommen – dass zum Beispiel keine Muttertiere dabei sind."

„Ach, Gerhard. Das ist es ja eben. Die Täuschung ist sehr gut überlegt. Bei Besichtigungen – vorgeblich zu Hause - ist natürlich eine passende Hündin anwesend. Aber diese ist natürlich nicht die tatsächliche Mutter. Und wie gesagt, die Papiere sind sehr gut gefälscht. Die Verkäufer zeigen diese vor und waschen ihre Hände in Unschuld. Wir müssen die Quelle hier in Spanien finden."

„Das hört sich ziemlich kompliziert an. Ich weiß nicht recht. Sei bitte nicht gekränkt, aber ich möchte trotzdem lieber zu Hause bleiben. Aber du könntest doch die Kleinen mitnehmen, damit sie etwas anderes sehen als nur unsere Finca. Ich bleibe dann bei Luna und den Großen. Für Alma und Arlo wäre es eine interessante Abwechslung, sie sollten ja etwas mehr kennenlernen, damit sie nicht mehr so schreckhaft sind. Und sie hätten dort ja auch nette Gesellschaft."

Nette Gesellschaft. Oh, nee. Ich ahnte schon das Schlimmste. Diesen Berg Anton hatte ich nicht vergessen. Außerdem warteten wir auf eine Nachricht von Toran. Er wollte ja gleich Bescheid geben, was nun aus der Rettungsaktion geworden war. Das wollte ich auf keinen Fall verpassen.

„Da hast du allerdings recht, Gerhard. Dieser aufbrausende Mateo wohnt ja auch mit im Haus. Alma hat sich ja mit seinem Hund sehr gut verstanden."

Ach nee, die zwei Angeber auch noch – Mateo und sein Hund Rudi. Der Nette. Alma strahlte neben mir. Ich war unschlüssig. Eine Abwechslung täte sicher gut, aber musste es ausgerechnet heute sein. Allerdings würden wir hören können, was die Menschen so planten.

„Vielleicht hätte Terri dann Lust, mit mir hinzufahren."

„Musst sie dann fragen, sie wird wohl gleich aufstehen. Heute hat sie auch keinen Dienst. Außerdem kommt Condesa heute ja noch zu uns. Ich möchte sie nicht sofort alleine mit den anderen Hunden lassen."

Condesa soll zu uns kommen? Das wäre natürlich toll.

„Ach, das hatte ich völlig vergessen. Du hast ja erzählt, dass Silva wegen einer Familienangelegenheit für einige Tage nach Deutschland fliegt. Sollte ich dann nicht den Termin mit Doktor Morales besser verschieben?"

„Nein, nein. Wir kommen schon zurecht. Geh nur. Die Sache scheint dir ja keine Ruhe zu geben."

„Da hast du recht. Und wenn Doktor Morales einverstanden ist, wird hier bald einiges passieren, damit wir Klarheit bekommen."

Ich blickte vielsagend zu Alma. Aber sie hatte nichts mitbekommen, weil sie vor lauter Vorfreude wohl an nichts anderes außer an das Wiedersehen mit diesem Rudi denken konnte. Auf jeden Fall waren es sehr gute Nachrichten. Ich durfte raus und Condesa würde zu uns kommen.

„Ich schnappe mir unseren Paison und gehe mit ihm ein bisschen in den Pool. Die Wassertherapie müsste ihm eigentlich allmählich helfen. Bei solchen Fällen braucht man allerdings Geduld." Opa Gerhard ging sich umziehen. Papa drehte mit dem Rollwagen im Garten seine Runden, sicherlich schon seit einer Stunde oder mehr. Mama saß unter dem Olivenbaum und genoss den Ausblick. Hoffentlich hatten sie nichts dagegen, wenn wir mit Oma Martha und Terri kurz fortgingen.

Papa ließ sich von Opa Gerhard leicht überzeugen, dass es im kühlen Wasser viel angenehmer sei. Alma tapste auch zum Schwimmbecken und setzte sich wieder auf die erste Stufe ins Wasser. Ich wartete lieber, da ich gerade Terri aufstehen hörte. Da kam sie auch schon.

„Ich brauche dringend einen Kaffee. Möchtest du oder Opa auch eine Tasse?"

„Nein, danke. Wir hatten gerade welchen. Hör mal, hättest du Lust mit mir und den Welpen gleich zu Doktor Morales zu fahren? Die Kleinen könnten dort schön spielen und wir müssten mit ihnen die Sache mit dem Welpenhandel besprechen."

„Was meinst du mit ihnen? Ich dachte Doktor Morales sei geschieden. Wohnt er nicht alleine mit seinem Hund?" Terri machte sich gerade ein paar Brote. Vielleicht würde ich auch ein Stück abbekommen, wenn ich richtig niedlich schaute. Ich ging ein paar Schritte in ihre Richtung. Was tat sie darauf? Käse. Okay, das ginge auch zur Not. Leberwurst wäre natürlich besser. Bei diesem Gedanken lief mir schon das Wasser im Mund zusammen. Ich hatte gar nicht bemerkt, wie hungrig ich war. Hatte ich überhaupt heute schon etwas zu essen bekommen? Oder diese Woche? Es war aber schon richtig lange her.

„Ah, Terri, unser Arlo scheint wieder dem Hungertod nahe zu sein. Die Kleinen haben zwar erst vor ein paar Stunden Essen bekommen, aber scheint ja keinen Einfluss auf den ewigen Hunger zu haben." Lachte diese Oma mich etwa aus? Die mampfen doch selber dauernd etwas, und unsereins soll dann dabei einfach zugucken und verhungern? Da wäre ich wohl in den Bergen besser aufgehoben. Ich blickte beleidigt in den Garten.

„Oma. Schau nur, wie arm er aussieht. So als wäre er beleidigt. Und wirklich hungrig." Ja, allerdings! „Na komm, du bekommst natürlich auch etwas. Magst du ein Stück Käse?" Und ob. Ich lief in die Küche und streckte meinen Hals ganz lang, damit ich nicht zu nahe dran musste.

„Ach Arlo, komm schon. Du kennst mich doch." Sie hielt ihre Hand mit dem Stück Käse wohl absichtlich so hoch, dass ich näherkommen musste. Lohnte es sich noch? Für so ein kleines Stückchen? Ja. Sicher. Ich sprang ganz schnell hoch und schnappte mir den Käse. Ha, was sagst du nun, langsames Mädchen?

Terri lachte. „Das ist ja wieder typisch Arlo. Aber wenn du noch ein Stück haben möchtest, lass ich mich nicht so schnell täuschen!" Sie brach ein Stück Brot und ein richtig ordentliches Stück Käse ab. „Na, komm Arlo, schau, was ich für dich habe." Terri hockte sich hin und legte die Köstlichkeiten auf ihren Schoss. Oh je. Aber der Duft war zu verlockend und mein Hunger zu groß. Ich versuchte, ganz schnell zu sprinten und zuzuschnappen. Terri war aber vorbereitet und streichelte mich schnell und sanft über den Rücken.

„Geht doch. War doch nicht so schlimm, oder?" Terri lächelte. Ich verschwand mit meiner Beute unter dem Terrassentisch. Sollte ich etwas für Alma aufheben? Sie schien nichts mitbekommen zu haben. Außerdem war sie ja noch kleiner als ich und damit war ihr Bauch auch bedeutend kleiner und konnte folglich nicht so oft leer sein. Ich wollte ganz ehrlich ein winziges Stückchen Käse für sie aufheben, aber da sie einfach nicht kam, schluckte ich es auch noch.

„Übrigens Terri, wohnt Doktor Morales nicht alleine. Sein Sohn Mateo hat auf seiner Finca eine abgetrennte Wohnung." Oma Martha sah nicht gerade glücklich aus. Sie mochte den Typen wohl auch nicht.

„Dieser aufgeblasene Macho? Ach nee, Oma. Auf diesen Mateo habe ich heute wirklich keine Lust. Der klopft ja nur große Sprüche und gibt mit allem möglichen an." Terri war richtig rot geworden.

„Ich weiß, dass er etwas anstrengend sein kann. Er weiß aber sicher über diese Sache mit der Klinik mehr, als er uns erzählt hat."

„Ja, der steckt doch sicher selber dahinten. Würde gut zu ihm passen."

„So was darfst du auf keinen Fall laut sagen, Terri. Dafür haben wir keinerlei Beweise. Und die bekommen wir auch nicht, wenn wir ihn andauernd meiden. Vielleicht gibt er so viel an, dass er unabsichtlich etwas Belastendes sagt. Außerdem brauchen unsere Kleinen wirklich etwas Abwechslung. Es würde sie sicher freuen, wenn sie mit Rudi und Anton spielen könnten. Oder wenigstens mit Rudi." Gute Einschränkung, Oma.

„Ja gut, dann komme ich halt mit, obwohl ich wirklich lieber hierbleiben würde. Aber du hast ja recht – erstens solltest du dort nicht alleine hin und zweitens sollen Alma und Arlo auch mal etwas anderes kennenlernen. Haben wir überhaupt passende Leinen und Geschirre für sie?"

Daran hatte ich gar nicht gedacht. Wir durften natürlich nicht einfach so hinaus. Sicher hatten wir immer bei den Hundeshows Leinen und Halsbänder gehabt. Es war aber wirklich unangenehm. Dieser Rodriguez hat immer so an uns gezerrt, dass es immer richtig weh tat und einem die Luft zum Atmen nahm. Natürlich wenn keiner zusah. Alles war immer viel zu eng. Und niemals machten wir alles so vollkommen richtig, dass er hinterher zufrieden gewesen wäre und uns nicht geschlagen hätte. Immer wenn wir nach den Shows zurück zur Welpenhalle kamen, schleifte er uns blitzschnell über den Boden und warf uns zurück in unseren Käfig. Alma weinte immer danach bitterlich. Sie konnte nie verstehen, was sie falsch gemacht hatte. Ich wusste, dass es für den Mann nie etwas gab, das nicht falsch gewesen wäre. Und nun sollte ich wieder so ein enges Band um den Hals bekommen. Ich könnte ja versuchen klar zu machen, dass ich auf der Finca bleiben möchte. Und Alma musste ich vorwarnen, damit sie das gleiche tat. Oder sie könnte sich mit Terri wieder unterhalten – so ohne Worte von Mädel zu Mädel.

„Ich glaube, die von unseren letzten Pflegewelpen sollten passen. Ich hole sie schnell." Oma Martha stieg auf. Ich schlenderte zu Alma und erzählte ihr, was los war.

„Ich will aber zu Rudi." Alma konnte wirklich trotzig dreinschauen. Sie drehte ihren Kopf weg von mir und schaute, wie Opa Gerhard und Papa im Schwimmbecken Übungen machten. Für sie war das Gespräch damit beendet. Ich sah Oma Martha und Terri näherkommen.

„Schaut mal, was ich hier habe! Ein wunderschönes pinkes Geschirr für Alma und ein schwarzes, richtig männliches für Arlo." Oma Martha zeigte uns zwei komische Bündel von Leinen. „Und Terri hat noch ein paar Stoffaufkleber übriggehabt, das passt genau!"

Was? Diese leuchtenden grauen Buchstaben auf einem schwarzen Geschirr? Ich konnte einige Buchstaben erkennen, ganz blöd war ich ja nicht. Da war zuerst ein B und auch D, irgendwo ein U und am Ende noch ein D. Mir stockte der Atem. Das Wort kenne ich doch. Da stand Blindenhund! Diese Menschen machten sich auch nur lustig über mich! Wie konnte ich mich so gehen lassen – dass ich einmal fast einem Menschen geglaubt und sogar vertraut habe! Die waren alle gleich. Mein Herz schlug ganz schnell und ich spürte, wie mein Hals eng wurde. Ich drehte mich ganz schnell um und lief hinter die Finca und kroch unter einen Busch. Nie, nie, nie wieder würde ich einen Menschen näherkommen lassen. Ich wollte nur weg. Sei es dann alleine. Sollen die anderen doch bleiben. Aber dass alle nur immer über mich lachten. Ich legte mich hin und vergrub meinen Kopf zwischen meine Pfoten. Ich fühlte mich richtig einsam. Wie eine heiße Welle kam die Enttäuschung über mich, ich konnte kaum noch atmen.

„Arlo, mein Kleiner", flüsterte jemand direkt neben meinem Ohr. Mama.

„Lass mich in Ruhe." Ich drehte ihr den Rücken zu.

„Ihr wolltet gleich einen netten Ausflug machen. Was ist nur mit dir? Tut dir irgendetwas weh?"

Ich sagte nichts. Macht mal einen netten Ausflug aber ohne mich. Ich werde ab jetzt immer alleine bleiben. Das war am besten so. Ja, nun stupste Mama mich noch an.

„Arlo, sag doch etwas!"

Ich konnte nicht mehr. Ich ließ die Tränen fließen und klammerte mich an Mama. Ich war enttäuscht. Alles in meiner Brust war zugeschnürt. Ich konnte kaum atmen.

„Mein lieber Junge, es wird alles wieder gut. Es wird nichts Schlimmes passieren. Hast du dich über etwas erschreckt oder so?" Mama gab mir Küsschen.

Ich versuchte mich etwas zu beruhigen. Endlich musste ich nicht mehr so laut schluchzen. „Hast du nicht gesehen, was auf diesem blöden Geschirr stand?"

„Aber sicher habe ich das. Das war schön!"

Ich fing wieder an zu heulen. Meine eigene Mama lachte also auch über mich! „Da stand doch Blindenhund, uhuuuu!" So heftig hatte ich noch nie geweint. Es war alles so schlimm. Alle Hoffnungen waren wieder vernichtet und das ganze Leben nur eine Qual. „Uhuuuu!"

„Liebes, beruhige dich. Mein armer süßer Junge!" Mama legte ihren Kopf auf meine Schulter. „Das stimmt doch gar nicht, mein kleiner Schatz, so was würden diese guten Menschen dir nie antun!"

„Haben sie aber! Und alle lachen immer nur über mich. Was habe ich allen nur getan?" Uhuuuu.

„Nun beruhige dich doch ein bisschen. Willst du wissen, was da wirklich steht? Es wird dich nämlich sehr freuen!"

Wieso wirklich steht? Ich habe die Buchstaben selbst gesehen. Uhu.

„Terri sagte eben, weil du immer so für Alma da bist und bereit bist, sie vor jedem und vor allem zu beschützen, verdienst gerade du den Aufkleber. Da steht nämlich 'Bodyguard', und das bedeutet Leibwächter!"

„Ehrlich?" Uuh.

„Ja, Spatzilein. Und damit hat Terri völlig recht. Wir sind alle so stolz auf dich." Mama leckte meine Wange. Langsam verebbte mein Weinen. Ich wollte es glauben, aber war es auch wirklich wahr oder wieder nur ein Versuch, mich reinzulegen?

„Uhu-u. Ist das wirklich wahr, Mama?"

„Keiner lacht hier über dich, mein Großer. Warum auch? Du hast doch schon viel Mut und Tapferkeit bewiesen. Ich kann aber noch etwas besser lesen als du, obwohl du sehr schlau bist. Es stand da wirklich Bodyguard und du hast diese Auszeichnung wirklich und wahrhaftig verdient. Nun komm, sei nicht mehr traurig."

Langsam ging ich mit Mama zurück zu den anderen. Ich schämte mich ein bisschen, dass ich so durchgedreht war. Aber als ich das Geschirr auf der Terrassentreppe genauer betrachtete, konnte ich die anderen Buchstaben auch entziffern. Tatsächlich - Bodyguard! Ich lächelte. In mir war alles wieder ruhig. Ein bisschen mehr Geduld sollte ich vielleicht lernen. Aber dass ich nun offiziell Almas Bodyguard war, erfüllte mich mit Stolz. Ich blickte zu ihr rüber. Sie hatte wohl wieder nichts mitbekommen, sondern saß immer noch im Schwimmbecken.

„Alma!" Ich hob das Geschirr hoch. „Ich bin ab jetzt offiziell dein Bodyguard, das steht hier drauf!"

„Mein was?" Sie kam zu mir und musste sich natürlich direkt neben mir trocken schütteln. Egal. "Was steht wo?"

„Wir bekommen keine Halsbänder, sondern coole Geschirre. Auf meinem steht Bodyguard. Und das bedeutet Leibwächter und alle sagen, dass ich nun ganz offiziell dein Bodyguard bin."

„Oh." Alma schnüffelte an ihrem Geschirr. „Und was steht auf meinem? Wie sieht es aus?"

„Deines ist nur grauenhaft pink und da stehen nur drei unbedeutende Buchstaben." Ich grinste.

Bevor Almas Unterlippe zu zittern anfing, klärte Mama sie auf. „Arlo zieht dich nur auf, meine kleine Prinzessin. Auf deinem schönen Geschirr sind drei wunderbar glitzernde Buchstaben, nämlich V.I.P. Und das bedeutet, dass du eine sehr wichtige Persönlichkeit bist, die einen eigenen Bodyguard braucht."

Ich konnte sehen, wie Alma sich aufrichtete und garantiert fünf Zentimeter größer wurde. Sie lächelte mich zufrieden an.

„Aber ich als dein Bodyguard entscheide, wohin du gehen darfst und wohin nicht. Bei Rudi darfst du also nur in meiner Nähe bleiben und nicht mit ihm irgendwohin verschwinden, das werde ich dann nicht erlauben." Ich war richtig zufrieden, dass ich das rechtzeitig klären konnte.

„Ja, denkste. Hast du nicht zugehört? Ich bin eine V.I.P. Und du bist sozusagen mein Dienstpersonal. So was haben nur sehr wichtige Persönlichkeiten. Also tust du bei Rudi gefälligst das, was ich dir sage." Wie bitte? Sie knurrte mich tatsächlich an. Wenn sie Streit wollte, sollte sie Streit haben. Ich ging mit etwas steifen Beinen näher zu ihr und knurrte ganz leise.

Nicht nur wichtige Persönlichkeiten brauchen Bodyguards, sondern auch Typen, die sonst nicht überlebensfähig sind, wollte ich ihr ins Gesicht sagen. Aber sie leckte schon ihre Lippen und sah so unsicher und ängstlich aus. Und so klein. Ach, was sollte es. Rudi, Rudi, Rudi. Vielleicht sollte ich mich wirklich mit ihm etwas anfreunden. Ich wollte Alma nicht verlieren. Nicht jetzt, wo wir anscheinend in Sicherheit waren.

„Ja. Wie auch immer, Alma." Als ich mich umdrehte und einfach so fortging, guckte sie etwas verblüfft, weil ich sie nicht angegriffen hatte. Tja, ich werde doch erwachsener, sonst würde ich ja auch keine Bodyguarduniform tragen dürfen. Ich war richtig stolz, muss ich zugeben. Es fühlte sich gut an. Als Terri und Oma uns die Geschirre anzogen, sah es zudem noch richtig klasse aus. Oder besser, ich sah klasse aus und Alma sah mit ihrem pinkglitzernden etwas albern aus. Das sagte ich ihr aber auch nicht.

„Warte mal kurz, Terri. Mir ist gerade noch eine Idee gekommen. Ich mache von den Kleinen zuerst Mal ein paar Fotos." Oma Martha jagte uns mit der Kamera hinterher. Alma ließ sich natürlich sofort von jeder Seite fotografieren. Ich fand es aber lustig, wie die Oma immer röter wurde, je länger ich nicht stehen blieb. Oder gerade als sie knipsen wollte, wieder wegrannte.

„Also Arlo, das ist langsam nicht mehr witzig." Oma hechelte tatsächlich fast wie ein Hund. O ja, ich fand es aber zum Schreien komisch. Ich saß hinter einem Baum. „Terri, kannst du mir helfen, sonst wird das nichts. Kannst du ein paar Leckerlies holen, dann bleibt er vielleicht für eine Sekunde stehen." Leckerlies, na denn. Warum nicht gleich so? Dann knipse mal eifrig.

Oma Martha musste sich hinterher noch aus irgendeinem Grund umziehen. Die nassen Flecken auf ihrer Bluse sahen gar nicht so schlecht aus. „Komm doch bitte kurz mit, Terri. Du bist bei diesem Facebook in Internet, oder?"

„Ja, klar. Wieso?" Terri folgte Oma Martha in die Finca.

„Du könntest doch schnell ein paar von diesen Fotos dort hochladen und unsere Kleinen vorstellen. Ich habe nämlich einen Plan." Das musste ich mir anhören. Ich überließ widerstrebend die restlichen ein paar Leckerlies den anderen und folgte Terri und Oma ins Arbeitszimmer.

Terri setzte sich an den Computer. Ich sah, wie unsere Fotos auf dem Bildschirm erschienen. Das Geschirr sah tatsächlich gut aus. Aber war ich wirklich so klein?

„Was soll ich denn als Text schreiben, Oma?"

„Einfach wie niedlich und nett die Kleinen sind und dass diese von einem hiesigen Züchter kommen. Zudem vielleicht noch, dass weitere Welpen sicher bald wieder zur Vermittlung frei gegeben werden."

„Aber das ist alles Blödsinn – so was kann ich hier doch nicht schreiben! Was ist, wenn einer meiner Freunde oder Bekannten das wirklich glaubt und sogar einen Welpen haben möchte? Wir wollen diese furchtbare Welpenproduktion auf keinen Fall unterstützen!"

„Nein, so ist das auch nicht gemeint. Das kannst du dann später richtigstellen. Aber wir müssen doch nicht nur herausfinden, wer da in der Klinik der Betrüger ist, sondern auch, woher diese Welpen kommen."

„Das wissen wir so gut wie sicher – von diesem Rodriguez!“
Terri schaute Oma Martha verständnislos an. Auch ich war
jetzt etwas verwirrt.

„Ja. Aber wir haben keinerlei Beweise. Das soll doch eine
Falle für ihn sein. Wir könnten so tun, als ob jemand einen
Welpen haben möchte und ihn dann kontaktieren. Oder
besser noch, wenn es gleich mehrere Bestellungen geben
würde.“

„Bestellungen! Die Armen sind keine Ware!“

„Ach, Terri, du weißt doch, wie ich das meine. Ich versuche
nur so zu denken, wie diese Menschen es gewohnt sind.
Dieser Rodriguez ist sicher so hinter dem Geld her, dass er
anbeißt. Es ist für ihn einfacher, die Welpen schon hier los-
zuwerden als diese zuerst nach Deutschland bringen zu
müssen.“

„Ich weiß nicht recht, Oma.“ Aber ich glaubte, es könnte
funktionieren. Ich verstand nur nicht, wie man damit etwas
beweisen konnte.

„Damit haben wir auf jeden Fall den ersten Kontakt zu ihm
hergestellt. Und dann kannst du ihn ja besuchen.“

„Was?“ Terri sprang auf. „Ich werde sicher nicht diesen
grauenhaften Tierquäler besuchen. Was soll das?“

„Natürlich nicht alleine. Wir können ja unsere zwei Verdächtigen zusammenführen und schauen, wie die Sache sich
dann entwickelt.“

„Du meinst doch nicht...“

„Doch. Wir können heute darum bitten, dass Mateo dich
zu Señor Rodriguez begleitet.“ Oma Martha sah sehr zufrieden aus. Mateo und der Mann von der Welpenhalle. Ich
beneidete Terri wirklich nicht.

„Und da wir wissen, wo du bist und mit wem, wird es nicht
gefährlich werden. Du kannst auch mein altes Diktiergerät
mitnehmen und heimlich die Gespräche aufnehmen. Und
falls du dich damit noch sicherer fühlst, nimm auch Luna
mit. Oder Luna und den Jungen, damit die Geschichte mit

den ähnlichen Welpen, die bestellt werden sollen, noch glaubwürdiger wird."

Terri sagte nichts mehr. Es dauerte ein paar Sekunden, bis ich die Bedeutung von Oma Marthas Worten begriff. Nicht doch, nicht den ähnlichen Jungen!

12. DER HÜTER SEINER BRÜDER

Ich hatte endlich herausgefunden, wie mir in einem Auto nicht so schnell schlecht wurde. Ich stützte mich mit den Pfoten auf das Seitenfenster und konnte hinausschauen. Sich festhalten war zwar etwas mühsam, aber immerhin besser, als diese ewige Übelkeit. So konnte ich auch gut sehen, wohin wir fuhren. Die Fahrt dauerte mir etwas zu lang, es wurde richtig warm im Auto, aber wenigstens konnte ich die Gegend betrachten. Man konnte nie wissen, wann das einmal nützlich sein konnte. Wir fuhren aber nicht hinunter. Also wohnte wohl dieser Morales auch auf einem der Berghänge.

Endlich fuhren wir durch ein kleines Dorf und bogen am Ende rechts ab auf einen noch kleineren Weg. Oma Martha fuhr nun sehr langsam. Nach ein paar hundert Metern tauchte vor uns eine sehr hohe, weiße Mauer auf. Wir hielten an einem riesigen Tor an. Es war sicher viermal so hoch und breit wie das von Finca Assisi. Und hinter dem Tor schien der Weg zwischen zahlreichen Bäumen noch ewig weiter zu führen. Das alles wirkte richtig gespenstisch. Ich blickte nach oben und sah eine Überwachungskamera an jede Seite des Tores. Sehr vertrauenerweckend war das nicht gerade. Alma müsste vor Angst zittern, sie fühlte ja immer alles noch besser als ich. Und das war wirklich gruselig. Ich blickte zu ihr. Tatsächlich trippelte sie wieder abwechselnd mit Vorder- und Hinterpfoten.

„Alma, hast du ..." Sie unterbrach mich sofort. „Ja – hast du schon Rudi irgendwo entdeckt, sind wir nun da, können wir sofort aussteigen? Sieht Rudi auch fröhlich aus? Ob er so sehr auf mich, öh ich meine, auf uns gewartet hat wie wir auf das Wiedersehen mit ihm? Ich möchte jetzt sofort raus. Kann ich jetzt aussteigen? Mach die Tür auf, Rudi wartet bestimmt schon." Es war wirklich hoffnungslos. Ich sagte nichts.

Endlich merkten die Menschen auch, dass irgendetwas mit dieser Hampelfigur nicht stimmte. Terri drehte sich um und hob Alma vorsichtig auf ihren Schoß. „Ganz ruhig, kleines Mädchen. Bist du so aufgeregt? Du musst dich noch einen Moment gedulden, wir sind gleich da. Aber zuerst müssen wir durch ein Tor und dann schauen, ob wir in dieser Plantage überhaupt das Haus finden."

„Ja, Terri, da hast du recht. Es sieht alles ziemlich überdimensional aus." Oma Martha schien zu überlegen, ob sie wirklich hineinfahren soll. Ich hätte es nicht gemacht.

„Warst du denn nicht schon mal hier mit Opa?" Terri blickte überrascht auf.

„Nein, dazu hatte ich noch nie die Gelegenheit. Gerhard war nur mit Luna bereits hier, aber er hat netterweise unerwähnt gelassen, dass die Finca von Doktor Morales ein Stück größer ist als alle anderen Anwesen hier in der Gegend." Oma Martha seufzte und fuhr ein paar Meter näher zum Tor. Auf ihrer Seite schien eine Türklingel oder etwas ähnliches eingebaut zu sein. Sie drückte kurz darauf und gleich hörte ich ein leises Surren. Die Kameras drehten sich direkt in unsere Richtung. Dann hörte ich eine Stimme.

„Ach, da sind Sie ja. Herzlich willkommen. Folgen Sie bitte einfach dem Weg." Das Tor glitt leise auf. Da Alma nicht mehr trippeln konnte, hechelte sie aufgeregt. Terri streichelte ihren Kopf. Wie war es wohl, wenn jemand einen so sanft über den Kopf streichelte? Es musste ziemlich beruhigend wirken. Aber ich atmete lieber tief ein und aus. Es beruhigte mich genauso gut. Wir fuhren langsam entlang zahlreicher Olivenbäume. Endlich tauchte hinten den Bäumen eine Finca auf. Oder ich sollte wohl besser sagen: ein Schloss. Das Gebäude war zweistöckig und besaß vier Türme, an jeder Ecke einen. Die weißen Wände waren mit komischen Ornamenten verziert und die Fenster hatten alle einen Bogen. Zur Eingangstür führten beidseitig Treppen, die natürlich aus Marmor waren. Oben an der Tür stand

Doktor Morales. Und neben ihm der Riesenberg Anton. Ich zog es vor, die ganze Zeit im Auto zu warten.

Alma winselte schon vor lauter Aufregung und ignorierte völlig meine Bemerkung über diesen Berg. Das würde dann sicher eine kurze Karriere als Bodyguard werden, wenn meine Schutzperson innerhalb der nächsten Minuten aufhörte zu existieren.

Terri zögerte anscheinend auch kurz, sie war wenigstens vernünftig. „Du, Oma, wenn aber dieser Mateo irgendetwas mit dieser Sache zu tun hat, können wir nicht alles besprechen, wenn er dabei ist." Ja genau, also umkehren und zurückfahren!

„Ja, da hast du natürlich recht. Ich werde das schon irgendwie hinbekommen," sagte Oma Martha und stieg entschieden aus. „Nun kommt alle!"

Alma nein! Es nütze aber alles nichts. Sie hatte anscheinend schon gehört oder gerochen, dass Rudi dabei war, die Treppe herunter zu springen. Alma und Rudi beschnupperten sich beide ganz aufgeregt und tänzelten herum. Seufz. Anton schaute in unsere Richtung aber bewegte sich nicht. Ich tat es ihm gleich. Bloß keine Bewegung und vor allem keinen direkten Blickkontakt.

„Alma", flüsterte ich. „Kommt her und spielt im Auto. Wir dürfen sicher auch ein paar Mal hupen." Aber sie lief hinter Rudi die Treppe hoch und einfach an Anton vorbei. Oma Martha folgte ihnen und wurde von Doktor Morales begrüßt. Terri gab mir ein Leckerchen wohl als Belohnung für mein feines Benehmen und als ich durch das Kauen kurz abgelenkt war, hob sie mich einfach aus dem Auto. Mir blieb also nichts weiteres übrig als hinter Terri her zur Treppe zu laufen und blitzschnell an diesem Berg Anton vorbei zu flitzen. Täuschten sich meine Augen oder grinste er tatsächlich in sich hinein? Ich gab ein kurzes Knurren von mir und rannte durch die Tür ins Haus.

„Komm mit uns, Arlo!", rief dieser Rudi von der anderen

Seite der riesigen Eingangshalle. „Lasst uns in den Garten gehen und spielen. Da steht auch frisches Wasser und später bekommen wir auch Kauknochen, habe ich gehört. Ist das nicht toll? Echt klasse, dass ihr mich besucht! Wir könnten auch mit Anton spielen. Er ist richtig gut beim „Hüte mein Schaf" und nun hätte er drei kleine Schafe! Das wird so witzig!" Also diese Nervensäge passte wirklich gut zu Alma. Ob ich mich allerdings als Schaf zur Verfügung stellen möchte, war mehr als fragwürdig. Ich verdrehte die Augen und lief mit ihm und Alma durch einen langen Flur hinaus in den Garten.

Vor lauter Verblüffung blieb ich stehen. Nicht nur die Größe der Terrasse mit Tischen und Stühlen beeindruckte mich, sondern auch die Weite des Gartens. Er schien endlos zu sein, mit sehr vielen Büschen, Blumen und Bäumen. Da konnte man ja wirklich gut herumtoben und vor allem dem Berg Anton aus dem Weg gehen. Der Besuch schien nicht so schlecht zu werden. Alma lief schon dem bellenden Rudi hinterher und wirkte so glücklich, wie lange nicht mehr. Die Menschen kamen auch auf die Terrasse und setzten sich hin. Ich war etwas unschlüssig. Einerseits wollte ich im Garten spielen, andererseits musste ich herausfinden, was die Menschen planten. Die Entscheidung wurde mir ganz schnell abgenommen, als dieser Anton neben mir auftauchte.

„Alma! Rudi! Wartet auf mich!" So schnell ich mit meinem Gipsbein nur konnte, sprang ich die ein paar Terrassenstufen hinunter. Wir rannten und sprangen eine Weile ziemlich albern im Garten herum, aber dann überkam uns alle der Durst. Rudi deutete mit seinem Kopf auf die Terrasse, auf der im Schatten große Wasserschüsseln standen. Direkt neben diesen lag aber auch dieser Anton und beobachtete uns wieder. Alma blieb neben mir stehen.

„Hmm... weißt du Arlo, wir machen uns sicher wegen Anton ganz umsonst Sorgen. Er riecht ja gar nicht irgendwie böse. Und Rudi hat erzählt, dass er wie ein großer Bruder für ihn ist. Da wir Freunde von Rudi sind, wird er uns sicher auch mögen." Sie strahlte wieder diese unüberwindbare Zuverlässigkeit aus.

„Na, wenn du meinst…Durst hätte ich schon…Aber als dein Bodyguard gehe ich zuerst." Was habe ich gerade gesagt? Ich war wohl nicht ganz bei Trost. Obwohl es schon sehr warm war, zitterte ich leicht. Mist! Vor allem wollte ich nicht vor Rudi als ein ängstliches Muttersöhnchen dastehen. Angst erfüllte mich und Panik machte sich breit als ich sah, wie der Berg sich erhob. Oh je!

„Hey ihr Spatzen!", rief Anton uns zu. Na, das war ja wieder sehr höflich! Ich knurrte ganz leise. „Seid nicht solche Angsthasen!" Knurr! Das ging jetzt aber wirklich schon zu weit! „Ach, gib Ruhe, Junge! Rudis Freunde gehören für mich zur Familie. Also ich wollte euch nur herzlich willkommen heißen. Hier habt ihr eine kühle Erfrischung!" Er zeigte auf die Wasserschüsseln und setzte sich wieder hin.

Rudi trank schon gierig. Ich schielte nochmal zu Anton hinüber und außer der Belustigung in seinen Augen entdeckte ich nichts Schlimmes. Na denn. Ohne auf mich zu warten tänzelte Alma zu ihm hin. „Hallo Anton! Ich bin die Alma! Darf ich dich anfassen? So was Großes habe ich noch nie erlebt." Meine Schwester war echt nicht mehr zu retten. Dieser Anton wird so was sicher als absolut unhöflich empfinden und sie mit einem Pfotenhieb erledigen. Um Alma zu schützen und fort zu stupsen, lief ich ganz schnell hin und stellte mich zwischen die beiden. Aber der Berg hielt seine Riesenpfote nur über meinem Kopf, um Alma daran schnüffeln zu lassen. Alma war wieder ganz begeistert und umkreiste den Berg wie wild, wobei sie ihn überall mit ihrer Pfote anstupste. Dann legte der Berg sich noch hin und Alma hüpfte auf seinen Rücken. „Schau Arlo, wie toll er ist! Er ist ja noch viel größer als Luna!" Ich gab es auf und ging trinken. Anton schloss seine Augen und lies Alma auf ihm herumtrampeln. Oma Martha und Terri saßen mit Doktor Morales nebenan am Tisch. Anscheinend plauderten sie noch nur über Nebensächlichkeiten, wie wie es Terri nun in Spanien gefällt und so weiter. Die Stimmung änderte sich aber schlagartig, als dieser Mateo auf die Terrasse kam - dicht gefolgt von einer dunkelhaarigen Frau, die vielleicht ein paar Jahre älter als Terri war. Besitzergreifend griff sie nach Mateos Hand und versuchte irgendwie süß zu lächeln. Diesmal merkten Alma und ich gleichzeitig, dass diese Frau etwas Falsches an sich hatte und auch sehr angespannt wirkte. Terri guckte richtig düster rein. Was war hier nun wieder los?

„Entschuldigen Sie bitte die kleine Verspätung!" Dieser Mateo sah wieder so selbstzufrieden aus. „Einen schönen Guten Tag, Frau Schneider und Theresa! Darf ich Ihnen meine Freundin Isabella Fernandez vorstellen." Terri sah wirklich unglücklich aus. Sie schluckte und schien tief Luft zu holen. Ihr Lächeln hatte auch schon mal echter ausgesehen. Die Menschen gaben sich die Hand und die zwei setzten sich ebenfalls an den Tisch.

Anton hatte sich etwas bewegt und legte sich nun so hin, dass er zwischen dem Tisch und uns lag. Es fühlte sich fast so an, wie er uns vor etwas beschützen wollte. Rudi und Alma schienen Pläne für die nächste Spielrunde zu schmieden. Als zweiter Beschützer hielt ich es jedoch für besser diesen Mateo samt Freundin im Auge zu behalten. Außerdem wollte ich dem Gespräch jetzt unbedingt weiter folgen.

„Sehr schön, Sie endlich kennenzulernen, Fräulein Schneider! Mateo hat schon viel über Sie erzählt und wie gut die Zusammenarbeit mit Ihnen in der Klinik ist. Und Sie und Ihr Mann sind so großartige Tierschützer, Frau Schneider!" Ach, ja, hat dein Mateo dir tatsächlich so etwas erzählt? Ernsthaft jetzt? Oma Martha und Terri schienen ganz ähnlich zu denken, so verblüfft wie sie dreinschauten.

„Öhm...vielen Dank Fräulein Fernandez, sehr nett von Ihnen!" Oma Martha wechselte schnell einen Blick mit Terri, die unbemerkt von den anderen die Augen verdrehte. „Sind Sie auch beruflich mit der Klinik verbunden? Ich glaube, ich habe Sie dort schon Mal gesehen."

„Nein, leider nicht. Ich arbeite als Außenhandelskauffrau bei einer Spedition. Aber hin und wieder hole ich Mateo in der Klinik ab und muss dann noch auf ihn warten. Er arbeitet ja so viel und manchmal muss man die Aufgaben einfach erst zu Ende führen, egal ob einen etwas Schönes erwartet oder nicht", kicherte diese Isabella. Nun, mit dieser Einstellung passte sie aber sehr gut zu Mateo, der nur breit grinste.

„Ja, nun." Doktor Morales räusperte sich. „Wir sind heute zusammengekommen, um über das sehr ernste Thema, das unsere Klinik belastet, zu sprechen. Wie Mateo vielleicht auch dir Isabella schon erzählt hat, geht es um den illegalen Handel mit Welpen und vor allem um die widerwärtige Massenproduktion von Welpen." Er schaute Isabella an, die das bejahte. „In unserer Gegend scheint jemand verbrecherische Machenschaften mit der Produktion von vor allem ähnlichen Welpen, wie diese von Frau Schneider, zu betreiben." Diese Isabella guckte uns an und ich könnte schwören, ihr Blick war alles andere als freundlich. Oder war sie nur nervös?

Mateo legte seine Hand auf die ihre. „Ja, darüber haben wir gesprochen. Ich habe auch erwähnt, dass wir sogar Señor Rodriguez im Verdacht hatten, etwas mit dieser dubiosen Geschichte zu tun zu haben. Er konnte uns aber durch die Vorlage diverser Dokumente über seine Unschuld überzeugen. Genauso, wie das jeder in unserer Klinik könnte, würde ich behaupten." Diese Isabella war wohl total verblendet von ihrem Mateo, so strahlend wie sie ihn ansah.

„Jedenfalls haben wir als reine Vorsichtsmaßnahme die Schrankschlösser ausgewechselt", sagte Doktor Morales. „Die Schlüssel haben außer mir nur noch Frau Doktor Heising und Mateo. Dadurch ist gewährleistet, dass keine Dokumente oder Stempel aus unserer Klinik entwendet werden können. Sogar diese deutschen Tierschützer sollten nun zufrieden sein und nach den wahren Schuldigen suchen." Er blickte ziemlich streng drein. Es machte wohl keinen Sinn zu erwähnen, dass der Betrug schon vorher stattgefunden hatte und die Klinik dadurch die Quelle der offensichtlich gefälschten Papiere sein konnte. Aber der Ruf der Klinik schien hier am wichtigsten zu sein.

Oma Martha teilte meine Meinung. „Vielen Dank für Ihre Bemühungen, Doktor Morales". Oma Martha seufzte kurz. „Das werde ich Frau Mittenröder umgehend mitteilen. Vielleicht könnten Sie uns noch einen Gefallen tun und sich bei Ihren Kollegen in den anderen Kliniken vorsichtig umhören, ob denen etwas Verdächtiges untergekommen ist?"

„Aber selbstredend kann ich das tun, Frau Schneider. Obwohl ich mir nicht allzu viel davon verspreche. Ich bin sehr froh, dass wir nun die Sache soweit klären konnten." Doktor Morales, Mateo und sogar diese Isabella schienen richtig zufrieden mit sich selbst zu sein. Also das war ja nicht gerade erfolgreich gelaufen und sah nicht nach irgendeinem genialen Plan aus, oder? Oma Martha und Terri wirkten in dem Moment total ratlos. Na prima, es blieb also alles wieder Mal an uns hängen. Ich war so frustriert, dass ich mich irgendwie abreagieren musste. Diesen Anton wagte ich nicht zu ärgern, so ging ich zu einer der Wasserschüsseln und stieß sie mit voller Kraft gegen die Wand, wobei sie natürlich umkippte.

„Ach, Ihr kleiner Welpe ist wohl etwas tollpatschig mit seinem Bein." Diese komische Isabella stand auf. „Ich fülle mal die Schüssel erneut, bei der Hitze brauchen die Hunde ja viel Wasser. Wie heißt der Rüde denn?"

„Wir nennen ihn Arlo," sagte Terri kurz angebunden. „Nach dem ähnlichen Hund von Señor Rodriquez." Sie hielten ein bisschen zu lange Augenkontakt. Wortlos ging Isabella das Wasser holen und die anderen Menschen wechselten das Thema. Als sie mit der Schüssel in der Hand zurückkam, erhob Anton sich überraschend schnell und stellte sich vor mich hin.

„Na, Anton, hast du wieder etwas zum Bewachen? Das ist ja schön, aber ich würde deinem kleinen Freund hier doch niemals etwas antun." So falsch war ihr Lächeln und so kalt waren ihre Augen, dass es mir ganz anders wurde. Diese Frau passte tatsächlich vollkommen zu Mateo. Anton stand einfach still da und ließ sie nicht aus den Augen. „Ja, ja, ich gehe ja schon." Ich war etwas verdutzt.

„Was ist das nur für ein Mensch? Irgendwie gruselig. Ich danke dir, Anton, das war wirklich großartig von dir!"

„Nichts zu danken, Kumpel. Es ist ja meine Aufgabe, alle Familienangehörige zu schützen. Und diese Frau ist eine einzige Nervensäge". Anton grinste mich an. „Ich glaube, sie hat etwas Angst vor mir und es macht Spaß, sie hin und wieder daran zu erinnern, wer hier das Sagen hat."

Ich musste auflachen. Dieser Anton schien ganz in Ordnung zu sein. Bevor ich vorschlagen konnte, dass wir zu Alma und Rudi zum Spielen gehen sollten, hörte ich Terri den furchtbaren Mann erwähnen.

„... falsche Anschuldigungen gegen Señor Rodriguez. Ich hätte da eine Idee, wie wir uns reuig zeigen und uns so bei ihm quasi entschuldigen könnten." Komisch, dass die Menschen nicht sofort merkten, dass alles was von Terri kam, vollkommen unehrlich war. Durch einen Blick auf Anton konnte ich mich davon überzeugen, dass auch er genauso die Lüge und die Anspannung gerochen hatte. „Viele meiner Bekannten finden unsere Welpen so putzig, dass sie mich gefragt haben, woher sie kommen. Ich konnte natürlich nur sagen, dass es hier in der Gegend einen ehrenwerten Züchter gibt, der ganz ähnliche Welpen in seiner familiären Zucht hat. Vielleicht könnten Sie Mateo den Kontakt zu Señor Rodriguez herstellen oder ihn sogar mit mir zusammen besuchen? So kann ich ihn davon überzeugen, dass seine Welpen durch mich auf jeden Fall in gute Hände kommen." Das war der Plan, der erst irgendwann durchgezogen werden sollte. Oma Martha nickte Terri zu. Ich wartete ab.

Als Mateo anscheinend nach einer passenden Antwort suchte, fügte Terri noch hinzu: „Ich würde dann auch zumindest unseren Arlo mitnehmen, damit er sich davon überzeugen kann, dass die Welpen auch jede Pflege, die nötig ist, bekommen werden." Na wunderbar, das Schicksal schien mir mal wieder übel mitzuspielen.

13. SPIELSTUNDE MIT CONDESA

Als wir wieder zurück zur Finca Assisi fuhren, dämmerte es schon. Alma war nach dem Spielspaß mit Rudi so müde, dass sie im Auto sofort eingeschlafen war. Ich schaute durch das Fenster, um das Fahren für mich erträglicher zu machen, obwohl auch ich mich viel lieber kurz hingelegt hätte. Oma Martha und Terri waren überraschend still. Es war wohl nicht alles wie geplant verlaufen. Allerdings hatte dieser Mateo zugestimmt, einen Termin in den nächsten Tagen mit diesem fürchterlichen Mann zu machen. Ich wollte gar nicht daran denken und versuchte mich stattdessen auf etwas Fröhliches zu konzentrieren. Der Besuch war ja eigentlich sehr nett gewesen. Rudi war schon ein witziger Kumpel und meine Angst vor Anton hatte ich vollkommen verloren. Für ihn schien wirklich die Familie mit Anhang an erster Stelle zu stehen. Nur diese Isabella sei komisch, hat er gemeint. Sie habe einen schlechten Einfluss auf Mateo. Ich weiß nicht, ob das so stimmte. Vielleicht war Anton auch eifersüchtig und außerdem war ja dieser Mateo schon an sich sehr verdächtig.

Ich stupste Alma leicht an, als wir bei der Finca ankamen. Völlig schlaftrunken setzte sie sich hin und gähnte. „Oh, ich hätte noch ewig weiter schlafen können. Sind wir wieder da? Ich muss Mama und Papa gleich erzählen, wie nett es bei Rudi und Anton war. Und dass wir noch eigene Kauknochen bekommen haben und dass wir 'Hüte mein Schaf' mit Anton gespielt haben und dass er uns im Garten herumgetrieben hat, als wenn wir eine Herde wären, und dass Rudi wirklich, wirklich nett ist!" Ich verdrehte die Augen. Sogar die Müdigkeit konnte ihr Quasseln nicht bremsen.

Unsere Eltern lagen gemütlich auf der Terrasse mit Luna und – Condesa! Ach wie schön, dass sie schon da war. Sie sah viel entspannter aus als das letzte Mal und sie hatte sich sogar getraut, auf die Terrasse zu gehen. Ob es daran lag, dass diese Silva nicht dabei war und sie sich nicht andauernd Gedanken darüber machen musste, ob sie ja auch alles richtig macht? Irgendwie tat Condesa mir ein bisschen leid, weil ich damals ihre innere Anspannung deutlich gespürt hatte. So eine strenge Erziehung würde mir überhaupt nicht gefallen. Ich musste mir eingestehen, dass ich es mit meinen neuen Menschen ziemlich gut getroffen hatte.

Wir begrüßten alle fröhlich und sogar Condesa schien zu lächeln. Etwas Buntes tragend kam Opa Gerhard zu uns. „Da sind ja unsere Kinder wieder! Schaut mal, Condesa hat euch Gastgeschenke mitgebracht! Ehrlich gesagt hätten wir wirklich selber daran denken müssen, euch ein paar Spielzeuge zu besorgen. Aber da Luna mit Spielzeug nichts anfangen kann, haben wir es versäumt. Schaut nun, ist das nicht toll?" Spielzeug? Alma war genauso verblüfft wie ich, weil wir noch nie Spielzeug gesehen hatten. Davon gehört hatten wir natürlich schon, Zeug zum Spielen halt, logisch. Neugierig schnüffelten wir an den Sachen, die Opa Gerhard vor uns abgelegt hatte.

„Liebe Alma, lieber Arlo! Ich bin euch sehr dankbar dafür, dass ihr euer Heim mit mir für die Zeit der Abwesenheit meiner Besitzerin teilen wollt. Ich hoffe, diese kleinen Mitbringsel gefallen euch. Doktor Heising war mit mir noch Futter kaufen und in diesem Laden habe ich ihr diese Bälle und Quietschies gezeigt. Sie meinte, es wäre tatsächlich höflich – oder sie sagte wohl nützlich –, Frau und Herrn Doktor Schneider gegenüber unsere Dankbarkeit zu zeigen." Condesa drückte mit ihrer Pfote auf einen von den Gegenständen und dieser gab einen schrillen Laut von sich. Wie witzig war das denn? Dann berührte sie einen anderen Gegenstand, der sogleich davon rollte! Bälle und Quietschies!

„Hier in dem Ball für Alma ist noch ein Glöckchen drin, damit sie mit dem auch gut spielen kann." Wir stürzten uns auf das Spielzeug und fingen zuerst mal an, mit diesen weichen Quietschies einen furchtbaren Lärm zu machen! Kau,

kau, quietsch, quietsch! Was für ein Spaß!

„Nun, ob das wirklich so eine gute Idee war," sagte Oma Martha lachend und hielt sich ihre Ohren zu. Quietsch, quietsch, quietsch!! Wir sahen wohl irgendwie lustig aus, weil alle uns anstrahlten. Als ich sah, dass Condesa ein wenig verlegen wirkte, fiel mir etwas ein.

„Oh, wie unhöflich von uns. Bitte entschuldige, Condesa, aber wir sind einfach zu aufgeregt. So ein schönes Geschenk haben wir noch nie zuvor bekommen. Vielen herzlichen Dank!" Auch Alma hielt inne und wir gingen beide zu Condesa, deren Augen nun auch strahlten. „Danke!" Wir leckten beide kurz ihre Knie, denn so wie sie da stand, konnten wir ihren Kopf nicht erreichen.

„Ach, nichts zu danken! Es freut mich sehr, wenn die Sachen euch gefallen. Wir könnten ja noch kurz mit den Bällen im Garten spielen, bevor es ganz dunkel wird", schlug Condesa vor. Ich war ziemlich verblüfft, weil ich sie eigentlich nicht so eingeschätzt hatte, dass sie mit uns Welpen spielen oder überhaupt spielen möchte.

Terri schien denselben Gedanken zu haben, weil sie sich die beiden Bälle schnappte und in den Garten ging. „Kommt alle hierhin! Lasst uns ein bisschen mutige Jäger spielen." Sie warf einen der Bälle und ich musste einfach hinterherrennen. Den kriege ich aber! Ja! Und nun? Ich stand mit dem Ball in der Schnauze etwas unschlüssig da. Terri warf gerade den Glöckchenball für Alma, die vor Freude glucksend hinter dem herlief. Terri hockte sich hin. „Na komm, Arlo, bring mir den Ball!" Was dachte dieses Mädchen sich eigentlich? Ich sollte meine Beute gleich wieder abgeben, das kam aber gar nicht in Frage. Terri gab vernünftigerweise gleich auf und ging zurück auf die Terrasse, aber nur um sofort wieder mit meinem Quietschie zu mir zurückzukommen.

„Ich zeige dir etwas, Arlo. Magst du mal kurz mit mir tauschen?" Sie warf das Spielzeug vor mich hin. Ich ließ den

Ball fallen und stürzte mich auf mein Quietschie. „So ist prima Arlo. Und schau mal, vielleicht kann Condesa dir ein bisschen helfen. Ich bin sicher, Doktor Heising hat ihr Apportieren beigebracht." Was sollte das nun wieder sein? Neugierig blickte ich auf.

„Condesa!" Sie kam umgehend zu Terri und blickte erwartungsvoll auf den Ball. „Hol den Ball!", rief Terri und warf ihn schwungvoll ganz weit fort. Sekundenschnell hatte Condesa ihn eingeholt aber sie behielt ihn nicht, sondern brachte den Ball zurück zu Terri. Also Beute bekommen und gleich wieder freiwillig abgeben? Das kam mir ziemlich dumm vor. Aber Terri warf den Ball immer wieder und Condesa rannte und rannte. Sie sah mit einem Mal sehr glücklich und entspannt aus. Hmm, so ein Spiel könnte ja tatsächlich Spaß machen.

Als Condesa sich total ausgelaugt hinlegte, kam Terri zu mir. „Magst du es auch probieren?" Schon flog der Ball! Es war eine Leichtigkeit ihn zu fangen und etwas widerwillig trabte ich zu Terri, überlegte kurz und lies dann den Ball fallen. Und da flog er ja schon wieder! Das machte tatsächlich Spaß! Aus dem Augenwinkel sah ich Alma ihren Ball hin und her schieben. Ich würde ihr nachher erzählen, wie toll man mit ihm spielen kann.

Auf einmal hörte ich aus der Finca ein sehr schönes Geräusch. Anscheinend wurden gerade unsere Näpfe befüllt! Ich hatte nach dem ganzen Toben richtig Hunger und so lief ich schnurstracks Richtung Küche Alma direkt hinter mir her. Unsere Eltern und Luna warteten auch schon, nur Condesa blieb in dem fast dunklen Garten noch sitzen. Terri streichelte sanft ihren Kopf. „Für dich haben wir natürlich auch Abendessen, Süße. Komm einfach mit in die Küche!" Etwas unsicher folgte sie Terri.

„Guck mal, Oma, wie unterwürfig Condesa sich bewegt." Ja, das stimmte allerdings. Sie hatte ihren Schwanz noch mehr eingezogen als sonst, schien sich möglichst klein zu machen und auch ihre Ohren zeigten, dass sie bloß nicht aufdringlich sein wollte. „Vielleicht ist es jetzt die fremde Umgebung. Aber kürzlich als sie hier bei uns mit Doktor Heising war, fiel mir das auch schon auf. So als wenn sie zu Hause absolut nichts dürfte – jedenfalls nicht ohne zuerst um Erlaubnis zu bitten. Irgendwie traurig, finde ich." Sie tätschelte Condesa nochmal. „Es ist ja alles in Ordnung, Süße. Brauchst wirklich keine Angst zu haben!"

„Ja, das sehe ich auch. Aber unsere Silva ist eigentlich sehr erfahren, was die Erziehung von Hunden betrifft." Oma Martha streichelte Condesa beruhigend. „Vielleicht liegt die Ursache in ihrer Vergangenheit, vielleicht ist sie bei den vorherigen Besitzern sehr schlecht behandelt worden. Das würde ich fast vermuten."

Terri schien nicht sehr überzeugt zu sein, aber beließ es dabei. Besonders die Küche zu betreten schien Condesa ziemliche Überwindung zu kosten, aber als Terri ihr einen vollen Napf hinhielt, traute sie sich endlich. Ich war sicher, dass das alles wegen dieser Silva war. Sie mochte schon eine gute Tierärztin sein, aber ich vermutete stark, dass sie sonst nicht besonders gutmütig war. Allerdings sprach Condesa nie schlecht über sie. Geschweige denn, dass sie sich darüber beklagt hätte, wie es bei ihr zu Hause war. Eigentlich war sie ja alt genug, um selber zu wissen. Ich seufzte und füllte meinen knurrenden Magen.

Oma Martha und Terri waren dabei, Opa Gerhard zu erzählen, wie der Besuch bei Doktor Morales verlaufen war. „Nun, Martha, ich habe ja gesagt, dass es unserem Doktor Morales gar nicht gefallen wird, wenn seine Klinik ins Zwielicht gerät. Vielleicht sind diese Indizien nur Zufälle und in Wahrheit geht es um eine andere Klinik – und um völlig andere Welpen. Und vielleicht ist dann sogar Señor Rodriquez tatsächlich ein ehrlicher Züchter." Für Opa Gerhard war das Thema damit beendet und er schaltete den Fernseher ein. Oma Martha bezweifelte das und schüttelte langsam ihren Kopf. Terri sah alles anders als überzeugt aus.

„Aber Opa, irgendwer treibt hier in dieser Gegend ein böses Spiel mit diesen armen Hunden. Wenn ich Señor Rodriquez besuche, kann er vielleicht erzählen, ob er selber einen Verdacht hat. Auf jeden Fall geht es ja um ähnliche Welpen wie die seinen", meinte Terri etwas trotzig.

Opa Gerhard zuckte mit den Schultern. „Wie du meinst, Terri, aber sei bloß vorsichtig!"

Nach dem Essen schlenderten wir wieder auf die kühle Terrasse. Mama wirkte auf einmal sehr nachdenklich und besorgt. „Ich habe den ganzen Tag daran denken müssen, wie es unseren Freunden in der Welpenhalle wohl geht. Ob Toran diejenigen retten konnte, die von diesem Ungeheuer zum Tode verurteilt worden sind?"

Ich schämte mich sehr, weil ich fast den ganzen Tag nur ans Spielen und ans Toben gedacht hatte. So schnell hatte ich für einen Moment vergessen, zu welchen grauenhaften Taten dieser Mann fähig war, und dass wir uns auf unsere Aufgabe konzentrieren mussten. Mama schien meine Betroffenheit gespürt zu haben. „Bin aber froh, dass wenigstens unsere Kinder heute etwas Erholung und Ablenkung hatten. Das haben sie sich wirklich verdient, besonders weil noch harte Zeiten auf sie zukommen werden." Sie gab mir ein Küsschen. Bääh! Aber ich fühlte mich schon besser.

Papa schaute Luna erwartungsvoll an. „Wenn Toran die Rettungsaktion heute früh hat durchführen können, so hätten wir schon irgendwas hören müssen, oder nicht?"

„Na ja, ich weiß nicht." Luna schaute in Richtung der Berge. „Tagsüber werden die Wölfe sicher nicht die Berge verlassen. Vielleicht müssen wir uns einfach noch etwas gedulden, obwohl ich mir auch schon den ganzen Tag darüber meine Gedanken mache."

„Es ist alles gut, ich weiß es." Alma gab sich völlig unbekümmert. Hatte sie vielleicht wieder eine ihrer Visionen?

„Toran wird sich bald melden." So, wird er das? Mama tätschelte Alma sanft auf den Kopf.

Weil Condesa aussah, wie sie kein Wort verstanden hätte, klärte ich sie kurz auf. Sie machte ganz große Augen und schien sogar leicht zu zittern. „Ihr wollt es mit Menschen aufnehmen? So richtig selbstständig und eigenverantwortlich? Das ist sehr gefährlich. Von meinen ersten Besitzern wurde es mir beigebracht, nur und wirklich nur das zu tun, was sie von mir erwarteten – und zwar unmissverständlich mit Schlägen und Tritten! Dieser Gehorsamkeit folge ich seither, was mein Leben bei Frau Doktor Heising sehr erleichtert! Ihr spielt ja mit eurem Leben!"

Damit hatte sie natürlich recht. Ich hatte noch keine Gedanken daran verschwendet, was eigentlich alles passieren könnte, falls bei unserem Plan etwas schief ginge oder wenn sogar dieser gruselige Mann uns wieder irgendwie einfangen würde. So schnell wie der Mut in mir aufgestiegen war, so schnell sank er wieder dahin.

Papa robbte zu mir. „Wir wissen alle, dass es gefährlich ist. Wenn ich einen anderen Ausweg wüsste, würde ich es auf keinen Fall riskieren, dich und deine Schwester in diesen Kampf zu schicken. Ich würde es auch niemals tun, wenn wir nur alleine wären. Das sind wir aber nicht! Toran mit seinen Kriegern und Wächtern wird uns helfen! Sie werden uns helfen, das Böse zu besiegen!"

„Solche Zuversicht möchte ich auch manchmal spüren, verehrter Paison", Condesa neigte ihren Kopf leicht. „Meine Kindheitserinnerungen sind nicht schön und ich weiß, dass ich sehr viel Glück hatte. Viele von meinen Freunden hatten das gleiche Schicksal, durchlebten dieselbe brutale Erziehung. Allerdings wurden etliche von ihnen erbarmungslos entsorgt, wenn sie den Jägern nicht mehr nützlich waren. Wenn ich nur den Mut dazu aufbringen könnte, würde ich euch gerne irgendwie helfen."

„Vielen herzlichen Dank, liebe Condesa", sagte Mama lächelnd. „Ich wünschte auch, ich könnte mehr tun. Aber wenn wir alle zusammenhalten, werden wir uns gleich stärker fühlen."

In diesem Augenblick hörten wir, wie im Fernsehen eine Nachrichtensprecherin ganz aufgeregt etwas berichtete. Sprach sie wirklich über Wölfe hier in der Region?

„... dass er selber zum wiederholten Male von Wölfen oder wie Señor Rodriquez es formulierte – von wolfsähnlichen Tieren – attackiert worden sei. Seiner Ansicht nach wäre es mit Sicherheit zu einem tödlichen Angriff gekommen, wenn er bei seinem friedlichen Spaziergang in den Bergen nicht etwas Essbares dabeigehabt hätte. So gelang es ihm, diese äußerst aggressiven Tiere abzulenken, so dass er flüchten konnte. Alarmierend ist zudem, dass sich diese Vorfälle nicht weit weg von Wohnhäusern ereignet haben. Es ist die Aufgabe unserer Regionalverwaltung für die Sicherheit der Bürger zu sorgen. Wenn sich vermehrt Wölfe in unserer Region ansiedeln und dann auch noch die natürliche Scheu vor dem Menschen verlieren, muss den Jägern umgehend die Erlaubnis erteilt werden, solche Tiere zu eliminieren! Damit zurück ins Studio!"

„Ob dieser Mann wohl unser Rodriquez ist", fragte Oma Martha sich. „Was erzählt er da für komische Geschichten. Wolfsähnliche Tiere? Wir leben ja auch hier fast in den Bergen und haben noch nie Probleme mit Wildtieren gehabt. Außerdem stehen Wölfe meines Erachtens hier unter Naturschutz." Sie schüttelte den Kopf. „Manche Menschen müssen ja auch immer übertreiben. Mehrere Wölfe hier in der Gegend? Ab und zu hört man zwar einen Wolf heulen, aber er lebt sicher irgendwo weit weg von jeglicher Zivilisation. Wahrscheinlich hat jemand eine Begegnung mit freilaufenden Hunden gehabt."

Terri schaute uns an. Wir versuchten völlig unbeteiligt auszusehen, obwohl das alles höchst interessant war. Die Wölfe hatten also nochmal zugeschlagen. Ob das bedeuten sollte, dass sie die Kranken und Schwachen retten konnten? Ich konnte sehen, dass der Gedanke uns alle in diesem Augenblick beschäftigte.

„Manchmal heult Luna ja auch, sogar die Kleinen haben das mal versucht. Ich glaube es ist irgendeine Form der Kommunikation", sagte Terri. Wie auf Kommando heulte in weiter Ferne ein Wolf. Oh nein – das war sicher Toran. Einen schlechteren Zeitpunkt hätte er sich wirklich nicht aussuchen können. Luna sah ziemlich verzweifelt aus.

„Was soll ich nun machen?", fragte sie aufgeregt. „Wenn ich jetzt antworte, fällt das auf, oder? Und wenn nicht, wird mein Vater sich sehr darüber wundern."

„Huuu-huuu-Luuunaaa!", schallte es laut und deutlich aus den Bergen. Nun beobachteten uns natürlich alle Menschen, das lief ja wieder mal prima. Wir wechselten nervöse Blicke.

Papa flüsterte: „Was machst du denn normalerweise, wenn die Menschen dabei sind?"

„Nun, mich auch melden. Schließlich wissen die Menschen ja, dass es als Halbwölfin meine Natur ist."

Papa befahl uns anderen ruhig zu bleiben und nickte Luna aufmunternd zu. Sie lief in den Garten und hörte konzentriert zu.

„Alleeee-beeeiii-uuuuns! Kommeee-früüüüüüh!", rief Toran. Egal was die Menschen von uns nun dachten, wir sprangen alle auf und hüpften wild herum. Auch Papa vergaß die Menschen für einen Augenblick. Alle gerettet! Das war eine wunderbare Nachricht!

„Juu-huuu-juu-huu!", heulten wir alle im Chor. Oma Martha und Opa Gerhard schien das sehr zu amüsieren, wie wir versuchten, Luna nachzuahmen. Nur Terri kam in den Garten und blickte sehr nachdenklich in Richtung der Berge.

14. JÄGER KOMMEN!

Es wurde eine sehr unruhige Nacht, weil wir alle so aufgeregt waren. Toran und seine Freunde würden wahrscheinlich die soeben Geretteten mit zur Finca bringen und wir würden Neuigkeiten über die Welpenhalle erfahren. Sie würden sicher eintreffen, noch bevor es hell wurde. Sollten wir wieder das Tor öffnen oder lieber warten, bis die Menschen aufwachten? Es wäre vielleicht nicht so klug, sie darauf aufmerksam zu machen, dass wir inzwischen nach Belieben hinein und hinaus konnten. Luna schlug vor, dass sie sich genauso wie sonst immer leise mit Toran unterhalten könnte, ohne das Tor zu öffnen. Wenn aber die Geretteten sofort Hilfe benötigten, könnten wir immer noch den Plan ändern. Außerdem schlief auch Terri ausgerechnet in dieser Nacht schlecht, weil sie mehrmals aufstand und sogar herumlief. Ein paar Mal konnte ich hören, wie sie leise vor sich hin schimpfte. „Blöde Tussi...was für einen Geschmack hat dieser Typ...“

Obwohl die Wölfe es geschafft hatten, einige von unseren Freunden zu retten, war die Stimmung auf einmal wieder getrübt. Wir hatten ja alle gehört, was im Fernseher behauptet wurde. Papa flüsterte mit Luna, um die Menschen nicht zu wecken, aber ich konnte alles verstehen.

„Du musst Toran unbedingt Bescheid geben, Luna“, sagte Papa eindringlich. „Er muss wissen, dass die Menschen planen, eventuell Jäger in die Berge zu schicken. Vielleicht werden sie diesem Rodriquez nicht glauben, aber ihm kann man ja alles zutrauen. Es würde mich nicht wundern, wenn er selbst Jäger bestellt, ohne auf irgendeine Erlaubnis zu warten. Es wäre dann zwar illegal, aber das wird ihm sicher gleich sein. Toran muss vorsichtig sein!“ Luna nickte zustimmend und seufzte.

Endlich wurde es still auf der Finca. Wir dösten immer wieder für eine Weile ein, nur um wieder durch ein Geräusch aus der Umgebung aufzuschrecken. Ich fand diese Warterei einfach unerträglich. Als ich Luna auf der Terrasse sitzen sah, ging ich zu ihr. „Wie lange wird es noch dauern?" Draußen war es stockdunkel. Wenn ich da jetzt herumlaufen müsste, würde ich mich sicher total verirren. Ob so ein Wolf wohl sogar besser sehen kann? Ich schielte zu Luna herüber, die sich auf irgendwas konzentrierte.

„Sei still, Arlo! Ich glaube gerade etwas gehört zu haben." Ich hielt den Atem an und folgte Lunas Blick zum Tor. Da war nichts. Luna stand plötzlich auf. „Da ist er! Pass bitte auf, dass hier alles ruhig bleibt. Ich komme gleich wieder."

War es nur Einbildung oder sah ich wirklich einen Schatten an dem Mauertor vorbeihuschen? Doch! Ich nahm den wilden Geruch von Toran wahr! Ich wollte gerade hinter Luna herrennen, als ich eine Pfote auf meinem Rücken spürte. Condesa stand plötzlich neben mir.

„Wir müssen uns gedulden, Arlo. Ich glaube, eure Terri schläft immer noch nicht so fest." Ich schaute mich um und sah, dass auch die anderen wach waren, jedoch stillsitzend im Korb abwarteten. Papa nickte. „Es ist aufregend, ich weiß. Aber die Menschen dürfen auf keinen Fall erfahren, dass hier etwas geplant wird. Sonst ist alles umsonst."

Gerade als Luna nach einer Weile zurückkam, musste Terri wieder auftauchen. Wir taten wie wir alle tief schlafen würden, was sicher etwas merkwürdig wirkte, weil ich mit Condesa und Luna auf der Terrasse lag. Terri sah uns an und murmelte etwas wie „auch zu warm...". Sie holte sich ein Glas Wasser aus der Küche und ging endlich zurück in ihr Zimmer. Ich konnte nicht länger warten.

„Nun erzähl schon, Luna! Was hat Toran gesagt? Sind die anderen sehr krank?" Vor Aufregung tänzelte ich wieder wie Alma herum. Das war aber wirklich ansteckend. Ich zwang mich ruhig stehen zu bleiben.

Papa winkte uns zu sich hin. „Ja Luna, welche Informationen hat Toran für uns? Ist alles in Ordnung?"

Luna leckte ihre Lippen und war auf einmal ziemlich nervös. Was bedeutete das denn nur? „Na ja, es gibt gute und schlechte Nachrichten", fing sie an. „Toran wollte auch schnell wieder weg, weil er es momentan zu gefährlich findet, hier aufzutauchen."

„Wieso?", fragte Papa. „Also natürlich ist es für ihn nicht ganz einfach, weil ja Menschen hier sind. Aber hat sich denn schon etwas geändert? Und wie geht es den Geretteten, sind sie hier vor dem Tor?" Wir alle starrten Luna ziemlich angespannt an. Das war zwar etwas unhöflich, aber sie sollte endlich mit der Sprache rausrücken.

„Na ja, es gibt wohl gewisse Komplikationen, die die Situation erschweren," stotterte sie herum.

„Luna!" Sogar Mama erhob ihre Stimme. „Nun sag schon, was los ist! Was ist mit unseren Freunden?"

Luna seufzte. „Mein Vater konnte mit seinen Freunden zwar die zum Tode verurteilten befreien, aber nicht hierhin bringen. Das ist also die gute Nachricht."

„Wieso gut? Wieso nicht hierhin bringen?", fragte Mama besorgt. Das hörte sich aber wirklich nicht so gut an. Für die Wölfe sollte es eigentlich ganz einfach sein, sogar die Schwächsten zu tragen, wie wir aus eigener Erfahrung ja ganz genau wussten.

„Ja nun, eure Freunde wollten es nicht", fuhr Luna fort. „Es sind drei Hündinnen und ein Rüde. Sie wollen ihre Familien und Kinder nicht verlassen. Toran hat sie deshalb dort in der Nähe versteckt und ihnen erklärt, dass auch die anderen bald befreit werden."

Das konnten wir allerdings sehr gut verstehen. Wir waren ja auch glücklich, dass wir wieder zusammen sein konnten. Und wenn die Wölfe sie versteckten und beschützten, sollte ja alles in Ordnung sein. Sicher würden sie auch etwas Leckeres zu essen bekommen, dachte ich und fing an, bei dem Gedanken leicht zu sabbern. Alma stupste mich etwas unsanft an. „Arlo!" Ja, was kann ich dann dafür, dass ich wieder Hunger hatte. Allerdings fiel mir ein, dass die Wölfe sicher einen anderen Geschmack hatten. Ob ich wirklich irgendein Beutetier mit Fell oder Federn oder wer weiß was runter kriegen würde, egal wie hungrig ich wäre, wusste ich nicht. Bei dem Gedanken verlor ich meinen Appetit wieder. „Konzentriere dich bitte, das ist wichtig!" Jawohl, Alma.

Luna sah sehr besorgt aus. „Ich habe meinem Vater gesagt, was wir über die Jäger gehört haben. Er hat aber auch selbst mitgekriegt, wie dieser Rodriquez herumgebrüllt hat, dass es ihm nun reiche und er diese 'Biester' loswerden wolle und alle Jäger in der Gegend alarmieren werde. Es wird für die Wölfe bald zu gefährlich, hier zu bleiben. Sie halten sich zuerst mal zurück, verstecken sich und beobachten die Lage. Vielleicht wird dieser Mann sich wieder beruhigen, wenn er die Wölfe nicht mehr sehen kann. Falls dort aber Jäger auftauchen, müssen Toran und seine Verwandten umgehend umziehen." Das war allerdings eine sehr schlechte Nachricht. Genau wie Papa vermutet hatte, wird dieser grauenhafte Mann sicher selber zuschlagen, wenn er noch einmal einem Wolf begegnet.

Papa schien denselben Gedanken zu haben. „Dieser Mann ist zu allem fähig. Ich glaube nicht, dass er so lange warten wird, bis irgendeine Verwaltung oder so den Jägern offiziell gestattet, die Wölfe zu jagen. Wir verdanken Toran und seinen Verwandten unser Leben! Es darf nicht geschehen, dass sie durch uns und unseren Plan in Gefahr geraten!" Mama lehnte sich beruhigend an Papa.

„Liebster, wir können das wirklich nicht zulassen. Aber was sollen wir machen? Wir sind ja ohne die Wölfe vollkommen hilflos." Mama blickte uns alle an. Die Ratlosigkeit in den Augen der Erwachsenen war aber kein gutes Zeichen. Jeder wusste, dass wir niemals alleine den Plan durchführen konnten. Da fiel mir ein, dass ich noch gar nicht gehört hatte, was der Plan eigentlich war. Nur dass alle aus der Welpenhalle befreit werden sollen, bevor der Transport ins Ausland losgeht, und dass Alma und ich die Käfige öffnen müssen, aber wie es dann mit dem Plan weitergehen sollte, war noch nicht besprochen worden.

„Was habt ihr denn geplant?", fragte Condesa bevor ich meinen Mund aufbekam. Ja genau, das würde mich jetzt auch sehr interessieren, im Unterschied zu Alma, die wieder eingeschlafen war. In ihr hatte ich ja eine super Gefährtin im Kampf, wahrscheinlich würde sie mittendrin einfach einpennen. Unauffällig stupste ich sie etwas unsanft mit meinem Hinterbein, worauf sie nur kurz ihre Augen aufmachte, nur um gleich wieder einzuschlafen. Na prima! Ich spielte schon mit dem Gedanken, mit voller Kraft auf sie zu springen, aber als ich sah, dass Mama mich ziemlich streng anschaute, lies ich es lieber bleiben.

„Arlo, mein lieber Junge," fing Papa an und hatte augenblicklich meine volle Aufmerksamkeit. „Deine Mama und ich haben gehofft, dass uns noch ein bisschen mehr Zeit bleibt, damit du unbeschwert mit deiner Schwester spielen kannst und ihr euch von den ganzen Strapazen erholen könnt. Ich hatte auch die Hoffnung, dass bis es soweit ist, meine Beine mir wieder gehorchen und ich selbst die Aufgaben übernehmen könnte. Toran hat aber recht. Es wird für sie zu gefährlich." Ja gut, das kann ich sehr gut verstehen, aber ohne die Wölfe würde es doch für uns richtig gefährlich werden, egal was sie geplant hatten.

„Toran und ich haben alles durchgesprochen, als er mich hierhin gebracht hat. Falls er es schaffen würde, euch ebenfalls zu retten, würde er mit eurer Hilfe auch die anderen befreien. Zu eurem Schutz hat er ja nun seine Krieger und Wächter dort postiert. Es wird für euch so vollkommen ungefährlich sein, zur Welpenhalle zurückzukehren und die Käfige zu öffnen. Die Wölfe werden irgendwie diesen Rodriquez und die anderen Menschen ablenken und dann alle hierhin bringen." Papa versuchte vergebens zuversichtlich auszusehen. „Was? Aber Papa!" Ich konnte das Zittern nicht verhindern und wusste auch nicht, was ich dazu sagen sollte. Das sollte ungefährlich sein? Und mir gefiel dieses „irgendwie ablenken" überhaupt nicht. Das sollte der geniale Plan sein? Ich fühlte mich nur absolut hilflos und entmutigt. „Nicht zu diesem Mann wieder zurück, Papa, nicht zur Welpenhalle, wenn er da ist!"

„Ich weiß, dass das sehr viel verlangt ist, mein Großer", Papa blickte mich direkt an. Das war also keine Bitte, sondern kam einem Befehl gleich. Oh nein! „Aber Toran versucht dafür zu sorgen, dass möglichst wenige der Menschen anwesend sind, vielleicht sogar gar keiner. Die Wölfe werden versuchen, die Straßen dorthin zu blockieren, wenn alles anfängt. Sie werden euch auch begleiten, aber nur ihr seid in der Lage, die Käfige zu öffnen. Das größte Problem ist aber nun, dass uns die Zeit wegen der Jäger davonläuft. Wenn die Wölfe fortmüssen, wird es für uns tatsächlich zu riskant und dann ist alles verloren. Wir würden es niemals alleine schaffen, unsere Freunde zu befreien oder den Transport ins Ausland zu verhindern. Wir müssen aktiv werden und zwar so schnell wie möglich!"

Das konnte ich zwar gut verstehen, aber es minderte meine Angst kein bisschen. Am liebsten wäre ich in irgendeine Ecke gekrochen und hätte mich für immer versteckt. So viel hing von mir und auch von Alma ab. Zum tausendsten Mal wünschte ich mir größer, kräftiger und älter zu sein – wäre wenigstens mein Bein wieder in Ordnung. Um meine Verzweiflung vor den anderen zu verbergen und mich abzulenken, suchte ich nach etwas, was ich zerkauen oder am liebsten vollkommen zerstören könnte. Ich schnappte mir meinen Ball und als ich wortlos an den anderen vorbei in den dunklen Garten lief, sah ich Mama und Condesa kurz einen Blick wechseln. Ja, sie konnten von mir denken, was sie wollten. Sie mussten ja nicht mehr zu diesem grauenhaften Mann zurück. Allerdings war es im Garten etwas zu dunkel für meinen Geschmack, so blieb ich neben der Treppe sitzen und kaute auf meinem Ball herum.

Condesa tauchte plötzlich neben mir auf. Natürlich musste ich auch noch vor Schreck zusammenfahren, weil ich sie gar nicht gehört hatte. Ja, ich war ein wahrhaftig mutiger Kämpfer. Ich kaute noch kräftiger, aber sogar der Ball leistete Widerstand und schien mich auch auszulachen. Grrr!

„Weißt du Arlo, wir haben alle Angst." Condesa berührte leicht meinen Kopf. „Es erscheint dir vielleicht so, wie zum Beispiel ich vollkommen ruhig wäre. Aber bei meinem Vorbesitzer habe ich gelernt, meine Gefühle zu verstecken, um bloß nicht aufzufallen. Sonst gab es immer Schläge oder Tritte, egal ob man etwas verkehrt gemacht hatte oder nicht." Ich schaute sie an. Nun als sie das gesagt hatte, merkte ich, dass ihre Augen doch ziemlich unruhig waren. Tritte und Schläge kannte ich ja auch nur zu gut. „Aber wenn wir alle zusammenhalten, fühlen wir uns stärker und sogar unbesiegbar."

„Ihr habt ja leicht reden", entgegnete ich leicht wütend. „Ihr musst ja nicht hin. Und wenn die Wölfe es nicht schaffen, uns zu beschützen, hat der böse Mann uns wieder in seiner Gewalt und seine Rache wird sicher schmerzhaft sein." Ich schauderte bei dem bloßen Gedanken daran.

„Ich weiß. Deswegen musst du ja auch nicht mit Alma alleine dorthin. Das käme überhaupt nicht in Frage. Ich bin nicht gerade die Mutigste, aber meine Angst darf nicht die Oberhand über meinen festen Willen euch zu helfen gewinnen. Dein Vater wollte dir gerade noch etwas erzählen. Nämlich, dass Luna und ich euch begleiten und dafür sorgen werden, dass im äußersten Notfall wir für eure Sicherheit garantieren. Mit einem Rodriquez werden wir schon fertig!" Das selbstbewusste und etwas rachsüchtige Lächeln beruhigte mich tatsächlich und erst dann kam die Botschaft bei mir an.

„Was? Ihr werdet mitkommen? Wirklich?" Ich hüpfte auf

und strahlte Condesa an. „Na sicher werden wir das, Arlo."
Ich war so erleichtert, dass ich ihr ein Küsschen gab – diesmal erreichte ich sogar ihre Schulter – und lief hinein. „Alma! Alma! Wach auf! Wir müssen nicht alleine zur Welpenhalle! Alma!" In meiner Aufregung hatte ich nicht daran gedacht, welchen Lärm ich machte. Natürlich wachte nicht nur Alma auf, sondern auch Terri. Condesa noch im Garten, die anderen auf der Terrasse und ich um Alma herum hüpfend. Das hatte ich ja wieder hervorragend geschafft – bloß keine unnötige Aufmerksamkeit auf uns zu ziehen.

15. IMMER WIEDER PROBLEME

Da die Erwachsenen zu wissen schienen, dass es im Früh-
jahr öfter regnete, hatten sie mit Toran vereinbart, auf die
nächste trübe Nacht zu warten. Dann wäre die Gefahr auf
Menschen zu treffen, am geringsten. Allerdings falls die
Wölfe etwas Alarmierendes bemerken sollten, würden wir
umgehend in Aktion treten. Weil ich nun wusste, dass
Condesa und Luna mitkommen würden, hatte ich viel von
meiner Angst verloren und wollte eigentlich nur, dass es
endlich losgeht. Wie immer machte die Warterei mir ziemlich zu schaffen – und wie immer, war meine Schwester unbekümmert wie eh und je.

„Arlo, schau wie weit ich meinen Ball treten kann!" Ob es
ihr überhaupt bewusst war, wie wenig Zeit uns blieb, als sie
so fröhlich hinter ihrem Ball herrannte. Für irgendwelche
Spielchen war ich viel zu aufgeregt. Ich konnte auch kaum
ruhig liegen bleiben oder mich auf irgendetwas konzentrieren. Alma dagegen schien sich keine Gedanken zu machen,
obwohl sie eigentlich die wichtigste Rolle in dem Plan
spielte. Zum Glück war uns rechtzeitig noch eingefallen,
dass wir Luna nicht nur zu unserem Schutz dort brauchten,
sondern sie musste Alma auch bei den Käfigen helfen. Diese waren nämlich aufeinandergestapelt und die oberen natürlich viel zu hoch für Alma alleine. Luna wäre ihre Leiter,
ich ihre Augen. Das hätte ja ziemlich doof ausgesehen,
wenn wir das erst in der Welpenhalle bemerkt hätten.

„Arlo, schau - ich kann hier auf der Treppe schwimmen!"
Nun war sie wieder auf ihrer Treppe im Schwimmbecken
und planschte hin und her. Unfassbar! Ich starrte sie an und
überlegte, ob sie nicht noch schwerere Schäden am Kopf er-
litten hatte als nur die Blindheit. Natürlich spürte sie durch
ihre komischen Zauberkräfte meinen Blick. „Was hast du,
Arlo? Magst du nicht auch ein bisschen ins Wasser kommen?"

„Du hast ja wirklich nicht mehr alle!", schnauzte ich sie an. „Andere machen sich hier Sorgen und bereiten sich auf den Plan vor – und du zwitscherst da nur fröhlich herum! Das nervt!" Ich schlug mit der Pfote so heftig aufs Wasser, dass ihr Kopf ganz nass wurde.

„Hey! Hör auf! Was hast du denn?" Alma stieg aus dem Wasser und schüttelte sich, natürlich wieder direkt neben mir. Grrr! Ich stupste sie so unsanft an, dass sie fast wieder ins Wasser gefallen wäre.

„Kinder! Nicht streiten! Arlo, lass deine Schwester in Ruhe!", rief Mama von der Terrasse aus. Ja, muss sie sich denn so blöd anstellen? Ich wollte sie noch mal stupsen, aber da kam Mama schon angelaufen. „Arlo!"

„Das ist doch nicht zu ertragen, wie sie da so dämlich rum hüpft! Mit dieser Nervensäge muss ich gleich in den Kampf ziehen und sie denkt wohl, es wird nur ein kleiner, netter Ausflug!" Na wunderbar, jetzt hatte ich wieder Tränen in den Augen – zwar vor Wut, aber trotzdem peinlich.

„Beruhige dich doch, Junge! So wird deine Schwester sicher nicht denken." Mama stellte sich zwischen uns, wohl zur Sicherheit. Ich starrte sie kurz an, wendete meinen Blick aber dann. Mama durfte ich natürlich nicht widersprechen. Alma winselte etwas Unverständliches. „Was möchtest du sagen, meine kleine Maus?" Ja das war passend, zumindest piepste sie wirklich wie eine. Als ich aber merkte, wie arm sie wirklich mit ihrem nassen Fell aussah, verflog meine Wut augenblicklich.

„Tut mir leid, Alma. Ich wollte dich nicht anfahren, aber diese Warterei macht mich total nervös und ja, Angst habe ich auch, obwohl wir nicht alleine sein werden." Ich legte mich hin und versuchte mich zu entspannen.

Alma hüpfte zu mir. „Ist schon gut, Bruderherz! Aber weißt du, jetzt haben wir ja noch Zeit zum Spielen und zum Spaß haben. Es bringt nichts, sich schon vorher so viele Sorgen zu machen. Das verdirbt nur jeden Tag."

„Ja sicher, aber...." „Nichts aber! Habe ich dir nicht schon mal gesagt, dass alles gut wird? Und es wurde alles gut! Genauso zuversichtlich bin ich jetzt auch! Ich fühle nur Glück und Freiheit auf uns zukommen!" Ach nee, nicht schon wieder dieses 'ich kann in die Zukunft sehen' -Zeug. Dazu hatte ich jetzt wirklich keine Nerven. Um mich abzureagieren, fing ich an, im Garten hin und her zu laufen. Allerdings wurde mir klar, dass das wohl nicht so eine gute Idee war, als ich Terri etwas zu Opa Gerhard sagen hörte.

„Das meinte ich eben. Die Hunde sind schon seit ein paar Tagen sehr unruhig. In der Nacht habe ich beobachtet, dass sie auch auf waren. Und Arlo scheint irgendwie besonders gestresst zu sein, er läuft ja ständig herum."

Opa Gerhard schaute mich an. „Vielleicht hat er wieder vermehrt Schmerzen in seinem Bein, obwohl die Operationswunde an sich sehr gut verheilt. Ich wollte eh die Tage mit ihm zur Kontrolle in die Klinik. Es wäre sicher sinnvoll, wenn du mitkommst. Die OP-Wunde von Haya muss ja auch nachgeschaut werden. Am besten fahren wir gleich heute." Das hatte ich nun davon.

„Aber warum die anderen so unruhig sind?", fuhr er fort. „Hmm....vielleicht ist da irgendetwas dran in der Nachricht über die Wölfe. Womöglich haben sie nachts irgendein Tier gerochen, ein umherirrender Wolf könnte natürlich die Nervosität erklären. Wir müssen sehr darauf achten, dass beide Tore, das am Zaun und das an der Mauer, gut verschlossen sind."

Beide Tore! Ich schaute zu Papa und erkannte, dass es ihm auch aufgefallen war. Wir hatten gerade ein neues Problem bekommen – nicht nur, dass ich zu dieser blöden Klinik musste, sondern dass wir an etwas überhaupt nicht gedacht hatten. Wie sollten wir es jemals schaffen, das zweite Tor an der Mauer mit den schweren Gitterstäben zu öffnen? Alma und ich würden problemlos durch die Stäbe hindurch steigen können, aber bei Luna und auch bei Condesa würde sicher nur eine Pfote dort hindurch passen. Bedeutete das jetzt, dass ich doch alleine mit Alma zur Welpenhalle musste? Als ich die Verzweiflung in Papas Augen sah, verließ mich der Mut vollkommen.

Luna und Condesa dösten friedlich auf der Terrasse und schienen nichts mitbekommen zu haben. Papa räusperte sich, worauf hin Luna die Augen öffnete und fragend um sich schaute. Auch Condesa war aufgewacht und sprang schnell auf, wie sie irgendeine Gefahr gewittert hätte. „Was ist los? Warum guckt ihr so sorgenvoll? Ist irgendetwas passiert?"

„Wir haben tatsächlich ein neues Problem, dessen Lösung aber vielleicht einfacher ist als zunächst gedacht." Papa robbte zu Luna. „Das Tor an der Mauer, Luna – wie kann man es öffnen? Du weißt es bestimmt."

So verdutzt wie Luna guckte, versprach das nichts Gutes. „Wie das Tor an der Mauer? Es geht immer automatisch auf, von alleine, wenn jemand durchgehen will."

„Das kann doch gar nicht sein", seufze Papa. „Ihr wart gerade in der Nacht an dem Tor, um Toran zu treffen. Da hat es sich nicht geöffnet.

„Ach, ja…" Mehr fiel Luna dazu anscheinend nicht ein.

Condesa schaute sich um, als würde sie etwas suchen. „Ich glaube, diese Tore funktionieren auf jeder Finca nach demselben Prinzip. Luna hat schon recht, es sieht aus, als würden diese von alleine aufgehen. Auch Frau Doktor Heising hat so ein Ding, sie nennt es Fernbedienung. So was habe ich auch bei anderen gesehen. Also entweder ist es ein Schalter an einer Wand oder so ein loses Gerät, was sie in ihrem Auto mitführt. Da drückt man drauf und dann geht das Tor auf."

Das leuchtete uns allen ein. Um zu überspielen, wie peinlich die Sache ihr war, fing Luna an, ihre Pfote zu lecken. Ein bisschen tat sie mir in diesem Moment leid. Das war schon ziemlich doof, aber woher hätte sie das auch wissen können – sie hatte ja früher keinen Grund gehabt, selbstständig die Tore zu öffnen. Ich setzte mich zu ihr hin, um zu zeigen, dass ich das nicht so schlimm fand. Dankbar schaute sie mich an. Ja, ist schon gut!

„Da!" Condesa zeigte mit ihrer Pfote auf die Wand direkt neben der Terrasse. „Das muss es sein! Von der Stelle aus kann man ja das Tor sehen und entscheiden, ob man es öffnen möchte oder nicht." Tatsächlich hing an dieser Wand ein kleines Gerät, das wie ein Telefon mit ein paar Knöpfen aussah. Und so ein kleiner Knopf sollte es ermöglichen, von hier aus das Tor zu öffnen? Ich wusste nicht, ob ich wirklich daran glauben sollte. So etwas hatte ich noch nie gehört oder gar gesehen, obwohl ich zugeben musste, dass es wohl noch ziemlich viel gab, was ich nicht kannte. Papa sah aber auch skeptisch aus.

„Ach deswegen stehen meine Menschen immer an der Wand, wenn Besuch kommt!" Luna machte große Augen. „Ich habe gedacht, dass es einfach ein Beobachtungsposten ist, damit einen keiner überraschen kann." Ich gab Luna leise zu verstehen, dass es vielleicht besser wäre, nichts weiter zu dem Thema zu sagen. Etwas verlegen setzte sie sich wieder hin.

„Vielen Dank für deine klugen Beobachtungen, Condesa!" Papa nickte anerkennend mit seinem Kopf und machte dadurch auch Condesa verlegen. Sie war wohl nicht daran gewöhnt, Lob zu bekommen. „Gern geschehen", flüsterte sie.

„Um ganz sicher zu sein, müssten wir das irgendwie ausprobieren", fuhr Papa fort. „Oder wenigstens die Menschen dabei beobachten, wenn jemand rein oder raus will. Ich bezweifle deine Informationen auf gar keinen Fall, liebe Condesa. Es steht nur so viel auf dem Spiel, wir müssen absolut sicher sein, dass unser Plan funktioniert."

Ich ließ lieber unerwähnt, wie viele andere Möglichkeiten es noch gab, dass irgendetwas schiefgeht: wenn die Wölfe wegmussten, wenn diese furchtbaren Menschen doch alle dort waren, wenn dieser Transport schon früher losfuhr, wenn...

Alma rannte mit Mama auf die Terrasse. „Arlo! Nicht Trübsal blasen!" Manchmal war sie schon ein bisschen unheimlich. „Worüber redet ihr? Ich habe etwas von einem Knopf gehört. Knöpfe sind ja einfach zu drücken, das haben wir auch geübt, weißt du noch, Arlo?" Wie hätte ich das vergessen können? Es hatte verschiedene Knöpfe gegeben, für die Show natürlich – für eine Lampe, für einen Wecker, für ein Radio. Alles zur Belustigung der Zuschauer, die nicht ahnten, mit wie vielen Schlägen uns auch diese Tricks beigebracht worden waren. Ich müsste eigentlich alle Knöpfe hassen, aber diesen Zauberknopf für das Tor wollte ich unbedingt näher kennenlernen. Das erwies sich allerdings wieder einmal als nicht so einfach, weil der Knopf natürlich für unsereins unerreichbar hoch lag.

„Ich soll hier noch heiter und fröhlich umherspringen, wo jede wichtige Aufgabe einfach unmöglich zu erfüllen ist. Wenn mein..."

„Arlo, NEIN!" Alma unterbrach mich bevor ich meinen Satz beenden konnte. Ich hätte fast gesagt, wenn mein Vater wie der Anton wäre, wäre ich auch nicht so ein erbärmlicher Winzling! Das hätte ich jetzt nicht im Ernst gerade um ein Haar laut gesagt – oder besser gesagt raus gebrüllt, oder? Wie konnte ich überhaupt so einen Gedanken zulassen! Meinen Papa würde ich niemals im Leben tauschen wollen, niemals – am allerwenigsten wegen der Größe. Ich schämte mich zutiefst und um dem mahnenden Blick von Alma auszuweichen, drehte ich mich um. In meiner Aufregung stolperte ich über meine eigenen Füße und fiel direkt auf Papas Hinterpfoten.

„Entschuldige, Papa, ich entschuldige mich für alles! Ich bin so doof und ungeschickt", stotterte ich den Tränen wieder mal nahe.

Mama wollte gerade zu Papa laufen, als dieser ziemlich verblüfft sagte: „Junge, mach das bitte nochmal!" Was? Ich verstand kein Wort. „Ja, mach schon, trete bitte nochmal auf meine Hinterpfote!" Ich drückte vorsichtig seine Pfote. „Fester! Ja! Genauso!" Papa fing an zu lachen. Wir anderen standen nur still um ihn herum und jedenfalls ich machte mir um seinen Geisteszustand sehr große Sorgen. Vielleicht war dieser Stress einfach für uns alle zu viel.

Mama bewegte sich in die Richtung von Papa, aber auch ziemlich vorsichtig. „Liebling, ist alles in Ordnung? Sollen wir versuchen, gemeinsam in den Garten zu gehen und uns auszuruhen?"

„Nein, nein...", gluckste Papa vor Lachen. „Ich...das war...ich kann es nicht glauben..." Wir wechselten irritierte Blicke. Ich sah, dass Mama auch etwas Abstand zu ihm hielt. Endlich beruhigte er sich etwas. „Haya, meine Liebste... ich konnte den Tritt spüren! Ich konnte ihn ganz deutlich spüren!" Riesen Freude brach unter uns aus, wir sprangen herum und jaulten und bellten vor Glück! Natürlich kamen Terri, Oma und Opa umgehend gucken, was bei uns los war. Papa befahl mir nochmal auf seine Pfoten zu treten und jaulte, als ob es ihm weh getan hätte.

Mehr brauchte Opa Gerhard nicht zu sehen. „Das ist ja endlich ein Fortschritt! Habt ihr das gesehen? Die Nerven anfangen sich zu regenerieren! Paison hat wieder Gefühl in seinen gelähmten Beinen! Das ist ja wunderbar! Ich wollte ja soeben mit dem Jungen und Haya in die Klinik fahren – am besten nehmen wir Paison gleich mit! Doktor Morales will das sicher mit seinen eigenen Augen sehen. Ein paar Untersuchungen müssen eh gemacht werden, um wirklich Gewissheit zu bekommen."

Er kniete sich zu Papa hin und streichelte seinen Kopf. Alma hüpfte natürlich wieder zu Terri. Meine Freude wurde allerdings etwas getrübt, weil ich in der Aufregung völlig vergessen hatte, dass ich ja gleich zu dieser Klinik musste. Aber wenigstens würden meine Eltern mich begleiten.

16. EIN KLEINER UNFALL MIT EINEM HOSENBEIN

Condesa hatte tatsächlich recht mit dem Tor gehabt. Als wir losfuhren, sahen wir Opa Gerhard ein kleines Gerät im Auto bedienen und das Tor öffnete sich wie von Zauberhand. Es war anzunehmen, dass auch dieser Knopf auf der Finca das Tor öffnen konnte. Als wir durch das Tor gefahren waren, schloss es sich wieder anscheinend automatisch. Nun gut, das Prinzip hatten wir verstanden, aber wie sollten wir es schaffen, den Knopf zu drücken? Luna und Condesa mussten ja mit Alma und mir vor dem Tor warten, blieben also nur Mama und Papa übrig – und sie würden genauso wenig dort herankommen wie ich. Wir überlegten die ganze Fahrt zur Klinik, aber bis zu unserer Ankunft war uns noch keine Lösung eingefallen. Es blieb auch keine Zeit mehr für weitere Überlegungen, weil wir schon vom Parkplatz aus sahen, wie dieser Mateo zu uns eilte.

„Opa! Was will der jetzt wieder wohl?" Terri leinte Mama und mich an und hob uns aus dem Auto. Opa Gerhard trug Papa in Richtung Klinik, aber er sah auch nicht besonders erfreut aus.

„Ach, da sind Sie ja schon! Einen schönen Guten Tag, Doktor Schneider. Hallo, Theresa." Wenn Blicke töten könnten, wären wir das Problem Mateo augenblicklich los gewesen. „Mein Vater hat mich soeben darüber informiert, dass Sie kommen und uns ein Wunder präsentieren wollen. Oder es geht ja nicht um ein Wunder, sondern um das Können unserer Ärzte! Was für ein großartiger Erfolg für unsere Klinik!"

„Ja, es sieht tatsächlich so aus, dass Paison große Fortschritte gemacht hat. Wir haben auch tagtäglich die Wassertherapie durchgeführt und..."

„Gewiss, gewiss...", unterbrach dieser unverschämte Mateo Opa Gerhard. „So was ist ja auch sicher gut, aber ohne die hervorragende Leistung unserer Klinik wären wir ja nicht soweit. Ich bin Ihnen entgegengekommen, weil ich ein Foto von Ihnen und dem Patienten vor unserer Klinik machen möchte. Es wird gleich in den sozialen Medien veröffentlicht!"

Er drückte eine digitale Kamera in Terris Hand, die sie etwas verblüfft annahm. „Kommen Sie, Doktor Schneider, stellen Sie sich bitte neben mich hin. Das wird ein schönes Foto von uns. Sorgen Sie Theresa bitte dafür, dass der Name unserer Klinik gut zu sehen ist!" Mateo grinste breit.

Etwas widerwillig machte Terri ein paar Fotos und ging dann mit uns wortlos an ihm vorbei in die Klinik, nur um an der Tür fast mit der Freundin von Mateo, Isabella Fernandez, zusammenzustoßen. Das wurde ja immer besser. Vorsichtshalber knurrte ich leise. „Mama, aufpassen!"

Mama sah mich etwas fragend an, aber sofort als diese Isabella ihren Mund aufmachte, begriff sie, wen sie vor sich hatte. „Ach, da ist ja mein Mateo!" Terri lief etwas rot an und versuchte wohl, etwas Vernünftiges zu sagen, aber heraus kam nur ein komisches Röcheln. „Aber guten Tag, Fräulein Schneider – oder ich darf sicher Theresa sagen! So trifft man sich wieder. Sehr schön!" Sie besaß sogar die Frechheit, Terris Arm anzufassen. Ich knurrte nun richtig laut und auch Mama horchte auf. „Ja, ja – Ihr kleiner Bodyguard ist wieder im Dienst. Wie witzig, einen Straßenköter so zu dressieren", kicherte sie. Bevor ich ihr zeigen konnte, wie witzig meine Zähne waren, schubste Mama mich mahnend leicht an.

Terri hatte ihre Stimme wieder im Griff. „Ja wirklich, wie schön ist das denn, Sie wiederzusehen Isabella!" Sie konnte aber gut schauspielern, das musste ich zugeben. „Besuchen Sie wieder Ihren Mateo?" Da ich deutlich riechen konnte, wie angewidert Terri von dieser Isabella war, fürchtete ich, dass sie sich gleich übergeben würde. Vorsichtshalber trat ich ein paar Schritte zur Seite.

Mateo und Opa Gerhard mit Papa gesellten sich zu uns.

„Ach mein Schatz, du bist da!" Mateo legte seinen Arm um diese Isabella. Terri machte wohl unabsichtlich ein leises würgendes Geräusch. Ich entfernte mich so weit von ihr, wie die Leine es gestattete.

„Doktor Schneider, darf ich Ihnen meine liebe Freundin Isabella Fernandez vorstellen – Isabella, Doktor Schneider ist ein großer Freund unserer Klinik und der Tiere, wie man unschwer an diesen hier sieht." Er zeigte auf uns. „So verwahrlost wie diese waren und welch großartige Arbeit unsere Klinik auch bei solchen Straßenhunden geleistet hat. Und nun dürfen sie bei Doktor Schneider und seiner Familie genesen." So wie es dein Verdienst gewesen wäre, blöder Angeber. Du hättest uns am liebsten gleich in eine Auffangstation geschickt. Isabella und Opa Gerhard gaben sich die Hand.

„Davon habe ich gehört, Doktor Schneider. Sie haben ein sehr großes Herz. Ich selber hätte sicher nicht die Geduld oder die Zeit, die man in solchen Fällen braucht. Manchmal fragt man sich sicher, ob sich das alles noch lohnt. Sicher, bei hochwertigen Hunden von einem guten Züchter, aber so..." Isabella blickte uns mit deutlicher Abscheu in den Augen an. Komisch, dass die Menschen immer noch nicht erkannten, wie falsch diese Frau war.

„Aber in diesem Fall hat mein Mateo mit seinem Team ja hervorragende Arbeit geleistet. Ach, Liebster, ich habe etwas Leckeres zum Mittag mitgebracht. Du hast sicher wieder soviel Arbeit, dass du gar nicht zum Essen gekommen bist. Ich habe es auf deinen Tisch gestellt. Aber nun muss ich zurück in die Firma, Transportlogistik macht sich ja nicht von selbst! Bis demnächst!" Isabella winkte und ging eifrigen Schrittes weg, wobei sie fast auf Mama getreten wäre - sicher mit voller Absicht.

„Nun ja, dann wollen wir mal", Opa Gerhard deutete in Richtung Klinikempfang.

Mateo tat höflich und hielt uns die Tür auf. „Mein Vater

erwartet Sie bereits. Er will sich selbst davon überzeugen, welche hervorragende Arbeit er mit Frau Doktor Heising geleistet hat. Ist das ein schöner Tag!"

Ich hörte Terri deutlich mit ihren Zähnen knirschen. Eigentlich sollte sie an diese Aufgeblasenheit von Mateo gewöhnt sein, sie arbeitete schließlich auch mit ihm zusammen in der Klinik. Wenn ich das machen müsste, würde ich sicher täglich Anfälle bekommen. Vielleicht könnte ich ihm unauffällig an sein Bein pinkeln, so als Unterstützung für unsere Terri. Er stand ja auch gerade passend am Empfang und diskutierte noch mit Opa Gerhard. Ich trippelte hin und hob mein Bein – Volltreffer!

„Arlo!", rief Mama empört. Doch ich sah, dass sie am liebsten laut gelacht hätte, genau wie Terri. Sie musste sich schnell umdrehen und ihr Lachen mit aller Gewalt unterdrücken.

Langsam begriff auch Mateo, was soeben passiert war. „Was...? Das darf nicht wahr sein...ernsthaft jetzt!", regte er sich auf. Ich grinste ihn breit an – na, kleine Erfrischung bei diesem Wetter tut gut, oder? „Also – wenigstens stubenrein sollten diese Köter schon sein. Der Welpe sieht ja sogar noch belustigt aus – das ist ja unerhört. Ich habe gleich eine wichtige Besprechung und so kann ich da nicht hin!" Er schüttelte sein Bein angewidert.

Doktor Morales kam den Gang entlang und hatte anscheinend mitbekommen, was passiert war. „Halb so schlimm, Mateo. Das ist schließlich eine Tierklinik und solche kleinen Unfälle sind ja bei uns Alltag. Nimmst dir einfach eine Klinikhose und bringst deine dann in die Reinigung." Ohne ein weiteres Wort zu sagen entfernte Mateo sich, aber nicht ohne vorher noch einen wütenden Blick in Terris und in meine Richtung zu werfen. Terri gab mir ein Leckerlie und streichelte kurz meinen Kopf, was ich in dem Moment ihr fast gerne erlaubte.

„Ja, Doktor Schneider, ich habe die guten Nachrichten

schon gehört." Doktor Morales wandte sich zu uns. „Ich würde gerne all die kleinen Patienten selber untersuchen, der Bruch von dem Welpen war ja auch etwas kompliziert und die Hündin hätten wir fast verloren. Und dass der Rüde solche Fortschritte gemacht hat, würde Frau Doktor Heising sicher auch gerne erfahren. Sie ist leider noch in Deutschland."

„Wir sind Ihnen beiden sehr dankbar," erwiderte Opa Gerhard. „Ich habe eigentlich gedacht, dass eine Heilung besonders bei Paison aussichtslos sei. Aber wie es scheint, geht es Berg auf. Schade, dass Frau Doktor Heising ausgerechnet jetzt wegen einer familiären Angelegenheit nicht anwesend sein kann."

„Familiäre Angelegenheit? Ja das mag schon sein, aber der Hauptgrund ihrer Reise ist ja, dass sie mit einem Züchterverband eine Hundeausstellung vorbereitet. Sie hat zudem zugesagt, auch als Preisrichterin bei dieser internationalen Ausstellung zu fungieren. Es soll ein ziemlich neuer Verband sein, welcher aber schon gute Arbeit geleistet hat, was die Qualität der Zucht und die EU-weiten Bestimmungen betrifft." Doktor Morales führte uns in ein Behandlungszimmer.

„Ach ich wusste gar nicht, dass unsere Silva sich auch in diesen Bereichen engagiert", sagte Opa Gerhard etwas verblüfft. „Es ist natürlich gut, dass bei so einer Ausstellung eine international anerkannte Tierärztin anwesend ist und diese betreut. Sehr interessant. Wissen Sie, um welchen Verband es sich handelt?"

Doktor Morales überlegte kurz. „Hmm....er hat einen englischen Namen, wie war der noch gleich...ach, ja, 'European Dog Alliance'!"

„Das ist der Verband, den Oma neulich erwähnt hat, oder?" Terri sah etwas besorgt aus. Opa Gerhard gab ihr zu verstehen, dass sie nicht weitersprechen sollte.

„Mag sein, dass Martha darüber in ihren Artikeln etwas geschrieben hat, sie stellt ja oft quasi Neulinge vor. Mit welchem Patienten möchten Sie anfangen, Doktor Morales?" Er versuchte das Thema ganz schnell zu wechseln.

Während Mamas Operationswunde untersucht wurde und wohl irgendwelche Fäden entfernt wurden, unterhielt ich mich leise mit Papa. „Du erinnerst dich auch daran, oder?" Ich nickte. Papa war sehr ernst geworden. „Das ist der Name von dem Verband, dessen Mitglieder – oder wenigstens einige von denen – in dem Verdacht stehen, irgendwas mit der illegalen Welpenproduktion zu tun zu haben. Und bei denen sollen auch diese gefälschten Dokumente aufgetaucht sein."

„Ja, ich weiß, Papa. Wenn diese Silva mit denen zusammenarbeitet, ist sie sicher diejenige, die die Dokumente und den Stempel der Klinik gestohlen hat, oder nicht? Und diejenige, die auch mit dem furchtbaren Mann in unserer Welpenhalle zusammenarbeitet." Ich konnte es nicht fassen, sollte es wirklich die Silva von unserer Condesa sein? Arme Condesa!

„Ja – mit diesem Rodriguez – so sieht es tatsächlich aus. Aber beweisen können wir das immer noch nicht. Unsere Terri macht sich sicher auch Gedanken. Wir müssen zuerst Mal abwarten, ob ihr etwas einfällt. Unsere dringlichste Aufgabe ist nun die Rettung unserer Freunde."

Beweisen konnten wir tatsächlich nichts. Unser Wissen darüber, dass es eben in dieser Klinik einen Betrüger – oder wohl besser eine Betrügerin – gab, nützte uns wenig. Auch die Verbindung von dieser Person zu diesem Welpenhallenmann war eine Tatsache, aber wie würden wir das alles jemals den Menschen begreiflich machen können? Bevor ich weiter grübeln konnte, wurde ich von Terri hochgehoben und auf den Behandlungstisch gesetzt. Knurrr!

„Unser Arlo ist noch sehr menschenscheu, er muss schlimme Erfahrungen gemacht haben", sagte Opa Gerhard zu Doktor Morales, der es sich besser zweimal überlegen sollte, ob er mich wirklich anfassen wollte. Knurrr!

„Ich vermute auch, dass die Vorbesitzer nicht besonders sanft mit ihm umgegangen sind." Ja genau du schlauer Doktor, knurrr! „Ist ja gut, ich fasse dich ja jetzt noch nicht an." Ist auch für deine Gesundheit besser so! „Dieser Bruch in seinem Bein wurde höchstwahrscheinlich von einem heftigen Tritt verursacht. Aber ich bin sicher, dass er wieder vollkommen verheilen wird. Die Wunde soll kontrolliert und die Fäden entfernt werden." Ja, versuch es ruhig mal, knurrr! „Terri, das können Sie übernehmen."

Das hörte sich schon etwas besser an, aber ich würde mit Sicherheit keinen an meinem Bein herum fummeln lassen, knurrr! „Holen Sie sich zuerst Mal einen kleinen Maulkorb und schmieren Sie diesen ordentlich mit der Leberwurst aus dem Kühlschrank ein – dann ist der Welpe zuerst mal abgelenkt."

Ach, Leberwurst? Die könnte mir schon schmecken, aber was ist wohl ein Maulkorb? Als Terri zurückkam, duftete es schon herrlich. Ich fing an zu sabbern und als Terri mir ein schwarzes Ding direkt vor meine Schnauze hielt, konnte ich nicht widerstehen. Das war aber eine ordentliche Portion Leberwurst! Ob Mama und Papa auch etwas davon haben möchten? Aber sie nickten mir nur zu. Na denn! Ich steckte meine Schnauze in dieses Ding hinein und fing an zu lecken. Terri befestigte es mit einer Schnur oder so hinter meinen Ohren und nahm ihre Hände weg. Ja, sie wusste wenigstens sich zu benehmen! Das schmeckte aber auch herrlich, obwohl es ziemlich kompliziert zu essen war. Dieses Korbding hatte ganz kleine Löcher und Spalten, wo die Leberwurst drin feststeckte. Da ich alle Mühe hatte, die Wurst restlos in meinen Magen zu bringen, fühlte ich zwar, dass Terri sich an meinem Bein zu schaffen machte, aber das war in diesem Moment vollkommen nebensächlich.

„So genau richtig – die Fäden sind gezogen und es verheilt alles gut," stellte Doktor Morales zufrieden fest. „Noch die

Schiene wieder anlegen und dann sind wir mit ihm zuerst mal fertig." Gleich darauf hob Terri mich wieder herunter und nahm diesen Korb von meiner Schnauze und das, obwohl in einer Ritze noch Leberwurst steckte. Gerade wollte ich lautstark protestieren, aber als Terri mir ein anderes Leckerlie zusteckte, überließ ich ihr die Reste der Wurst.

Bei Papas Untersuchung wurde festgestellt, dass er tatsächlich in seinen Beinen wieder Gefühl hatte. „Das ist ein großer Erfolg!", freute auch Doktor Morales sich sichtlich. „Wenn Sie sich weiterhin die Zeit nehmen und mit ihm arbeiten, wird er womöglich in naher Zukunft seine Beine wieder bewegen können. Ob er aber wirklich irgendwann wieder laufen kann, wird sich erst mit der Zeit zeigen. Abgesehen von der Fysio- oder Wassertherapie können wir ihm aus medizinischer Sicht nicht weiterhelfen. Und auch eine weitere Operation würde ihm nicht nützen."

Papa sah so zuversichtlich aus, dass ich versuchte, meine Zweifel zu verbergen. Vielleicht würde eines Tages noch alles gut, auf jeden Fall musste er nicht mehr in der Klinik bleiben, um aufgeschnippelt zu werden. Darüber konnte man sich tatsächlich freuen. Als Opa Gerhard und Terri gerade dabei waren, sich zu verabschieden, musste natürlich dieser Mateo noch einmal auftauchen. Vorsichtshalber knurrte ich kurz.

„Ach gib Ruhe, Welpe!" Genauso angewidert wie er mich ansah, schaute ich zurück. „Nun, was ich noch sagen wollte, bevor dieser Winzling meine Hose ruinierte – wie Sie sich gewünscht haben, Theresa, habe ich einen Termin mit Señor Rodriguez vereinbart. Wenn es Ihnen passt, können wir ihn schon morgen besuchen. Er hat mir nämlich erzählt, dass er bald für eine Weile verreist ist. Und da meine Isabella diese Hunde so niedlich findet, wird sie uns auch begleiten!"

„Ähm ja", stotterte Terri und sah alles andere als erfreut aus. „Das ist ja sehr kurzfristig, aber wenn er dann verreist

ist. Morgen habe ich Frühdienst und danach muss ich noch zurück auf die Finca, weil ich unseren Arlo hier gerne mitnehmen würde." Sicher, aber ob ich gerne mitkommen würde, war eine völlig andere Frage.

„Ach muss das wirklich sein?" Mateo zeigte auf mich. Zum ersten Mal war ich einer Meinung mit ihm. „Aber wenn Sie meinen.... Señor Rodriguez ist ja auch so tierlieb, er hat sicher nichts dagegen, wenn wir unsere Hunde mitbringen. Vielleicht hat er sogar eine Ahnung, woher diese Mischlinge stammen, wenn seine schon so ähnlich aussehen sollen. Und für meinen Rudi ist so ein Ausflug eine willkommene Abwechslung." Das wurde ja immer besser – auch noch der hibbelige Rudi sollte mit. Ich seufzte. Aber mit Sicherheit würde die Tierliebe des Mannes sich in Grenzen halten, wenn er mich wiedererkannte.

„Wir holen Sie dann ab, Theresa, und fahren gemeinsam hin. Meine Freundin wird sich sehr freuen, wenn sie die Möglichkeit hat, Sie besser kennenzulernen!"

„Ja sicher", erwiderte Terri. „Die Freude ist ganz meinerseits." Allerdings hörte sich Vorfreude für mich völlig anders an.

17. EIN FURCHTBARER VERDACHT

Als Condesa erfuhr, welchen Verdacht wir gegenüber ihrer Silva hegten, war sie untröstlich. Auch Luna und Alma konnten es kaum glauben. Wir saßen eine Weile stillschweigend zusammen, weil wir ihre Enttäuschung gut nachfühlen konnten. Dass einen ein Mensch so sehr verletzen kann, auch ohne körperliche Gewalt auszuüben, war für uns alle keine Überraschung. Sogar meine immer sonst so nervig fröhliche Schwester war betrübt und anscheinend in Gedanken versunken. Wie ich gleich jedoch erfahren sollte, hatte sie aber ganz andere Sorgen.

„Kann ich nicht morgen doch mit – wenn auch Rudi dabei ist? Mama?"

Immer dieser Rudi! Er war ja schon irgendwie in Ordnung, aber es gab im Leben auch noch was anderes, zum Beispiel einen Bruder, der für einen immer da gewesen ist und es heute noch war. Außerdem hatten wir ja in dem Moment ein größeres Problem als ihre kindische Schwärmerei.

„Ach Liebes, das kann nur Terri entscheiden", Mama tätschelte Almas Kopf. „Es kann auch zu gefährlich werden, wir wissen ja, wozu dieser Mann fähig ist."

„Anscheinend nicht nur er", bemerkte Condesa traurig. „Und ich habe in all den Jahren nichts geahnt. Dass sie einen sehr konsequenten Erziehungsstil hat, hat mich nicht so gestört. Aber dass sie mit so einem herzlosen Mann zusammenarbeitet, das hätte ich wirklich nicht gedacht. Ich weiß überhaupt nicht, was ich jetzt machen soll."

Papa schien auch Mitleid mit ihr zu haben. „Aber Condesa, wir wissen ja noch nichts Genaues. Dass sie dort als Richterin tätig ist, ist ja kaum ein Beweis dafür, dass sie von den illegalen Machenschaften von diesem Rodriguez weiß oder gar mit ihm unter einer Decke steckt. Es ist vielleicht nur ein komischer Zufall und die Sache wird sich noch klären."

Condesa sah nicht sehr überzeugt aus, aber auch die Menschen hatten ihre Bedenken. „Wie ich Terri schon in der Klinik zu verstehen gegeben habe, können wir nicht andauernd Doktor Morales und sein Team verdächtigen,“ betonte Opa Gerhard. „Es gibt ja tatsächlich mehrere tierärztliche Kliniken, die nach einem Heiligen benannt worden sind. Wir gefährden unsere guten Beziehungen, nicht nur wenn eines unserer Tiere Hilfe benötigt, sondern auch die privaten. Ich kann wirklich nicht glauben, dass unsere Silva mit dieser ganzen Geschichte etwas zu tun haben soll.“

Das konnten wir eigentlich auch nicht glauben, aber merkwürdig war das schon. Ich wünschte für Condesa, dass das alles sich irgendwie anders erklären ließ. Es wäre furchtbar zu wissen, dass man mit einem durch und durch bösartigen Menschen zusammenleben musste.

„In der Klinik habe ich nichts Verdächtiges gesehen, das stimmt schon“, sagte Terri nachdenklich. „Da ist ja nur dieser Flyer von diesem Rodriguez, auf dem meines Erachtens genau unsere vier Hunde abgebildet sind. Egal was er selber sagt, ihm glaube ich wirklich nicht! Aber dass unsere Silva da beteiligt sein könnte, das glaube ich noch viel weniger. Das passt echt nicht zu ihr.“

„Ich weiß auch nicht, welchen Sinn das alles haben sollte“, sagte Oma Martha kopfschüttelnd. „Als eine angesehene Tierärztin mit einer guten Stellung hat man für so was kein Motiv, oder?“

„Na ja – wer weiß“, seufzte Terri. „Manchmal spielt Geld eine große Rolle. Tatsache ist nun mal, dass sie als Richterin bei dieser Ausstellung fungiert. Und dass diese deutsche Tierschützerin – wie heißt sie gleich noch mal – ach, Frau Mittenröder – genau diesen Verband, der die Ausstellung organisiert, im Verdacht hat. Das ist schon ein komischer Zufall, oder?“

Terri tippte etwas in ihren Laptop und für ein paar Minuten schwiegen alle. Dann bemerkte ich, wie Terri etwas blass wurde. „Die Ausstellung von dieser European Dog

Alliance findet dieses Wochenende statt. Hier stehen auch alle Teilnehmer aufgelistet – viele Züchter aus dem Ausland, einer von ihnen ist Señor Jose Rodriguez! Das ist die Verbindung zwischen ihm und Silva!"

„Zeig mal her", bat Opa Gerhard. „Hier steht ja auch, dass es der Zweck dieser Ausstellung ist, neue Mischlingsrassen von anerkannten europäischen Züchtern vorzustellen, um so die Möglichkeit zu erhöhen, diese als eigene Rassen anerkannt zu bekommen. Eben auch aus diesem Grund sind mehrere Richter und Richterinnen aus dem Ausland eingeladen worden. Das hört sich für mich eigentlich sehr vernünftig an."

„Ich weiß nicht so recht, Gerhard." Oma Martha blätterte in ihren Notizen. „Dass diese Züchter so in die Öffentlichkeit treten, ist natürlich ein Zeichen von ihrer Seriosität. Vielleicht verdächtigen wir diesen Rodriguez wirklich ungerecht. Wenn er seine Zuchthunde dort freiwillig präsentiert, müssen ihre Papiere in Ordnung sein. Und vielleicht nimmt Silva nur aus beruflichem Interesse daran teil."

Das durfte nicht wahr sein! Falls die Menschen nun anfingen, diesem Mann zu glauben, würde das bedeuten, dass wir mit keinerlei Hilfe rechnen konnten. Das war nun keine Überraschung, aber man hatte ja noch hoffen dürfen. Papa schüttelte den Kopf. „Damit darf er nicht durchkommen. Wir wissen, wie böse dieser Mann ist."

Terri schien nicht so überzeugt zu sein. „Aber Oma – erstens sind da die gefälschten Papiere, die auf unsere Gegend hindeuten und zweitens sehen unsere vier genauso aus, wie auf dem Flyer und gehorchen auch diesen Namen: Paison, Haya, Alma und Arlo!" Wir wedelten zur Unterstützung mit unseren Schwänzen – außer Papa, der mit der Pfote winkte. „Ja, habt ihr das gerade gesehen! Das müssen dieselben Hunde sein und in welchen erbärmlichen Zustand sie waren, zeigt doch, dass dieser Rodriguez sehr gemein sein muss." Wir stimmten ihr jaulend zu. Terri lächelte uns an.

„Das sieht tatsächlich so aus, Terri", meinte Oma Martha auch. „Aber es kann gut sein, dass unsere Silva nur zufällig eine Einladung bekommen hat, dort als Richterin zu fungieren. Und noch was: wie erklärst du dir die Tatsache, dass diese Hunde vor unserem Tor aufgetaucht sind, obwohl die Finca von Rodriguez meines Erachtens mehrere Kilometer entfernt liegt? Das ist doch eigentlich unmöglich." Da konnte Terri auch nur schweigen.

„Ich habe die ganze Zeit gesagt, dass ihr euch irgendwo hineinsteigert, was den Tatsachen nicht entspricht", betonte Opa Gerhard. „Nicht nur Paison – auch die anderen waren bei ihrer Ankunft hier in einem so schlimmen Zustand, dass sie unmöglich diese Strecke hätten alleine bewältigen können."

Terri versuchte es noch mal. „Es gibt aber auch Sachen, die wir vielleicht nicht verstehen, die aber trotzdem möglich sind. Ihr habt doch selbst mehrmals gehört, wie Luna in die Berge heult, wenn sie einen Wolf hört. Egal was ihr meint, aber für mich ist das eine Art von Kommunikation." Sie hatte sogar Tränen in den Augen, wohl aus Frust. Dieses Gefühl kannte ich nur zu gut. Aber ihr Gedankengang war schon interessant. „Außerdem hat ja dieser Rodriguez gesagt, dass die Wölfe ihn bedroht hätten...nur ihn...außer ihm hat ja kein Mensch irgendeine Wolfssichtung gemeldet, sonst hätten wir es in den Nachrichten gehört. Das muss doch alles in irgendeinem Zusammenhang stehen!" Wenn du nur wüsstest, wie Recht du hast!

Terri versuchte ihre Gefühle zu kontrollieren und atmete tief durch. „Ich werde auf jeden Fall morgen zu ihm fahren. Vielleicht entdecke ich irgendwelche Beweise oder kann wenigstens mit eigenen Augen sehen, wer dieser berühmte Züchter ist und wie seine Zucht aussieht."

Oma Martha erhob sich und ging ins Arbeitszimmer. „Ich muss mich nochmal mit Frau Mittenröder in Verbindung setzten. Dass dieser Verband nun so eine öffentliche Ausstellung organisiert, zeigt mir eigentlich, dass sie nichts zu verbergen haben. Aber fahr du ruhig zu diesem Rodriguez. Es schadet ja nicht, ihn etwas genauer unter die Lupe zu nehmen."

Papa nickte Condesa zu. „Siehst du – es kann gut sein, dass deine Doktor Heising einfach nur als Richterin dort tätig ist und sonst nichts mit diesem Rodriguez zu tun hat. Obwohl wir wissen, dass jemand in der Klinik mit ihm telefoniert hat und mit Sicherheit mit ihm zusammenarbeitet, kann es doch jemand anders sein." Condesa lächelte aber sah nicht besonders überzeugt aus. „Oder hast du sie jemals mit dem Mann reden gehört? Oder sie gar beide zusammen gesehen?"

Condesa schüttelte den Kopf. „Nein, das nicht. Aber alles bekomme ich ja gar nicht mit, weil sie öfter in ihr Arbeitszimmer geht und die Tür zumacht. Dort darf ich nicht hinein, weil sie meint, ich könnte wichtige Unterlagen durcheinanderbringen oder so." Na, da hatte sie aber eine feine Besitzerin. Obwohl ich froh war, wenn die Menschen nicht in meine Nähe kamen, wollte ich darüber trotzdem selber entscheiden können und nicht einfach so ausgeschlossen werden. Das alles bedeutete aber nicht, dass diese Silva eine Betrügerin war. Wir brauchten wirklich pfotenfeste Beweise und am liebsten solche, die die Menschen auch verstehen würden.

Wir schlenderten alle wieder in den Garten. Opa Gerhard half Papa in den Rollwagen und er fing an, seine Runden zu drehen. Die anderen Erwachsenen legten sich in den Schatten, um sich noch vor dem Abendessen auszuruhen. Viel zu sagen gab es ja auch in diesem Moment nicht mehr, keiner wusste wohl wirklich weiter. Alma setzte sich neben mich.

„Du, Arlo...", fing sie an. Mir war vollkommen klar, was jetzt kam. „Ich würde morgen so gerne mitkommen." Ja, da hatte ich wieder mal recht gehabt. „Vielleicht hilft es unserer Sache, wenn der grauenhafte Mann uns beide sieht.

Vielleicht regt er sich dann so sehr auf, dass er irgendetwas verräterisches sagt. Vielleicht können wir so Terri helfen...vielleicht...“

„...und vielleicht wäre es nett, weil dein Rudi auch dort ist?“, fuhr ich sie an. „Darum geht es dir nur!“ Als ich sah, wie sie ihren winzigen Kopf wegdrehte und sogar ihren Schwanz einklemmte, bereute ich meinen Ausbruch wieder mal.

„Es ist kein netter Ausflug, Alma“, sagte ich in einem ruhigeren Ton. „Das kann wirklich gefährlich werden, wenn er die Beherrschung verliert. Wir dürfen außerdem nicht vergessen, dass dieser Mateo auch da sein wird – mit seiner komischen Freundin, und denen können wir auch nicht gerade vertrauen, oder? Es wundert mich, dass Terri sich traut, mit diesen Menschen alleine hinzufahren. Ich möchte nicht, dass ich mir dann auch noch um dich Sorgen machen muss.“

„Das verstehe ich ja, Arlo. Und natürlich würde ich mich auch freuen, Rudi wiederzusehen“, sie blickte mich kurz an. „Aber es geht mir wirklich darum, dass wir zu zweit mehr erreichen könnten. Obwohl Terri schon etwas ahnt, müssen wir sie davon überzeugen, dass dieser Mann wirklich durch und durch böse ist. Ich bin zwar klein, aber ich bin kein Angsthase.“ Sie streckte sich und wirkte auf einmal ein bisschen größer und vor allem selbstbewusster. „Dieses Monster hat mir mein Augenlicht genommen. Ich werde alles tun, was ich nur kann, um mich dafür zu rächen!“

Wenn ich nicht genau gewusst hätte, dass ich sie mit einer Pfote zum Umfallen bringen konnte, hätte ich vielleicht sogar etwas Angst vor ihr gehabt, wie sie so da stand. Ich musste aber zugeben, dass ich Respekt vor ihrem Mut hatte. Damit sie aber nicht zu eingebildet wurde, sagte ich das natürlich nicht laut. Wenn sie so eine Hellseherin war, dann würde sie eh wissen, was ich dachte. Als ich noch überlegte, wie ich reagieren sollte, sprach sie schon weiter. „Ja Arlo, etwas Respekt habe ich tatsächlich verdient." Sie drehte sich um und ging, natürlich, wieder auf ihre Treppe im Schwimmbecken.

Wäre es denn so abwegig, sie wirklich mitzunehmen? Würde es etwas bringen oder wäre es tatsächlich so gefährlich, wie ich befürchtete? Terri würde uns sicher gegen den Mann verteidigen, wenn er etwas versuchen sollte. Nur ob sie dann von Mateo und dieser komischen Isabella Unterstützung bekommen würde, war mehr als fragwürdig. Wenn es eine Falle war und dieser Mateo der Komplize – könnte es vielleicht sogar für Terri schlecht ausgehen. Aber einen Menschen würden sie doch nicht angreifen, bestimmt nicht wegen solchen wertlosen Hunden, wie wir sie nun mal für den Welpenhallenmann waren. Allerdings wenn Terri ungeschickt vorging und direkte Anschuldigungen äußerte, wären er und dieser Mateo sicher nicht froh darüber. Es ging ja um viel Geld und auch um den Ruf der Klinik.

Ich fühlte mich wieder total verunsichert und wusste nicht, ob ich die Verantwortung für Alma übernehmen konnte und wollte. Wenn wir auf einmal zum Beispiel flüchten müssten, würde sie gar nicht so schnell reagieren können – sogar die Tür zu finden würde sie nicht auf Anhieb schaffen. Also würde es wieder an mir hängen bleiben, sie dort unversehrt hinaus zu bringen, wie es nun mal die Aufgabe eines Bodyguards war. Allerdings konnte ich sehr gut verstehen, dass sie trotz ihrer Behinderung oder eben gerade wegen dieser nicht tatenlos daheimbleiben wollte, um nur abzuwarten, wie die Dinge sich entwickelten. Ich ging zum Schwimmbecken und setzte mich neben Alma auf den Rand.

„Du musst aber verstehen, dass es dort sehr, sehr gefährlich werden kann", sagte ich seufzend.

Alma sprang auf. „Du meinst, ich darf mit? Wirklich?"

Ich nickte. „Aber du musst bei mir bleiben und ganz genau

beobachten, was dort passiert. Es könnte sein, dass wir schnell wegmüssen und da wird es keine Zeit bleiben, dich noch irgendwo zu suchen – also nicht mit Rudi irgendwo herumtoben, wo ich dich nicht sehen kann." Ich versuchte richtig streng zu sein. Alma trippelte wild auf ihrer Stufe und schaffte es diesmal auch ohne sich auszuschütteln, mich nass zu machen. „Alma! Hör auf damit!"

„Oh, das war keine Absicht! Ich bin nur so aufgeregt! Natürlich bleibe ich in deiner Nähe, wir werden ja nicht hinfahren, um zu spielen. Rudi wird es auch verstehen, wenn wir ihm erklären, worum es geht. Wenn es ernst wird, kannst du auf mich zählen, das weißt du doch, Arlo?"

„Na das hört sich ja fast vernünftig an. Ganz ungewohnte Töne von dir." Ich grinste sie an und bevor ich eine erneute Dusche von ihr abbekam, sprang ich schnell zur Seite. Eigentlich fühlte ich mich besser bei dem Gedanken, dass sie auch dabei sein würde. Ich müsste mich dann ja auf meine Aufgabe als ihr Bodyguard konzentrieren und das würde sicher helfen, meine Nervosität zu überwinden. Als ich unseren Eltern von der kleinen Planänderung erzählte, waren sie nicht wirklich begeistert, aber verstanden schon, dass es wohl so am besten sei.

„Ich weiß, dass es eigentlich viel zu gefährlich ist, diesem Rodriguez entgegen zu treten", seufzte Papa. „Eure Mama und ich werden uns sehr große Sorgen machen, dass weißt du ja, Arlo. Aber vielleicht ist es tatsächlich besser, wenn ihr beide hinfahrt. Ihr seid ja so kluge Köpfe und wenn es dort wirklich ein Problem geben sollte, werdet ihr zu zweit auch mental stärker sein."

Mama nickte. „Das finde ich auch. Dein Papa meint, dass ihr einander gut ergänzt und euch zu zweit bestimmt sicherer fühlt." So hatte ich das noch nie gesehen – klar würde ich immer meine Schwester verteidigen und beschützen, aber dass sie auch mir Sicherheit und Kraft gab, stimmte schon. Genau wie sie sich auf mich verlassen konnte, konnte ich sicher sein, dass sie immer hinter mir stehen würde. Viel konnte sie zwar nicht ausrichten, aber ihre Art, einfach da zu sein, machte mir Mut. Konnte es sogar sein, dass meine Schwester viel selbstbewusster als ich geworden war? Allerdings musste ich zugeben, dass ihr Glaube an die eigenen Fähigkeiten wohl nicht so übel war, eigentlich eher beneidenswert.

Ich guckte mich um und sah Alma auf Luna herum klettern, die sich auf den Rücken gedreht hatte und anscheinend die kleine Pfotenmassage genoss. Ich musste unwillkürlich lächeln, ohne sie wäre das Leben schon viel langweiliger. Das Problem war nur, wie wir es Terri verständlich machen könnten, dass Alma unbedingt mitkommen müsste. Aber vielleicht war es wieder mal nur eine Kleinigkeit für Alma, sich mit Terri zu verständigen.

Ich hörte Oma Martha zurück auf die Terrasse kommen. Um mitzubekommen, ob sie etwas Neues von dieser Frau Mittenröder erfahren hatte, eilte ich hin und machte auch die anderen darauf aufmerksam. Dass wir alle auf einmal dort auftauchten, war aber nicht gerade unauffällig, wie ich den Blicken von Oma Martha und Terri entnehmen konnte. Jedoch verwechselten sie unsere Neugier mit Hunger, wogegen ich nichts einzuwenden hatte, so wie mein Magen knurrte.

Terri stand auf. „Ich mache unseren Halbverhungerten schnell das Abendessen. So wie sie gucken, meinen sie ja wieder wochenlang nichts zu essen bekommen zu haben."
Ja, lach du nur, so fühlte es sich in meinem Magen aber wirklich an. Als ich mich umguckte, sah ich aber, dass die anderen auch hoffnungsvoll in Richtung Küche schielten, Luna fing sogar zu sabbern an. „Ja, ich mache ja schon so schnell ich kann!" Terri füllte endlich unsere Näpfe und so musste Frau Mittenröder zuerst mal warten. Es gibt schließlich gewisse Prioritäten im Leben eines Hundes.
Allerdings war meine Portion wiedermal so lächerlich

klein, dass ich als erster fertig war. Alma musste wieder die Genießerin spielen und jedes Stück bestimmt zwanzigmal kauen. Wenn es ihr so schwerfiel, konnte sie ihr Essen ja mir geben. „Arlo!" Mama ermahnte mich schon bevor ich einen Schritt näher zu Almas Napf machen konnte. Etwas frustriert ging ich zurück auf die Terrasse, nur um dort die nächste Niederlage einzustecken.

Oma Martha schüttelte den Kopf. „Frau Mittenröder wird zwar die Ausstellung besuchen und auch mit den Verantwortlichen sprechen, aber sie und ihre Kollegen sind inzwischen ziemlich sicher, dass dieser Verband 'European Dog Alliance' doch sauber arbeitet. Durch diese internationale Ausstellung zeigt der Verband, dass er seriös und verantwortungsbewusst ist. Dort können unmöglich irgendwelche dubiosen Züchter mit gefälschten Papieren auftauchen. Daraus folgt natürlich, dass alle teilnehmenden Züchter völlig ehrlich und selbstverständlich unschuldig sind – also auch unser Señor Rodriguez."

18. VERTRAUE KEINEM MENSCHEN

Der nächste Tag verging viel zu schnell für meinen Geschmack. Die Spannung war fast unerträglich und ich konnte die aufsteigende Angst nicht unterdrücken. In ein paar Stunden musste ich unserem Peiniger entgegentreten und versuchen wenigstens Terri deutlich zu machen, dass dieser Mann wirklich nur böse war. Es war auch alles anderes als sicher, ob Alma mitkommen würde, denn bevor Terri zur Arbeit fuhr, konnten wir mit ihr nichts mehr klären. Alma hatte zwar versucht, irgendwie ihr diesen Gedanken einzupflanzen, aber das hatte nicht so gut geklappt. Terri hatte Alma nur gekrault und beteuert, dass sie bald wiederkommen werde und Alma bestimmt nicht allein lassen würde. Rudi würde allerdings wohl da sein, aber ich bezweifelte, dass er in irgendeiner Weise nützlich sein könnte. Von den Erwachsenen bekam ich nur den Rat, gut aufzupassen und nicht unnötige Risiken einzugehen. Ich konnte mich auch nicht von Condesa oder Luna ablenken lassen, weil diese mit Opa Gerhard zu ihrer komischen „Such den Menschen" -Übung gefahren waren.

Bevor Terri von ihrer Arbeit zurückkehrte und es Zeit wurde, aufzubrechen, wollten Mama und Papa noch mit uns reden. Wir kuschelten uns in unserem Korb eng zusammen, was mir sonst immer gefiel, aber an dem Tag hatte es etwas von einem allerletzten Mal. Es behagte mir überhaupt nicht, dass unsere Eltern wohl dachten, dass wir eventuell von dem Rodriguez nicht mehr zurückkommen würden und nun vorsichtshalber von uns Abschied nahmen. Das sagten sie natürlich nicht direkt, aber die Stimmung war eindeutig – wenigstens erschien es mir so, nur Alma lag wiedermal völlig unbekümmert neben Mama und spielte mit deren Schwanz. Papa schaute uns ernst an.

„Ihr lieben Kinder," fing er an. „Heute ist ein sehr wichtiger Tag. Eure Mama und ich sind uns darüber vollkommen im Klaren, dass der Besuch bei diesem furchtbaren Menschen nicht ganz ungefährlich ist." Das war wohl eine ziemliche Untertreibung. Bei dem bloßen Gedanken, dieses Monster bald wiederzusehen, fing ich wieder zu zittern an. Alma legte ihre winzige Pfote auf die meine, wie um zu sagen, dass alles nur halb so schlimm sei. Allerdings musste ich zugeben, dass ihre Berührung sehr beruhigend war – wie etwas von ihrer Zuversicht auf mich übertragen worden wäre. Eigenartig war das, oder sie, schon.

„Wir sind auch sehr stolz auf euch", Papa richtete sich auf so gut er es konnte. „Egal wie alles ausgeht und was wir erreichen können, wird es ein Anfang sein. Wir werden nicht aufgeben, bevor wir uns gerächt haben! Trotzdem solltet ihr vorsichtig sein – zeigt ihm eure Verachtung und Abscheu, aber gebt ihm sonst keinen Grund, euch anzugreifen! Er ist sehr gefährlich. Ich würde mich auch nicht unbedingt auf Terri verlassen, so gut kennen wir sie ja noch nicht."

Alma widersprach ihm sofort. „Aber Papa, das darfst du so nicht sagen!" Sie meinte wirklich bestimmen zu können, was ein Elternteil durfte oder nicht durfte. Bevor Papa sie rügen konnte, sprach sie eilig weiter. „Entschuldige bitte, aber ich bin sicher, dass wir Terri vollkommen vertrauen können. Sie würde niemals etwas tun, was uns irgendwie schadet, das weiß ich ganz bestimmt!" Sie schaute einen Augenblick Papa direkt an, wandte aber dann ihren Kopf zur Seite, auch wohl selbst über ihren Ausbruch überrascht. Papa seufzte.

„Ach, Kleines, ich weiß, dass du besondere Fähigkeiten hast und vieles fühlen und begreifen kannst, was uns verborgen bleibt. Aber Terri ist auch nur ein Mensch, das dürfen wir nicht vergessen. Und Menschen sind einfach unberechenbar, sie sind zu allem fähig, jeder von ihnen! Obwohl es hier momentan ruhig und schön ist, müssen wir doch einsehen, dass wir ziemlich viele auf der Finca sind. Zuerst war ja nur

Luna da und jetzt – vielleicht wird es den Menschen hier auch zu viel und sie wollen einige von uns los werden. Falls diese Terri zum Beispiel versucht, euch dem Rodriguez zu verkaufen oder so, dann müsst ihr flüchten, egal wie!"

Papa regte sich so sehr auf, dass sogar seine Beine hin und her ruderten. Ich war aber zu schockiert über die Möglichkeit, dass Terri uns dem Monster überlassen könnte, dass ich erst etwas später begriff, was da gerade passierte. Alma hatte es gespürt, Mama gesehen – und als Papa auf seine Beine starrend schwieg, fiel auch bei mir der Groschen.

„Papa! Deine Beine!"

Nun konzentrierte er sich richtig darauf und versuchte es erneut. Ja! Er konnte seine Beine leicht hin und her bewegen! Er probierte das noch ein paar Mal aus und bei jedem Mal wuchs unsere Begeisterung. Allerdings war es wohl für ihn sehr anstrengend, weil er nach einer Weile völlig erschöpft zusammensank. „Was für ein Wunder!", flüsterte er. „Ich muss mich jetzt etwas ausruhen, aber eure Mama wollte euch noch etwas sagen. Vielleicht geht ihr kurz in den Garten."

Vor lauter Aufregung und Freude hüpfend folgten wir Mama die Treppe hinunter und setzten uns unter einen Olivenbaum. Oder besser gesagt, Mama und ich setzten uns. Alma musste wieder hin und her trippeln und quasseln. „Es muss noch wunderbarer gewesen sein, wenn man es tatsächlich hat sehen können, oder? Ich habe seine Beine aber deutlich gespürt. Niemals hätte ich gedacht, dass Papa noch gesund werden kann! Das ist der Beweis, dass diese Menschen hier gut sind, oder? Und Papa muss es auch einsehen, oder? Und wir können Terri das zeigen und dann werden wir alle gesunde Hunde sein und auch Oma und Opa wollen sicher keinen gesunden Hund weggeben, oder? "

Plötzlich wurde sie still und fiel hin, wie jemand die Luft aus ihr herausgelassen hätte. „Alle außer mir...", flüsterte sie leise mit Tränen in den Augen. „Nur ich... Nur ich werde niemals gesund." In diesem Moment tat sie mir furchtbar leid. Ich bereute jedes Mal, an dem ich sie geärgert hatte oder nur von ihr genervt gewesen war. Wie sie da mit hängendem Kopf völlig niedergeschlagen saß, wurde ich selbst auch sehr traurig. Sie hatte nämlich vollkommen recht – sie würde für immer blind sein und keiner konnte ihr mehr helfen. Ob es wirklich möglich war, dass sie als einzige weggegeben oder weggebracht wurde? Das erschien mir sehr wahrscheinlich, weil wir nun so viele auf der Finca waren und den Menschen nur Geld kosteten. Auftreten und selber dazuverdienen würden wir wohl nie mehr können. Was sollte ich Alma nun sagen – wie könnte ich sie irgendwie trösten? Alles was mir einfiel, würde die Lage nur verschlimmern – wie dass wir gemeinsam flüchten könnten oder so. Mama hatte auch eine Weile geschwiegen, bevor sie zu Alma ging und sie zärtlich umarmte.

„Mein kleines, süßes Mädchen! Das stimmt schon, dass du nicht mehr ganz gesund werden kannst, aber denk immer daran, dass du etwas ganz Besonderes bist. Du hast zwar dein Augenlicht verloren, aber auch andere Fähigkeiten bekommen, die sehr wichtig sind. Das haben diese guten Menschen hier sicher auch verstanden und außerdem haben sie ja schon gesehen, dass du dich auch ohne deine Augen sehr gut zurechtfindest. Sei bitte nicht besorgt!" Mama küsste Almas Köpfchen. „Obwohl wir immer sehr vorsichtig mit Menschen sein müssen, bin ich zuversichtlich. Sie haben uns schon so viel geholfen, dass sie bestimmt nicht vorhaben, uns oder auch nur einen von uns hier von der Finca zu verjagen."

Alma fand ihre Fröhlichkeit immer so leicht wieder, wie überaus beneidenswert. „Ja Mama, das ist sicher so! Hier haben wir es sehr gut! Wo sollten wir auch sonst hin?" Na ja, mir fielen schon ein paar Orte ein, an denen ich mich auf keinen Fall wiederfinden wollte. Aber Hauptsache Alma blies keine Trübsal mehr, das konnte ich an diesem wichtigen Tag am allerwenigsten gebrauchen.

Ich ließ meinen Blick über den Garten und über die Finca schweifen. Es war schon friedlich hier und ich musste gestehen, dass diese Menschen mir eigentlich keine Angst mehr einjagten. Wenn wir alle für immer auf der Finca bleiben könnten, wäre es sicher gut. Oder falls wir wirklich eines Tages gehen müssten, würden diese Menschen sicher nicht so herzlos sein, dass wir getrennt würden – oder?

Mama schaute uns sehr ernst an. „Was euer Papa und ich euch noch sagen wollten, ist sehr wichtig. Ihr solltet euch nicht zu viel Stress wegen diesem furchtbaren Rodriguez machen. Tut bitte auf keinen Fall irgendetwas riskieren, sondern bleibt ruhig und beobachtet ihn einfach. Vielleicht hört ihr ja auch bei dem Besuch etwas, was uns und Toran helfen könnte. Wenn die Wölfe aber wegen der Jäger flüchten müssen, werden wir alle weiteren Aktionen beenden. Ich werde es nicht erlauben, dass ihr alleine zu der Welpenhalle geht und womöglich wieder in die Hände von diesem bösen Menschen dort gelangt – auch dann nicht, wenn Luna und Condesa euch begleiten würden. Euer Papa und ich haben schon so viele Kinder verloren, ihr zwei sollt uns nun endlich erhalten bleiben!"

Alma und ich schauten uns an und jeder schien das Gesagte nur langsam zu verstehen. Oder wir wollten es nicht verstehen, weil dieser Gedanke zu grausam war. Ich wusste, dass es wahr war, aber ich war sicher, dass Alma genauso wenig wie ich je daran gedacht hatte. Wir waren nicht die ersten Welpen, die unsere Eltern bekommen hatten. Wie viele ältere Geschwister mochten wir wohl haben? Und sie alle waren zu früh weggebracht worden, ins Ausland verfrachtet, genauso wie alle anderen Welpen von der Welpenhalle auch. Wie oft hatte unsere Mama völlig machtlos miterleben müssen, wie ihre Babys weinten und nach ihr riefen, als sie in die trostlosen Transportboxen hineingeworfen wurden? Alma und ich waren die einzigen, die ihr und Papa in all den Jahren geblieben waren, und das auch nur durch Zufall.

Ich fühlte, wie mein Hass diesem Monster gegenüber ins unendliche wuchs. Dieser Mann war Alma und mir gegenüber nur brutal gewesen, aber wie tief die Verletzungen unserer Eltern und ihresgleichen waren, konnte ich nur erahnen. Alma schwieg, aber sie saß wieder aufrecht und mit gehobenem Kopf da. Es war deutlich zu fühlen, dass auch in ihr die Wut übernahm und jegliches Angstgefühl vertrieb. Wir zwei würden alles was in unserer Macht stand versuchen, um unsere Aufgaben zu erfüllen. Ich ging zu Alma und stupste sie leicht. „Na, wir zwei werden das schon packen, oder?"

„Aber klar werden wir das!" Sie stupste mich so heftig zurück, dass ich fast hinfiel. Wann war sie bloß so kräftig geworden? Zufrieden lächelnd trabte sie zum Schwimmbecken und setzte sich wieder auf ihre Treppe.

Mama schaute ihr nach. „Ich freue mich, dass ihr beide immer mehr Selbstvertrauen entwickelt. Deine Schwester hat dazu noch so eine hinreißende Leichtigkeit in sich, aber das kann auch zu einem gewissen Übermut führen. Deswegen musst du weiterhin sehr gut auf sie aufpassen, genauso, wie du es schon immer getan hast, Arlo. Ich weiß, dass es nicht immer leicht ist und eigentlich ist das viel zu viel Verantwortung für so einen noch selbst jungen Hund. Es tut mir auch sehr leid."

„Ach was, Mama. Ich mache es gerne. Zwar kann sie eine echte Nervensäge sein, aber ich bin stolz, wenn ich ihr helfen kann. Wir haben schon so viel durchgemacht, dass es gar nicht anders sein kann. Wir sind für immer füreinander da." Sogar ich selbst war über meine Worte etwas verblüfft, aber ich fühlte auch, dass das die Wahrheit war. Ich würde auf meine Schwester aufpassen und sie gegen alle verteidigen, solange ich lebe.

Mama berührte meine Pfote. „Ja, und deswegen sind wir

auch so stolz auf dich, auf euch beide." Bevor das alles noch rührseliger werden konnte und ich womöglich wieder Tränen vergießen musste, hörte ich das Auto von Opa Gerhard zurückkommen.

Als Luna und Condesa ausstiegen, sah ich sofort, dass sie ein wenig aufgeregt waren. Vielleicht war dieses Training nicht so gut gelaufen und sie hatten womöglich sogar einen Menschen verloren, der nun für immer in irgendeinem Versteck bleiben musste. Bei dem Gedanken musste ich unwillkürlich lächeln, aber wusste gleich, dass die anderen das wohl nicht so witzig finden würden. Egal wie gut wir es dort auf der Finca hatten, es konnte sich sehr schnell alles wieder ändern, weil da nun mal eben Menschen mit im Spiel waren. Die anderen konnten von mir aus so vertrauensselig sein, wie sie wollten, aber ich würde auf der Hut bleiben und dafür sorgen, dass uns kein Mensch mehr etwas Böses antun konnte.

Meine nicht vorhandene Größe hatte ich natürlich nicht verdrängt, aber mit einem klugen Kopf kann man auch viel erreichen. Anscheinend hatten die Worte von meinen Eltern mein Selbstvertrauen wirklich wachsen lassen, wie ich etwas verblüfft feststellte. Allerdings war ich auch sehr froh, dass ich nicht alleine die ganze Verantwortung tragen musste. Falls es mal tatsächlich auf der Finca gefährlich werden sollte, würde ich nicht nur auf meine Familie zählen können, sondern mit Sicherheit auch auf Condesa und sogar wohl auch auf Luna, obwohl es in dem Fall um ihre Menschen gehen würde.

Alma tauchte neben mir auf. „Irgendwann musst du einsehen, dass du einigen Menschen wirklich vertrauen kannst, Arlo."

Wieso erlaubte sie sich eigentlich, immer wieder in meinen Kopf einzudringen? Ich versuchte sie einfach zu ignorieren und beobachtete Luna und Condesa, die soeben durch das Tor kamen. Irgendwas stimmte mit ihnen tatsächlich nicht, aber bevor ich zu ihnen laufen konnte, hielt Alma mich noch zurück. „Wenigstens mir könntest du doch vertrauen, oder? Wenn ich dir sage, dass diese Menschen gut sind, musst du mir glauben, so einfach ist das. Sei es drum, sie sind die einzigen Guten in dieser bösen Welt, aber das sind sie! Manchmal habe ich ja auch noch Momente, in denen ich zweifle – aber es geht uns jetzt so gut wie noch nie!" Sie berührte mit ihrer Pfote meine Schulter und ich fühlte ihre Zuversicht, wie wenn es mein eigenes Gefühl gewesen wäre. Vielleicht hatte sie recht und vielleicht würde mein Leben auf dieser Finca auch einfacher werden, wenn ich daran glauben könnte, dass wenigstens diese Menschen hier eine Ausnahme waren. Dazu war ich aber nicht bereit, jedenfalls noch nicht, weil meine bisherigen Erfahrungen einfach gezeigt hatten, dass der Mensch grundsätzlich böse war, aber auch sehr gut seine Grausamkeit verleugnen konnte, wenn es ihm gerade passte. Ich konnte einfach nicht sicher sein, dass diese Menschen auf der Finca nicht irgendetwas Gemeines mit uns vorhatten, und deswegen würde ich weiterhin aufpassen, nicht nur auf Alma, sondern auf alle!

Meine Schwester lief schon fröhlich quasselnd Luna und Condesa entgegen. „Schön, dass ihr wieder da seid! Wie war es dort? Habt ihr viel suchen dürfen? Hast Du, Condesa, diesmal auch mitgemacht? Vielleicht könnte ich es auch mal versuchen, ich kann echt gut riechen! Das braucht man doch, wenn man jemandem sucht, oder? Dass man gut riechen kann, oder? Wisst ihr schon, was hier passiert ist? Papa kann seine Beine bewegen, ist das nicht wunderbar!"

Sie war wie immer einfach nicht zu bremsen. Ich seufzte und ging auch hin, weil ich wusste, dass sie etwas zu erzählen hatten – wenn sie denn mal zu Wort kommen würden. Alma konnte die Stimmung natürlich sofort spüren, als sie näherkamen und blieb etwas verdutzt stehen. „Was habt ihr denn? Ist etwas passiert?" Luna und Condesa wechselten einen Blick und zeigten in Richtung Terrasse, von der aus

Papa und Mama uns beobachteten.

„Das freut uns ja mit eurem Papa," sagte Luna. „Lasst uns zu euren Eltern gehen." Na, ein bisschen mehr Freude über die gute Nachricht hätte man erwarten dürfen. Alma wirkte auch etwas verunsichert und tapste schweigend hinter den Zweien zur Terrasse. Bei diesem Training mit Menschen musste aber etwas gewaltig schiefgelaufen sein, anders konnte ich mir diese Stimmung nicht erklären. Sie waren doch nicht geschlagen worden oder so? Papa und Mama blickten fragend auf.

„Zuerst einmal herzlichen Glückwunsch, lieber Paison. Alma hat Condesa und mir schon erzählt, dass du große Fortschritte gemacht hast, das ist wirklich wunderbar." Luna legte sich vor meinen Eltern hin. Condesa schien ganz leicht zu zittern, obwohl es wirklich warm war. „Ja es freut mich auch sehr," sagte sie leise. „Unsere Freude wird nur in diesem Augenblick etwas durch eine Sache gedämpft, die wir bei dieser Rettungshundeübung gehört haben. Es geht leider um meine Frau Doktor Heising."

Hoffentlich war es nicht etwas ganz Schlimmes, was die Schuld von dieser Silva bekräftigen würde. Condesa tat mir so leid, sie hätte es wirklich verdient, bei einem gutherzigen Menschen leben zu dürfen und nicht bei einer Betrügerin, wenn es denn so sein sollte. „Wir wissen eigentlich nicht genau, was das alles zu bedeuten hat," fuhr Condesa fort. „Ich kann nicht glauben, dass sie..." Ihre Stimme brach ab und sie bat mit einem Blick Luna darum alles zu erzählen.

„Die Menschen dort haben darüber gesprochen, dass unsere Silva nun als Richterin bei dieser ausländischen Ausstellung fungiert. Außer Doktor Morales hat das aber keiner von ihnen vorher gewusst, obwohl sie ja alle befreundet sind. Opa Gerhard hat dann noch erwähnt, dass aus dieser Gegend auch ein Züchter – wir wissen ja wer – an der Ausstellung teilnimmt. Daraufhin sagte dann eine Frau, dass das für sie sehr logisch erscheint, weil Señor Rodriguez und Doktor

Heising ja zusammenarbeiten würden."

„Was?" Ja ich weiß, es heißt eigentlich 'wie bitte', aber für so was war jetzt keine Zeit. Wir starrten alle Luna und Condesa an. „Das kann doch nicht wahr sein", rief Papa. In diesem Augenblick kam auch Opa Gerhard zur Terrasse und setzte sich zu Oma Martha.

„Hör mal, Martha. Ich habe soeben etwas komisches gehört." Ja, wir allerdings auch. Sprich nur weiter. „Du kennst ja auch die Nachbarin von Silva, die ebenfalls mit bei uns in Team ist?" Oma bejahte und wartete auf die Fortsetzung. „Sie hat erzählt, dass unsere Silva und dieser Rodriguez zusammenarbeiten würden." Ja genau, soweit waren wir auch schon. Gespannt hörten wir alle zu.

Oma Martha machte große Augen und schüttelte langsam ihren Kopf. „Das darf nicht wahr sein – das kann nicht wahr sein. Warum sollte unsere Silva mit dem...nein, das glaube ich einfach nicht. Bei unserem letzten Gespräch hat sie ja auch in keiner Weise durchblicken lassen, dass sie diesen Rodriguez kennt."

„Ich wollte es ja zuerst auch nicht glauben, aber die Nachbarin erzählte dann, dass sie neulich gesehen hat, wie Señor Rodriguez mit zwei kleinen Hunden Silva besucht hat. Sie seien in Silvas Garten hin und her gelaufen und Silva hätte seine Hunde wie bei einer Ausstellung begutachtet. Und den Rodriguez kennt sie vom Sehen her, weil sie einmal eine Hundeshow von ihm besucht hat. Allerdings hat sie auch gesagt, dass sie das nur einmal beobachtet hat und wie gesagt, erst vor ein paar Tagen, kurz bevor Silva verreist ist."

Wie sahen nun alle Condesa fragend an. „Nein," sagte sie niedergeschlagen. „Ich habe von all dem nichts mitbekommen. Wenn ich im Haus bleiben muss und sie mit jemandem in dem vorderen Garten ist, würde ich sie auch gar nicht sehen können." Also es könnte alles wahr sein, arme Condesa. Könnte es dafür irgendeine andere Erklärung geben, außer der, dass ihre Doktor Heising wirklich diese Betrügerin war und anscheinend auch noch die armen Hunde von dem furchtbaren Mann auf die Ausstellung vorbereitet hat?

Das fragte sich Oma Martha wohl auch. „Ich kann das wirklich nicht glauben, Gerhard. Entweder ist das nur ein Zufall – vielleicht weil beide einfach an dieser Ausstellung teilnehmen. Und wir sind uns ja auch schon ziemlich sicher, dass Señor Rodriguez ein seriöser, ehrenhafter Züchter ist. Vielleicht hat Silva einfach nicht daran gedacht, uns zu erzählen, dass sie sich kennengelernt haben."

„Ja genau! Und außerdem bin ich ja eh der festen Überzeugung, dass unser Klinikpersonal absolut nichts mit diesem illegalen Welpenhandel zu tun hat. Mich wundert es einfach ein bisschen, dass Silva uns gegenüber nur erwähnt hat, dass sie aus familiären Gründen nach Deutschland fliegt. Aber es wird sich alles sicher aufklären, wenn sie nur erst wieder zurück ist." Für Opa Gerhard schien das Thema damit abgeschlossen zu sein, da er in die Küche ging und sich ein Glas Wasser holte.

Mama kam als erste auf den Gedanken. „Wer sind wohl diese Hunde, die nun statt uns mit diesem Monster arbeiten müssen? Vielleicht können unsere Kinder es herausfinden und auch noch, ob das mit Doktor Heising wirklich stimmt. Es geht ja gleich los." Sie zeigte auf das Tor und auf Terri, die gerade nach Hause kam.

19. RIECHST DU DIE VERLOGENHEIT?

Letztendlich war es doch ganz einfach. Als Terri mir mein Geschirr anzog, bat Alma Condesa ihr ihres von dem Haken neben der Tür anzureichen. Alma trippelte mit dem Geschirr in der Schnauze wild um Terri herum und winselte aufgeregt. Terri hätte keinen Schritt machen können, ohne auf sie zu treten. „Ist ja schon gut, Alma", lachte sie. „Klar kannst du mitkommen! Ich glaube, dein Bruder fühlt sich auch sicherer, wenn du dabei bist." Bevor Mateos Wagen auftauchte und es Zeit wurde, aufzubrechen, saßen wir noch mit den Erwachsenen zusammen.

Luna schaute uns an. „Ich kann mir schon gut vorstellen, dass dieser Besuch bei dem Mann euch Angst macht. Aber unsere Terri würde niemals zulassen, dass euch dort etwas Schlimmes passiert. Und sogar böse Menschen werden wohl nicht so dreist sein und einen anderen Menschen einfach so angreifen." Ohne dieses 'wohl nicht' wäre ich zuversichtlicher gewesen, aber um überhaupt diese Aufgabe bewältigen zu können, musste ich daran glauben, dass Terri uns nicht verraten würde.

Mama und Papa drückten uns und erinnerten uns daran, nicht unnötige Risiken einzugehen. Hauptsache sei, dass wir aufmerksam zuhörten und so vielleicht Neuigkeiten erfahren würden. Um die Anspannung etwas zu lindern, spielte Condesa mit uns noch im Garten und stieß Almas Ball hin und her. Sie war so schnell, dass wir uns wirklich anstrengen mussten, um überhaupt mal an den Ball heran zu kommen.

Ohne dass Condesa es sagen musste, wusste ich, dass es ihr unheimlich leidtat, falls wir auch wegen ihrer Besitzerin all das Furchtbare hatten erleben müssen. Ich wünschte mir so sehr, dass diese Silva unschuldig war. Aber die Lauferei im Garten tat Alma und mir gut, und als Terri uns zu sich rief, waren wir wirklich bereit und konzentriert. Jedoch war Almas Konzentration nur von kurzer Dauer – als sie den Wagen von Mateo auf den Parkplatz fahren hörte, sprang sie auf.

„Sie kommen! Arlo, schnell! Siehst du Rudi schon im Wagen sitzen? Hoffentlich können wir neben ihm sitzen, dann können wir ihm auch alles gleich erzählen. Vielleicht können wir dann noch ein bisschen spielen, oder? Sieht mein Geschirr auch gut aus, nicht dass es irgendeinen Fleck hat oder so?"

Sie lief weiter quasselnd zum Tor und konnte kaum warten, dass Terri und ich sie einholten. Ich hörte Oma Martha noch irgendetwas von einem Diktiergerät sagen, aber Terri winkte ab und zeigte auf ihr Handy. Vielleicht hätte Terri auch ein bisschen herumtoben sollen, so aufgeregt wie sie wirkte, aber nun war es eh zu spät dazu. Das fehlte mir noch, dass ich nicht nur auf Alma aufpassen musste, sondern auch auf Terri. Oder besser gesagt darauf aufpassen musste, dass wir etwas weiter weg standen, wenn sie zum Beispiel ohnmächtig vor lauter Aufregung werden sollte. So blass wie sie aussah, wirkte ihr aufgesetztes Lächeln noch künstlicher als sonst, wenn sie diesen Mateo und besonderes seine Isabella traf. Diese doch sehr eindeutige Täuschung schien die Menschen aber nicht weiter zu stören, was mich immer wieder wunderte. Sie konnten viel schlechter als wir riechen, das wusste ich schon, aber dass sie wirklich auch so furchtbar schlecht sehen konnten, war mir neu. Und trotzdem besaßen sie wohl keine zusätzlichen Fähigkeiten wie Alma – außer der, dass sie anscheinend sehr begabte Lügner waren, wie ich gleich bezeugen konnte.

Mateo und Isabella stiegen aus dem Auto und kamen ein paar Schritte uns entgegen. „Hallo, Theresa!", rief diese komische Frau. „Wie schön, dass wir etwas zusammen unternehmen können! Ich hab mit meinem Mateo auf der Fahrt hierhin überlegt, dass – wenn keiner etwas dagegen hat –

wir uns duzen könnten, da wir ja auch fast im gleichen Alter sind und von nun an hoffentlich viel mehr miteinander zu tun haben werden."

Terri schien leicht grünlich zu werden, aber ihr blieb wohl nichts anderes übrig, als diesem Vorschlag zuzustimmen. „Öhm – ja, klar, das ist ja nett von Ihnen – öh – von dir. Aber nennen Sie – äh, nennt mich dann bitte Terri, dieses Theresa finde ich so förmlich."

Alle drei gaben sich die Hand und lächelten breit, nur höchstens das Lächeln von Mateo hatte etwas Ehrliches an sich, was mich schon wunderte – ausgerechnet er sollte sich in diesem Moment aufrichtig freuen? Ich wollte Alma darauf aufmerksam machen, aber sie hatte wieder nur Rudi im Kopf, dessen Augen uns aus dem Seitenfenster entgegenblickten. Oder besser gesagt immer wieder anblickten, weil er anscheinend auf dem Sitz rauf und runter hüpfte – genau wie Alma auf der Erde vor dem Fenster. Die zwei passten aber wirklich gut zueinander, das musste ich mir mit etwas Wehmut eingestehen, und hoffte, dass sie sich doch etwas beruhigen würden, wenn wir dort bei dem Monster antrafen. Obwohl Rudi etwas älter als wir war, fühlte ich mich in diesem Augenblick mehr erwachsen als diese zwei Hampelfiguren. Terri hob uns in den Korb neben Rudi und setzte sich auf die Rückbank zu uns.

Mateo lies den Motor an. „Die Finca von Señor Rodriguez ist gar nicht so weit weg, habe ich festgestellt. Nur einige Kilometer, aber sie liegt weiter oben in den Bergen und die Straße ist ziemlich schlecht, also wird es einen Moment dauern." Als wir losfuhren, sah ich Oma Martha auf der Terrasse mit Luna und Condesa ganz still dastehen und uns nachschauen. Ja, ich hoffte auch, dass es da noch ein Wiedersehen gab. Mateo fuhr fort: „Es hat mich überrascht, dass diese Finca nur knapp einen Kilometer von unserer entfernt ist, allerdings muss man da einen Umweg fahren. Zu Fuß durch den Pinienwald hinter unserem Haus könnte man sie sogar schneller erreichen."

Isabella drehte sich auf dem Vordersitz nach hinten. „Ja das ist schon witzig, dass man erst durch solche Zufälle seine Nachbarn kennenlernt, oder? Ich freue mich auf jeden Fall über unseren Ausflug und bin wirklich gespannt, was er uns über die Herkunft solcher Hunde", sie zeigte mit ihrem Finger auf uns, „erzählen kann und wie es mit seiner Zucht aussieht. Schon sehr interessant, findet ihr nicht?" Ihre Augen ruhten auf uns, aber ohne jegliche Freude oder Wärme, was auch Alma gespürt haben musste, weil sie einen Moment leicht zitterte. Terri gab irgendein zustimmendes Geräusch von sich und tätschelte kurz Almas Kopf. Rudi fixierte Isabella richtig herausfordernd und frech, aber das schien sie gar nicht zu stören. Anscheinend gehörte diese Freundin von Mateo auch nicht zu den Top drei –Menschen von Rudi, was mich neugierig machte.

„Hör mal, Rudi. Es kommt mir vor, als wenn du diese Frau nicht so gut leiden könntest. Oder gefällt es dir einfach nicht, dass sie mit deinem Mateo zusammen ist?"

Alma nickte zustimmend. „Daran musste ich gerade auch denken. Ich habe gespürt, dass da irgendetwas Negatives ist – entweder in ihr oder zwischen euch."

„Das wundert mich selbst auch etwas", gab Rudi zu. „Ich mag eigentlich die meisten Menschen, weil mir nach meinem Unfall so gut geholfen worden ist. Früher hatte ich ja gar keine Familie und nun darf ich bei Anton, Mateo und seinem Vater wohnen. Daher komme ich mir sehr undankbar vor, wenn ich einen Menschen, der Mateo nahesteht, nicht so mag. Weil so ist es eben, ich mag diese Frau nicht, ehrlich gesagt, ich kann sie gar nicht ausstehen. Sie tut immer so nett, aber wenn Anton und ich alleine mit ihr sind, wirft sie uns nur gemeine Blicke zu. Manchmal ist es wirklich unheimlich und ich bin froh, dass Anton fast immer dabei ist."

Alma nickte mitfühlend. „Das kann ich mir sehr gut vorstellen, wie es ist, wenn du jeden Tag aufpassen musst, dass sogar in deinem Zuhause dir nichts passiert."

„Na ja, so schlimm ist das nicht," räumte Rudi ein. „Zum Glück wohnt diese Isabella nicht bei uns, sondern kommt nur zu Besuch, und das auch nicht mehr so oft wie früher. Außerdem höre ich Mateo und sie öfter nur streiten, wenn sie zusammen sind. Wenn dann andere Menschen dazu kommen, tun sie so als wenn nichts wäre."

Ja, das sagte ich die ganze Zeit, dass mit diesen beiden irgendetwas nicht stimmt. Die negative Energie, die sie ausstrahlten, konnte ich auch ohne Alma spüren. Anscheinend war die Situation für Terri auch nicht gerade angenehm, weil sie leicht schwitzte und kaum ein Wort sagte, was die anderen gar nicht störte. Sie unterhielten sich über irgendwelche anderen Ausflugsziele und ob man dieses und jenes vielleicht gemeinsam machen könnte. Terri gab nur einsilbige Antworten und schaute aus dem Fenster, was mir so vorkam, als wenn sie sich den Weg zu diesem Rodriguez einprägen würde. Ich hoffte allerdings, dass das für uns der erste und zugleich der letzte Besuch bei diesem Monster war.

Alma kam darauf zurück, was Rudi soeben gesagt hatte. „Es war sicher für dich nicht einfach, ganz alleine zurecht zu kommen. Aber was ist dann mit deinen Eltern passiert? Oder bist du auch in einer Welpenhalle geboren und wurdest entsorgt?"

„Oh, nein", Rudi schüttelte den Kopf. „Soweit ich es weiß, hatte meine Mutter früher eigene Menschen. Aber als sie Babys bekam, wurde sie – mitsamt meinen Geschwistern und mir – aus dem Haus gejagt. Leider habe nur ich überlebt, die anderen sind verstorben, weil sie viel zu klein und schwach waren. Warum ausgerechnet ich es geschafft habe, weiß ich wirklich nicht."

Er seufzte und schaute aus dem Fenster. „Meinen Vater habe ich nie kennengelernt. Als meine Mutter erkrankte und verstarb, war ich dann auf mich alleine gestellt und musste versuchen, auf der Straße zu überleben. Es war echt hart, ich hatte andauernd Hunger und wusste nie, woher die nächste Gefahr kommen würde."

So ernst hatte ich ihn noch nie erlebt. Vielleicht hätte ich auch Mal daran denken sollen, wie sein Leben früher gewesen war und was hinter dieser almaähnlichen Superheiterkeit tatsächlich steckte. Manchmal wünschte ich mir, dass ich auch so im hier und jetzt leben könnte und nicht dauernd darüber nachgrübeln müsste, was alles passiert war und vor allem, was alles noch passieren könnte.

Ich stupste Rudi leicht mit meiner Schnauze. „Tut mir leid, Kumpel, das hört sich ja ganz schön schwer an. Aber wie bist du denn an Mateo gekommen?" Alma lehnte sich kurz an mich wohl dankbar dafür, dass ich mal so nett zu ihrem Rudi war. Ja, Schwesterchen, mein Herz ist auch nicht aus Stein und wenn ihr zwei mal nicht so nervig hibbelig seid, ist das eine erholsame Abwechslung. Obwohl ich das nicht laut gesagt hatte, musste Alma mich wieder streng anschauen. Doch wieder etwas genervt verdrehte ich kurz die Augen.

„Nun, Mateo hat mich gerettet", fuhr Rudi fort. Kaum zu glauben, dass dieser Angeber tatsächlich selbst mal einen Straßenhund gerettet haben soll, aber Rudi war doch der Beweis dafür. „Mein Unfall hat mein Leben gerettet, sonst wäre ich mit Sicherheit im Winter verhungert. Ich lief an einer Straße entlang und suchte nach Futter und Schutz. Ich hörte ein Auto kommen und hielt mich dicht am Rand, so wie meine Mutter es mir beigebracht hatte. Der Fahrer lenkte aber seinen Wagen direkt auf mich zu und...ja...überfuhr mich absichtlich."

„Das ist ja furchtbar!" Alma sprang auf und wollte zu Rudi, um ihn zu trösten, was natürlich die Aufmerksamkeit der Menschen wieder auf uns zog. Mateo schaute kurz nach hinten und befahl Rudi ruhig zu sein, obwohl er sich ja gar nicht bewegt hatte, und Isabella sah sofort verärgert aus. Sie mochte es wohl nicht, dass jemand ihren Redefluss über alle möglichen Berühmtheiten, die sie in ihrem Leben angeblich bereits getroffen hatte, unterbrach.

„Oh, tut mir leid, Liebes", Mateo tätschelte ihr Knie. „Erzähl ruhig weiter, das ist wirklich sehr interessant!" Ich sah noch Terri und Mateo im Rückspiegel einen Blick austauschen, was mich sehr wunderte. Was sollte das nun wieder werden? Terri kämpfte sichtlich dagegen an, nicht laut aufzulachen, obwohl sie noch vor ein paar Minuten so trübselig aus dem Fenster geschaut hatte. Alma hatte sich wieder beruhigt und ließ Rudi weitererzählen.

„Ja das war wirklich furchtbar und ich musste sogar vor Schmerzen laut schreien, bewegen konnte ich mich aber nicht mehr. Anscheinend fuhr Mateo zufällig hinter diesem Wagen und hat alles mit angesehen. Er hielt an und brachte mich in diese Klinik. Ich hörte ihn noch jemandem sagen, dass es sich sicher lohnen werde, das Leben von einem reinrassigen Jack Russel -Welpen zu retten, bevor ich wegdämmerte. Den Rest kennt ihr ja sicher schon – ich bin wieder gesund und darf seitdem bei ihm leben."

Dass die Rasse von Rudi dabei eine große Rolle gespielt hat, bestätigte wieder meine Meinung über diesen Angeber Mateo. Allerdings musste auch ich zugeben, dass es eigentlich nicht notwendig gewesen wäre, so einen Welpen selber zu behalten. Bevor ich fragen konnte, wie Rudi darüber dachte, blickte dieser Mateo wieder kurz nach hinten, weil Isabella wohl gerade Luft holen musste.

„Es ist nicht mehr weit," sagte er und schaute Terri direkt an, die ihn tatsächlich kurz anlächelte, bevor Isabella wieder mit ihrem Bericht fortfuhr, diesmal über die schönen Fincas, die sie schon einmal besucht hatte. Sie war aber echt langweilig und wohl sehr selbstverliebt, weil sie gar nicht mitbekam, dass keiner ihr richtig zugehört hatte. „Es war doch gut, dass ich auch meinen Rudi mitgenommen habe.

Señor Rodriguez wäre sicher ein sehr guter Kunde für unsere Klinik und Rudi ist ja nun mal ein prächtiges Beispiel dafür, welche herausragenden Leistungen unser Ärzteteam erbringen kann!"

Ich hörte Terri wieder kurz ächzen und glaubte gesehen zu haben, wie sie ihre Augen verdrehte. Diese Einstellung von Mateo erklärte mir jedoch, warum er selbst Rudi behalten hat – es drehte sich ja schließlich wieder nur um die Klinik und deren Ruf.

„Wenn ich alleine mit ihm bin, ist er schon anders", meinte Rudi wohl ahnend, was ich gedacht hatte. Ja reichte es denn nicht, dass da schon eine dauernd in meinem Kopf herumstocherte – einen zweiten Hellseher konnte ich echt nicht gebrauchen. Außerdem wenn wir offensichtlich gleich am Ziel waren, sollten wir uns jetzt eher auf unsere Aufgaben konzentrieren, wobei mir wieder einfiel, dass Rudi ja keine Ahnung hatte, was wir vorhatten.

„Das mag ja sein", sagte ich etwas ungehalten. „Es geht aber immer noch um Menschen und denen zu vertrauen ist nicht besonders klug. Alle scheinen ja zu denken, dass dieser Mann, zu dem wir leider nun fahren, ein ehrlicher Mensch mit einer feinen Hundezucht ist. Wir wissen es aber besser und werden es auch irgendwie beweisen. Dieser Mensch ist ein Monster! Er ist derjenige, die uns das alles angetan hat!" Ich zeigte auf Almas Kopf und auf mein Bein. Dass ich auf einmal heftig zu zittern anfing, konnte ich nicht verhindern.

„Arlo, was ist denn nun?", fragte Terri besorgt. „Hast du Angst vor Rudi?" Ja genau, Mädchen, das war ja wieder einmal vollkommen daneben. Aus dem Augenwinkel sah ich Rudi breit grinsen und wollte gerade ihm zeigen, wie schnell so ein dämliches Grinsen verschwinden kann, aber Terri hob Alma zwischen ihn und mich. „So ist es besser, ja? Vielleicht ist dir auch etwas schlecht, habe ja schon früher bemerkt, dass du nicht so gerne Auto fährst."

Isabella musste sich natürlich auch noch einmischen. „Ja sag mal Terri – redest du wirklich mit solchen Kötern? Die können kein Wort verstehen und man macht sich ja nur lächerlich. Entschuldige bitte, aber so ist es doch, oder? Mateo?"

„Na ja – vielleicht verstehen sie die Worte nicht, aber manchmal kann wohl eine Stimme beruhigend wirken, habe ich mir von unseren Ärzten sagen lassen." Isabella gefiel es aber überhaupt nicht, dass Mateo nicht auf ihrer Seite stand und fing an, in ihrer Handtasche herumzuwühlen. Als sie eine Schachtel Zigaretten herausnahm, fuhr Mateo sie noch tatsächlich an. „Der Wagen ist neu! Kannst nicht hier drin rauchen!"

„Na dann musst du wohl kurz mal anhalten, Liebster. Ich werde sicherlich nicht ein paar Stunden ohne jegliche Beruhigung über irgendwelche Hunde quatschen, die mich nur am Rande interessieren!" Sie guckte Terri an. „Tut mir leid, aber ich bin wirklich nicht sicher, ob diese neuen Rassen was für mich sind – vielleicht verlieren solche Hunde nur sehr schnell an Wert und dann hat man ja umsonst investiert. Aber vielleicht kann mich Señor Rodriguez vom Gegenteil überzeugen, da seine Produkte wohl eine sehr gute Qualität haben." Ohne ein Wort zu erwidern, hielt Mateo an und stieg mit Isabella aus. Terri blieb bei uns sitzen und streichelte etwas gedankenverloren Almas Kopf.

„Das ist ja wieder typisch Isabella", seufzte Rudi. „Aber auch ich habe über diesen Señor Rodriguez nur Gutes gehört, also dass er ein ehrlicher und liebevoller Hundemensch sei – und nun meint ihr, dass das alles gar nicht stimmt?"

Alma berichtete ihm, wie er uns behandelt hatte und wie wir von Toran und seinen Kumpanen gerettet worden waren, wie wir auf die Finca kamen und was wir nun vorhatten, um uns zu rächen. Rudi machte große Augen und hatte wohl so seine Schwierigkeiten, das alles zu glauben. Alma ergänzte noch, dass jemand eben in dieser Klinik von Mateo ein falsches Spiel spielte und dass wir Silva und auch Mateo von dem Verdacht nicht völlig ausschließen können. „Das ist ja alles absolut unglaublich!" Er stand in seinem Korb auf. „Das muss ja wirklich beängstigend und auch aufregend mit den Wölfen gewesen sein!" Ich nickte zustimmend und war ein bisschen stolz darauf, dass wir dieses Abenteuer mit Toran erlebt hatten und nicht er. Wenn man so darüber nachdachte, war es schon wirklich cool. „Ich weiß aber wirklich nicht, ob mein Mateo zu so etwas Schlimmen fähig wäre", fuhr Rudi fort. „Er haut ja manchmal große Sprüche raus, aber ich meine...eigentlich hat er ja recht, was die Klinik betrifft. Die Ärzte dort arbeiten ja wirklich gut und auch Silva ist immer freundlich zu mir gewesen. Aber wenn ihr jemanden am Telefon gehört habt, muss es ja stimmen." Er wirkte etwas niedergeschlagen, genau wie Condesa, als sie erfuhr, dass ihre Silva vielleicht die Verräterin war.

Alma leckte kurz seine Schnauze, was ich in diesem Fall kommentarlos geschehen ließ. „Sei nicht traurig, Rudi! Wir wissen nicht sicher, wer da telefoniert hat. Wenn du meinst, dass dein Mateo ein guter Mensch ist, muss es ja stimmen." Aha, so leichtgläubig wäre ich aber nicht – dass Menschen sehr gut täuschen und lügen können, wussten wir ja nur zu gut. Alma mochte ihre Supersinne haben, aber sie war auch so gutmütig und vertrauensselig – jeder hatte zunächst Mal eine Chance bei ihr, oder sogar mehrere. Jemand musste mit diesem Monster zusammenarbeiten und dieser jemand hatte mit der Klinik zu tun.

„Du warst auch ziemlich lange in der Klinik, oder?", fragte ich. Rudi nickte. „Hast du dann nie etwas gesehen oder gehört, was dir irgendwie komisch vorgekommen wäre? Oder hat jemand da den Namen von diesem Mann – Rodriguez – erwähnt? Irgendwas?"

Rudi überlegte sehr angestrengt. „Ich weiß nicht... nein...

ich habe nur gehört, wie unsere Menschen über ihn gesprochen haben – aber ihr wart ja selber dabei..." Ich fühlte, wie diese Hoffnung mich auch wieder verließ. Wir kamen einfach nicht weiter, keiner wusste etwas und bald würden wir wohl jeden verdächtigen müssen. Bevor mein Frust wieder überhandnahm, fiel Rudi noch etwas ein.

„In der Klinik habe ich von ihm nichts gehört, aber einmal habe ich mitbekommen, wie diese Isabella bei uns zu Hause mit jemandem telefoniert hat, als Mateo und sein Vater nicht anwesend waren. Es ging um irgendwas Geschäftliches, etwas was mit ihrer Arbeit zu tun hatte – irgendwas mit einer Vermietung von einem Transporter ihrer Firma für eine längere Fahrt. Da wurde nicht über Hunde oder Welpen gesprochen, aber zuletzt sagte sie: „Dann bis bald, Señor Rodriguez!"

20. EINE DOPPELTE PORTION BÖSARTIGKEIT

Bevor wir großartig über diese Neuigkeit nachdenken konnten, stiegen Mateo und Isabella wieder ein und wir fuhren den kleinen Bergweg immer weiter. Uns war schon bewusst, dass es dort in Spanien viele Menschen mit demselben Nachnamen gab, womit es gar nicht sicher war, dass diese Isabella wirklich eine Verbindung zu dem Monster hatte. Allerdings würde es gut zu ihr passen, weil sie eindeutig kein besonders guter Mensch war. Ich war selbst überrascht, dass ich solche Gedanken hatte, weil daraus folgte, dass sogar ich einige Menschen für gut hielt – im Vergleich zu komisch-gemeinen wie dieser Isabella und irgendwie auch diesem Mateo, oder zu den wirklich bösen, wie dem Monster, zu dem wir gerade unterwegs waren. Als ich kurz zu Terri schielte, bemerkte ich, dass sie heimlich Isabella genauer betrachtete und wohl mit mir über ihren Charakter einer Meinung war.

Rudi und Alma unterhielten sich über alle möglichen Spiele, die sie zusammenspielen könnten – beide unbekümmert wie eh und je. Die Verantwortung belastete mich sehr und ich spürte, wie ich immer aufgeregter wurde. Ich musste einige Male gähnen, um mich irgendwie wieder zu beruhigen. Terri schien sich auch nicht so wohl zu fühlen, weil sie ihre Hände an ihrer Hose rieb und, wie ich feststellte, etwas nach Schweiß roch. Ob sie etwa auch Angst hatte? Eigentlich sollte sie ja uns beschützen können, falls oder besser gesagt wenn etwas schief lief.

„So, da wären wir dann!", rief Mateo und hielt vor einer weißen, einstöckigen Finca.

Nun ging es also los. Ich guckte Alma und Rudi direkt an und versuchte so streng ich nur konnte, sie zu ermahnen.

„Seid dann bloß vorsichtig und denkt daran, dass der Mensch auf dieser Finca einfach abgrundtief böse ist! Wir können uns nur auf uns selbst verlassen - wenn es zu gefährlich wird, musst ihr mir sofort gehorchen! Also konzentriert euch!"

Mateo hupte einmal und stieg mit Isabella aus, die noch kurz ihre Frisur richtete und sich dann bei Mateo einhakte. Terri seufzte und hob uns in dem Korb aus dem Wagen heraus und setzte uns auf die Erde. Gerade als Rudi hinter uns hersprang, ging die Tür der Finca auf und eine Frau erschien.

„Oh, nein, oh, nein – Alma, das ist die böse Frau, die auch immer in der Welpenhalle war!" Alma und ich fingen gleichzeitig an zu zittern und zu winseln. Das war aber auch so schlimm, denn diese Frau war diejenige, die die Kranken und Schwachen aussortierte und zum Tod verurteilte. Sie hatte auch uns unsanft in die Transportbox geworfen und dem Monster den Befehl erteilt, uns zu entsorgen. Und nun war sie hier! Das war nicht zu ertragen! Ich versuchte so laut zu knurren, wie ich nur konnte, aber ich war so schockiert, dass aus dem Knurren nur ein jämmerliches Winseln wurde. Als Krönung musste ich auch noch feststellen, dass ich mich nass gemacht hatte. Das fing ja alles fein an, aber mit dieser Frau konnte keiner rechnen! Alma versteckte sich hinter meinem Rücken und auch Rudi war stehen geblieben, wohl völlig überrascht von unserer Reaktion. Als die Frau näherkam, versuchte ich Alma zurück ins Auto zu schieben, aber Terri setzte uns bereits in unseren Korb und hob diesen wieder nach oben.

„Was habt ihr nun auf einmal?", fragte sie etwas besorgt. „Ich bin bei euch, ihr braucht keine Angst zu haben." Ob das uns irgendwie nutzen würde, wusste ich nicht. Was sollte sie gegen so viel Bösartigkeit unternehmen können? Vielleicht würde alles nur ganz schlimm enden und Terri müsste uns dort lassen, nur um selber wieder wegzukommen. Und wenn die Frau sie irgendwie davon überzeugen könnte, dass sie ihre Hunde hat. Aber dann würde sie ja auch erklären müssen, warum wir in so einem schlechten

Zustand gewesen sind. Ich musste mich zusammenreißen, wenigstens für Alma. Ich bellte und knurrte so laut ich nur konnte.

„Ach, so entzückende kleine Hunde haben Sie da!" Die Frau gab allen die Hand. „Ich bin Carla Rodriguez - seien Sie herzlichst willkommen bei uns! Sehr schön, Sie alle kennenzulernen. Mein Mann gesellt sich gleich zu uns, er füttert gerade unsere Hunde. Ihre zwei sehen aber unseren Welpen wirklich zum Verwechseln ähnlich, - sicher auch Chiliers, aber das ist mit Sicherheit nur ein Zufall. Bei Straßenhunden kann es ja auch solche Mischungen geben. Mein Mann hat schon erwähnt, dass sie diese Hunde auf der Straße gefunden haben. Tja, leider gibt es sehr viele herrenlose Hunde hier in der Gegend, es ist wirklich eine Schande, wie manche Menschen ihre Tiere behandeln. Trotzdem ist es etwas riskant, Hunde von der Straße aufzulesen, die können ja schwer krank oder irgendwie gestört sein, im Unterschied zu den Tieren aus unserer Zucht." Sie redete ohne Pause weiter und führte alle in die Finca hinein, aber ich merkte sofort, mit welcher Abscheu sie uns musterte. Da es für uns keinen Ausweg aus dieser Situation gab, musste ich stark sein und daran denken, dass ich die Verantwortung für meine Schwester hatte - und auch ein bisschen für Rudi. „Das ist diese grauenhafte Frau wirklich, ich kann sie riechen", flüsterte Alma. „Sie ist also die Frau von diesem Monster, wie furchtbar. Aber Terri ist ja bei uns und wird uns sicher beschützen!" Als ich sah, wie zitterig auch Terri war, wollte ich Alma darauf aufmerksam machen, aber ließ es dann lieber bleiben. Anscheinend beruhigte ihre Gegenwart Alma und wenn sie sich unter Kontrolle hatte, war es für mich leichter auf sie aufzupassen. Allerdings hatte ich so meine Zweifel, ob sie sich jemals wirklich unter Kontrolle hatte, so hibbelig und quasselig sie nun einmal war. Aber wenn sie noch panisch vor Angst wäre, würde ich mit ihr sicher absolut nichts anfangen können, sodass ich nur etwas Zustimmendes grunzte.

Terri setzte uns wieder ab und Alma lief neben Rudi über die Finca. Na nun, mir blieb aber auch nichts anders übrig, als ihnen zu folgen. Dass Alma sich nach dem ersten Schock so schnell wieder beruhigt hatte, überraschte mich eigentlich nicht, ganz im Gegenteil. Ich fing anscheinend wirklich an zu glauben, dass sie die Situationen sehr gut einschätzen konnte und irgendwie wusste, ob es am Ende für uns gut ausgeht. Gerade als ich mich schon zuversichtlicher fühlte, hörte ich Alma laut bellen und aufjaulen - zu früh gefreut, Kumpel. Ich lief so schnell ich konnte über die Finca zu Alma und stieß an der Türschwelle mit einem Mann zusammen - das Monster! Und Alma direkt hinter ihm eine Pfote hochgehoben!

„Das tut mir furchtbar leid", sagte das Monster und versuchte tatsächlich ein grinsen zu verdecken. „Wie tollpatschig von mir – da bin ich aus Versehen auf Ihren Hund getreten, aber es ist sicher nicht so schlimm, nichts gebrochen und so weiter!" Ich sprang zu Alma und knurrte das Monster laut an. „Ach, ein Bodyguard, wie ich sehe, das ist ja lustig!" Der Mann lachte, aber seine Blicke durchbohrten uns, warnend und böse. Knurr! „Ja, ja! Kommen Sie alle rein. Sehr schön, sehr schön!" Er winkte in Richtung eines größeren Raumes und als wir alle drin waren, schloss er die Tür fest hinter uns - da waren wir nun also gefangen in dem Haus des Monsters. Anscheinend war der Tritt diesmal nicht zu heftig gewesen, weil Alma sich nur kurz schüttelte und neben Terri und Rudi den Raum durchquerte.

„Es freut meine Frau und mich sehr, dass Sie so ein großes Interesse an unseren Zuchthunden zeigen. Wir suchen ja für jeden einzelnen ein möglichst liebevolles Zuhause. Aber...", das Monster hielt kurz inne und schaute Isabella an. „...wir kennen uns doch, oder? Frau Fernandez, habe ich recht? Sie arbeiten bei dem Logistikunternehmen, bei dem wir bereit

öfter Transporter für unsere ... Ware ...gemietet haben."
Isabella stutzte kurz aber lächelte dann. „Ach, ja, stimmt!
Sie sind ja mal persönlich dort gewesen! Ich wusste nur
nicht, dass Sie", sie schien irgendwie nach den richtigen
Worten zu suchen, „...etwas mit einer Hundezucht zu tun
haben."

„Das ist ja auch nur ein kleines Hobby von uns, eine kleine
familiäre Zucht, damit man die dazu erforderliche Fürsorge
für jedes einzelne Tier aufbringen kann!" Das Monster lächelte selbstzufrieden. „Unseren Lebensunterhalt verdienen
wir eigentlich mit..öhm...Exportgütern, die wir auch selber
produzieren....Haustierzubehör und so weiter...sehr gefragt
zur Zeit besonders im westlichen Europa."

„Ach, Haustierzubehör...das ist ja auch interessant", erwi-
derte Isabella irgendwie erleichtert. Das Monster und seine
Frau führten uns alle in ein Nebenzimmer, in dem ein paar
Decken und Kissen lagen sowie einige Wassernäpfe standen.
„Nun können Ihre Hunde es sich hier gemütlich machen,
während wir uns in Ruhe unterhalten." Ich werde mich mit
Sicherheit nicht von Terri trennen lassen, egal was das
Monster meinte. Alma und sogar Rudi waren wohl auch
der Ansicht, weil sie sich ganz dicht bei Terris Füßen auf-
hielten. „Flöhe haben diese doch nicht?" Knurr! „Wir werden ja an diesem Wochenende zu einer Hundeausstellung
nach Deutschland fliegen und dort können wir wirklich
keine Flöhe oder sonstiges Ungeziefer, was solche Straßenhunde haben können, gebrauchen." Knurr!
Terri lief rot an und ich spürte, wie ihr Zorn wuchs. Bevor
sie aber etwas erwidern konnte, mischte sich Mateo ein. „So
etwas haben diese Hunde bestimmt nicht. Sie sind ja alle in
unserer Klinik durchgecheckt worden und sind auch regel-
mäßig zur Kontrolle dort. Flöhe oder sonstiges wird man
bei unseren Patienten nicht finden. Allerdings waren diese
zwei", er zeigte auf Alma und mich, „in einem sehr schlechten Zustand als sie in unsere Klinik kamen. Unser Ärzte-

team hat sie aber sehr erfolgreich behandelt und die weitere Genesung kann auch garantiert werden. Uns würde aber sehr interessieren, ob Sie etwas über die Herkunft dieser Hunde wissen. Sie haben ja am Telefon schon angegeben, dass sie anscheinend nur ganz ähnlich wie Ihre Hunde aussehen, jedoch nicht von Ihnen stammen."

„Ja, also, ich muss noch mal betonen, dass unsere Welpen sehr liebevoll behandelt werden und sehr behütet bis zu dem tiergerechten Abgabealter bei dem Muttertier heranwachsen dürfen", empörte die Frau von dem Monster sich. „Außerdem bekommt unsere für die Zucht ausgewählte Hündin nur alle zwei Jahre Welpen, damit es nicht zu anstrengend für sie wird. Sie hat vor einigen Wochen welche entbunden, so können diese zwei – die wohl ungefähr ein halbes Jahr alt sein mögen – schon deshalb nicht von ihr stammen!"

Diese Lügerei machte mich ganz verzweifelt. Ich verstand nicht, wie Menschen zu so etwas fähig waren, und die anderen müssten es genauso gut wie wir erkennen, ob jemand die Wahrheit sagt oder nicht. Uns fehlte diese Eigenschaft vollkommen - ich hatte noch nie einen Hund getroffen, der lügen konnte. Natürlich tat man oft etwas, was man eigentlich nicht machen möchte, aber bei uns ist der Grund dafür gewesen, dass wir sonst mit Härte und Gewalt bestraft worden wären. Etwas anderes war es aber, wenn Menschen aus lauter Bösartigkeit uns so behandelten oder wie jetzt, den anderen einfach direkt ins Gesicht logen.

Terri kniete sich zu uns hin, um nicht nur uns sondern auch sich selbst zu beruhigen. Alma leckte kurz ihre Hand und zu meiner Überraschung lehnte ich mich kurz an ihr Bein. Die Berührung tat aber wirklich gut, musste ich feststellen.

Rudi blickte auf zu Mateo, der kurz geschwiegen hatte und uns beobachtete. „Ja es tut mir leid, dass wir zuerst den Verdacht hatten, diese Welpen könnten von Ihnen stammen. Wie wir inzwischen erkannt haben, ist das ja nicht der Fall." Mateo kramte in seiner Jackentasche und zog einen Zettel heraus. „Auch mit den besten Empfehlungen von meinem Vater, Doktor Morales, der unsere Klinik leitet, darf ich Ihnen als eine kleine Entschuldigung diesen Coupon überreichen. Wenn mal eine tierärztliche Behandlung von Ihnen benötigt wird, erhalten Sie hiermit einen Nachlass in Höhe von 25% auf alle tierärztlichen Leistungen unserer Klinik." Es ging ihm echt nur um diese Klinik, um Geschäfte und um neue Kunden. Terri schien auch ziemlich enttäuscht zu sein, sie vermied Mateos Blick und starrte etwas auf dem Fußboden an.

Isabella strahlte. „Ich kann Ihnen die Klinik wirklich wärmstens empfehlen. Die Ärzte leisten hervorragende Arbeit und auch das sonstige Personal ist sehr zuvorkommend." Sie zwinkerte Mateo zu und kicherte kurz. „Immer, wenn ich meinen Mateo dort besuche, spüre ich die gute Atmosphäre."

Das Monster nahm den Coupon etwas zögerlich an. „Vielen Dank, das ist ja sehr großzügig von Ihnen und auch besten Dank an Herrn Doktor Morales. Das wäre aber gar nicht nötig gewesen, es gibt ja immer wieder kleine Missverständnisse und unsere sind ja nun geklärt." Er gab Mateo nochmal die Hand. „Wir werden uns das überlegen, bis jetzt waren wir mit unseren Tieren immer bei unserer alten Bekannten, die an einer anderen Klinik als Tierärztin arbeitet. Aber Ihre Klinik liegt ein Stück näher, was ja nie verkehrt ist, wenn wir mal einen Notfall haben sollten. Ich glaube, eine Ihrer Ärztinnen habe ich ja auch schon kennengelernt. Sie war uns bei der Vorbereitung der Hunde für die Ausstellung behilflich. Frau Doktor Heising arbeitet doch bei Ihnen, oder?"

Mateo nickte. „Ja, genau. Sie ist eine von unseren besten Chirurginnen, und sie beschäftigt sich auch in ihrer Freizeit mit Hunden - also sie trainiert mit anderen unsere Rettungshunde und wie gesagt, sie ist auch als Richterin bei vielen Ausstellungen tätig. Uns war allerdings neu, dass sie auch an internationalen Ausstellungen teilnimmt, aber das ist ja nur positiv. Und Ihre Hunde werden dort vorgestellt? Die Welpen?"

„Das wäre gar nicht möglich, so etwas machen wir nicht!", empörte Carla Rodriguez sich. „Wissen Sie, Herr Morales, wir haben einen sehr guten Ruf und den möchten wir selbstredend nicht verlieren. Außerdem wäre es ja illegal, Welpen unter 16 Wochen wegen dem fehlenden Impfschutz ins Ausland zu bringen. Für unsere Chiliers werden alle erforderlichen Impfungen und ärztlichen Untersuchungen in den jeweiligen Heimtierausweisen dokumentiert. Im Unterschied zu diesen zwei hier", sie musste wieder auf uns zeigen, „werden wir die Ahnentabelle für unsere Hunde jederzeit vorzeigen können. Deswegen finde ich es auch vollkommen unverantwortlich, dass solche Straßenhunde überhaupt am Leben gelassen werden - diese haben ja wirklich keinerlei Wert und schaden nur dem Image dieser neuen wundervollen Designerhunde!"

Terri lief erneut rot an und zitterte jetzt vor Wut. „Tut mir leid, dass ich Ihnen widersprechen muss, Señora Rodriguez!" Sie spuckte den Namen regelrecht raus. „Diese kleinen Lebewesen haben sehr viel durchgemacht und haben nun ein gutes Leben verdient! Nicht jeder Hund muss reinrassig sein, für irgendeine Zucht herhalten oder an irgendwelchen Ausstellungen teilnehmen!"

Das Monster mischte sich ein. „Nun regen Sie sich bitte nicht so auf, Fräulein Schneider. Meine Frau hat es sicher nicht so gemeint – wir sind nur sehr stolz auf unsere Hunde und möchten diese Zuchtrasse auch international anerkennen lassen. Wir haben zwei der Welpen unserer ehemaligen Zuchthündin selber behalten, damit wir mit diesen eben an Ausstellungen teilnehmen können. Sie werden sich gleich selbst davon überzeugen können, dass es einen gewaltigen Unterschied in der Erscheinung von Zuchthunden und von diesen da gibt", er wedelte mit seiner Hand in unsere Richtung.

„Oh, ja! Wie aufregend!", rief Isabella. „Ich bin schon ganz gespannt auf Ihre Hunde. Vielleicht werde ich auch selber in diese Zucht investieren." Sie strahlte das Monster und seine Frau an. Ich hoffte, dass sie niemals einen Hund bekommen würde, weil dieser es garantiert nicht gut bei ihr hätte. Jedoch interessierte es mich schon sehr, welche Hunde uns nun vorgezeigt werden würden. Wir haben immer gedacht, dass alle Welpen entweder ins Ausland gebracht oder eben getötet worden waren. Zudem wussten wir ja, dass jede Hündin zwei Mal im Jahr Welpen entbinden musste - und nun sollen bei dem Monster seit einiger Zeit Vorzeigehunde leben.

„Ja, diese Zucht ist wirklich vielversprechend", betonte das Monster. „Unsere heutige Zuchthündin bekommt wirklich qualitativ hochwertige Welpen. Ihre Vorgängerin samt einem Rüden und den restlichen Welpen haben wir vor kurzem ins Ausland vermitteln können. Das waren eben diese vier auf dem alten Flyer von uns, weswegen Sie mich neulich angerufen haben, Señor Morales." Er blickte Mateo sehr eindringlich an.

„Ja, wie gesagt", stotterte Mateo, „es war eben ein bedauerliches Missverständnis."

„Mein Mateo hat es sicher gar nicht ernsthaft geglaubt, Señor Rodriguez", lachte Isabella auf. „Ihre Hunde kann man ja gar nicht mit diesen hier vergleichen." Terri wollte anscheinend einen passenden Kommentar dazu abgeben, aber sie musste mich bändigen, sonst hätte ich dieser Isabella schon meine Meinung gezeigt und zwar gründlich. Knurr! Sogar Alma und Rudi knurrten und bellten sie an.

„Ach, halten Sie bitte Ihre Hunde etwas zurück!", empörte Carla Rodriguez sich. „Bevor das hier noch irgendwie aus dem Ruder läuft, sollten wir zur Sache kommen. Liebster, holst du mal unsere zwei Goldstücke, die die Ehre haben werden, unsere Zucht bei dieser ersten internationalen Ausstellung zu repräsentieren. Danach können wir über das Geschäftliche reden – laut Señor Morales haben ja Sie, Fräulein Schneider, Interessenten für unsere Zucht."

Terri musste sich räuspern, um ihre Stimme wiederzufinden. „Ähm, ja…genau, einige meiner Bekannten sind von diesen Chiliers wirklich begeistert. Und da Sie ja so eine hervorragende familiäre Zucht haben, könnte ich mir sehr gut vorstellen, dass wir ins Geschäft kommen werden." Sie schaffte es tatsächlich, diese zwei Ungeheuer anzulächeln, ohne das ihnen auffiel, wie voller Verachtung ihre Augen waren.

Das Monster klatschte begeistert in seine Hände. „Das hört sich ja alles sehr gut an! Ich bin gleich wieder da!" Er setzte sich in Bewegung und wollte wohl die zwei armen, für die Ausstellung vorgesehenen Hunde holen. „Das sind unsere Zweijährigen," rief er noch über die Schulter. „Von unserer vorherigen Zuchthündin und unserem vorherigen Deckrüden: Haya und Paison, die, wie bereits gesagt, mit ihren letzten zwei Welpen ins Ausland vermittelt worden sind!"

Terri schaute uns an, wir schauten sie an und schwiegen.

21. GESCHWISTERTREFFEN

Bevor das Monster zurückkam, bat seine Frau alle doch Platz zu nehmen. Im Raum standen ein paar Sessel und ein sehr großes Sofa, auf dem Mateo Platz nahm, und diese Isabella musste sich natürlich an ihn schmiegen. Terri seufzte und setzte sich in einen der Sessel und wir gesellten uns zu ihr. Carla Rodriguez blieb stehen und schaute aus dem Fenster hinaus.

„Wissen Sie," fing sie an. „Wir haben unsere privaten Räume im hinteren Teil der Finca so eingerichtet, dass unsere Hunde es möglichst ruhig und gut haben. Deswegen benutzen wir diesen Raum hier für die Präsentationen." Sie drehte sich um und betrachtete uns wieder abfällig. „Ich würde Ihnen gerne auch unsere Neugeborenen vorstellen, das wäre eine gute Möglichkeit zu einer Sozialisationsübung für die Welpen...aber können Sie garantieren, dass Sie Ihre Hunde im Griff haben? Nicht, dass da noch ein Unfall passiert."

Terri und Mateo wechselten einen Blick. „Aber ja", erwiderte Mateo. „Mein Rudi ist sehr gut erzogen und wie ich gehört habe, haben die beiden anderen schon etliche Kommandos gelernt." Terri nickte zustimmend und etwas erleichtert. Natürlich würden wir uns benehmen können, was war das nur für eine Frage? Es ging ja eher darum, ob dieses Monster und seine Frau sich benehmen konnten – falls nicht, konnte ich für nichts garantieren. Erst jetzt fiel mir auf, dass meine zwei Hibbeligen unnatürlich still waren. Alma lehnte sich leicht gegen mich und Rudi saß neben ihr eine Pfote auf ihre Pfote. Na, wenn es ihnen half, aber ein bisschen störte mich das trotzdem.

Ich stupste Alma leicht. „Hast du das verstanden? Diese zwei sollen Kinder von unseren Eltern sein?" Da sie aber nicht zu reagieren schien, stupste ich sie nochmal, diesmal nicht gerade sanft. Nun musste Rudi aufstehen und sich einmischen.

„Hör auf Arlo! Ich glaube, Alma sieht gerade etwas, was wir nicht sehen können." Ja, klar, Kumpel. Willst du jetzt etwa behaupten, meine Schwester besser zu verstehen als ich? Ich knurrte ganz leise und kräuselte meine Schnauze so, dass Rudi einen guten Blick auf meine Zähne hatte. Bevor die Situation zwischen uns eskalieren konnte, fing Alma an, leise zu erzählen.

„Diese Hunde, die gleich hineinkommen, sind wirklich unsere Geschwister, Arlo. Aber ich fühle ganz stark, dass sie keine glücklichen Hunde sind. Ich sehe Enge und wenig Licht, fühle die ständige Angst." Sie zitterte und winselte leise, woraufhin Terri ihren Kopf streichelte. In diesem Augenblick kam das Monster zwei kleine Hunde tragend zurück.

„So da wären wir!" Er setzte die Hunde auf den Fußboden und diese blieben völlig regungslos sitzen. „Darf ich vorstellen: Tristan und Isolde! Sind das nicht großartige Hunde! Ein hervorragendes Beispiel für unsere neue Zuchtrasse. Die besten Chiliers, die es jemals gegeben hat - die Fellfarbe, die Form des Körpers! Und welch ein Unterschied zu Ihren Straßenmissgeburten, muss ich leider sagen!"

Die zwei Hunde sahen uns aber verblüffend ähnlich, egal was das Monster dazu meinte. Sie waren natürlich um einiges älter als wir, aber sonst hätten wir wirklich Vierlinge sein können. Obwohl ihr Fell sehr gepflegt und sie wohl gut genährt zu sein schienen, hatten sie einen unsagbar traurigen Ausdruck in ihren Augen. Und bewegt hatten sie sich immer noch keinen Zentimeter.

„Und sind sie nicht wunderbar erzogen, so gehorsam!" Carla Rodriguez strahlte vor gespieltem Entzücken. „Tristan! Isolde! Kreis!" Umgehend liefen die beiden Hunde im Kreis herum. „Platz!" Und wieder blieben sie regungslos liegen, allerdings schielten sie jetzt zu uns und ich entdeckte so etwas wie Neugier und auch etwas wie Hoffnung in ihren Augen. Die beiden waren aber wirklich arm dran.

„Na das sind aber wirklich schöne Hunde!" Isabella klatschte in die Hände und lächelte. „Siehst du, Mateo, so sollen Rassehunde aussehen! Und wie brav sie sind, nicht so unmöglich wie dein Rudi!" Mateo warf ihr einen nicht unbedingt freundlichen Blick zu. „Was? Ist so – musst doch auch selber zugeben, dass er oft ziemlich nervig sein kann, oder nicht?" Rudi stand auf und bellte kurz. „Na, wenigstens seinen Namen scheint er zu kennen, das ist ja schon mal ein Anfang", kicherte Isabella. Bevor Mateo etwas erwidern konnte, stand Isabella auf und kniete sich vor Tristan und Isolde.

„Was seid ihr für feine Hunde!", säuselte sie, hielt jedoch einen gewissen Abstand. Ich sah die beiden leicht zittern und etwas angewidert dreinschauen, zu knurren trauten sie sich aber nicht. Isabella wandte sich an das Monster. „Aber für mich wären diese schon zu alt. Wenn man einen Hund haben möchte, würde man doch einen Welpen nehmen und nicht so etwas Gebrauchtes." Wieder dieses dämliche Kichern, aber sogar das Monster schien das nicht wirklich amüsant zu finden.

„Na ja", sagte er. „Das ist sicher eine Ansichtssache. So gut trainierte Hunde wie diese zwei findet man ja auch nicht jeden Tag. Wir werden sicher bei der internationalen Ausstellung viele Kaufangebote für sie bekommen und so leid es uns auch tut, werden wir höchstwahrscheinlich ohne sie zurückkehren. Wir werden ja von unserem nächsten Wurf wieder ein Paar selber behalten, um an weiteren Ausstellungen teilnehmen zu können. Aber die beiden sind nun bereit für ihre eigenen Familien." Tristan und Isolde wechselten einen Blick, den ich nicht ganz einordnen konnte, eine Mischung aus Erleichterung und aus Furcht. Bevor ich darüber nachdenken konnte, musste Isabella wieder mit ihrer gekünstelt lieblichen Stimme stören.

„Sie haben ja erwähnt, dass Sie auch Welpen haben", kreischte sie. „Das wäre vielleicht dann eher etwas für mich

- wir dürfen die Welpen sicher sehen, oder?"

Terri räusperte sich. „Hmh, ja, Señor Rodriguez, genau, die Welpen interessieren mich und einige meiner Bekannten natürlich auch. Ich habe ja schon einige Anfragen bekommen, ob ich etwas über die Herkunft ähnlicher Hunde wie die unseren wüsste. Es würde mich sehr freuen, wenn Sie uns Ihre hervorragende Zucht einmal zeigen würden."

Irgendwie war sie etwas grünlich angelaufen und ich fühlte den unterdrückten Zorn in ihrer Stimme, was natürlich keinem von den Menschen aufzufallen schien. Das Monster fühlte sich anscheinend nach so viel Lob sehr wohl und versprach, gleich auch die Welpen vorzustellen, aber wollte zuerst allen etwas zu trinken anbieten, uns Hunde natürlich ausgeschlossen. Wir nutzen die Zeit und näherten uns Tristan und Isolde vorsichtig, oder besser gesagt, ich war vorsichtig, aber Rudi und Alma stürmten natürlich wieder vor. Doch erst als die Frau des Monsters „Frei!" rief, trauten ihre Hunde sich zu bewegen.

„Hi Kumpels!", rief Rudi. „Das ist ja nett mal neue Gesichter zu sehen! Ich bin der Rudi - und das sind meine Freunde Alma und Arlo. Ihr seht aber wirklich aus wie die beiden, nur etwas reifer und irgendwie steifer." Ich bezweifelte, ob das ein guter Anfang für ein freundschaftliches Gespräch war, aber Alma legte auch gleich los.

„Habt ihr schon bemerkt, dass ich nicht sehen kann? Aber irgendwie riecht ihr wie wir! Das ist so spannend! Wer seid ihr und wieso lebt ihr mit diesem Monster? Er ist echt böse, oder? Und die Frau erst recht?" Etwas verdutzt starten Tristan und Isolde uns an und wussten wohl nicht, wie sie reagieren sollten. Feindselig waren sie aber auf keinen Fall und so entspannte ich mich und stellte mich ebenfalls ihnen vor.

„Alma und ich sind Geschwister und unsere Eltern heißen genauso wie eure. Dieser Mann", ich deutete auf das Monster, „hat uns in einer Welpenhalle mit vielen anderen eingesperrt und uns sehr schwer misshandelt." Ich erzählte ihnen die Kurzversion unserer Geschichte, woraufhin Isolde sich endlich räusperte.

„Das ist ja unglaublich...", sie sah zu Tristan und fing plötzlich an, um uns herum zu tänzeln und uns Küsschen zu geben. Tristan trippelte aufgeregt zuerst mit den vorderen und dann mit den hinteren Beinen - irgendwoher kannte ich das doch. „Ihr seid unsere kleinen Geschwister! Und unsere Eltern sollen noch am Leben sein? Was sind das für wunderbare Nachrichten!"

Plötzlich erstarrte Isolde und setzte sich wieder hin. „Aber nun ist alles zu spät. Wir werden ja dieses Wochenende ins Ausland gebracht und dort verkauft." In ihrer eher negativen Einstellung erkannte ich irgendwie mich selbst wieder, leider. Wir waren wohl tatsächlich alle Geschwister. Tristan sprach ihr Mut zu.

„Das kann schon passieren, Schwesterchen. Aber vielleicht haben wir endlich Glück und können immer noch zusammenbleiben. Und zu wissen, dass unsere Eltern noch am Leben sind und dass wir sogar noch unsere kleinen Geschwister kennenlernen durften, ist toll! Sie sind ja wirklich nett!" Ach nee - Alma in Groß. Ich verdrehte die Augen, aber dachte auch, dass sie wohl noch ein bisschen mehr Positives mit auf den Weg verdient hatten und so erzählte ich ihnen von unserem Rettungsplan.

„... und wenn alles so klappt wie gedacht, werden alle Hunde aus der Welpenhalle befreit und wir haben uns auch an diesem Monster gerächt!", schloss ich meinen Bericht ab. So wie ich das erzählte, hörte sich alles ziemlich einfach und entspannt an, aber in Wirklichkeit machte mir das alles furchtbar viel Angst. Genauso schienen sich Tristan und Isolde zu fühlen, weil sie leicht zitterten, obwohl sie sich sehr bemühten, sich unter Kontrolle zu halten. Angst zu haben war wohl auch nicht erlaubt, ohne Befehl.

„Diese Welpenhalle existiert also noch? Das ist ja grauenhaft", flüsterte Tristan und schielte auf das Monster und seine Frau, ob sie uns beobachteten. Die Menschen plauderten aber über irgendwelche anderen neuen Hunderassen und ignorierten uns vollkommen. „Wir waren auch dort, aber sind von dieser Frau abgeholt worden. Da waren wir erst sechs Wochen alt und mussten von da an alleine zurechtkommen. Wir sehen diese zwei zum Glück nur, wenn es Zeit für das Training ist oder wenn wir gefüttert werden. Und zum Glück sage ich, weil die Art des Trainings grauenvoll ist." Er schluckte und leckte etwas verlegen seine Lippen. Isolde fuhr fort.

„Ja, wir sind hier im Haus in einem kleinen Käfig so gut wie immer eingesperrt. Nur wenn Gäste kommen, wie jetzt, werden wir herausgeputzt und hierhin gebracht. Oder wenn es Zeit für das Training ist, dann dürfen wir raus. Aber davor haben wir die meiste Angst, weil wir nichts und wirklich absolut nichts falsch machen dürfen, sonst gibt es Schläge. Es ist aber nicht immer einfach zu verstehen, was sie von uns wollen...wir versuchen unser Bestes...aber..."

Alma und ich konnten das nur zu gut verstehen. Alma seufzte. „Ich weiß, wie das ist. Arlo und ich mussten für sie in Shows auftreten und das Training war wirklich grauenvoll. Ich wünschte nur, wir könnten euch irgendwie helfen."

„Danke dir, Kleines", sagte Isolde mit zittriger Stimme. „Tristan und ich sind aber wirklich froh, wenn wir einfach nur weg von diesen Menschen kommen. Und dass wir euch treffen konnten, werden wir niemals vergessen! Es ist auch so gut zu wissen, dass diese zwei Gewalttäter bald gestoppt werden und das Leid von unzähligen Hunden dann endlich vorbei sein wird!" Ja, sicher, aber Isolde stellte sich das wohl ein bisschen zu einfach vor, dachte ich, aber musste gleich feststellen, dass ich mich da getäuscht hatte. „Obwohl", fuhr Isolde fort, „es sicher sehr gefährlich werden wird und alle Beteiligten wohl bereit sein müssen, bei der Aktion auch ihr eigenes Leben zu opfern – diese Menschen sind ja zu allem fähig." Tristan nickte zustimmend und ich fühlte, wie mich der Mut wieder verließ.

Ausgerechnet Rudi schien das zu bemerken. Er klopfte mir leicht auf die Schulter. „Mach dir nicht zu viele Sorgen, Kumpel! Ihr seid ja nicht alleine! Nicht nur meine Wenigkeit, sicher auch der Anton, wir werden euch helfen, das verspreche ich! Und ihr habt ja Toran und die anderen Wölfe auf eurer Seite! Das nenne ich mal eine geniale Unterstützung, oder? Von mir aus kann es jederzeit los gehen!" Tristan und Alma trippelten wieder hin und her. Diese Ähnlichkeit hatte Isolde auch bemerkt und wir zwei konnten nicht anders, als wieder die Augen zu verdrehen. Aber Rudi hatte schon recht, wir waren nicht alleine, obwohl ich mir noch nicht denken konnte, wie er und Anton, unser Berg, uns behilflich sein könnten. Allerdings musste ich zugeben, dass ich ihm für das Angebot dankbar war. Je größer unsere Truppe wurde, desto besser – obwohl es für jeden, der mitmachte, auch lebensgefährlich werden würde. Bevor ich es laut sagen konnte, merkte ich, dass die Menschen wieder auf die Welpen zu sprechen gekommen waren und wohl bald zur Besichtigung gehen würden. Vorher musste ich aber Tristan und Isolde noch etwas fragen.

„Hört mal!", sagte ich so eindringlich, dass sogar unsere zwei Hibbelhasen ruhiger wurden. Alma zuckte nur noch mit einer Pfote, aber ließ es dann auch bleiben, weil ich vorher nicht weitersprach. „Wir wissen, dass das Monster und seine Frau sehr böse sind, aber die Menschen haben ihre Zweifel. Wir müssen es ihnen irgendwie beweisen. Wir haben gehört, dass diese zwei für ihre Zwecke gefälschte Dokumente benutzen und auch mit jemandem aus unserer Tierklinik zusammenarbeiten. Also, habt ihr schon einmal etwas gehört oder gesehen?" Ich richtete meine Worte an Tristan und Isolde, die zunächst nur schwiegen.

„Also so, Heimtierausweise halt, ihr wisst ja schon?",

drängte ich. Ich sah, dass die Menschen dabei waren, ihre Aufmerksamkeit wieder auf uns zu richten. „Solche blaue Hefte schon mal gesehen? Oder einen der Namen gehört - Morales? Fernandez? Silva Heising?" Da sah ich das Licht der Erkenntnis in den Augen von Tristan aufgehen.

„Na klar, Silva Heising hat ja mit uns für die Ausstellung trainiert. Und die Namen Morales und Fernandez kennen wir auch", sagte er triumphierend. „So heißen die beiden dort, oder? Allerdings hören wir diese Namen heute zum ersten Mal." Na prima, das war ja wieder ein richtiger Geistesblitz. Etwas angenervt drehte ich mich zu Isolde um, die über etwas nachzudenken schien. Vielleicht war von ihrer Seite etwas mehr zu erwarten. Gerade als die Menschen wieder zu uns kamen und wohl zu den Welpen gehen wollten, flüsterte Isolde mir etwas zu.

„Wir waren mal vor ein paar Tagen zum Training in dem Nebenzimmer, wo nun wohl plötzlich heute diese Welpen aufgetaucht sind. Da habe ich gesehen, wie dieser Rodriguez aus einem Karton im Regal einige kleine blaue Hefte nahm, blätterte diese durch und legte sie dann wieder zurück. Er sah dabei richtig zufrieden aus. Vielleicht kannst du damit etwas anfangen."

Und ob ich das konnte! Terri hob Alma und mich hoch und wir folgten den anderen in das Nebenzimmer. Bevor ich überhaupt irgendwelche Welpen entdeckte, sah ich direkt neben der Tür ein kleines Regal - und auf einem der unteren Bretter stand tatsächlich ein brauner Karton!

22. UND – ACTION!

Ich fühlte Terri tief Luft holen und nahm ein leichtes Zittern wahr. Alma schnüffelte aufgeregt die Luft in dem Zimmer und Rudi war mit den anderen an der Tür stehengeblieben. Ich glaube, Tristan und Isolde würden eh nie ohne Erlaubnis durch eine Tür gehen, so eingeschüchtert sie von dem Monster und seiner Frau waren. Gerade als ich die anderen auf den Karton mit den möglichen Beweismitteln aufmerksam machen wollte, hörte ich ein leises Winseln. Ach, ja, die Welpen – als ich Terris Blick folgte, sah ich in einer Ecke des Zimmers einen Korb, in dem eine Hündin mit mehreren Babys lag. Isabella war natürlich sofort an uns vorbei zu den Welpen gestürzt und säuselte etwas wie „wie süß" und „wie goldig" und „schau, Liebling". Ihr Liebling stand aber anscheinend teilnahmslos neben dem Monster und betrachtete die Hunde eher gelangweilt. Ja, waren ja keine gut zahlenden Kunden in seiner Klinik. Terri brachte Alma und mich vorsichtig näher.

Alma fing an, auf Terris Schoß fürchterlich zu zappeln. „Pass auf, Alma! Du fällst gleich runter!", warnte ich sie. Noch jemanden mit einem Beinbruch konnten wir wirklich nicht gebrauchen. Was hatte sie nun wieder?

„Arlo! Riechst du das nicht? Das ist ja nicht zu glauben! Lass mich runter, Terri!" Anscheinend wurde dieses Gezappel auch Terri zu viel und sie setzte uns neben dem Korb herunter. „Arlo, schau nur!"

Als ich die Hündin in dem Korb erblickte, verschlug es mir die Sprache. Das konnte nicht wahr sein! Es war unsere Tante Rosa mit vier Babys! Sie schien uns augenblicklich wiederzuerkennen und sprang überrascht auf. „Alma, Arlo!"

„Na, na, na – passen Sie auf, dass Ihre Hunde unser wertvolles Muttertier nicht erschrecken!" Carla Rodriguez stellte ihr Bein zwischen uns. „Leider ist sie momentan etwas kränklich, aber unser Tierarzt meint, es wird alles wieder gut – sie braucht nur etwas Ruhe und ein paar Vitamine. Bedauerlicherweise kommen solche leichten Erschöpfungszustände schon mal vor, besonders wenn ein Wurf mit so vielen wundervollen Welpen gesegnet ist, wie dieser. Diesmal sind ja zwei von denen sogar etwas größer geraten."

Terri bat uns etwas Abstand zu halten und kniete sich dann selber hin. „Oh, das sind aber wirklich wunderschöne Welpen! Wie alt sind sie jetzt? Wenn ich Interessenten hätte, wann könnten sie mit einem Erwerb rechnen?" Terri verhielt sich so, als wenn sie sich wirklich um die Vermittlung der Welpen kümmern würde, aber ich sah die tiefe Besorgnis in ihren Augen. Ich wusste auch warum. Tante Rosa sah gar nicht gesund aus und ein Teil von den Welpen waren garantiert nicht ihre eigenen. Allerdings musste ich zugeben, dass die Tarnung von dem Monster gut geplant war. Wenn wir es nicht besser wüssten, könnte man wirklich fast glauben, er und seine Frau seien ehrliche Züchter. Mit Ausnahme von Terri schien sich auch keiner der Anwesenden irgendwie Gedanken zu machen. Als die Menschen sich über die Zucht unterhielten, konnten wir leise mit Tante Rosa reden.

„Tante Rosa! Ich habe dich sofort erkannt!" Alma strahlte sie an. „Wohnst du jetzt hier im Haus? Das ist tausend Mal besser als in dieser furchtbaren Welpenhalle! Geht es dir jetzt besser?"

Tante Rosa blickte uns an und seufzte. „Ich hätte niemals gedacht, dass ich euch zwei nochmal wiedersehe! Das ist so schön! Aber nein, ich bin heute früh mit meinen Babys hierhin gebracht, weil irgendwelche Interessenten vorbeikommen sollten und ich wohl noch die stärkste von uns Müttern bin. Ich habe vorhin irgendeine Spritze bekommen, die mich munterer gemacht hat. Und nur die zwei kleineren hier sind meine eigenen Babys. Die zwei größeren sind von meiner Freundin, die vor kurzem verstorben ist.

Sie hatte keine Kraft mehr..."

Die vier Welpen schauten uns an und brabbelten etwas in Babysprache. Dass alles nicht mit rechten Dingen vor sich ging, war ja nun wirklich keine Überraschung. Ich wusste aber auch, dass diese kleinen Welpen eigentlich für den nächsten Transport ins Ausland vorgesehen waren und Terris Bemühungen das zu stoppen nicht gelingen würden. Es war alles nur Show. Ich glaubte nicht, dass das Monster mit seiner Frau es zulassen würde, diese Welpen hier in der Gegend zu verkaufen, weil das Alter und der Zustand der Armen so viel zu leicht kontrollierbar wären. Dass Alma und ich mit unseren Eltern entkommen konnten, war sicher schon katastrophal genug für die beiden. Ich hörte soeben das Monster etwas sagen, was meinen Verdacht nur bestätigte.

„Ja, leider sind alle vier Welpen von diesem Wurf schon reserviert. Die Nachfrage nach solchen wunderschönen Designerhunden aus einer hochqualitativen Zucht ist sehr groß, nicht nur im Ausland. Aber sollte jemand von der Reservierung Abstand nehmen, werden wir Sie umgehend informieren. Das passiert zwar eigentlich nie, aber wer weiß."

„Ach, seien Sie nicht so enttäuscht", fuhr seine Frau fort. „Das kann ja schon mal vorkommen und deswegen wollten wir Ihnen auch unsere Zucht zeigen. Es ist auch geplant, dass wir bald noch eine weitere Zuchthündin bekommen und von dem ersten Wurf würden wir ja dann gerne ein oder zwei Welpen für Sie reservieren. Es ist uns ja auch wichtig, Sie kennenzulernen und eine Vertrauensbasis zu schaffen, weil wir unsere kostbaren Lebewesen natürlich nicht einfach jedem beliebigen überlassen möchten!"

Isabella nickte eifrig. „Ja, das nenne ich aber wirklich verantwortungsvoll handeln. Wer von Ihnen einen süßen Welpen bekommt, kann sich glücklich schätzen. Mein Mateo und ich werden jedem erzählen, wie qualitativ hochwertig Ihre Zucht ist, nicht wahr, Schatz?"

„Ja, sicher...“, stammelte Mateo und sah aus, wie wenn er gleich an seiner eigenen Spucke ersticken würde. Wenn er mit diesem Monster zusammenarbeitete, würde er sicher keinen von diesen Welpen haben wollen. Isabella aber ließ nicht locker.

„Dann können wir ja uns von diesem da auch trennen,“ sagte sie giftig und zeigte auf Rudi. „Er ist eigentlich auch nur ein dämlicher Straßenhund.“ Isabella und die Frau von dem Monster zwinkerten sich zu und lachten auf. Mateo lief ganz rot an und Terri wirkte auch total verlegen. Rudi hatte die schiere Panik in den Augen und wusste anscheinend nicht, wie er sich benehmen sollte. Zu meiner Überraschung schien Mateo das zu bemerken und tätschelte kurz seinen Kopf.

„Na, soweit würden wir sicher nicht gehen“, meinte er. „Rudi ist sehr jung und kann noch viel lernen. Für den Anton – also den Hund von meinem Vater - ist er zudem ein guter Kumpel. Außerdem ist seine wunderbare Heilung auch eine sehr gute Werbung für unsere Klinik.“ Ja, das war schon wieder klar, aber wenigstens beruhigten seine Worte Rudi.

Das Monster lächelte breit. „Da Ihre Hunde sich anscheinend zu benehmen wissen, würde ich vorschlagen, dass wir sie für eine Weile hier spielen lassen und wir uns noch einen Drink genehmigen.“ Die anderen folgten ihm zurück in das andere Zimmer, obwohl Terri einen Moment zögerte.

„Öhm...Señor Rodriguez...wir lassen aber die Tür offen, oder? Ich wäre gerne sicher, dass meine Hunde nicht zu wild mit den Kleinen spielen...“ Sie streichelte Alma kurz und warf mir einen Blick zu, der zu sagen schien, dass sie ganz andere Gründe hatte. Ich wäre auch äußerst ungern durch eine geschlossene Tür von ihr getrennt gewesen. Man wusste ja nie, was das Monster vielleicht noch vorhatte. Terri setzte sich wieder in den Sessel, aber drehte diesen etwas, damit sie uns von dort aus sehen konnte.

Tristan und Isolde wurden zu uns ins Zimmer geschickt, aber anscheinend wussten sie dennoch wenig mit sich anzufangen, sie saßen einfach etwas verdutzt da. Rudi fragte Tante Rosa, ob er mit den Babys spielen dürfe, worauf sie ihren Platz im Korb Rudi überließ. Die Kleinen quietschten vergnügt und fingen an, auf Rudi herum zu klettern. Alma und ich wussten aber, dass wir für so etwas keine Zeit hatten. Es gab noch so viel mit Tante Rosa zu besprechen. Ich erzählte ihr schnell, was alles passiert war, nachdem wir in der Transportbox weggebracht worden waren, alles von unseren Eltern und der Finca und unseren Plänen, alle mit Hilfe von Toran und den anderen Wölfen zu retten.

Tante Rosa sah uns an. „Eigentlich bin ich nicht so überrascht, wie ich sein sollte. Es ist vor einiger Zeit nämlich etwas Komisches passiert, irgendwie erreichte uns eine Nachricht – oder es war eher so ein Gefühl – dass alles noch gut werden würde. Das hat uns alle sehr beruhigt und irgendwie wussten wir, dass das etwas mit euch zu tun hatte. Erklären kann ich das nicht." Alma nickte wissend, sagte aber nichts. Ihre Gedankenübertragung hatte also sehr wohl funktioniert, was mich kurz erschaudern ließ. Vielleicht sollte ich anfangen, sie etwas ernster zu nehmen, obwohl es mit ihrer hibbeligen Art wirklich nicht leicht war.

„Aber eines kann ich mir jetzt erklären", fuhr Tante Rosa fort. „Wir haben nämlich in letzter Zeit mehrfach bemerkt, dass um die Welpenhalle herum Wölfe liefen, natürlich nur nachts. Aber wir hatten das Gefühl, dass sie uns beobachteten, konnten aber nicht verstehen, warum. Gut zu wissen, dass wir nicht auf ihrem Speiseplan stehen, wie einige vermutet haben." Sie lächelte zum ersten Mal breit und gab uns beiden ein Küsschen. Für so was war ich nun wirklich schon viel zu alt, aber ich erinnerte mich, dass Tante Rosa immer für das Verteilen kleiner Zärtlichkeiten bekannt gewesen war, weswegen ich diese Knutscherei kommentarlos über mich gehen ließ.

Alma fing wieder an zu trippeln. „Ja der Toran und die anderen Wölfe sind wirklich total nett." Also ich mochte Toran sehr und wollte ihn und seine Kumpels gern als Freunde haben, aber ich würde sie nicht gerade als nett bezeichnen. „Es wird gar nicht gefährlich sein," meinte Alma. „Wir werden euch bald befreien und die Wölfe werden uns dabei beschützen!"

Tante Rosa seufzte. „Wenn das nur wahr werden könnte...Aber ich finde es lieb von euch, dass ihr uns helfen wollt und so etwas plant, obwohl das alles mir unmöglich erscheint. Aber Hoffnung ist auch etwas, was wir so lange nicht gespürt haben. Das bedeutet für uns sehr viel." Sie deutete mit ihrer Pfote zum Fenster hinaus. Anscheinend sah ich etwas verständnislos aus, weil sie hinzufügte: „Für uns in der Welpenhalle, die sich ja hier auf dem Hinterhof befindet."

Sogar Alma wurde bei dieser Aussage ruhig und gesellte sich zu mir. Das war ja nicht zu fassen, wir waren direkt bei der furchtbaren Welpenhalle gelandet! Tante Rosa erklärte noch, dass man diese von hier aus nicht sehen konnte, weil das Grundstück so groß war. Aber sie und die Welpen waren von dem Monster zu Fuß in einem Korb getragen worden. Es war anscheinend auch zu weit weg, um das Weinen und die hoffnungslosen Schreie zu hören, die dort so alltäglich waren. Die Erinnerungen kamen so plötzlich wieder zurück, dass ich fast zu ersticken glaubte. Ich wäre vielleicht sogar ohnmächtig geworden, wenn nicht in diesem Augenblick Tristan und Isolde sich plötzlich bewegt hätten.

„Können wir euch irgendwie helfen? Das ist alles so grauenhaft und alle Menschen scheinen zu glauben, dass diese zwei Monster gutherzige Tierfreunde sind." Sie blickten ziemlich verzweifelt aus dem Fell. Ja, dieses Gefühl kannte ich nur zu gut - Frust und Hilflosigkeit. Um nicht den letzten Hoffnungsschimmer zu zerstören, wollte ich nicht erwähnen, dass die Wölfe wegen der drohenden Gefahr durch die Jäger in voller Alarmbereitschaft waren und deswegen eventuell uns gar nicht helfen konnten. Ich musste mich zusammenreißen und meine Gedanken auf das konzentrieren, was in diesem Augenblick am Wichtigsten war: Beweise finden!

Ich schüttelte mich kurz um mich wieder zu sammeln. Alma ging zu Rudi, der weiterhin mit den Welpen spielte, und setzte sich auch in den Korb hin. Viel größer als diese Babys war sie aber nicht, dachte ich und hatte so etwas wie Mitleid mit ihr - und mit den Welpen, die bald und viel zu früh ins Ausland gebracht werden würden, wenn wir das Monster nicht aufhalten konnten. Als ich sah, wie die winzigen Babys Almas Gesicht leckten und wie glücklich sie dabei aussah, fühlte ich meine Augen feucht werden. Jetzt bloß nicht wieder heulen! Ich schaute schnell zur Seite, wobei mein Blick wieder auf den Karton im Regal fiel.

„Isolde, du hast etwas über den Karton mit den blauen Heften gesagt. Ist er das da?" Ich zeigte in Richtung Regal. Tristan und Isolde nickten und stimmten gleichzeitig zu. Die Menschen unterhielten sich noch, aber ich war sicher, dass uns nicht mehr viel Zeit blieb. Der Karton stand aber zu weit oben, so dass ich mit Sicherheit nicht einfach so heran kam - und die anderen waren ja auch nicht viel größer als ich. Allerdings hatten sie auch kein Gipsbein. Ich überlegte kurz und sah alle anderen mich erwartungsvoll anblicken. Na prima, wieder einmal war ich für alles verantwortlich und wenn etwas schief lief, wäre ich dann auch schuld. Ich seufzte, aber dann fiel mir ein, dass das Monster gesagt hatte, wie sollten spielen!

„Wir müssen herausfinden, was in diesem Karton drin ist. Ich glaube, Rudi könnte so hoch springen, dass er auf dem Regalbrett landet und dann könnte er den Karton runter fallen lassen." Rudi stieg aus dem Korb und machte ein paar Probesprünge. Für ihn war es wirklich eine Leichtigkeit.

„Wir anderen müssen aber für Ablenkung sorgen, damit das Monster nichts mitbekommt." Ich überlegte kurz. „Wir können ja „Fangen" spielen und dabei auch viel Lärm machen."

„Wir dürfen aber nicht ohne Erlaubnis herumlaufen, geschweige denn Lärm machen", sagte Isolde etwas erschrocken.

„Nein, das geht wirklich nicht", ergänzte Tristan und trippelte diesmal vor Nervosität. „Wir werden sonst hinterher eine furchtbare Strafe bekommen." Das glaubte ich allerdings sofort, die Tritte und Schläge kannte ich nur zu gut.

„Ihr braucht ja auch nicht mitzumachen", beruhigte ich sie. „Ihr könnt da an der Tür ruhig sitzen bleiben, damit das Monster euch sieht und sich dann hoffentlich nicht so schnell einmischt. Eure Aufgabe ist dann uns zu warnen, falls jemand kommen sollte, das ist sehr wichtig!" Erleichtert und wohl auch etwas stolz darüber, dass sie behilflich sein konnten, setzten Isolde und Tristan sich so an die Tür, dass sie alles im Blick hatten. Ich bat Tante Rosa sich zu den Babys zu begeben, damit sicher war, dass nur wir „fremden" Hunde für die nächste Aktion verantwortlich waren.

„So, wir haben nur einen Versuch und wir müssen schnell sein. Vielleicht wenn wir beim herum laufen ganz laut bellen, hören die Menschen nicht, wenn der Karton herunterfällt. Seid ihr bereit?" Rudi und Alma nickten aufgeregt. „Dann los!"

Rudi brauchte nur einen Versuch, um auf das Regal zu springen und auch den Karton konnte er mit Leichtigkeit schubsen. Bevor dieser herunterfiel, lief ich mit Alma bellend hin und her und wir taten so, als wenn wir richtig Spaß am Spielen hätten. Terri schaute kurz zu uns und lächelte. Ich nickte Rudi zu und mit einem lauten Krachen fiel der Karton vor meine Füße. Allerdings hatte ich bei diesem Plan vergessen, dass egal wie laut wir bellten, war es eher ein Piepsen, was sofort von Tristan und Isolde bestätigt wurde. „Er kommt!", hörte ich sie ein wenig panisch flüstern. Nun blieb uns wirklich keine Zeit mehr. Rudi sprang auf den Karton und schaffte es, ihn so umzukippen, dass ein Teil von dem Inhalt auf den Fußboden fiel - blaue Hefte! Also doch!

„Was ist denn hier los? Was machen diese Köter?" Das Monster war schon fast im Zimmer. Alma schubste schnell ein Heft in meine Richtung und ich legte mich darauf, keine Sekunde zu früh. „Das darf nicht wahr sein!" Das Monster stürmte ins Zimmer gefolgt von allen anderen Menschen. Ich sah Terri ihr Handy in die Hand nehmen und auf dieses drücken. Als das Monster die Bescherung sah, wurde er tatsächlich bleich - genau wie seine Frau und auch Isabella, die heftig schluckte und mit ihrem Finger auf Rudi zeigte.

„Ich habe gesagt, dass dieser Hund von dir nichts taugt, Mateo! Das ist ja furchtbar unhöflich, hier so einen Zirkus zu veranstalten. Schau dir nun an, was der gemacht hat!" Mateo lief dunkelrot an und ich hätte wetten können, dass ich in seinen Augen Verachtung sah - aber nicht Rudi, sondern Isabella gegenüber.

„Der Karton!", kreischte Carla Rodriguez. „Was fällt Ihnen eigentlich ein, solche unartigen und unerzogenen Hunde hier frei herumlaufen zu lassen? Sie können sehen, dass unsere Hunde sich einfach ruhig und angenehm zu benehmen wissen! Unerhört!" Na, wenigstens dieser Teil des Plans war gelungen, die anderen Hunde würden sicher keine Strafe bekommen, im Unterschied zu uns: denn das Monster wollte gerade Rudi mit voller Kraft treten und so von dem Karton vertreiben, als Mateo sich einmischte.

„He - Moment mal! Das war doch nur ein kleiner Unfall!" Er nahm tatsächlich Rudi sogar auf den Arm. „Ist doch nichts kaputt gegangen, oder? Das sind doch nur irgendwelche Papiere...". Er schaute genauer hin. „Oder sind das Heimtierausweise? Wie...?"

Carla Rodriguez kniete sich blitzschnell hin und fing an, eilig die Hefte aufzusammeln. „Klar sind es Ausweise - von unseren Hunden, die uns verlassen mussten. Die wir im hohen Alter über die Regenbogenbrücke begleitet haben, unsere armen Verstorbenen...das sind alles Erinnerungen, so wichtig..." Obwohl sie Tränen in den Augen hatte, konnte sie mich nicht täuschen. Auch Alma schien zu fühlen, dass es eher Tränen des Zorns waren, weil sie möglichst unauffällig zu Terri ging.

Das Monster räusperte sich. „Ähm ja genau, Erinnerungen! Mit diesen Sachen haben diese Köter wirklich nicht zu spielen. Ich muss Sie bitten, auf Ihre Straßenhunde besser aufzupassen!"

Isabella nickte heftig zustimmend. „Ja, Mateo, das ist doch wirklich einfach unmöglich. Natürlich sind Erinnerungen an solch wunderbare Rassehunde sehr wichtig! Dass ich mich so schämen muss... wegen diesem unmöglichen Köter...so geht das nicht weiter!"

„Da hast du vollkommen recht, so geht das nicht weiter, schon lange nicht mehr!" Mateo presste die Wörter regelrecht heraus. „Ich bin zu der Erkenntnis gelangt, dass Rudi mir tatsächlich wichtiger ist als du...Wenn du ihn also nicht ertragen kannst, können wir die ganze Sache auch gleich hier und jetzt beenden!"

Während Mateo und Isabella sich weiter zankten, kam Terri zu mir und schaute mich fragend an, weil ich einfach so da lag und mich keinen Millimeter bewegt hatte. Sie wollte mich hochheben, aber ich machte mich ganz steif und versuchte sie daran zu hindern. „Was ist los?", flüsterte sie, aber dann entdecke sie eine Ecke des blauen Heftes unter mir. „Ach...", sie schaute sich schnell um, aber die anderen waren von der Streiterei abgelenkt. Blitzschnell ließ ich sie das Heft unter mir herausziehen und sah, wie sie es unter ihrem Pullover versteckte. Augenblicklich stand ich auf und wedelte kurz mit meinem Schwanz. So doof war unsere

Terri ja gar nicht! „Ich glaube, wir haben nun die Gastfreundschaft von Señor und Señora Rodriguez genug stra-
paziert", hob sie ihre Stimme. „Am besten fahren wir nun
zurück, oder? Señor Morales... öh ich meine, Mateo?"
Wir verabschiedeten uns von den anderen und versprachen
noch schnell, alles Mögliche zu unternehmen, um den Rettungsplan durchzuführen. Ob wir allerdings Tristan und
Isolde jemals wiedersehen würden, war nicht sicher, weil sie
ja schon in ein paar Tagen ins Ausland fahren und dort
eventuell verkauft würden. Es war kein schönes Gefühl, sie
so traurig an der Tür sitzen zu sehen, aber wenigstens
konnten wir unseren Eltern erzählen, dass wir unsere Geschwister getroffen hatten und wie sie uns geholfen hatten.

23. EINE GEDULDSPROBE

Nach der eher schweigsamen Fahrt zurück zur Finca konnten wir es kaum erwarten, alles unseren Eltern zu berichten. Wir waren vor allem erleichtert, dass wir doch heile wieder bei dem Monster herausgekommen waren. Terri hatte im Auto noch ein paar Mal den Versuch gemacht, über irgendetwas belangloses mit Mateo und Isabella zu reden, aber die beiden waren sehr wortkarg und wohl noch wütend aufeinander. Rudi zuckte nur mit den Schultern, als ich ihn darauf ansprach und meinte, dass dies ein völlig normaler Zustand zwischen den beiden sei. Ich glaubte aber, dass es ihm gar nicht so unrechte wäre, wenn diese Isabella aus Mateos und seinem Leben einfach verschwinden würde. Bei dem furchtbaren Besuch hatte ich feststellen müssen, dass sein Mateo auch andere Seiten hatte. Vielleicht war er tatsächlich nicht ganz so unerträglich, wie wir meinten - vor allem Rudi gegenüber hat er sich ja wirklich nett verhalten. Bevor wir uns wieder trennen mussten, machte ich Rudi auf etwas aufmerksam, was ich fast vergessen hatte.

„Wisst ihr noch, was Mateo bei der Hinfahrt gesagt hat?" Rudi und Alma guckten mich stirnrunzelnd an. Ja, warum fragte ich überhaupt? Sie hatten ja ihr Wiedersehen so sehr gefeiert, dass sie sicher nichts von dem bemerkt hatten, was um sie herum geschah. „Ja, schon gut - also er hat ja erwähnt, dass euer Haus, Rudi, gar nicht so weit weg von dem Haus des Monsters steht. Dass es durch den Pinienwald gut zu Fuß zu erreichen sei."

„Ja das schon", nickte Rudi. „Aber das nützt uns nicht so viel, oder?"

Alma hob ihre Pfote kurz. „Ach ich glaube zu wissen, was du meinst, Arlo! Tante Rosa hat ja gesagt, dass die Welpenhalle dort auf dem Grundstück von dem Monster steht. Das ist schon interessant, oder?"

„Genau, Schwesterchen! Das müssen wir auf alle Fälle im Kopf behalten. Es gibt nämlich noch einen Punkt in unserem Plan, über den wir noch nicht gedacht haben. Falls wir es schaffen sollten, alle aus der Welpenhalle zu befreien, wohin dann mit ihnen? Klar werden Toran und die anderen uns auch dabei helfen, aber euer Haus wäre doch eine Möglichkeit, oder?"

Rudi nickte eifrig. „Das stimmt schon!" Doch plötzlich wirkte er etwas verlegen. „Aber wenn mein Mateo etwas mit der Sache zu tun hat? Dann hätten wir alle Geretteten nur wieder direkt in die Hände von dem Monster und seinen Helfern gebracht." Er ließ seinen Kopf hängen und war wirklich den Tränen nahe. Alma lehnte sich an ihn, aber sie wusste anscheinend auch nicht richtig, was sie dazu sagen sollte, obwohl sie es doch mit ihrer merkwürdigen Gabe als erste hätte wissen sollen. Oder wusste sie es etwa?

„Was denkst du, Alma?", fragte ich. „Was hältst du von Mateo? Du erkennst doch angeblich, ob ein Mensch gut oder schlecht ist - das erzählst du doch andauernd? Jetzt wo es wirklich wichtig wäre, da schweigst du nur!" Ich fühlte den Frust wieder in mir aufsteigen und musste mich wirklich beherrschen, um nicht wieder auf sie los zu gehen.

„Reg dich wieder ab, Brüderchen!", meinte sie tatsächlich richtig frech. Knurrr! Jetzt reichte es aber! Ich schnappte in die Luft direkt neben ihrem Kopf als letzte Warnung, was sie wohl auch sehr gut verstand. „Ach lass das Arlo! Ich habe nur gemeint, dass es wohl Menschen gibt, die mehrere Seiten haben. Es ist nicht immer so einfach, wie du es dir vielleicht vorstellst. Terri ist gut - und diese Isabella ist wirklich schlecht, würde ich sagen. Aber deinen Mateo kann ich schlecht einschätzen, Rudi. Wenn du allerdings meinst, dass er zu dir immer gut gewesen ist, sei es denn aus welchen Gründen auch immer, sollten wir dir und deinem Urteilsvermögen vertrauen."

Alma hörte sich ja zur Abwechslung richtig erwachsen an,

aber sie hatte auch recht. Rudi erlebte tagtäglich, wie Mateo sich ihm gegenüber verhielt und wenn er ihm nie etwas Böses getan hatte, konnte er ja auch nicht vollkommen schlecht sein. Wir blieben dann dabei, dass sein Haus tatsächlich eine Möglichkeit wäre und er sollte auch Anton darauf vorbereiten. Ich hätte sonst auch nicht gewusst, wie wir alle Welpen und die teilweise sehr schwachen Mütter und Väter bis zur Finca Assisi bekommen könnten. Es gab anscheinend noch viele Schwachpunkte in unserem Plan, sicher auch einige, an die wir bisher noch gar nicht gedacht hatten.

Später saßen wir noch lange mit unseren Eltern, Luna und Condesa zusammen und erzählten ihnen alles, was bei dem Monster vorgefallen war. Obwohl der Besuch für uns nicht zu gefährlich gewesen war, war es doch sehr anstrengend gewesen und ich fühlte die Müdigkeit in mir aufsteigen. Alma konnte auch kaum noch ihre Augen aufhalten und sie wäre sicher in den nächsten Sekunden eingeschlafen, wenn Terri sie nicht daran gehindert hätte. Terri lief nämlich aufgeregt herum und wartete wohl auf Opa Gerhard und Oma Martha, die bei irgendwelchen Bekannten zu Besuch waren. Terri machte durch ihre Rennerei uns alle ziemlich nervös und außerdem steckte sie uns irgendwie an. Luna lief Terri dauernd hinterher, Condesa musste öfter in den Garten, Mama und Papa folgten Terri mit ihren Blicken und konnten sich auf etwas anderes gar nicht mehr richtig konzentrieren. Ich schob mit Alma ihren Ball hin und her. Als wir endlich ein Auto zur Finca kommen hörten, konnten wir alle außer Terri erleichtert aufatmen. Sie wurde nur noch aufgeregter und konnte es kaum erwarten, dass ihre Großeltern endlich hineinkommen.

„Oma! Opa! Ich habe bei diesem Rodriguez etwas sehr wichtiges erfahren!"

„Nun mal immer mit der Ruhe, Liebes", versuchte Oma Martha sie zu beruhigen. „Ich mache uns zuerst mal einen

Tee, dann kannst du uns alles erzählen. Die Hunde sind ja auch ganz wild - ist dort etwas Schlimmes passiert?" Oma Martha schaute uns etwas beunruhigt an.

„Nein, nicht wirklich, aber es war schon anstrengend." Ja da konnte ich Terri nur zustimmen. Sie setzte sich endlich an den Tisch, aber wippte weiter mit ihren Beinen. „Da war auch seine Frau, die ziemlich arrogant ist, und Mateo und seine Freundin gerieten in einen Streit, so richtig heftig, und dort waren etliche Hunde, die unseren Kleinen zum Verwechseln ähnlich sahen, und die Hunde für die Ausstellung werden dort verkauft und..."

Opa Gerhard holte Tassen aus der Küche und setzte sich zu Terri. „Langsam, junge Frau, langsam. Erzähle mal der Reihe nach, sonst können wir gar nichts richtig verstehen." Terri holte tief Luft und versuchte sich etwas zu entspannen. Sie schilderte alles von dem Moment an, als wir bei der Finca losgefahren sind.

„Es war wirklich interessant zu sehen, wie sie ihre Zucht präsentiert haben. Fast habe ich auch geglaubt, dass alles richtig und ehrlich ist. Diese Isabella war von den Welpen richtig begeistert. Es stellte sich aber auch heraus, dass sie den Rodriguez schon von ihrer Arbeit her kannte. Sie haben behauptet, dass sie wegen dem Export von ihren Haustierprodukten miteinander zu tun gehabt haben."

„Ja, das kann doch gut sein", meinte Opa Gerhard. „Das passt ja auch gut zusammen - soweit ich weiß, arbeitet diese Freundin von unserem Morales Junior in der Logistikbranche und der Markt für Haustierprodukte in Europa, vor allem in Deutschland, ist ja sehr verlockend."

Oma Martha nickte zustimmend. „Das scheint mir auch ganz logisch und nicht so überraschend. Und wenn jemand arrogant ist, wie anscheinend diese Frau Rodriguez, macht es denjenigen auch noch nicht unbedingt böse. Vielleicht haben wir die Herren Morales und Rodriguez tatsächlich umsonst verdächtigt. Das hört sich ja alles ganz seriös an und der Besuch lief anscheinend auch völlig unproblematisch ab - allerdings ist so ein in der Öffentlichkeit ausgetragener Streit sehr unpassend. Wie wir wissen, kann Mateo ziemlich aufbrausend und sogar unerträglich sein."

Terri errötete sichtlich. „Nein, nein - ich muss sagen, dass Mateo sich überraschend gut verhalten hat. Er hat sogar Rudi und unsere Kleinen in Schutz vor den abfälligen Bemerkungen von Frau Rodriguez genommen. Das war eher diese Isabella, die sich völlig unmöglich benommen hat." Oma Martha und Opa Gerhard wechselten einen leicht amüsierten Blick, aber eher sie etwas kommentieren konnten, fuhr Terri fort.

„Ich habe auch fast schon daran geglaubt, dass alles dort ehrlich und richtig sei, aber dann haben unsere Kleinen mit Rudi etwas veranstaltet, was mit Sicherheit kein Zufall war!" Terri lächelte uns an und wir wedelten ziemlich wild mit den Schwänzen. Sie blickte besser durch, als ich jemals hätte ahnen können. „Sie haben einen Karton von einem Regal heruntergeworfen und da fielen einige von diesen EU-Heimtierausweisen heraus. Diese Frau von Rodriguez hat behauptet, es seien Erinnerungen an ihre verstorbenen Hunde. Dank der Hilfe von unserem schlauen Arlo ist es mir gelungen, einen Ausweis mitzunehmen. Und nun schaut her!"

Terri legte das blaue Heft auf den Tisch, blätterte es durch und zeigte auf einige Stellen. „Hier ein Stempel, da ein Aufkleber für die Impfung und da auch - und dort eine Nummer für einen Chip. Sogar eine unleserliche Unterschrift von dem angeblich behandelnden Arzt steht da. Sieht ja ordentlich aus, oder? Aber alles ohne Datum und ohne Erkennungsmerkmale für das jeweilige Tier, geschweige denn, dass der Name des Tieres oder des Besitzers eingetragen wäre." Sie reichte den Ausweis herum. Opa Gerhard und Oma Martha betrachteten ihn eine Weile stillschweigend.

Oma Martha zeigte auf den Stempel der angeblich zuständigen Tierklinik. „Und hier kann man ja nur Bruchteile von dem Namen der Klinik sowie der Telefonnummer erkennen. Alles zwar wie unschuldig etwas verwischt, aber das deutet tatsächlich auf unsere Gegend hin, genau wie Frau Mittenröder von dem Deutschen Tierschutzverein es vermutet hat. Sie hat mir neulich ein Foto von den Ausweisen zugeschickt, das muss ich schnell ausdrucken, um die vergleichen zu können." Sie stand auf und ging eilig ins Arbeitszimmer.

„Sieht wirklich so aus, als ob du und auch unsere kleinen Hunde die ganze Zeit über recht gehabt habt", seufzte Opa Gerhard. „Solche Ausweise sind natürlich für jemanden, der einen illegalen Welpenhandel betreibt, Gold wert. Sie brauchen ja nur einen fiktiven Namen und ein aktuelles Datum hinzufügen und schon sieht es so aus, als wenn die Hunde wirklich tierärztlich untersucht und behandelt worden wären. Diese Fälschung ist aber auch sehr gut gemacht." Er betrachtete den Ausweis noch genauer. „Warte mal, ich hole einen Ausweis von unseren Hunden."

Als er zurückkam, hatten Oma Martha und Terri schon feststellen können, dass der Ausweis mit jenen identisch war, welche Frau Mittenröder in Deutschland gefunden hatte. Opa Gerhard legte die Ausweise nebeneinander und zeigte auf die Stempel. „Das ist mir gerade aufgefallen. Seht ihr, wie ähnlich diese Stempel sind? Obwohl der eine verwischt worden ist, kann man doch erkennen, dass bei beiden dieselben Anfangsbuchstaben ziemlich abgenutzt sind. Nur die Unterschrift des mysteriösen Arztes ist eine andere. Es scheint also alles wahr zu sein: Señor Rodriguez betreibt einen illegalen Welpenhandel in Zusammenarbeit mit einer Person aus unserer Tierklinik. Das wird Doktor Morales sicher nicht gefallen."

Terri wirkte gleichzeitig zufrieden aber auch besorgt. „Es ist gut, dass wir jetzt Beweise haben und unsere Vermutungen bestätigt worden sind, was auch unsere Hunde betrifft."

Sie nickte in unsere Richtung und hielt kurz inne. „Ich mag mir gar nicht vorstellen, was die Kleinen wirklich durchmachen mussten. Und es bleibt ja immer noch ein Rätsel, wie sie zu uns gefunden haben. Rodriguez ist eindeutig ein Krimineller, aber mit wem er in der Klinik zusammenarbeitet, wissen wir ja immer noch nicht."

„Da hast du vollkommen recht, Terri," gab Oma Martha zu. „Wir müssen uns wohl leider eingestehen, dass jeder verdächtig ist. Vielleicht ist sogar Doktor Morales nicht ohne Schuld."

„Martha!", empörte Opa Gerhard sich. „Soweit würde ich dann doch nicht gehen. Das macht ja keinen Sinn - er würde mit Sicherheit nicht den guten Ruf seiner Klinik gefährden. Er und sein Team sind ja sehr erfolgreich und haben so ein illegales Einkommen sicher nicht nötig!"

„Das ist sicher so. Und Doktor Morales geht es finanziell wirklich sehr gut und er wohnt ja auch luxuriös – aber jemand muss es ja sein, aus welchem Grund auch immer. Natürlich müssen wir vorsichtig sein und gut überlegen, wie wir weiter agieren sollen. Vielleicht wäre es sinnvoll, wenn ich Frau Mittenröder wieder kontaktiere und ihr erzähle, was wir herausgefunden haben. Sie wollte ja sowieso diese Ausstellung besuchen, wo Rodriguez seine Hunde vorstellt und unsere Silva als Richterin tätig ist. Ob und wie das uns weiterbringt, weiß ich nicht, aber was anderes fällt mir jetzt nicht ein." Oma Martha seufzte und die anderen nickten zustimmend.

„Wir dürfen trotz allem nicht überstürzt reagieren", mahnte Opa Gerhard. „Zwar sind die Machenschaften der Eheleute Rodriguez strafbar, weil es hier eindeutig um arglistige Täuschung und Urkundenfälschung geht, und mit dem Beweis könnten wir sie ja auch jetzt schon anzeigen. Es wäre aber auch sehr wichtig zu wissen, wer in der Klinik der Komplize ist, damit wir oder besser gesagt die Polizei ein für alle Mal diese kriminelle Tätigkeit unterbinden kann."

Oma Martha nickte. „Ja, da hast du recht. Wir müssen uns noch etwas gedulden und vielleicht wirklich abwarten, was Frau Mittenröder uns über die Ausstellung berichten kann. Oder womöglich sogar über Silva."

Ich schielte zu Condesa und wie ich vermutet hatte, sah sie wieder sehr betrübt aus. Es war ja auch furchtbar zu vermuten, dass der Mensch, bei dem man nun einmal lebt, eventuell unehrlich und sogar kriminell war. Genau wie wir anderen musste sie sich aber gedulden, bis wir irgendwie Klarheit in dieser Sache hatten. Das Hauptproblem war eben dieses „irgendwie" - so trübselig und fast hilflos wie alle aussahen, hatte anscheinend keiner von uns eine Idee. Wenigstens waren die Menschen nun davon überzeugt, dass das Monster mit seiner Frau die gesuchten Welpenhändler waren und auch davon, dass aus genau ihrer Klinik diese Fälschungen stammten. Das konnte sogar ich schon als einen Fortschritt bezeichnen.

„Na gut", seufze Papa. „Vielleicht warten wir ab, ob die Menschen während der Ausstellung etwas erfahren und wenigstens dieses Problem alleine lösen können. Ich möchte nur nochmal betonen, dass weder sie noch wir irgendwelche konkreten Beweise gegen irgendjemanden haben - weder gegen Mateo, oder gegen deine Silva, liebe Condesa - oder gegen sonst wen. Es wird sich sicher alles bald aufklären und wir müssen unsere Kräfte für die Aufgabe konzentrieren, die für uns am dringlichsten ist: die Rettung unserer Freunde!"

Mama lächelte Condesa an. „Da muss ich meinem lieben Paison recht geben, Condesa. Du brauchst gar nicht den Kopf hängen lassen. Wir werden uns gemeinsam mit dieser Sache befassen, wenn wir etwas mehr haben als nur irgendwelche Indizien oder haltlose Verdächtigungen." Condesa sah tatsächlich etwas erleichtert aus und entspannte sich zusehends.

„Es ist ja tatsächlich so, dass wir auf uns alleine gestellt sind", fuhr Mama fort. „Unsere Menschen haben ja keine Ahnung davon, dass es noch viel mehr Welpen und Eltern gibt, als diese von Rodriguez präsentierten. Wir können mit keinerlei Hilfe rechnen und deswegen müssen wir uns diszipliniert auf diese Aufgabe fokussieren."

Obwohl ich immer noch kein besonderer Menschenfreund war, war es doch irgendwie tröstlich gewesen, dass Terri bei dem Monster auch dabei war. Es war aber eine Unmöglichkeit, ihr oder sonst jemandem klar zu machen, dass die Welpenhalle die eigentliche Hölle auf Erden war. Als ich jedoch hörte, was Terri als nächstes sagte, musste ich tatsächlich überlegen, ob ich mich in dieser Annahme nicht getäuscht hatte.

„Es ist da aber noch etwas, was mir merkwürdig vorkommt", sagte sie ziemlich besorgt. „Wenn die Rodriguez solche kriminelle Energie haben und vor allem unzählige gefälschte Ausweise - müssen sie doch mehr als nur diese vier Welpen haben, oder? Außerdem sahen diese wirklich nicht so aus, als wenn sie alle von der einen Hündin wären. Irgendwas stimmt da vorne und hinten nicht!"

24. WENN ALLES UNBEKANNT IST

Am nächsten Morgen war der Himmel tiefblau ohne eine einzige Wolke und schon sehr früh wurde es in der Sonne sogar etwas zu warm. Heute würde Toran wahrscheinlich auf keinen Fall auftauchen, weil wir anscheinend von Regen nur träumen konnten. Das war mir recht, obwohl ich immer nervöser wurde, aber wenn wir noch ein paar Tage Zeit hätten, wäre das Monster mit seiner Frau auf jeden Fall schon auf dem Weg ins Ausland. Den beiden müsste ich wirklich nicht noch einmal begegnen.

Wir hatten gerade gefrühstückt und auch diese Mahlzeit fiel zu mickrig für meinen Geschmack aus. Allerdings konnte ich noch etwas von Terris Käsebrötchen ergattern, was es doch erträglicher machte. Alle außer Papa ruhten sich noch aus, er machte im Pool seine Übungen mit Opa Gerhard. Im Wasser konnte Papa seine Beine schon ziemlich gut bewegen, aber sonst war es für ihn noch sehr mühsam. Opa Gerhard hatte gemeint, dass es sicher eine Weile dauern würde, bis die Muskulatur sich erholt hätte und Papa wieder laufen könnte - aber eines Tages würde er das sicher schaffen!

Terri schien heute entweder frei oder Spätsicht zu haben, so ruhig wie sie da auf der Terrasse saß und mit ihrem Handy spielte. Auf einmal klingelte es kurz und Terri ließ es fast herunterfallen, weil sie sich wohl so erschreckte. Sie war aber heute besonders zitterig oder vielleicht sind alle Mädchen einfach von Natur aus so leicht aus der Ruhe zu bringen. Jeder kann natürlich nicht so arglos und standhaft sein wie unsereins. Alma räusperte sich kurz und sah mich streng an - ja was musste sie auch wieder in meinem Kopf herumspielen? Ist alles richtig, was ich gedacht habe, obwohl ich zugeben musste, dass ich auch nicht immer der mutigste war. Ich drehte meinen Kopf von Alma weg, damit sie wenigstens nicht so deutlich fühlen konnte, wie beschämend ich oft meine nicht vorhandene Heldenhaftigkeit fand. Das half natürlich nichts.

„Ach, Brüderchen, du bist und bleibst mein Held und Bodyguard. Ohne dich würde ich ja oft gar nicht zurechtkommen. Aber wir Mädchen können auch tapfer sein, das weißt du doch ganz genau, oder?" Ich nickte nur zustimmend und leckte kurz meine Pfote, um das Thema nicht weiter vertiefen zu müssen. Dazu wäre es allerdings auch nicht gekommen, weil wir durch Terri abgelenkt wurden. Sie sprang plötzlich auf und suchte nach Oma Martha, die in der Küche mit dem Aufräumen von Geschirr beschäftigt war. Was war nun wieder los?

„Oma! Ich habe soeben eine interessante Textnachricht bekommen! Rate mal von wem!" Terri war tatsächlich sogar etwas rot geworden, was mich schon den Grund für diese Aufregung erahnen ließ - alle Mädchen waren ziemlich durchschaubar.

„Arlo!" Jaa-haa Schwesterchen. Oma Martha zuckte nur verständnislos mit den Schultern und wartete ab.

„Von Mateo! Er hat sich für den gestrigen in aller Öffentlichkeit ausgetragenen Streit entschuldigt und fragt, ob wir uns heute gegen Abend treffen können, weil er etwas mit uns besprechen will - also etwas wegen dem Rodriguez!" Terri strahlte richtig, was bei dem Monsterthema meiner Meinung nach total unangebracht war, aber Alma fing mit ihrer Trippelei wieder an und strahlte genau so dämlich wie Terri. Ich seufzte, man musste anscheinend nur den Namen Mateo erwähnen und schon dachte Alma an ihren Rudi. Plötzlich erkannte ich aber auch noch etwas anderes und zwar war es mir jetzt sonnenklar - Terri strahlte genauso wie Alma, aber wegen dem Mateo! Konnte es sein, dass sie den Angeber nun auch nett fand? Oder sogar mehr? Anscheinend war ich mit dem Gedanken nicht alleine, weil Oma Martha Terri ganz breit angrinste.

„So, so, unser Mateo!"

Terris Gesicht wurde noch röter - na, das war dann wohl ein Volltreffer! „Oma! Ich bin nicht...ich finde doch nicht...oder er ist ja...", stotterte sie herum.

Oma Martha lachte. „Ich wollte dich nur ein bisschen aufziehen, Liebes. So schlimm kann er ja gar nicht sein. Nachdem was du über sein Benehmen bei dem Besuch erzählt hast, musste ich meine Meinung über ihn revidieren."

„Ja, mir geht es auch so, aber wie gesagt, es geht nur um diesen Rodriguez. Vielleicht hat er noch etwas in Erfahrung bringen können und da ich heute frei habe, würde ich vorschlagen, dass wir uns mit ihm treffen, wenn du nichts dagegen hast."

„Tut mir leid, Terri, aber heute kann ich wirklich nicht, weil am Abend ja unser allmonatliches Treffen mit den anderen Auswanderern stattfindet. Aber da wir eh fahren müssen, können wir dich ja bei Mateo absetzen und später wieder abholen."

„Ach so.... ja ich weiß nicht, Oma... so sehr vertraue ich ihm nun auch wieder nicht. Und sicher wäre diese komische Isabella dann auch dabei." Terris Miene trübte sich genauso schnell ein, wie auch Almas Trippeln aufhörte. Und ob alle Mädchen gleich waren! „Ich möchte eigentlich nicht alleine zu ihm", fuhr Terri fort und da ich sah, wie blitzschnell ihr Gesicht wieder aufhellte, konnte ich schon ahnen, was sie als nächstes sagen würde.

„Aber Mateo könnte hierhin kommen – mit unseren Hunden an meiner Seite würde ich mich sicher fühlen!" Na klar - wir waren im Ernstfall ja auch eine furchtbare Bedrohung für Mateo, allerdings konnte ich mir vorstellen, dass Luna es gar nicht spaßig finden würde, wenn jemand ihre Terri irgendwie angreifen würde. Ich sah Luna dem Gespräch genau folgen und jedes Mal, wenn der Name Mateo fiel, zeigte sie kurz ihre Zähne, wohl unbewusst. Das Gefühl kannte ich gut - es ging mir ja mit Rudi immer noch nicht viel anders, obwohl ich mir wirklich die größte Mühe gab.

„Von mir aus gerne", sagte Oma Martha breit lächelnd. „Es interessiert sicher auch Gerhard, ob Mateo noch neue Informationen erhalten hat. Die ganze Sache lässt mir auch keine Ruhe."

Terri fing an, ganz eifrig auf ihr Handy zu tippen und anscheinend bekam sie auch umgehend eine Antwort von Mateo, weil sie deutlich ein Lächeln zu unterdrücken versuchte. Aber das Strahlen in ihren Augen konnte keinen täuschen. Sie hatte wohl die Existenz von dieser Isabella total verdrängt, aber das alles ging mich ja eigentlich überhaupt nichts an - außerdem interessierte es mich auch nicht wirklich. Ich fürchtete nur, dass das nächste Gefühlsdrama nicht lange auf sich warten ließ.

„Er ist einverstanden, Oma! Ihr habt doch nichts gegen seinen Vorschlag, auch Rudi und Anton mitzubringen, weil die beiden tagsüber relativ lange alleine bleiben müssen und er sich nach der Arbeit sonst immer um sie kümmert."

Ach, da ist ja aus dem Angeber und sogar aus einem unserer Hauptverdächtigen doch schnell ein großer Tierfreund geworden. Als Terri dann noch lächelnd hinzufügte, dass Isabella wahrscheinlich leider verhindert sein würde, konnte ich nur wieder meine Augen verdrehen. Als ich sah, wie auch Alma strahlte und trippelte, gab ich es einfach auf. Mussten sie doch selber wissen, worauf sie sich einließen. Um zur Abwechslung einmal ein vernünftiges Gespräch zu führen, schlenderte ich zu Luna und Condesa, die sich unter einem Olivenbaum leise unterhielten.

„Ihr zwei habt sicher mitbekommen, dass wir heute Abend Besuch bekommen - Mateo mit Rudi und Anton." Ich legte mich zu den beiden hin.

„Ja das war nun wirklich nicht zu überhören", sagte Luna etwas grimmig und auch Condesa sah unglücklich aus. Sie musste wohl daran denken, ob Mateo etwas Neues über ihre Silva herausgefunden haben konnte. Ich wünschte mir so sehr, dass diese ganze Geschichte bald sein Ende finden würde und alles aufgeklärt werden könnte. Luna schaute in Terris Richtung. „Auf unsere Freunde freue ich mich wirklich, aber dieser Mateo ist irgendwie nicht zu ertragen, oder? Es wundert mich schon, dass Terri sich genau auf ihn zu freuen scheint."

Ich seufzte. „Ja genau, das dachte ich auch, aber anscheinend hat er sich so unheimlich vorbildlich gestern bei dem Besuch benommen, dass alles andere vergessen ist. Ich lasse mich aber nicht so leicht hinters Licht führen. Wir müssen wirklich aufpassen."

„Soll er bloß meiner Terri nicht zu nahekommen!" Luna knurrte leise. „Ich werde ihm sonst in jedem Fall schon zeigen, welches Blut in meinen Adern fließt!" Sie schaute tatsächlich so finster drein, dass sogar ich ein bisschen Bange bekam und mich vorsichtshalber etwas näher zu Condesa hindrehte. Sie berührte mit ihrer Schnauze kurz beruhigend meinen Kopf.

„Ihr habt schon recht, wir dürfen in keinem Fall unachtsam werden, aber hier...", Condesa zeigte auf die Finca, „werden wir alle, auch deine Terri, in Sicherheit sein." Ihre Zuversicht hätte ich auch gerne gehabt, aber ich musste zugeben, dass ich doch vor allem darauf neugierig war, was Mateo zu erzählen hatte. Und ja, die Gesellschaft von Rudi und Anton würde mir sicher auch gefallen. Ich musste bei dem Gedanken lächeln, welche Angst wir zuerst vor Anton gehabt hatten. Nun war er auch für mich wie ein großer Bruder, und das war wirklich wortwörtlich gemeint. Außerdem hatte ja Rudi gesagt, dass sie beide uns bei unserem Plan behilflich sein wollten, was mich einerseits sehr beruhigte aber andererseits daran denken ließ, wie viel bei dem Plan wahrscheinlich nicht bedacht war und damit schief gehen konnte.

„Du siehst ziemlich sorgenvoll aus, mein lieber Arlo", Condesa sah mich auf einmal ziemlich eindringlich an, was mir nun auch nicht so gefiel. Unter ihrem Blick fühlte ich mich unbehaglich, aber anstatt mit ihr einen Streit anzufangen, zügelte ich tatsächlich mein Temperament und gähnte ein paar Mal. Konnte es sein, dass ich langsam etwas geduldiger und erwachsener wurde? Ich setzte mich hin und schwieg noch einen Moment, bevor ich verstand, dass ich doch nicht alleine mit meinen Sorgen sein musste.

„Ja wisst ihr...ich habe das Gefühl, dass es noch so vieles gibt, woran wir gar nicht gedacht haben", fing ich etwas zögerlich an. „Es fällt uns ja fast jeden Tag etwas Neues ein - wie das mit dem zweiten Tor, oder mit den übereinander gestapelten Käfigen – und nun das, wohin mit den Schwächsten, wenn wir es tatsächlich geschafft haben sollten, sie aus der Halle zu befreien. Ich zerbreche mir die ganze Zeit den Kopf darüber, was wir vielleicht noch übersehen haben."

Luna zeigte mit ihrem Kopf in Richtung der Berge. „Sicher kann noch vieles passieren, aber mit meinem Vater und den anderen Wölfen seid ihr - oder besser gesagt, sind wir - auf der sicheren Seite. Da würde ich mir nicht unnötig so viele Sorgen machen." Na ja, sie hatte ja gut reden, da sie selber ein halber Wolf war. Bei ihrer Größe hätte ich auch weniger Bedenken, obwohl ich manchmal den Eindruck hatte, dass man bei solcher Größe es wohl nicht mehr nötig hatte, sich überhaupt irgendwelche Gedanken zu machen. Luna war schon in Ordnung, aber eine richtige Problemlöserin war sie ja gerade nicht. Es machte mich schon ein bisschen stolz, dass ich diese Gedanken nicht ausposaunte, weil es ja sowieso nichts bringen würde, Luna aufzuregen.

Condesa tätschelte meine Pfote mit ihrer. „Ich weiß, dass das alles nicht leicht ist, Arlo. Für dein Alter bist du aber sehr mutig und tapfer, das würden alle sagen." Diese Worte wärmten mich innerlich und ich war dankbar, dass sie nichts über meine Größe gesagt hatte. Condesa seufzte und fuhr fort. „Obwohl ich so viel älter bin, muss ich wirklich sagen, dass ich wahrscheinlich noch vielmehr Bange habe als du. Trotzdem werde ich dabei sein und alles daransetzen, euch irgendwie helfen zu können."

Sie setzte sich hin und zitterte leicht, was bei mir ein mulmiges Gefühl aufsteigen ließ. Sie hatte anscheinend noch etwas Unerfreuliches zu sagen. „Eine Sache ist mir allerdings noch eingefallen und das könnte vielleicht Probleme verursachen." Na, hatte ich doch wieder Recht gehabt, aber gut, dass wenigstens jemand von den anderen sich auch Gedanken über unsere Aktion machte. „Du hast erzählt, dass ihr euer Leben in kleinen Käfigen habt verbringen müssen?" Ich bejahte dies, so war es gewesen, außer für die Zeiten, wenn wir vier trainieren oder auftreten mussten. Als ich an die Käfige, an die Enge, an den Gestank und an das Weinen dachte, wurde mir fast übel. Aber das war doch nicht irgendwie ein Problem, oder? Wir würden es schaffen, die Käfige zu öffnen, was ich auch mit voller Zuversicht sagte.

„Ja, da bin ich mir völlig sicher, dass ihr das schafft, Arlo. Weißt du...ich spreche ja ungern über meine Vergangenheit, aber ich weiß, wie es ist, eine sehr lange Zeit in einem Käfig zu leben. Der Jäger, der meine Freunde und mich besaß, war wahrhaftig kein guter Mensch, sondern ließ uns außerhalb der Jagdsaison in engen Käfigen vegetieren. Als wir wieder nach Wochen oder gar Monaten herausgelassen wurden, hatten wir fast schon vergessen, wie es in der frischen Luft war, wie sich das Gras anfühlte und wie es war, endlich wieder richtig laufen und rennen zu können." Condesas Geschichte war zwar sehr traurig und sie tat mir auch leid, aber ich verstand nicht so genau, worauf sie hinauswollte.

Alma hatte Condesas Worte wohl mitbekommen, weil sie angelaufen kam und heftig nickte. „Ja, bei uns war es auch so. Bevor ich erblindete und mit Arlo so ein gutes Team wurde, durften wir ja auch nie raus - und als wir es dann konnten, war es wie eine ganz neue Welt mit all den Gerüchen und Geräuschen und mit der ungewohnten Erde und so. Du weißt sicher noch Arlo, wie schwer das alles für uns war, oder?"

Das hatte ich nicht vergessen, ich hatte nichts vergessen, was uns dort bei dem Monster zugestoßen war - allerdings ohne Condesa hätte ich mit Sicherheit nicht mehr an diese eine Sache gedacht. „Oh, ja und da haben wir ja schon unser nächstes Problem. Die anderen sind ja dauernd in diesen Käfigen eingesperrt - sie kennen ja überhaupt nichts. Bei uns dauerte es ja auch lange, bis wir uns überhaupt getraut haben, uns draußen zu bewegen. Falls wir es schaffen, alle zu befreien, müssten sie in der Lage sein, sich von diesem schrecklichen Ort so schnell wie nur möglich zu entfernen. Und wenn man vorher kein Gras, keine Steine, keine Bäume, einfach nichts, gesehen hat, werden sie garantiert zuerst einmal nur starr vor Angst sein."

Condesa nickte. „Ja genau das meine ich - es wird für sie wohl fast unmöglich sein, sich außerhalb der Käfige überhaupt zu bewegen. Geschweige denn so schnell, wie es vielleicht notwendig wird zu fliehen." Ich ließ meinen Kopf hängen, weil ich fast sicher war, dass wir für dieses Problem keine Lösung finden würden.

25. SAG DIE WAHRHEIT!

Als Mateo mit Rudi und Anton am frühen Abend auf die Finca kam, hatten wir schon gegessen und warteten seit einer Weile ungeduldig auf unsere Spielkameraden vor dem Gartentor. Terri wirkte sehr gut gelaunt und hatte fast den ganzen Nachmittag leise vor sich hin gesummt, was mir langsam auf die Nerven gegangen war. Deswegen freute ich mich noch mehr, als unsere Gäste endlich eintrafen. Dass sie versprochen hatte, später uns allen noch Leckerlies zu geben, trübte meine Vorfreude keineswegs. Allerdings befürchtete ich, dass sie vorher eventuell ohnmächtig werden könnte, so aufgeregt wie sie zu sein schien. Aber in diesem Fall könnten wir ja selbst unauffällig die Tore öffnen, was eigentlich auch eine gute Übung für uns sein würde. Ich war fast schon enttäuscht, als sie sich wieder sammelte und nach ein paar Mal ein- und ausatmen scheinbar ruhig und lässig zum Tor schlenderte.

„Hallo! Da seid ihr ja! Kommt rein!" Terri öffnete das Gittertor und Rudi und Anton stürzten als erste hinein - oder Rudi stürzte und Anton schlafwandelte. Er wirkte tatsächlich so, als wenn er noch nicht ganz wach wäre. Rudi merkte meinen verwunderten Blick und nickte in Richtung Anton.

„Keine Sorge, er kommt gleich wieder in die Gänge. Er schläft im Auto immer ein und es dauert ein paar Minuten, bis man ihn wieder in diese Welt zurückgeholt hat."

Zur Bestätigung gähnte Anton breit und ließ sich direkt beim Tor auf die Erde fallen. „Ja, ja, hallo alle zusammen", brummte er kurz. Luna und Condesa leisteten ihm Gesellschaft, aber ich lief hinter Rudi und Alma her, die schon dabei waren, ein Spiel zu beginnen. Obwohl wir heute noch etwas Ernstes mit allen zu besprechen hatten, konnte ein bisschen spielen und sich entspannen sicher nicht schaden. Mama und Papa winkten uns von der Terrasse aus zu und warteten wohl lieber ab, was zwischen Mateo und Terri geschah, um uns andere im Notfall alarmieren zu können.

„Wollen wir uns hier auf die Terrasse setzen?", fragte Terri und zeigte auf den Tisch. „Ich habe da für uns eine kleine Erfrischung vorbereitet – Limo, hergestellt aus unseren eigenen Zitronen, und ein bisschen Obst." Das waren jetzt aber ganz andere Töne von ihr als noch vor ein paar Tagen und das schien Mateo auch zu bemerken, weil er meiner Meinung nach doch sehr selbstgefällig grinste.

„Ach, Sie...ich meine, du hast dir ja richtig Mühe gegeben. Sehr nett, sehr nett!" Mateo schaute sich um. „Anscheinend sind wir diesmal alleine, was mir eigentlich sehr recht ist." Terri errötete erneut und versuchte das Zittern ihrer Hände irgendwie unter Kontrolle zu bekommen.

Ich jedoch ahnte nichts Gutes und forderte alle anderen auf, auch auf die Terrasse zu kommen und aufzupassen. Sogar Rudi und Alma beendeten ihr Spiel, zwar etwas widerstrebend, aber doch. Als Anton an mir vorbei zum Tisch ging, hätte ich schwören können, dass die Terrasse unter seinen Schritten bebte. Was für ein Glück, dass er auf unserer Seite war - zum Feind hätte ich ihn wirklich nicht gerne gehabt. Anton legte sich zwischen Terri und Mateo nieder und schloss die Augen - ob er meinte, wieder einschlafen zu müssen? Aber als Alma sich auf seine Pfote, wie auf ein Fellkissen, setzte, öffnete er seine Augen wieder und schien tatsächlich etwas aufmerksamer zu werden.

Mateo hatte sich schon hingesetzt und nahm sich ohne weitere Aufforderung ein paar Stückchen von dem Obst. „Es ist nämlich so, dass ich gerne unter vier Augen mit dir darüber sprechen möchte, was bei Señor Rodriguez passiert ist", fing er ohne Umschweife an. Was allerdings danach folgte, war sicher etwas ganz anderes, als das was Terri erwartet hatte. „Ich habe mitbekommen, dass du bei dem Besuch etwas eingesteckt hast."

Terri erblasste schlagartig und bekam zuerst einmal nur ein Röcheln heraus. „Ähm...ach..ich? Was meinst du?"

Mateo sah sie streng an. „Ach tue doch nicht so, wie wenn du nicht ganz genau wusstest, wovon ich spreche. In dem Zimmer mit den Welpen hat Rudi leider etwas runter geschmissen – na, dämmert's dir? - und dabei ist aus dem Karton einiges heraus gesegelt. Ich möchte wissen, was du da aufgehoben und mitgenommen hast."

Das hörte sich nun aber gar nicht gut an und wir hatten gedacht, unsere Aktion wäre wirklich geheim geblieben. Wenn Mateo nun doch mit dem Rodriguez zusammenarbeitet, was wir von Anfang an schon immer vermutet hatten, würde diese Sache nun nicht so gut ausgehen. Anscheinend hatte wenigstens Luna denselben Gedanken, weil sie sich dicht neben Terri hinsetzte und Mateo ganz intensiv und - wie ich fand - sehr provokativ anstarrte.

„Na gut," seufzte Terri. „Du weißt doch, dass jemand hier in unserer Gegend sich mit illegalem Welpenhandel und mit tierschutzwidrigem Vermehren der armen Hunde beschäftigt." Mateo wollte sofort darauf etwas erwidern, aber Terri hob ihre Hand. „Ja ich weiß, dass das Thema dir nicht gefällt und dass ihr glaubt, dass dieser Rodriguez ein ehrenhafter Züchter sei und vor allem, dass eure Klinik nichts mit allem zu tun hat, aber..."

„Ja genau das habe ich mehrmals betont," unterbrach Mateo sie barsch. „Ich möchte wirklich, dass diese unmöglichen Verdächtigungen gegen unsere Klinik ein für alle Mal aufhören. Ich möchte auch nicht in irgendwelche Detektivspielchen verwickelt werden und dadurch womöglich sogar einen guten zukünftigen Kunden verlieren." Das war ja wieder typisch Mateo, er dachte immer nur ans Geschäft. Terri wollte wohl etwas sagen, aber Mateo sprach einfach weiter. „Du hast dich doch in das Thema regelrecht verbissen! Wenn die Rodriguez etwas zu verheimlichen hätten, hätten sie uns doch nie ihre Zucht vorgezeigt. Obwohl die

Mutterhündin etwas schwächelte, war dort alles in bester Ordnung - außer du hast irgendwelche handfesten Beweise, die das Gegenteil bezeugen."

Terri schien kurz zu überlegen, wie sie sich nun verhalten sollte, was uns alle auch jetzt brennend interessierte. Wohl um Zeit zu gewinnen, lenkte sie die Aufmerksamkeit auf uns - na vielen Dank aber auch. „Ist es nicht süß, wie unsere Hunde sich immer auf den Tisch konzentrieren, wenn darauf etwas Essbares steht?" Sie lachte sogar kurz auf, was sich aber sehr gekünstelt anhörte. „Sie befinden sich ja immer an der Schwelle zum Hungertod, so wie sie uns ansehen." Das ist aber kein Thema, worüber man seine Witze machen sollte, fand ich und bellte kurz, um meine Meinung deutlich zu machen. Terri stand auf und ging in Richtung Küche. „Ich hole den Süßen zuerst einmal ein paar Leckerlies, dann können wir in Ruhe über alles reden." Na - das hatte ich doch gut gemacht, oder? Mit mir selber sehr zufrieden blickte ich mich um und sah, wie alle mich streng anschauten.

„Was nun? Habt ihr etwa keinen Hunger?"

„Ach mein Junge", seufzte Mama, „es wäre vielleicht wichtiger gewesen, wenn wir den beiden Zeit gelassen hätten, sich zuerst einmal auszusprechen. Nun hat Mateo die Gelegenheit, sich etwas zu beruhigen, ansonsten hätte er sich in seiner Aufregung womöglich verraten." Da sie merkte, wie unglücklich Rudi aussah, fügte sie noch hinzu: „Falls er überhaupt etwas mit der Sache zu tun hat."

Wie Mateo nun deutlich nervös mit seinen Fingern auf den Tisch trommelte, war ich mir fast sicher, dass er wirklich nicht ehrlich war, egal wie überzeugt Terri nun von ihm war oder was Rudi über ihn erzählte. Vielleicht war er zu Hause noch in Ordnung und kümmerte sich wohl gut um Rudi und auch um Anton. Aber trotzdem wäre es gut möglich, dass er doch derjenige war, der mit dem Rodriguez gemeinsame Sache machte. Als Terri zurückkam und uns allen Leckerlies gab, waren wir kurz - viel zu kurz für meinen Geschmack - mit Kauen abgelenkt. Trotzdem bemerkte ich, dass Terri sich etwas unwohl in ihrer Haut fühlte. Sie hatte wohl doch noch Bedenken, was diesen Mateo betraf.

Terri schaute Mateo direkt in die Augen. „Bevor wir das Thema weiter erörtern, möchte ich dich etwas fragen, was mich ein bisschen irritiert hat." Ich sah, wie sie unter dem Tisch ihre vor Nervosität feuchten Hände wieder an ihren Hosenbeinen trockenrieb. Als Mateo zustimmend nickte, fuhr sie fort.

„Es ist vielleicht hier in Spanien üblich, die Privatsphäre seiner Nachbarn streng zu respektieren, so gut kenne ich mich hier ja nicht aus... aber... ja, mir kam es etwas merkwürdig vor, dass du vorher keine Ahnung hattest, dass die Rodriguez quasi eure nächsten Nachbarn sind." Sie trank einen Schluck und wartete auf Mateos Reaktion. Er schien ziemlich verärgert zu sein und ich hätte wetten können, dass er bis fünf und noch weiter zählte, um sich zu beruhigen. Gelegentlich sollte ich fragen, ob einer von den anderen weiter als fünf zählen kann, vielleicht Condesa. Sie war ziemlich gebildet, fand ich und blickte sie kurz an. Obwohl sie in die Berge schaute, konnte ich erkennen, dass sie dem Gespräch sehr genau folgte. Als ich zweimal bis fünf gezählt hatte, antwortete Mateo endlich.

„Ja nun, was hier üblich ist und was nicht, wirst wohl noch lernen können und auch lernen müssen. Ich würde aber sagen, dass genauso wie bei euch in Deutschland auch hier die Privatsphäre von allen zu respektieren ist." Er musste sich wohl sehr bemühen, um nicht wieder aufbrausend zu werden, was Terri auch zu bemerken schien, so rot wie sie wieder wurde. „Aber", fuhr Mateo fort, „da es sich wirklich nicht um irgendein Geheimnis handelt, kann ich es dir genauso gut erzählen. Unser Haus gehörte meinen Großeltern und erst als sie leider vor zwei Jahren kurz hintereinander verstarben und als meine Eltern sich kurz danach noch scheiden ließen, bin ich mit meinem Vater in das Haus gezogen. Zwischen unserem Haus und dem Haus von Rodriguez liegt ja der Pinienwald - da sind mehrere unbebaute Grundstücke. Und wenn man mit dem Auto fährt, muss man ja einen ordentlichen Umweg fahren, wie du bemerkt hast. Da sowohl mein Vater als auch ich sehr beschäftigt in der Klinik gewesen sind, und es auch heute noch sind, haben wir wirklich keine Zeit gehabt, in der Gegend herum zu rennen und irgendwelche Nachbarn zu suchen oder zu besuchen."

„Das tut mir wirklich leid mit deinen Großeltern und auch mit deinen Eltern", sagte Terri beschwichtigend. „Ich kann das alles gut verstehen und nachvollziehen, habe ja auch selber bemerkt, wie viel in der Klinik immer los ist." Mateo schenkte ihr ein kurzes Lächeln, das für mich nur einschleimend wirkte, aber Terri schien es zu beruhigen. Sie nahm ein Stück Obst und war zuerst einmal mit mampfen beschäftigt - mir würde so eine Banane, oder was es auch immer war, sicher auch schmecken. Ich bewegte mich etwas näher an den Tisch heran, in der Hoffnung, dass etwas herunterfallen würde. Mateo verstand meine Absichten falsch und erinnerte sich wohl daran, wie ich in der Klinik seine feine Hose ruiniert hatte, da er plötzlich mit seinem Stuhl weiter vom Tisch wegdrückte und mich dabei fast mit seinem Fuß traf, sicher absichtlich. Luna hatte das mitbekommen und knurrte Mateo warnend an, der mich auch noch anstarren musste.

„Hey, Luna, was hast du nun? Ist doch alles in Ordnung!" Terri tätschelte Lunas Kopf beruhigend.

Mateo blickte mich aber ziemlich finster an. „Ja dein Straßenwelpe muss hier wieder herumturnen", sagte er und zeigte auf mich. „Er scheint ja nicht nur mich zu nerven." Na da war ja der große Tierfreund wieder mit seinen blöden Sprüchen. Gerne hätte ich ihm gezeigt, wie es aussah, wenn ich wirklich jemanden nerven möchte. Aber als ich sah, wie unglücklich Rudi das Geschehen beobachtete, verzichtete ich darauf. Es hatte auch keinen Sinn, irgendeinen Streit anzufangen, weil das alle nur von dem wichtigeren Thema ablenken würde. Bei diesem selbstlosen Gedanken fühlte ich mich fast erwachsen und auf jeden Fall war ich in dem Moment mal wieder sehr zufrieden mit mir selbst. Obwohl Alma tief seufzte und anscheinend mir wieder etwas mitzuteilen hatte, ließ ich mich nicht bremsen, sondern ging sogar so weit, dass ich Rudi tröstete.

„Halb so schlimm, Kumpel", lächelte ich ihn an, „dein Mateo hat nur schlechte Erfahrungen mit meiner Blase gemacht, die ich anscheinend nicht immer unter Kontrolle habe." Da musste auch Rudi grinsen und Alma verdrehte nur demonstrativ ihre Augen. Ich überlegte kurz, von wem sie das wohl gelernt hatte und ob das unverschämt genug war, um mich darüber aufregen zu müssen, aber da sprach Mateo wieder weiter.

„Wie auch immer - wenigstens scheint er nun gelernt zu haben, weg von meinen Hosenbeinen zu bleiben. Aber erzähle nun endlich, was du da bei Rodriguez eingesteckt hast?" Terri sah wohl keinen Ausweg mehr. „Ja nun...warte mal einen Augenblick, ich hole es. Ich fürchte nur, das alles wird dir nicht so gut gefallen - aber genau wie du, will ich und wollen natürlich auch meine Großeltern die Sache klären." Sie ging kurz ins Arbeitszimmer und kam mit dem Heimtierausweis zurück zu Mateo, dessen Miene sich auf keinen Fall verbessern würde, wenn er sah, worum es ging. Als Terri den Ausweis aufschlug und Mateo auf den Stempel, auf die unleserliche Unterschrift und auf die fehlenden Eintragungen aufmerksam machte, waren wir alle sehr gespannt auf seine Reaktion, die allerdings auf sich warten ließ. Mateo saß nur wie versteinert da und starrte auf den Aufweis. Schließlich räusperte Terri sich wieder.

„Ja, also, das ist einer der Ausweise, die aus diesem Karton herausgefallen sind... und du musst doch zugeben, dass dieser Stempel doch eindeutig auf eure Klinik hindeutet..."

Mateo unterbrach sie. „Ja, ja - ich habe Augen im Kopf, aber ob das so eindeutig ist... es kann ja mehrere Gründe dafür geben, warum diese Ausweise nicht ordnungsgemäß ausgefüllt sind - oder vielleicht nur eben dieser eine hier etwas fehlerhaft ist." Neugierig warteten wir mit Terri darauf, welche Gründe Mateo nun aufzählen würde, aber anscheinend fiel ihm auch nichts weiteres ein. „Das beweist mir nun eigentlich gar nichts", fuhr er fort. „Allerdings werde ich doch genauer das Geschehen bei diesem Rodriguez beobachten, soweit das überhaupt möglich ist, und wenn er mal in die Klinik kommen sollte, kann ich ihn ja kurz darauf ansprechen." Als er ohne weiteres den Ausweis in seine Jackentasche steckte, protestierte Terri energisch.

„Den Ausweis brauchen wir aber noch!" Sie streckte ihre Hand in Richtung Mateo. „Gib den mir mal schön wieder zurück!"

„Reg dich wieder ab," sagte Mateo unbeeindruckt. „Ich will den Ausweis nur sicherheitshalber meinem Vater zeigen, bekommst den schon dann später zurück. Aber es geht um den Ruf unserer Klinik und das ist wohl wichtiger, als ein Erinnerungsstück für dich an unseren gemeinsamen Besuch bei Rodriguez." Sogar Mateo schien zu merken, dass er mit seinen Sprüchen zu weit gegangen war, als Terri nur schweigend da saß und fast Tränen in den Augen hatte.

„Nun, nimm es nicht persönlich," betonte er. „Ich bin nun mal für die geschäftliche Seite der Klinik verantwortlich und manchmal fühle ich die Last der Verantwortung schon ziemlich stark. Ich werde auch deine Verdächtigungen sehr ernst nehmen, das kann ich dir versichern, und dich auf dem Laufenden halten."

Terri lächelte kurz etwas gezwungen aber schwieg weiter. Mateo schaute sich um und entdeckte unsere Bälle auf der Terrasse. „Komm, Terri, nicht mehr Trübsal blasen, lass uns ein bisschen mit den Hunden spielen. Sonst toben sie ja auch immer rum - aber heute scheinen sie nur auf weitere Leckerlies zu warten. Meinen Hunden habe ich das Betteln von Anfang an abgewöhnt, aber deine sind ja nun doch eher ein schlechtes Vorbild..." Da er den giftigen Blick von Terri merkte, fügte er schnell hinzu, „ ...weil die zwei Kleinen ja noch so jung sind. Wir sollten doch den schönen Sonnenuntergang noch ein bisschen genießen, oder?"

Als Terri sich etwas widerstrebend erhob und mit Mateo in den Garten ging, liefen Rudi und Alma sofort hinter ihnen her. Ich blieb lieber zuerst einmal bei den Erwachsenen, weil wir doch noch einiges zu besprechen hatten. Anton setzte sich so hin, dass er alles was im Garten passierte im Blick hatte und dabei wohl auf die nächste Gefahr wartete, um sich sodann schützend vor die seinen zu stellen. So eine Einstellung war sicher etwas anstrengend, obwohl ich Anton schon verstand. Ich versuchte ja auch die ganze Zeit auf Alma aufzupassen, aber trotzdem schaffte ich es nicht immer und mit Sicherheit würde ich keine größere Gruppe beschützen können - welcher Gedanke mich wieder zu unserem Thema zurückbrachte.

Ich räusperte mich, um die Aufmerksamkeit der anderen auf mich zu lenken. „Nun ja - aus Mateo sind wir wohl wieder nicht schlau geworden, aber wir wollten ja eh mit Anton und Rudi über eine andere Sache sprechen." Anton guckte mich abwartend an und zeigte mit einem Nicken, dass ich ruhig weitersprechen konnte, während er seinen Blick wieder in den Garten richtete. Papa schob sich neben ihn und erkundigte sich, ob Rudi ihm schon erzählt hatte, um welche Hilfe wir sie bitten wollten.

„Das hat er und auch sehr ausführlich - ihr habt ja etwas ganz Gewagtes vor, verehrter Paison. Wenn Rudi und ich nur irgendwie helfen können, tun wir das selbstverständlich gern", brummte er mit seiner tiefen Stimme, die sogar noch fast kräftiger war als die von Toran. Ich schämte mich ein bisschen für meine Piepserei, und war froh, dass Papa nun das Reden übernommen hatte.

„Wir warten auf die nächste regnerische Nacht, damit es unauffälliger ist und auch damit möglichst wenige Menschen unterwegs sind", sagte Papa. „Unser Plan hat zwei Schwachstellen. Erstens - die Entfernung von der Welpenhalle bis zu unserer Finca hier - und zweitens - die Unmöglichkeit der Geretteten sich von alleine und vor allem schnell aus der Gefahrenzone zu bewegen."

„Das hat Rudi mir schon erläutert. Unser Haus steht ja viel näher, also wäre das Problem damit gelöst. Und ich könnte mir vorstellen, dass wir das andere Problem durch einen Korbtrick leicht lösen werden." Seine Zuversicht hätte ich auch gerne gehabt, außerdem verstand ich gar nicht, wovon er sprach. Bevor er uns aber aufklären konnte, sprang er auf und lief überraschend leichtfüßig laut bellend zum Tor. Sowohl ich als anscheinend auch die anderen hatten nichts mitbekommen, so überrascht wie alle aufblickten. Erst nach einigen Sekunden hörten wir es auch: ein fremdes Auto kam zur Finca - oder für uns fremdes Auto, welches Mateo jedoch ganz genau zu kennen schien.

„Was will denn Isabella hier?", rief er ziemlich verärgert, wie ich feststellen musste. Auch die Freude bei Terri hielt sich in Grenzen.

26. NUR HAUSTIERPRODUKTE

Luna lief schnell hinter Anton her zum Tor und zum ersten
Mal hörte ich sie richtig laut warnend bellen und knurren.
Als ich die zwei da so stehen sah und hörte, musste ich
schon zugeben, dass der Anblick wirklich beeindruckend
war. Auch Isabellas aufgesetztes Lächeln fror in dem Moment ein, als sie feststellen musste, dass Luna keine Absicht
hatte, sie durch das Tor hinein zu lassen. Sogar Anton stand
mit so steifer Haltung da, dass man kaum glauben konnte,
dass sie sich kannten. Terri und Mateo warteten meiner
Meinung nach deutlich zu lange, bis sie sich Richtung Tor
bewegten.
„Hey! Ruft die Hunde zurück! Ich bin es doch nur!" Isabella empörte sich und trat vorsichtshalber ein paar Schritte
zurück, obwohl der Zaun doch dazwischen war. Luna bellte
noch etwas lauter und war wohl zuversichtlich, diesen Eindringling ein für alle Mal verjagen zu können. Sie konnte ja
nicht wissen, dass sie die ätzende Freundin von Mateo vor
sich hatte, aber für Anton hätte es eigentlich vollkommen
klar sein müssen.
„Luna, nun ist aber gut, sehr schön aufgepasst", lobte Terri
sie deutlich amüsiert und öffnete das Tor. „Hallo, Isabella!
Komm rein, das ist aber eine... öh... nette Überraschung!"
Luna und Anton hatten sich hingesetzt und folgten Isabella
mit wachsamen Blicken. Diese machte einen großen Bogen
um sie, beachtete weder Terri noch uns, sondern lief direkt
zu Mateo, der mit verschränkten Armen etwas weiter weg
stand. Deutlich verblüfft über Isabellas Benehmen schloss
Terri das Tor wieder und lief ihr hinterher. Mir war es nur
recht und sehr angenehm, dass diese Frau sich nicht für uns
interessierte, aber ich hatte schon gelernt, dass Menschen
sich bei fast jeder Begegnung irgendwie kurz die Hände halten wollten oder sogar sich umarmten. Insoweit konnte ich
nachvollziehen, dass Terri sich wunderte oder vielleicht so-

gar beleidigt war, weil sie ja auch gar nicht mehr so fröhlich aussah und Luna darum bat, ihr zu folgen. Wir beobachteten neugierig, was das alles wohl zu bedeuten hatte - außer Alma, die natürlich schon die Antwort zu wissen meinte.

Sie kam zu mir und flüsterte: „Das kannst du doch auch riechen, oder?" Na ja, außer Isabellas ekelhaft süßem Parfüm konnte ich eigentlich nicht wirklich etwas riechen, daher zuckte ich nur mit den Schultern, obwohl sie das ja nicht sehen konnte. Ich wartete einfach ab, sie würde eh mit der Sprache rausrücken, weil sie doch immer wieder so voller Stolz ihre Talente präsentierte - alles Sachen, die für uns Normalsterbliche schwer zu verstehen waren. Aber als ich sah, wie aufgeregt sie war und mich mit ihren schönen blinden Augen von der Seite anblickte, bekam ich ein schlechtes Gewissen und ärgerte mich über mich selbst. Alma hatte nun wirklich nichts falsch gemacht und es sei ihr wenigstens ihr eigener Glaube an sich selbst gegönnt, wo sie doch sonst so arm dran war.

Ich stupste sie leicht. „Na, erzähl schon, ich kann nämlich wirklich nichts erkennen."

„Für mich ist es ganz klar und einfach", prahlte sie, was mich erneut nervte. „Dasselbe habe ich nämlich auch bei dir gerochen, als wir mit Rudi zusammen waren - allerdings ist der Geruch bei dir schon deutlich schwächer geworden, was mir zeigt, dass du langsam reifer und vernünftiger wirst." Das ließ ich mir aber wirklich nicht gefallen, besonders nicht von einer, die nur eine hibbelige Quasselmaus war - knurr!! Anscheinend hatte Mama uns beobachtet, weil sie genau in dem Moment zwischen uns sprang.

„Nicht streiten, Kinder! Arlo, geh ein paar Schritte zurück!", mahnte Mama mich, aber bevor ich gehorchte, warf ich Alma so einen wütenden Blick zu, dass sie den garantiert mit ihren Wundermitteln spürte. Mama starrte mich noch eine Weile fordernd an, worauf hin ich mich hinsetzte und meinen Kopf von Alma abwandte - und ihr damit zeigte, dass ich tatsächlich der Reifere von uns beiden war. Anscheinend völlig unbeeindruckt von der nur durch Mamas eingreifen abgewendeten Prügelei sprach Alma weiter.

„Isabella ist eifersüchtig!" Und zur Bestätigung sahen wir Isabella dicht an Mateo herantreten und mit zusammengebissenen Zähnen leise etwas wie „nicht mit mir solche Spielchen, Junge" sagen. Dann drehte sie sich um und richtete ihre Worte an Terri.

„Tut mir leid, Terri, aber Mateo hat sich wieder einmal unmöglich benommen. Wir Frauen dürfen uns wirklich nicht alles gefallen lassen!" Sie lächelte Terri sogar an und endlich hielten sie kurz die Hände, was ich schon merkwürdig finde. Ich meine, wir Hunde begrüßen uns ja auch immer, aber durch schnüffeln - ein Pfotenhalten erscheint mir dagegen vollkommen sinnlos. Das war noch so eine Sache, worüber ich mich mit den anderen irgendwann unterhalten wollte - ob diese komische Sitte ihnen auch seltsam vorkommt. In diesem Moment musste ich mich aber darauf konzentrieren, worum es nun hier eigentlich ging.

Ohne zu bemerken, wie Terri und Mateo einen Blick wechselten und wie peinlich das ganze wohl für die beiden war, erklärte Isabella sich weiter. „Wir wollten ja ursprünglich zusammen zu dir, aber bei mir dauerte es etwas länger im Büro. Ich habe Mateo eine Nachricht geschickt, aber er konnte anscheinend keine Minute länger warten, geschweige denn, dass er mich benachrichtigt hätte. Das geht ja gar nicht! Tut mir leid, dass du so etwas mitbekommen hast, aber wenn du mal in einer Beziehung bist, weißt du, dass man die Männer auch erziehen muss - sie sind ja oft wie kleine törichte Kinder!"

Wir konnten sehen, wie die Röte auf Mateos Gesicht immer dunkler wurde und ich war sicher, er würde gleich explorieren, aber Terri versuchte die Situation irgendwie zu retten. „Es ist sicher nur ein Missverständnis gewesen", sagte sie und tätschelte sogar kurz Isabellas Arm. „Hauptsache du bist jetzt hier - wirklich nett, dich wiederzusehen! Wir haben uns ja nur kurz unterhalten und wollten gerade mit den Hunden spielen - hast also nichts verpasst!" Terri warf erneut Almas Ball und natürlich konnten diese beiden Sorglosen - Rudi und Alma - nicht widerstehen, sondern rannten ihm sofort hinterher.

Mateo schien wieder seine Zahlübungen zu machen, schloss sogar kurz seine Augen und atmete tief ein. „Ja das war wirklich ein Missverständnis, meine Liebe", sagte er zähneknirschend, wie ich fand. „Ich habe gedacht, dass du gar nicht kommen kannst - sonst hätte ich selbstredend auf dich gewartet."

Isabella lächelte ihn an. „Na das will ich doch hoffen! Aber nun lassen wir es einfach eine Lehre für dich sein – immer schön daran denken, mir immer zu antworten!" Sie wandte sich zu Terri. „Hat mein Mateo dir überhaupt schon gesagt, warum wir dich eigentlich sprechen wollten? Wegen der Sache bei den Rodriguez?" Oh nein, wenn Isabella auch etwas mitbekommen hatte, war das gar nicht gut, aber bevor Terri reagieren konnte, mischte Mateo sich energisch ein.

„Ja, ja - ich habe Terri schon gefragt, ob sie irgendwas eingesteckt oder einen Beweis gefunden hat, der darauf hindeutet, dass die Rodriguez etwas mit diesem illegalen Welpenhandel zu tun haben." Er hielt kurz inne und schielte zu Terri, die ziemlich verlegen dreinschaute. „Aber wie sich herausstellte, war das auch nur ein Missverständnis. Terri hat dort nichts gefunden oder gesehen, geschweige denn mitgenommen."

Nicht nur Terri sondern wir alle sahen total verblüfft aus - was hatte das nun wieder zu bedeuten? Er wollte anscheinend Isabella gar nicht in Kenntnis setzen - war er so sauer auf sie? Ohne eine Miene zu verziehen fuhr er fort. „Es ist eher bewiesen worden, dass sich hier leider einige zu sehr in das Thema hineingesteigert haben und überall kriminelle Energie zu sehen meinen. Wie ich schon immer betont habe, geht es vor allem um den Ruf unsere Klinik - und deswegen bin ich mehr als froh, wenn wir dieses leidige Thema nun endgültig vergessen können."

Terri fand ihre Sprache wieder und trotz ihrer Verwirrung spielte sie mit. „Da hat Mateo wahrscheinlich recht. Außerdem ist es ja nicht unsere Aufgabe, solche Sachen aufzuklären. Wenn irgendwelche Beweise vorhanden wären, wäre die Polizei sicher schon eingeschaltet worden."

Isabella lachte laut auf, wieder total gekünstelt, zumindest meiner Meinung nach. „Die Polizei? Wegen ein paar Welpen? Na, da hättest du dich aber ganz schön blamiert, meine liebe Terri! Unsere Polizei hat für so einen Unsinn wirklich keine Zeit - irgendwelchen wagen Verdächtigungen von irgendwelchen übereifrigen ausländischen Tierschützern nachzugehen!"

Terri schluckte ein paar Mal und blickte zu Mateo, der von Isabella unbemerkt kurz seinen Kopf schüttelte. Das wurde ja immer interessanter, aber leider wollten sie das Thema nicht mehr vertiefen. „Lass uns noch ein bisschen zusammensitzen und vielleicht noch ein Glas von deiner leckeren Limonade zu uns nehmen, Terri." Mateo deutete auf die Terrasse und als sie alle dorthin gingen, blieben wir noch sitzen. Sogar Rudi und Alma hatten alles mitbekommen und kamen zu uns.

Rudi machte große Augen. „Das war doch gerade eine glatte Lüge von meinem Mateo! Warum hat er Isabella nicht erzählt, dass er den Ausweis von diesem Rodriguez an sich genommen hat?"

„Vielleicht wollte er sie einfach nicht aufregen", gab Anton zu bedenken an. „Du hast sicher auch mitbekommen, dass sie neuerdings ziemlich viel streiten und dass diese Isabella einen sehr eigenen Charakter hat." Na gut, so konnte man es wohl auch ausdrücken - mir wären eher ein paar andere Begriffe eingefallen, wenn ich sie hätte beschreiben sollen. Ob das was Anton gesagt hatte aber wirklich der Grund war, warum nicht nur Mateo sondern auch Terri die Existenz von diesem Ausweis geheim gehalten haben, wusste ich nicht. Auch Condesa schien sich Gedanken zu machen.

„Es kann aber sein, dass er das alles für die Klinik tut", meinte sie. „Auch für meine Doktor Heising ist die Klinik sehr wichtig und sie achtet sehr genau darauf, dass ihre Arbeit - und die ihres Teams - tadellos ist. Darüber habe ich sie öfter reden gehört. Wenn Mateo glaubt, dass der Ruf der Klinik gefährdet sein könnte, würde er sicher wollen, dass möglichst wenige Menschen über irgendeinen wahrscheinlich gefälschten Ausweis Bescheid wissen."

Etwas verlegen wegen ihrer eigenen ungewöhnlich vielen Worte leckte Condesa kurz ihre Lippen und schaute zur Seite. Wir nickten alle zustimmend und dachten über das Gesagte nach. Keinem von den anderen schien ein besserer Grund einzufallen und ich wollte nicht wieder auf das naheliegendste hinweisen – nämlich, dass wenn Mateo selber ein falsches Spiel spielte, würde er den Ausweis sicher ganz schnell verschwinden lassen. Es gab für uns jedoch noch immer wichtigeres zu besprechen.

Papa versuchte sich etwas bequemer hinzusetzen, was ihm auch schon mit jedem Tag besser gelang. „So, nun haben wir sicher nicht mehr viel Zeit, bevor Rudi und Anton wieder nach Hause fahren müssen. Wir müssen unbedingt noch über unseren Plan sprechen, sonst haben wir ja keine Möglichkeit, euch zu kontaktieren. Also bitte, konzentriert euch alle!" Er schaute uns ziemlich streng an, was mir nicht so gefiel, aber er hatte ja recht.

Er berührte Anton kurz mit seiner Pfote. „Du hast ja vorhin etwas sehr Interessantes gesagt, lieber Anton. Vielleicht hast du dabei sogar an etwas Spezielles gedacht, was unser Problem lösen könnte – nämlich, wie wir die Kleinsten und die Schwächsten von der Welpenhalle wegbekommen können?" Meiner Meinung nach betraf es aber nicht nur diese, sondern jeden Hund dort. Ich hatte nicht vergessen, was

Condesa über ihre monatelange Isolation erzählt hatte. Mir war allerdings bewusst, dass das Problem grundsätzlich schon groß genug war, und so hielt ich meine Schnauze, um die anderen nicht noch mehr zu entmutigen.

Anton zeigte auf Rudi. „Als mein kleiner Kumpel hier zu uns kam, konnte er ja wegen seiner Verletzung nicht laufen. Ich war aber froh, dass ich ihm in dieser Zeit behilflich sein konnte." Rudi sprang kurz hin und her, um zu zeigen, dass das alles wirklich Vergangenheit war - oder vielleicht war es doch nur seine hibbelige Art. Alma konnte ja auch kaum zwei Minuten irgendwo stillsitzen, was umgehend wieder dadurch bestätigt wurde, dass sie Rudi nachahmte und auch hin und her sprang. Mit diesen Rennmäusen konnte man wirklich kein ernsthaftes Gespräch führen, dachte ich und erntete umgehend einen Schubser von Alma. Ich wollte schon mit meiner Pfote ordentlich ausholen, aber Mama setzte sich zwischen uns und mahnte uns mit einem strengen Blick. Ja, was hatte ich jetzt angeblich wieder verbrochen - Alma hatte angefangen? Als ich sah, dass auch Papa uns verärgert anschaute, ließ ich es dann auf sich beruhen.

Rudi setzte sich wieder hin und fing an zu erzählen. „Das war großartig, Anton war großartig! Als Mateo mich aus der Klinik nach Hause brachte, konnte ich mich kaum bewegen und außerdem tat alles noch ganz schön weh." Alma musste ihm natürlich tröstend ein Küsschen geben und erntete daraufhin ein breites Lächeln. „Aber ist ja nun alles wieder in Ordnung. Damit ich aber nicht nur irgendwo herumliegen musste, sondern auch ein bisschen etwas erleben konnte, legte Mateo mich oft in einen Korb - und so konnte Anton mich samt Korb im Garten umhertragen! Er kennt sogar eine heimliche Lücke in der Mauer und so zeigte er mir manchmal sogar, was in dem Wald dahinter los war. Das machte echt Spaß und einmal ist er fast gestolpert und ich wurde total durchgeschüttelt und ich musste so lachen und..."

Papa hob seine Pfote. „Halt, halt, junger Mann - das war sicher eine gute Zeit für euch, aber nun verstehe ich, was Anton gemeint hat: Korb! Ja, unsere Freunde könnten mit Hilfe eines Korbes in Sicherheit gebracht werden, das hast du doch gemeint, Anton, oder?"

„Na ja, ich nehme an, dass es kleine Welpen sind und dass die Erwachsenen wohl in eurer Größe sind - dann wäre es zum Beispiel für mich kein Problem, sie in unserem Korb zu tragen. Natürlich nicht alle auf einmal... aber es wäre doch eine Möglichkeit." Anton schob seine Pfote kurz unter Alma und hob sie mit Leichtigkeit in die Höhe. Alma kicherte überrascht und hielt sich mit ihren winzigen Pfoten fest. Ich beobachtete die Lage ganz genau und war bereit sofort einzuschreiten, falls Anton es übertreiben sollte. Schließlich ging es ja um meine Schwester und ich war immer noch ihr offizieller Bodyguard. Vorsichtshalber knurrte ich ganz leise, was Anton natürlich nicht überhörte. „Ja schon gut Junge - das war nur eine kleine Demonstration", sagte er und setzte Alma behutsam auf die Erde. Na, wenigstens einer wusste sich zu benehmen!

Papa nickte eifrig. „Das ist eine wirklich gute Idee! Ich befürchte aber, dass wir nicht allzu viel Zeit dort haben werden - aber für einen Teil wäre es sicher die Rettung. Einige von ihnen könnten sicher die Wölfe tragen und einige sicher auch Luna und Condesa, oder?" Sie beide und auch Mama nickten so voller Eifer, dass es mir wieder schwindelig und fast schlecht wurde – warum musste ich auch so empfindlich sein? Um mich zu beruhigen ging ich auf die Terrasse ein paar Schlucke Wasser trinken - und was ich die Menschen sagen hörte, ließ in mir die totale Panik aufsteigen.

So schnell ich nur konnte rannte ich zurück zu den anderen, stolperte aber über mein blödes Gipsbein und landete mit einer totalen Bruchlandung ausgerechnet vor Rudi, der noch dämlich grinsen musste. Ja, alles witzig, Kumpel! Wenigstens hatte ich nun die volle Aufmerksamkeit von allen. Ich schüttelte mich kurz und deutete auf die Terrasse. „Ich habe soeben etwas Furchtbares gehört! Condesa, deine Silva wird bereits an dem Montag nach der Ausstellung zurück-kommen und dich abholen - und das ist in drei Tagen! Wie sollst du uns dann nur helfen können? Wir wollten ja erst aktiv werden, wenn es trübes Wetter gibt!" Als ich ebenfalls Panik bei den anderen aufsteigen sah, hätte ich vor Frust am liebsten laut geschrien oder auf irgendwas gehauen. Aber es wurde noch schlimmer.

Isabella stand auf und wollte anscheinend wegfahren. Sie hielt wieder kurz Terris Hand und sagte: „Es ist gut, dass die Sache mit dem ehrenwerten Ehepaar Rodriguez nun ge-klärt ist. Sie werden wohl in Zukunft öfter mit meiner Fir-ma zusammenarbeiten. Sie haben schon vor der Ausstel-lung Werbung für ihre...öh... Ware... diese Haustierproduk-te gemacht und schon viele Bestellungen erhalten, weswe-gen sie erneut einen Transporter von uns gemietet haben. Schon jetzt am kommenden Montag soll es wieder losge-hen."

Isabella lächelte und sah richtig selbstzufrieden aus. „Du verstehst schon, gute Geschäftskunden verliert man ja nicht gerne, besonders aufgrund von irgendwelchen vollkommen haltlosen Anschuldigungen." Terri nickte nur kurz und Mateo machte ebenfalls Anstalten zu gehen. Nun hatten wir wirklich keine Sekunde mehr zu verlieren.

Papa ergriff das Wort hastig. „Das ist sehr schlimm - Con-desa, wir sind auf deine Hilfe angewiesen. Und wir wissen alle, welche Haustierprodukte gemeint sind - unsere Freun-de! Luna, du musst Toran kontaktieren und sagen, dass egal wie das Wetter wird, wir müssen spätestens in der Nacht zu Montag zuschlagen! Also auch für Anton und Rudi: haltet euch bitte bereit - entweder die nächste trübe Nacht oder ansonsten... in drei Nächten!"

27. WER HAT SCHON EISERNE NERVEN?

Bevor wir uns an diesem Abend zum Schlafen legten, hörten wir noch zu, wie Luna in ihrer üblichen Weise Toran kontaktierte. Sie musste sich kurzfassen, weil Terri sie für unseren Geschmack zu aufmerksam dabei beobachtete. Obwohl es nicht unbedingt gut war, dass Terri ihre Vermutung über die Kommunikation zwischen Luna und den Wölfen bestätigt bekam, konnten wir es nicht ändern. Toran musste Bescheid wissen und nur Luna konnte ihm das wichtigste erzählen. Etwas erleichtert hörten wir Toran rufen, dass dort alles ruhig war und dass sie auch keine Jäger gesehen hatten und damit sie weiterhin für uns ihre Hilfe garantieren konnten. Nun gab es uns nichts weiter zu tun als abzuwarten, was mir furchtbar auf die Nerven ging. Ich war so angespannt, dass ich sicher war, kein Auge zumachen zu können. Allerdings als ich das nächste Mal zu mir kam, schien die Sonne wieder und es war anscheinend schon Morgen – was auch durch das Klappern von Frühstückgeschirr bestätigt wurde.

Alma sprang in den Korb. „Endlich bist du aufgewacht! Du hast ja so tief geschlafen, wie noch nie!" Tja, vielleicht hatte die Anspannung mich ohnmächtig werden lassen, aber ich fühlte mich tatsächlich ausgeruht und auf jedem Fall viel besser als am Abend zuvor. Ich blickte mich um und sah alle anderen im Garten liegen oder sitzen. Sogar Papa war wieder mit seinem Rollwagen unterwegs und schnüffelte im Garten herum. Oma Martha und Opa Gerhard saßen auf der Terrasse und tranken Kaffee. Terri bereitete wohl unser Frühstück vor. Von all dem was um mich herum geschah, hatte ich wirklich nichts mitbekommen. Etwas verlegen stand ich auf und tapste doch noch etwas schlaftrunken in den Garten, um mich zu erleichtern. Allerdings als Terri uns kurz danach zum Frühstücken bat, war ich schneller als jeder andere an meinem Napf, aber nicht ohne beim vorbeirasen einen Blick auf die Näpfe von den anderen zu werfen. Dass die Großen etwas mehr bekamen, war ja irgendwo gerecht, aber manchmal hatte ich das Gefühl, dass sogar die Portionen von Alma größer waren als meine. Ich wollte gerade eine Kostprobe aus Almas Napf nehmen, aber Terri musste mir den Weg versperren.

„Ach, Arlo! Du bekommst genug zu essen!" Terri lächelte mich an. Woher wollte sie wissen, wie viel so ein aktiver Kerl, wie ich nun mal einer war, zu essen braucht? Auf jeden Fall zu wenig, das war schon einmal sicher. Terri schien meine Hungersnot nur irgendwie amüsant zu finden. „Sei doch nicht so deprimiert – deine Portion wird doch langsam immer größer, genau wie du selber immer größer wirst." Na, das hörte man schon mal gerne, dachte ich etwas milder gestimmt und machte mich dran an mein Frühstück.

„Terri, du hast doch heute und morgen Nachtschicht, oder?", hörte ich Oma Martha fragen.

„Ja, das stimmt. Und so an den Wochenenden ist die Geschäftsleitung selten da – also werde ich von Mateo und vor allem von dem Heimtierausweis vor Montag wohl eh nichts sehen."

Oma Martha nickte zustimmend. „Das wird sicher so sein. Doktor Morales wird uns bestimmt informieren, wenn er irgendwelche Erkenntnisse oder Neuigkeiten hat. Aber ich bin mal gespannt, was Frau Mittenröder und auch unsere Silva zu erzählen haben. Heute und morgen findet ja diese Ausstellung statt und wie gesagt, Frau Mittenröder wollte mich dann zeitnah kontaktieren. Silva wird ja eh sofort morgen spätabends zurückfliegen und gleich Montag Condesa wieder abholen. Dann kann ich hoffentlich in aller Ruhe mit ihr reden."

Es wurde damit wieder bestätigt, wie wenig Zeit uns nur noch blieb. Obwohl ich absolut ungeduldig war und eigentlich kaum erwarten konnte, dass wir endlich loslegen könnten, fühlte ich mich auf einmal verunsichert und vor allem klein. Als ich meinen Blick hob und die anderen anschaute, wurde mir klar, dass sie die Worte von Oma Martha und ihre Bedeutung genauso klar wie ich mitbekommen hatten. Und nicht nur das – wie alle mich anschauten, hatten sie wohl auch bemerkt, wie ich mich fühlte.

Mama kam zu mir und gab mir ein Küsschen. „Du brauchst dir nicht so viele Sorgen zu machen, Arlo. Du wirst nicht alleine sein – wir werden gemeinsam alles schaffen. Schau uns nur an!" Condesa nickte mir bestätigend zu. Luna grinste ziemlich frech, fand ich. Papa sah ernst aber auch zuversichtlich aus. Sogar Alma saß still und lächelte mich an. Ja, ich war nicht alleine und durch diesen stillen Zuspruch von den anderen fühlte ich mich wirklich besser und stärker. Da ich dann auch noch Anton, Rudi, Toran und die anderen Wölfe zu unserer Gruppe zählen konnte, war ich wieder zu allem bereit. Nur die Warterei machte mich ziemlich mürbe und der strahlende Sonnenschein zeigte deutlich genug, dass wir kaum mit Regen und trübem Wetter rechnen konnten.

Papa hatte wohl denselben Gedanken. „Es wird wohl darauf hinauslaufen, dass wir erst in der Nacht zu Montag aktiv werden können. Leider scheint das Wetter weiterhin so schön zu bleiben, aber wir müssen es trotzdem wagen. Was jedenfalls positiv zu bewerten ist, ist die Information, dass Terri in dieser Nacht nicht hier sein wird. Es besteht also keine Gefahr, dass sie mitbekommen könnte, dass ihr euch auf den Weg macht. Ich glaube, dass Oma Martha und Opa Gerhard bei weitem nicht so aufmerksam sind." Das stimmte allerdings. Manchmal hatte ich den Eindruck, wie die beiden eh nicht mehr so gut hören konnten – oder wenigstens habe ich sie nie so wachsam erlebt wie Terri. Gut das ich nicht früher daran gedacht habe, was passieren würde, wenn Terri uns erwischt, bevor wir durch die Tore waren. Noch ein unbedachtes Problem in unserem Plan, welches sich nun aber zum Glück von alleine gelöst hatte.

Weil Terri eben nachts arbeiten musste, legte sie sich entweder vorher oder gleich nach der Arbeit hin, weswegen wir möglichst ruhig sein sollten. Das machte diese Warterei noch schwerer und statt ruhiger zu werden war ich bald fast so hibbelig wie Alma, oder eigentlich noch schlimmer, weil sie sich anscheinend sehr gut auf ihrer Treppe im Schwimmbecken entspannen konnte. Wir übten zwar mehrmals gedanklich das Öffnen der Tore, aber ich wurde nur immer nervöser. Eine Weile lief ich am Zaun hin und her, um mich abzureagieren, aber ich musste auch das lassen, weil die anderen meinten, ich würde zu sehr auffallen. Als es endlich Sonntagabend wurde, war ich mehr als bereit für jegliche Aktion.

Bevor Terri zur Arbeit fuhr, machte sie ihre Großeltern noch auf uns aufmerksam. „Ich weiß nicht, was unsere Hunde haben, aber mir kommt es vor, als wenn sie irgendwie sehr nervös wären. Besonders Arlo ist ja extremst unruhig und kann kaum stillhalten." Alle schauten mich an und ich wendete meinen Kopf ab und versuchte unbeteiligt auszusehen. Ja, was hätte ich denn dagegen tun können? Zuviel laufen oder sogar toben war ja untersagt, damit ich nicht auffalle – und das hatten sie nun davon. Genau deswegen war ich nun auffällig geworden, weil ich meine Nervosität nicht durch Bewegung abschütteln konnte. Mir deswegen einen Vorwurf zu machen, war wirklich ungerecht, oder? Um vor den anderen zu verbergen, dass ich wieder einmal den Tränen nahe war, schlenderte ich betont lässig zu unserem Korb und legte mich mit dem Gesicht in Richtung Wand hin.

„Jetzt da du es sagst, merke ich es auch", sagte Oma Martha. „Vielleicht ist es einfach die ungewohnte Hitze der letzten Tage – oder vielleicht läuft draußen ein Tier öfter herum, ein anderer Hund oder sogar ein Wolf."

„Weiß nicht – ich habe auch nichts gesehen. Hoffentlich

werden sie nicht irgendwie krank, ein Virus oder so...“.
Terri wirkte etwas ratlos. „Ich bin am überlegen, ob ich diese Nacht nicht lieber zu Hause bleiben sollte, für alle Fälle.
Dann könnte ich wach bleiben und die Umgebung beobachten.“ Oh nein, das fehlte uns noch gerade! Das durfte
auf gar keinen Fall geschehen! Als ich aufblickte, sah ich bei
den anderen die aufsteigende Panik in den Augen. Bevor ich
daran denken konnte, was dann auf mich zukommen würde, sprang ich auf, lief zu Terri und legte mich vor ihr auf
den Rücken.

„Wie niedlich, schau Oma! Das hat Arlo noch nie gemacht!“ Terri hockte sich hin und kraulte meinen Bauch.
Ich musste meine ganze Willenskraft zusammennehmen,
um da liegen zu bleiben und ihre Berührung zu ertragen,
obwohl ich zugeben musste, dass es sich gar nicht so
schlecht anfühlte. Um mich zu unterstützen machte es mir
Alma endlich nach. „...und Alma auch! Na, so krank können die Kleinen nicht sein – und irgendein Wildtier kann ja
gar nicht hier rein.“

Oma Martha nickte. „Ja alles halb so schlimm. Fahr du ruhig zur Arbeit, ich werde ein Auge auf unsere Bande hier
haben. Ich werde auch in der Nacht zwischendurch mal
nach dem Rechten schauen, ob ich etwas da draußen hören
oder sehen kann, wenn es dich beruhigt. Und wenn etwas
sein sollte, werde ich mich bei dir melden.“ Terri wirkte zufrieden und fuhr endlich weg. Allerdings würde nun die
Oma wohl etwas aufmerksamer sein – aber wir mussten
einfach hoffen, dass sie die Nacht nicht durchhalten würde.
Meistens wenn sie eingeschlafen war, sahen wir sie vor dem
Morgen nicht mehr – meistens.

Es dämmerte langsam, was komischerweise meine Nervosität in eine Art tiefe Konzentration verwandelte. Ich war bereit. Allerdings wirkte Luna auf einmal sehr unruhig und
sie blickte ständig in Richtung der Berge, was den anderen
auch auffiel. Condesa setzte sich zu ihr.

„Du, meine liebe Freundin... geht es dir nicht gut?", fragte sie besorgt.

Luna seufzte. „Ihr habt ja auch gehört, was Oma Martha und Terri gesagt haben. Wenn Oma etwas mitbekommt, ist unser Plan sowieso hin – und im schlimmsten Fall wird sie sogar meinen Vater und die anderen Wölfe entdecken. Ich weiß nicht, wie sie darauf reagieren würde, aber ich möchte meinen Vater nicht dieser Gefahr aussetzten." Sie sah aber wirklich unglücklich aus. Ich konnte schon nachvollziehen, wie sie sich fühlte, weil wenn dann die Jäger alarmiert werden würden, würde es für sie auch den Abschied von Toran bedeuten. Er würde nicht länger dort in der Gegend bleiben können. Allerdings glaubte ich nicht, dass Oma Martha oder Opa Gerhard wirklich irgendwelche Jäger benachrichtigen würden – und das sagte ich auch laut.

Luna schien nicht überzeugt. „Ja, Arlo – ich weiß, dass sie sehr tierlieb sind. Aber wenn sie glauben, dass wir oder sogar Terri in Gefahr sind, kann man nicht wissen, wie sie reagieren. Terri muss ja auch öfter alleine im Dunkeln raus und vielleicht befürchten sie, dass sie dann womöglich angegriffen werden könnte." Damit hatte sie irgendwie recht – uns war natürlich klar, dass die Wölfe niemals ohne Grund jemanden angreifen würden, uns nicht und mit Sicherheit Terri auch nicht. Aber ihre Großeltern konnten das nicht wissen und uns war es unmöglich ihnen zu erklären, dass wir tatsächlich Wölfe als Freunde hatten.

Mama tätschelte kurz Lunas Pfote. „Ich kann deine Sorgen vollkommen verstehen, Luna. Aber ist das nicht ganz einfach zu lösen? Du kennst dich hier in der Gegend gut aus und wir haben auch gesehen, dass die Finca von einem schönen Pinienwald umgeben ist. Toran und die anderen müssen doch gar nicht bis ans Tor kommen – sie können ja auf euch im Wald warten und so wird keiner sie sehen können."

Die Erleichterung bei Luna war wirklich pfotengreiflich.

„Ach, danke dir, liebe Haya! Ich kann ihn ja noch vorwarnen! Dass ich nicht selber daran gedacht habe!" Sie lief umgehend in den Garten, setzte sich hin, reckte ihren Hals und heulte los. Ich dachte, dass sie durch ihre Aktion mit Sicherheit die Menschen auf sich aufmerksam machen würde, aber Oma Martha und Opa Gerhard saßen nur gemütlich vor dem Fernseher und beachteten Luna gar nicht.

„Pa-paaa! Pa-paaa!" Na, laut genug war sie. Nach einer Weile hörte ich Toran aus den Bergen antworten. Mir kam es allerdings so vor, als wenn er näher dran wäre als das letzte Mal. Vielleicht waren die Wölfe sofort losgelaufen, als es nun fast dunkel war. Lunas Warnung kam dann wohl in der letzten Sekunde.

„Hieeer Menscheeeen!", heulte Luna aufgeregt. „Im Waaaaald waaaarteeeen!"

„Verstaaaaandeeeen!", hörte ich aus den Bergen.

Nun mussten wir nur noch abwarten, bis die Menschen sich hingelegt hätten und hoffentlich auch schnell einschlafen würden. Obwohl es uns besser ging als bei unserer Ankunft auf der Finca, würden wir trotzdem ziemlich lange für die Strecke bis zur Welpenhalle brauchen. Ich war auch nicht sicher, ob ich es mit meinem Gipsbein schaffen würde, den ganzen Weg schnell genug zu laufen, aber dafür waren ja die Wölfe da. Wenn es sein musste, würden sie mich sicher eine Weile tragen, obwohl schon der Gedanke daran mir peinlich war. Ich seufzte und setzte mich zu Alma hin. Oder besser gesagt zu Alma und Luna, weil Alma auf Lunas Rücken lag, wie fast jeden Tag immer mal wieder. Es war natürlich eine sehr gute Übung und würde garantieren, dass Alma auf jeden Fall nicht herunterfallen würde – nicht bei öffnen der Tore und auch nicht bei den Käfigen. Luna konnte sogar schon aufstehen und laufen mit Alma auf dem Rücken, was den langen Weg für Alma natürlich leicht machte. Luna schien sie kaum auf ihrem breiten Rücken wahrzunehmen.

„Ich denke, dass wir uns bald einfach hinlegen sollten", schlug ich vor. „Wenn wir so tun, als wenn wir schlafen würden, wird Oma Martha uns wohl in Ruhe lassen und glauben, dass alles vollkommen normal ist."

Luna schaute sie an. „Ja, da hast du wohl recht, Arlo. Oma Martha sieht auch schon ziemlich müde aus. Diese Sendung im Fernseher kenne ich – die schauen sie jede Woche an und sie endet wohl gleich. Vielleicht haben wir Glück und sie gehen dann ins Bett." Wir schlenderten zu unserem Korb, in dem Mama und Papa auf uns schon warteten. Condesa legte sich vor dem Korb hin, wobei ich merkte, dass sie leicht zitterte. Die Nerven waren also nicht nur bei mir bis aufs äußerste angespannt, weswegen es wirklich unheimlich schwer war, stillzuhalten und so zu tun, als wenn wir schlafen würden. Wir flüsterten noch eine Weile miteinander und gingen den Plan noch einmal durch – aber keinem fiel dazu etwas Neues ein. Wir waren bereit.

Wie Luna vermutet hatte, schaltete Opa Gerhard gleich nach der Sendung den Fernseher aus und es machte den Eindruck, als wenn sie sich gleich in ihr Schlafzimmer zurückziehen würden. Bevor sie das Licht überall ausschalteten, kam Oma Martha noch vorsichtig zu uns angeschlichen und beobachtete uns alle eine Weile. Alma und ich taten so, als würden wir schon tief und fest schlafen, was auf jeden Fall mir unheimlich schwerfiel – jemandem zu täuschen war ja so gar nicht unsere Art. Ich hielt die Augen so fest geschlossen, wie es nur ging. Nach Almas ruhigem Atmen zu urteilen, war sie anscheinend tatsächlich eingeschlafen. Konnte es sein? Sie musste ja eiserne Nerven haben, wenn sie sich so kurz vor dem Start so gut entspannen konnte. Ich öffnete ein Auge vorsichtig nur einen Spalt breit und schielte zu ihr rüber – sie schlief so fest wie auch sonst immer. Oma Martha streichelte Luna und Condesa noch kurz und ging endlich weg. Opa Gerhard ging noch in den Garten und sogar bis zum zweiten Tor und leuchtete die Gegend mit einer Taschenlampe ab. Es war doch wirklich gut, dass wir Toran vorgewarnt hatten. Endlich gingen sie tatsächlich in ihr Schlafzimmer, aber zu unserem Entsetzen schlossen sie nicht wie üblich ihre Tür. Condesa fing wieder furchtbar zu zittern an. Na prima – das fing ja wieder gut an!

Mama legte ihre Pfote auf Condesas Schulter. „Es wird alles gut gehen, da bin ich sicher, liebe Condesa!" Aha – so sicher wäre ich auch gerne gewesen. „Lass uns uns einfach noch eine Weile ausruhen, wir können eh nicht anfangen, bevor die Menschen nicht tief schlafen." Ja ich hoffte auch, dass sie wirklich tief schliefen und trotz der geöffneten Tür nichts mitbekommen würden. Wir mussten aber auch äußerst vorsichtig und absolut leise sein. Es kam mir wie eine Ewigkeit vor, aber endlich hörten wir leichtes schnarchen aus dem Schlafzimmer. Papa nickte mir zu und ich stupste Alma vorsichtig an.

„Was...", fing sie an, aber ich legte sofort meine Pfote auf ihre Schnauze. „Shhh! Leise sein! Es geht los!"

Wir verabschiedeten uns leise von Mama und Papa und folgten Luna in den Garten. Condesa musste ja warten und den Knopf an der Wand für das zweite Tor drücken, wenn wir soweit wären. Sie hatte gemeint, dass sie selbst es dank ihrer Schnelligkeit schaffen würde, durch das Tor zu flitzen, bevor es sich wieder schloss. Na, das würden wir ja gleich sehen – zur Not müssten wir einfach ohne sie weiter gehen. Alma war nach ihrem Schläfchen wieder voll Tatendrang und hatte anscheinend sehr große Schwierigkeiten sich still zu verhalten. Wenn diese Hampelfigur gegen irgendetwas treten würde, dann könnten wir die ganze Sache gleich vergessen.

„Sei still!", flüsterte ich leise aber mahnend und starrte sie solange an, bis sie sich wirklich beruhigte. „Lass uns zum Tor gehen, Luna wartet dort schon." Für Alma war es eine Leichtigkeit den Weg durch den Garten zu finden, weil sie ja eh immer in Dunkelheit lebte, aber ich selbst musste jetzt höllisch aufpassen, um nicht unnötig Lärm zu machen und um überhaupt das Tor zu finden. Es war aber auch dunkel überall. Zum Glück hatten wir wenigstens ein bisschen Mondlicht, wodurch ich es vermeiden konnte, Alma um Hilfe zu bitten. Schon gleich zu Beginn der Aktion hätte das für mich und für meine Fähigkeiten nicht besonders gut ausgesehen. Ich warf einen Blick zurück und sah Mama und Papa im Dunkeln sitzen und uns nachschauen. Condesa stand bei der Wand, direkt neben dem Knopf.

Für einen Sekundenbruchteil kamen mir große Zweifel, ob das nicht einfach verrückt und sinnlos war, was wir vorhatten, aber da hörte ich schon ein vertrautes und zum Glück kaum wahrnehmbares Klicken: Luna und Alma hatten das erste Tor geöffnet. Ich lief schnell mit ihnen zum zweiten Tor, das sich wie durch Geisterhand leise öffnete – Condesa hatte es geschafft, den Knopf zu drücken! Wir eilten durch das Tor und blieben stehen, aber es dauerte wirklich nur einen winzigen Augenblick, bis Condesa sich zu uns gesellte. Sie war aber wirklich schnell – und auch nicht einmal außer Atem! Als das Tor sich hinter uns schloss, machten wir uns entschlossen auf den Weg zum Pinienwald und hofften, dass Toran dort auf uns wartete.

28. WIR MÜSSEN SOFORT WEG!

Da hatten wir aber wirklich Glück im Unglück gehabt. Wenn wir tatsächlich die Chance gehabt hätten, auf eine trübe und regnerische Nacht zu warten, hätte es für uns ziemlich düster ausgesehen. Zwar wäre die Wahrscheinlichkeit, auf Menschen zu treffen, sehr viel geringer gewesen, aber wir hätten auch selber kaum etwas sehen können. Als wir in den Wald hineinliefen, wurde es durch die Büsche und Bäume noch dunkler und ohne den Mondschein hätten wir auf der Stelle wohl kehrt machen müssen. Es war schon jetzt fast unmöglich, dem kleinen Pfad zu folgen. Hoffentlich war das nur die einzige Schwachstelle in unserem Plan, der doch angeblich so gut durchdacht war.

Plötzlich blieb Luna stehen und horchte. „Papa? Seid ihr da? Ich bin es, Luna!", flüsterte sie.

„Ja wir haben euch schon kommen gehört", sagte Torans Stimme ein paar Meter vor uns. Im nächsten Augenblick sah ich drei Gestalten auf den Pfad treten. Toran erkannte ich gleich, aber neben ihm standen noch zwei Wölfe, die wirklich riesig waren – sicher so groß wie unser Anton, wenn nicht noch größer, und mit wahnsinnigen Muskeln. Ich schluckte und trat vorsichtig einen Schritt zurück und schubste Alma gleichzeitig mit mir, was sie wieder ärgerte. Aber bevor sie loslegen konnte, bat ich sie still zu sein. Condesa stand hinter Luna und zitterte wieder leicht. Na, wir waren aber wirklich schon eine mutige Truppe.

„Ihr braucht keine Angst zu haben", beteuerte Toran. Ich hätte das nicht direkt Angst genannt, aber ich musste zugeben, dass das Gefühl dem recht nahekam. „Wir sind hier, um Euch zu helfen und zu beschützen. Wir werden durch den Wald laufen, was zwar den Weg sehr verkürzt, aber auch beschwerlicher macht. Ich habe meine stärksten Kumpels mitgenommen, falls eine oder einer von euch Kleinen getragen werden muss. Wir haben keine Zeit zu verlieren."

Ich fürchtete, dass er recht behalten sollte – mit meinem Bein würde ich wohl nicht mithalten können.

„Das sind übrigens meine Cousins", stellte Toran die zwei anderen vor. „Sternhold und Steinhold."

War das jetzt sein Ernst? Wer nennt denn seine Kinder so? War das ein Witz? Ich schielte zu Alma und sie stand ebenfalls kurz vor einem Lachanfall. Aber als ich sah, wie finster Sternhold und Steinhold aus dem Fell guckten, warnte ich sie davor, bloß keine Miene zu verziehen. Toran schwieg kurz und schaute uns streng an. „Sie sind übrigens keine direkten Spaßvögel." Das glaubte ich sofort und versuchte so ernsthaft auszusehen, wie ich nur konnte, was wiederum Luna fast zum Lachen gebracht hätte.

Toran schüttelte kurz seinen Kopf. „Ja, ich kann schon verstehen, dass ihr aufgeregt seid. Aber wir müssen nun los." Toran ging vor, Luna und Condesa folgten ihm und die zwei Muskelpakete wollten anscheinend hinter uns gehen. Bevor ich loslaufen konnte, schaute ich mich etwas verblüfft um, weil Alma irgendwie plötzlich verschwunden war. Wie war das nun möglich? Ich wollte schon nach ihr rufen, aber dann hörte ich ihr leises Kichern – sie lag auf Lunas Rücken und schien den Ritt zu genießen. Ich versuchte so gut ich konnte mit den anderen Schritt zu halten, aber als sie an Tempo zulegten und in leichten Trab fielen, musste ich mir meine Niederlage eingestehen. Ohne inne zu halten hob Sternhold oder vielleicht auch Steinhold mich am Nacken hoch und so trugen sie mich abwechselnd durch den dichten Wald. Den Gedanken daran, ob es mir peinlich war oder nicht, wollte ich gar nicht erst zulassen und so konzentrierte ich mich darauf, so wenig zu zappeln wie eben möglich. Wenn man so in einem riesigen Wolfsmaul in der Luft hängt, wird in einem nämlich schon leicht der Fluchtinstinkt geweckt.

Zum Glück und auch zu meiner Überraschung war der Weg gar nicht so lang, wie ich ihn in Erinnerung hatte. Allerdings hatte das Monster uns ja damals mit seinem Wagen zu dieser Klippe gefahren, wo Toran uns dann rettete. Die Welpenhalle musste irgendwie wohl zwischen dieser Klippe und unserer Finca liegen. Hinter den Bäumen konnten wir die Umrisse eines Gebäudes sehen. Toran befahl uns absolute Stille zu bewahren und beobachtete die Umgebung. Mit einem kurzen Kopfnicken schickte er Sternhold und Steinhold los, die lautlos und mit wachen Blicken wohl eine Runde um das Gebäude drehen sollten. Ich trat ein paar Schritte vor, um eine bessere Sicht auf alles zu bekommen, aber Toran legte seine Pfote auf meinen Rücken. Ja, ich bin ja schon still! Ich konnte das Gebäude nun etwas besser sehen und wunderte mich etwas – es war nämlich viel kleiner als ich es in Erinnerung hatte. Das sollte die Welpenhalle sein? Es sah dieser schon ähnlich, aber war sie wirklich so klein gewesen? Das Gebäude war doch kaum größer als der Geräteschuppen im Garten unserer Finca. Na ja doch... vielleicht doppelt so groß, aber trotzdem. Es musste die tagtägliche Angst gewesen sein, wodurch einem alles so übermächtig vorgekommen ist.

In dem Moment als Sternhold und Steinhold zurückkehrten, erkannte ich, dass irgendeine massive Gestalt vor der Halle – oder vor dem Schuppen oder wie auch immer ich es nun nennen sollte - stand. Vielleicht einfach das Horrorhaus. Die Gestalt war jedoch kein Mensch, aber mehr konnte ich nicht erkennen. Alma saß immer noch auf Lunas Rücken und schnüffelte aufgeregt die Luft. „Das sind doch...", fing sie an, aber Sternhold – oder auch Steinhold, ich konnte sie einfach nicht auseinanderhalten – unterbrach sie.

„Soweit alles klar, Toran", flüsterte er. „Keine Menschen zu sehen und auch sonst alles ruhig. Unsere Leute stehen überall bereit und haben nichts Verdächtiges entdeckt. Nur wohl zwei Streuner haben sich hierhin verirrt und stehen da direkt an der Tür. Ein kleiner und ein großer. Sollen wir sie verscheuchen?"

Toran schien etwas verwirrt zu sein. „Wie jetzt... ausgerechnet hier?"

Alma sprang von Lunas Rücken und ohne auf uns anderen zu achten lief sie einfach nach vorne. „Das sind ja Rudi und Anton! Rudi! Anton!" Da erkannte ich auch, dass neben der großen reglosen Gestalt nun etwas viel Kleineres hin und her sprang. Eindeutig Rudi! Sie waren also vor uns schon angetroffen und Anton hatte wohl die Witterung von den Wölfen aufgenommen, weil er so angespannt dort stand. Alma war natürlich schon bei ihnen angelangt, aber bevor sie und Rudi wieder einen fürchterlichen Lärm verursachen konnten, traten die drei Wölfe vor und ließen alle verstummen. Toran gab einen kurzen Bellton von sich und augenblicklich tauchten aus dem Wald um uns herum noch mehr Wölfe auf – viel mehr Wölfe, unzählige Wölfe, jedenfalls mehr als fünf - sie waren wirklich überall. Doch sie standen nur ganz still da und warteten wohl auf Torans Befehle.

„Das sind meine Verwandten, die uns die ganze Zeit geholfen haben. Ich möchte euch allen bitten, euch zu konzentrieren. Wir müssen unheimlich leise sein, damit kein Mensch zufällig auf uns aufmerksam wird." Toran schwieg kurz und nickte zu Anton und Rudi. „Wir können auch keinerlei Überraschungen gebrauchen. Fast hätten wir diese zwei angegriffen und verjagt, weil ich nicht wusste, dass es eure Freunde sind."

Luna guckte etwas verlegen zur Seite und leckte kurz ihre Lippen. „Tut mir leid, ich habe einfach nicht daran gedacht, dir zu sagen, dass Rudi und Anton uns auch helfen wollen. Ich habe aber auch nicht damit gerechnet, dass sie einfach so hier auftauchen, um uns zu helfen."

Anton beugte seinen Kopf kurz. „Wir haben uns zu entschuldigen, verehrter Toran. Rudi und ich konnten einfach nicht mehr tatenlos warten und da wir wussten, dass es diese Nacht losgeht, wollten wir bereit sein." Er stupste etwas vor sich. „Hier – wir haben auch den Korb mitgebracht."

Toran und die anderen Wölfe standen nur da und sahen aus, als hätten sie nichts verstanden. Ich räusperte mich. „Ähm... Anton und Rudi wohnen hier ganz in der Nähe und wir dachten, es wäre einfacher, unsere Freunde auch mit dem Korb wegzutragen, damit alles schneller geht."

Toran nickte. „Ja, das ist keine schlechte Idee, aber natürlich werden wir euch auch beim Tragen helfen. Soweit ich es weiß, sind da eine ordentliche Menge an Freunden da drin. Folgendes – unsere Wächter werden weiterhin in Position bleiben und aufpassen, dass sich kein Mensch nähert. Wenn sie sich aber melden, müssen wir die Aktion abbrechen, egal ob wir alle schon draußen haben oder nicht, weil es sonst viel zu gefährlich für uns wird. Habt ihr das verstanden?"

Obwohl dieser Gedanke keinem von uns gefiel, nickten wir, weil er damit ja recht hatte. Denn wenn ein Mensch sich um diese Zeit dort herumtrieb, dann konnte es sich nur um einen Jäger handeln oder sogar um das Monster, das wegen den Wölfen sicher nicht unbewaffnet war. Aber er dürfte ja nicht vor Ort sein, weil er und seine Frau ja zu dieser Ausstellung fahren wollten.

Toran schien mit uns zufrieden und fuhr fort. „Wir konnten ja einige von euren Freunden schon vor Kurzem retten – als dieser ekelhafte Mann sie zur Klippe gefahren hat." An sie hatte ich gar nicht mehr gedacht, musste ich etwas beschämt zugeben, aber das hatten die anderen ja auch nicht. Sie wollten ja ihre Freunde und vor allem ihre Babys nicht verlassen und die Wölfe hielten sie ja darum noch versteckt.

„Wir werden sie zu euch bringen, wenn wir wissen, wohin. Aber nun seid alle aufmerksam und bitte keine Alleingänge. Die Sicherheit von uns allen hängt davon ab, wie diszipliniert wir vorgehen."

Ich wusste zwar nicht, ob in unserem Plan jemals der Begriff „diszipliniert" vorgekommen war, aber wir würden unser Bestes versuchen. Bei den Wölfen in den Bergen war es sicher wohl noch wichtiger, sich an die Regeln der Gruppe zu halten, als bei uns auf der Finca. Gerade als ich mich noch darüber wunderte, dass wir ja bisher keinen Ton aus dem Horrorhaus gehört hatten, erklang ein fürchterliches Aufjaulen und kurz darauf hörten wir einzelne Hunde beruhigend bellen. Da hatte wohl jemand entweder einen schlimmen Alptraum gehabt oder aber starke Schmerzen – oder wahrscheinlich sogar beides zusammen. Das machte mir erneut deutlich, wie wichtig und dringend unsere Aufgabe war und ich fühlte mich auf einmal wieder zu allem bereit.

Luna stellte sich direkt vor die Tür des Horrorhauses und Alma kletterte wieder auf ihren Rücken. Der Riegel an der Tür sah zwar sehr einfach aus, aber der war ziemlich weit oben angebracht. Ich betrachtete den für einen Moment und flüsterte dann zu Alma. „Du musst dich auf die Hinterpfoten stellen und den Riegel mit deinen Zähnen erfassen. Der ist direkt vor dir." Alma folgte meinen Anweisungen und fand den Riegel sofort. „Nun nach rechts schieben... ja genauso!"

Mit einem leisen Klicken sprang die Tür einen kleinen Spalt weit auf und ich atmete schon erleichtert auf, aber dann hörte ich Winseln und Jaulen von drinnen, was stetig lauter wurde. Wir hatten gar nicht daran gedacht, dass unsere Freunde überhaupt nicht wissen konnten, was geschah und sicher große Angst hatten. Bevor es viel zu laut wurde und sicher alle Menschen innerhalb des ganzen Landes auf uns aufmerksam wurden, musste ich es irgendwie unterbinden. Toran schaute sich schon ziemlich nervös um und die anderen wirkten nur ratlos. Ich zwängte mich durch den kleinen Türspalt nach innen.

„Ich bin es, Arlo!", rief ich so laut ich nur konnte und es wurde augenblicklich still – sie waren wohl vor allem vor

Überraschung verstummt. Ich schaute mich um und musste meinen ganzen Mut und meine ganze Willenskraft zusammennehmen, um nicht auf der Stelle kehrt zu machen und einfach wegzulaufen. In dieses Gebäude wollte ich nie mehr hinein müssen, alle Erinnerungen über die Grausamkeiten überwältigten mich. Als ich dann noch die Angst und die Verzweiflung roch, konnte ich nicht anders – ich musste mich übergeben und war kurz davor, ohnmächtig zu werden. Luna hatte die Tür weiter aufgedrückt und als erster sprang Rudi zu mir.

„Hey Kumpel, einfach ruhig atmen, wir sind alle hier. Lass uns eure Freunde befreien und von hier verschwinden!" Er stupste mich mit seiner Schnauze und ich musste zugeben, dass die Zuversicht in seiner Stimme mich wirklich beruhigte. Rudi schaute sich um. „Das ist aber wirklich düster hier." Genau wie ich es in Erinnerung hatte, gab es zwei Reihen von diesen kleinen Käfigen, die fast den ganzen Platz beanspruchten. An einer Wand stapelten sich die Transportboxen, bereit für die nächste Fahrt. In jedem Käfig saßen mehrere Hunde, die nun still durch die Gitter auf uns schauten. Ich sah aber in ihren Augen keine Freude – nur Verzweiflung und Hoffnungslosigkeit. Sie verstanden wohl gar nicht, dass wir gekommen waren, um sie zu befreien.

Aus dem Käfig ganz unten links hörte ich eine bekannte Stimme meinen Namen flüstern – Tante Rosa! Ich lief zu ihr hin, aber als ich sie sah, blieb ich vor Schreck stehen. Ich hatte sie doch erst vor Kurzem gesehen und da sah sie einigermaßen gesund aus. Nun war sie vollkommen verdreckt und ihre Augen glühten wohl von Fieber. Die vier Welpen, die das Monster uns gezeigt hatte, lagen zusammengekrümmt in einer Ecke.

„Tante Rosa! Was ist mit dir? Bist du krank?" Die unteren Käfige konnte ich ohne Lunas Hilfe gut erreichen und ich zögerte auch keine Sekunde, sondern schob den Riegel beiseite und öffnete die Gitterklappe. Tante Rosa trat hinaus aber konnte sich kaum auf den Beinen halten.

„Arlo! Ihr seid tatsächlich gekommen! Das ist ein Wunder!" Sie gab mir ein leichtes Küsschen, was wohl ihre letzten Kraftreserven verbrauchte, weil sie sich seufzend auf den Betonboden legte. „Ich bin krank geworden, ja – ich glaube, ich habe dieselbe Entzündung wie deine Mutter. Ich habe auch für meine Kinder nicht mehr genug Milch. Der grauenhafte Mann hat gesagt, dass die Welpen morgen früh abgeholt werden und egal ob sie alt oder stark genug sind, ins Ausland verfrachtet werden. Ich hätte sie dann nie mehr wiedergesehen. Können wir wirklich weg von hier?"

Bevor ich antworten konnte, schaute Toran hinein und trieb uns leise an. Alma und Luna öffneten die oberen Käfige, ich machte mich an das Öffnen der unteren dran. Die kleinsten und die schwächsten hob Luna vorsichtig nach unten und bald versammelten sich alle um uns herum und flüsterten ganz aufgeregt miteinander. Die Mütter versuchten ihre kleinen Welpen zu beruhigen, obwohl sie selber auch vor Aufregung und Angst zitterten. Die Väter versuchten allen Kraft zu geben, aber als ich sah, wie sie sich nervös umschauten, verstand ich sie nur zu gut. Wenn das Monster uns so erwischen würde, wären wir alle erledigt. Bei dem Gedanken fiel mir schlagartig ein, was Tante Rosa gesagt hatte. Ich versuchte sie in der Menge auszumachen.

„Tante Rosa – du hast erzählt, dass der grauenhafte Mann gesagt hat, morgen früh soll es losgehen. Wann hat er das gesagt?" Ich starrte sie eindringlich an, obwohl ich wusste, dass es unhöflich war, aber ich brauchte die Antwort sofort. Tante Rosa brauchte anscheinend gar nicht lange zu überlegen. „Als er das letzte Mal alle begutachtet hat – heute Nachmittag."

Das durfte nicht wahr sein! Das Monster sollte doch bei der Ausstellung im Ausland sein. Um sicher zu sein, musste ich seinen Namen nennen. „Du meinst jetzt diesen Rodriguez, oder?" Der letzte Hoffnungsschimmer verschwand als Tante Rosa das bejahte. Ich lief schnell zur Tür und sah Toran abwartend davorstehen.

„Toran! Das Monster, dieser Mann, er ist Zuhause und nicht im Ausland! Er ist hier! Wir müssen sofort weg! Er wird sicher sofort kommen, wenn die Sonne aufgeht!"

Als Toran nach oben blickte, erkannte auch ich, dass der dunkelschwarze Nachthimmel einen deutlichen Grauton angenommen hatte. Es war nicht mehr lange bis zur Morgendämmerung hin. Wir hatten keine Zeit mehr zu verlieren, aber wie ich gleich feststellen musste, hatte Condesa absolut recht gehabt. Unsere Freunde hatten keine Kraft oder keinen Mut, um sich so schnell wie es jetzt notwendig war von diesem grauenhaften Ort zu entfernen. Toran verstand mich ohne Worte und gab wieder einen kurzen Bellton von sich, woraufhin umgehend mehrere Wölfe zu ihm kamen. Sie waren nicht alle so groß wie Steinhold und Sternhold, aber ich war doch sehr beeindruckt von ihrer Größe und Wachsamkeit.

„Wir brauchen jeden, der tragen kann," erklärte Toran ihnen. „Diese Kleinen müssen hier sofort weggebracht werden." Er nickte Anton zu. „Kannst du den Korb tragen, sowas ist uns nicht bekannt? Und uns zeigen, wohin wir gehen müssen?"

Anton hob sofort den Korb auf und trat näher. Ich wusste aber, dass wir noch ein weiteres Problem hatten, weil ich bei der ersten Begegnung mit den Wölfen auch etwas eingeschüchtert gewesen war. Oder schockiert und panisch, wie auch immer. Ich ging wieder in das Horrorhaus hinein und sah Alma und Rudi mit den Welpen spielen. Sie hatten ja echt die Ruhe weg oder vielleicht verstanden sie den Ernst der Lage einfach nicht, aber ein bisschen mehr Disziplin hätte ich auch von denen schon erwartet.

Obwohl ich nichts laut gesagt hatte, schaute Alma mich an. „Ach, dieses ‚Disziplin' scheint dein neues Lieblingswort zu sein, Arlo." Knurr! Erlaubte sie sich wirklich, in diesem wichtigen und gefährlichen Moment noch frech zu werden? Bevor ich sie ordentlich zurechtweisen konnte, kam Luna zu mir. „Alma und Rudi können doch hervorragend die kleinsten beruhigen, meinst du nicht auch?" Ich musste zugeben, dass die Welpen nicht mehr so ängstlich aussahen und dass die Mütter sich dadurch auch beruhigt hatten. Na gut. Aber wir mussten wirklich los.

„Hört mal!", rief ich und wartete, bis alle sich auf mich fokussiert hatten. „Vielleicht kennen mich nicht mehr alle von euch. Ich bin Arlo, der Sohn von Haya und Paison. Das ist meine Schwester Alma und die anderen sind unsere Freunde. Wir sind hier um euch zu retten, aber dafür brauchen wir noch ein paar starke Kumpel. Sie haben uns damals gerettet und werden auch euch helfen. Sie sind Verwandte von unserer Luna hier", ich zeigte mit der Pfote auf sie, „weswegen sie auch aussehen, wie Wölfe, aber in Wahrheit sind sie nur große Hunde." Luna schaute mich etwas verblüfft an, aber sagte zum Glück nichts. „Wir müssen aber jetzt sofort aufbrechen, bevor das Monster zurückkommt!"

Als ich das Monster erwähnte, sah ich die Furcht in den Augen aufleuchten, aber ich spürte gleichzeitig einen richtigen Energieschub. Alle wollten weg von dem Horrorhaus und das wirklich so schnell wie möglich. Die Mütter passten auf, dass ihre Welpen zusammenblieben, die Väter warteten geduldig, bis sie an der Reihe waren. Anton half den ersten Kleinen in den Korb, wartete bis die Wölfe jeweils einen von den anderen Kleinen hochgehoben hatten und trabte dann los. Ich bat Alma und Rudi ihnen zu folgen und den Welpen Gesellschaft zu leisten, wenn sie bei Anton und Rudi zu Hause angekommen waren. Auch Luna und sogar Condesa trugen jeweils einen Welpen.

Toran stand direkt neben mir und beobachtete die Umgebung. Es war aber alles still und friedlich, soweit ich das beurteilen konnte. Es dauerte auch nicht lange, bis Anton mit den anderen zurück und bereit für den Abtransport der zweiten Gruppe war. Er hielt kurz bei Toran und mir an. „Wir werden alle zuerst einmal bei uns im Garten verstecken", sagte er leise. „Wir müssen ja sicher sein, dass uns dort keine Gefahr droht. So leid es mir auch tut, aber ich bin immer noch nicht davon überzeugt, dass unser Mateo nicht etwas mit der Sache zu tun hat. Allerdings wenn Doktor Morales selbst nachher aufsteht, wird er für die Sicherheit von allen garantieren, da bin ich mir sicher."

Ich musste ihm recht geben, keiner von uns glaubte, dass Doktor Morales selbst seine Klinik gefährden würde. Von Mateo waren wir auch noch nicht überzeugt, was noch dadurch bekräftigt wurde, was Anton noch hinzufügte. „Rudi und ich konnten übrigens deshalb schon so früh unbemerkt hierhin kommen, weil Mateo selbst kurz vorher weggefahren ist." Mateo war mitten in der Nacht weggefahren? Genau in der Nacht, an deren Ende unsere Freunde weggebracht werden sollten? Das war doch wirklich sehr verdächtig und anscheinend war Toran auch der Meinung. „Wir müssen uns wirklich beeilen", drängte er. „Unsere Wächter werden sich zwar sofort melden, wenn sie etwas entdecken, aber mir ist bei der ganzen Sache nicht wohl." Als endlich die letzte Gruppe von unseren Freunden und Verwandten das Horrorhaus verlassen konnte und mit ihren Trägern hinter den Bäumen des Pinienwalds verschwand, hellte sich die Nacht schon sehr schnell. Bevor ich zu den anderen aufschließen und mich zuvor noch von Toran verabschieden konnte, hörten wir plötzlich einen Wolf kurz heulen.

„Da kommt jemand!" Toran starrte in die Richtung, wo das Haus von dem Monster stehen musste und zog mich mit sich hinter das Horrorhaus und legte seine riesige Pfote auf meine Schulter. „Sei ganz still, Arlo!" Plötzlich standen auch Steinhold und Sternhold neben uns, die konnten sich aber wirklich leise bewegen. So zwischen drei Wölfen fühlte ich mich zwar ziemlich sicher, aber trotzdem zitterte ich vor Aufregung.

Wir schielten vorsichtig um die Ecke und sahen zwei Menschen mit Taschenlampen direkt auf das Horrorhaus zukommen.

29. KAMPF UM LEBEN UND TOD

Wir zogen uns weiter in die Schatten des Horrorhauses zurück und versuchten absolute Stille zu bewahren. Nicht daran zu denken, wenn einer dieser Menschen, die jetzt schon fast das Horrorhaus erreicht hatten, das Monster war und wenn er dann noch eine Waffe bei sich hatte. Ich fühlte die Anspannung bei den Wölfen jede Sekunde steigen. Ich war nicht sicher, ob sie sich auf eine Flucht oder auf einen Angriff vorbereiteten. Falls sie flüchten würden, würde ich es ihnen wirklich nicht übelnehmen – sie wollten ja eh die Nähe der Menschen meiden und dazu noch würde es mit so einem selbsternannten Jäger sehr gefährlich werden. Ich seufzte, weil mir durchaus klar war, dass meine einzige Möglichkeit darin bestand, mich so still zu verhalten, dass keiner mich entdeckte. Wenn diese Menschen aber gleich sehen würden, dass alle ihre Hunde fort waren, würden sie sicher die ganze Umgebung absuchen und auch mich dann wohl entdecken.

Ich zitterte wieder, aber dann hörte ich die Stimmen der Menschen – es war zwar nur ein leises Flüstern, aber trotzdem war es irgendwie nicht die Stimme des Monsters. Ich wagte noch einen Blick auf die Menschen, die jetzt schon fast an der Tür zum Horrorhaus waren – und jaulte fast vor lauter Erstaunen auf. „Toran!", flüsterte ich aufgeregt. „Das ist dieser Mateo – und unsere Terri!"

„Was? Wie - ?", Toran war genauso verblüfft wie ich. Ich konnte mir nicht erklären, was Terri hier mit Mateo zu suchen hatte. Ich verwarf auch augenblicklich den Verdacht wieder, dass Terri irgendetwas mit den Machenschaften von dem Monster zu tun hatte. Aber Mateo? Was hatte das zu bedeuten? Trotz meiner Aufregung versuchte ich ruhig zu atmen und mich absolut still zu halten. Ich musste herausfinden, was Mateo mit unserer Terri vorhatte. Vielleicht hatte er sie gezwungen, mitzukommen und ihm zu helfen.

Aber wiederum – Terri würde sich sowas nicht gefallen lassen, am allerwenigsten von Mateo. Toran und die Wölfe beobachteten stillschweigend die Lage. Toran müsste eigentlich auch wissen, dass Terri auf unserer Seite stand. Das hoffte ich jedenfalls – ich hatte keine Ahnung, was ich tun könnte, wenn die Wölfe sich doch zum Angriff gezwungen sahen. Aber soweit ich sehen konnte, hatte Mateo keine Waffe bei sich, nur die Taschenlampe.

„Glaubst du es ist hier?", hörte ich Terri flüstern.

„Das wäre auf jeden Fall ziemlich logisch – dieses Grundstück ist ja ein Teil von dem Rodriguez Anwesen und liegt sehr versteckt." Mateo beleuchtete das Horrorhaus mit seiner Taschenlampe. „So ein Schuppen wäre ein fast perfekter Ort. Wir haben ja diesen Pfad von seinem Haus bis hierhin selbst fast nicht gefunden." Also schien Mateo doch nicht der Komplize von Rodriguez zu sein, sonst hätte er keinen zu dem Haus geführt, oder?

Terri schaute sich um. „Ich hoffe wirklich, dass keiner uns hier überrascht. Irgendwie habe ich das Gefühl, dass jemand uns beobachtet."

„Ach was, das sind nur deine Nerven", meinte Mateo ziemlich herablassend. „Die Rodriguez sind doch bei dieser Ausstellung im Ausland, deswegen habe ich ja vorgeschlagen, dass wir uns gerade heute hier umschauen. Wer sollte sonst hier so früh am Morgen etwas zu suchen haben?" Na ja, wenn ich Mateo wäre, wäre ich nicht so selbstsicher. In diesem Augenblick starrten nämlich zahlreiche Wolfsaugen an sie, was Terri sicher spürte. Mateo trat an die Tür. „Die Tür ist ja offen – wie merkwürdig. Lass uns mal reinschauen."

Ich sah die Taschenlampen kurz darauf in dem Horrorhaus aufleuchten und nahm einen unterdrückten Schrei wahr. „Das ist ja furchtbar!" Terris Stimme zitterte merklich. „Siehst du all diese Käfige da an der Wand... alles verdreckt und vergammelt."

Ich hörte, wie Mateo die Käfige inspizierte. „Die sind aber

alle leer. Da waren aber mit Sicherheit noch vor kurzem Hunde hier drin. Merkst du wie frisch dieser Kot in einigen ist?"

„Ja", stimmte Terri zu. „Wie erbärmlich die Hunde haben leben müssen! Die Ärmsten! Hier gibt es ja nur das eine kleine Fenster da oben – also mussten sie nicht nur in dem eigenen Kot in diesen grauenhaften Käfigen dahinvegetieren sondern auch noch fast im Dunkeln." Ich hörte Terri leise weinen. „Und nun sind wir auch zu spät gekommen! Wo sind all diese Armen wohl hingebracht worden?"

„Na wohin denn wohl – ins Ausland," sagte Mateo frustriert. „Ich hätte gerne ein paar Exemplare genauer untersuchen lassen, damit hätte ich beweisen können, dass in unserer Klinik diese Hunde nie behandelt worden sind. Ich muss vor allem dafür sorgen, dass der Ruf unserer Klinik tadellos bleibt."

„Was? Das ist doch nicht dein Ernst, oder?" Na, wenigstens weinte sie nicht mehr. „Du siehst doch dieses Grauen hier und denkst nur an die Klinik? Kannst du dir mal kurz darüber Gedanken machen, wie es für die Tiere hier gewesen sein muss?"

„Reg dich doch wieder ab! Man muss hier nicht panisch herumschreien, sondern einen kühlen Kopf bewahren. Nun tu lieber etwas Nützliches und mache mit deinem Handy ein paar Beweisfotos."

„Erstens bin ich nicht panisch und schreie auch nicht herum." Terris Stimme zitterte wieder aber diesmal wohl vor Wut. „Und zweitens mach doch selber Fotos, ich hab mein Handy ja brav in deinem Auto gelassen. Du wolltest ja vermeiden, dass jemand sich bei mir meldet und das Handy uns verrät."

„Ja hast etwa noch nie davon gehört, dass man ein Handy auch einfach lautlos stellen kann, hm? Meins liegt auch im Auto, weil ich davon ausgegangen bin, dass du deins dabei hast – aber soviel Verstand kann man wohl von einem

Mädchen nicht erwarten."

Terris Antwort hörte ich nicht mehr, weil etwas anderes meine Aufmerksamkeit erregte – ein kurzes Heulen. Terri und Mateo waren anscheinend so in ihrem Streit vertieft, dass sie nichts anderes mehr wahrnahmen. Toran und seine Cousins warteten sehr angespannt ab und bald konnten wir es hören: ein Auto kam näher! Das konnte nur das Monster sein, das nun die Babys unserer Freunde holen wollte! Er wäre sicher nicht erfreut, wenn er Terri und Mateo in dem leeren Horrorhaus vorfindet. Ich überlegte kurz, aber eigentlich war mir sofort klar, dass ich etwas unternehmen musste. Obwohl ich kein besonderer Freund von Menschen war, schuldete ich Terri doch sehr viel. Ich konnte sie einfach nicht in dieser Falle stehen lassen. Bevor Toran mich daran hindern konnte, sprang ich vor und lief laut bellend zur Tür, was endlich die Aufmerksamkeit von Terri und Mateo weckte.

Terri kam von Mateo gefolgt aus dem Horrorhaus. „Dieses Bellen kenne ich doch – aber es kann doch nicht sein..." Sie entdeckte mich und ich lief aufgeregt hin und her. Sie müsste doch in der Lage sein zu verstehen, dass sie mir folgen sollte, bloß weg von dem Schuppen. „Das ist unser Arlo - aber wie um Himmels Willen ist er hierhin gekommen?" Ja überlege bloß nicht zu lange, Mädchen. Du wirst eh nie darauf kommen. Ich bellte noch einmal so laut ich nur konnte und schwieg dann, damit die beiden begreifen konnten, welche Gefahr ihnen drohte. Das Auto sollte gleich nach der letzten Kurve zum Vorschein kommen.

„Da kommt jemand!", bemerkte Mateo endlich.

„Wir müssen uns verstecken! Das ist sicher kein freundlicher Besucher." Terri bewegte sich endlich in meine Richtung und ich wollte nur mit ihr im Wald verschwinden. Aber dieser Angeber Mateo musste wieder den Helden spielen.

„Ich laufe nicht weg. Ich will jetzt ein für alle Mal wissen, wer hinter dieser Sache steckt. Wenn jemand um diese Zeit hierhin fährt, kann es sich nur um den Komplizen von Rodriguez handeln. Ich muss wissen, wer unsere Klinik gefährdet hat!"

Na klar, es ging nur um die Klinik. Bevor Terri sich entscheiden konnte, fuhr das Auto schon vor. Es war ein großer Transporter, genau wie die anderen Fahrzeuge, die immer wieder die Welpen weggebracht hatten. Die Scheinwerfer blendeten uns alle so, dass wir nicht sehen konnten, wer am Steuer saß, aber umso deutlicher konnte derjenige uns erkennen. Ich ahnte nichts Gutes, als die Fahrertür aufflog und jemand schnell heraussprang. Ja – das Monster! Und er kam nicht nur mit schnellen und wütenden Schritten auf uns zu, sondern hielt auch noch ein Gewehr in der Hand!

„Was habt ihr hier zu suchen?", schrie er. „Das ist ein Privatgrundstück!" Als er noch einige Meter entfernt war, hielt er inne. „Euch kenne ich ja – sieh an, Morales Junior und das deutsche Mädchen. Was soll das bedeuten?" Er zielte mit dem Gewehr in unsere Richtung und blickte sich um, wobei er die offene Tür zum Horrorhaus entdeckte. „Was zum Teufel...? Bloß nicht bewegen!" Er schielte kurz durch die Tür.

„Wo sind meine Hunde?" Der eiskalte Zorn in seiner Stimme war nicht zu überhören. Mateo schluckte ein paar Mal.

„Öhm...Señor Rodriguez... ja, von irgendwelchen Hunden wissen wir nichts. Uns ist aber zu Ohren gekommen, dass Sie vielleicht eine größere Zucht haben und wir wollten uns nur dahingehend vergewissern, bevor wir Sie mit irgendwelchen Anfragen belästigen."

Das sollte also eine glaubwürdige Erklärung dafür sein, dass wir alle sozusagen mitten in der Nacht auf seinem Grundstück standen und dazu noch jede Spur von seinen Hunden fehlte? Bevor Terri vielleicht eine bessere Erklärung von sich geben konnte, hörte ich, wie sich die Beifahrertür öffnete. Das Monster war also nicht alleine gekommen. Terri und Mateo schauten in Richtung Auto und ich sah beide erblassen. Da ich etwas hinter Terris Füssen stand, konnte ich nicht sofort sehen, wer da ausgestiegen war. Ich sah zuerst lange Frauenstiefel mit hohen Absätzen und eine große Schaufel, welche die Person anscheinend in der Hand hielt. Aber die Stimme erkannte ich sofort.

„Was labert der wieder für einen Blödsinn", sagte Isabella und trat neben das Monster.

„Isabella... du?", rief Mateo ungläubig. „Du arbeitest mit diesem Rodriguez zusammen! Das glaube ich nicht."

„Du solltest es besser glauben, weil genauso ist es. Denkst du wirklich, dass ich sonst mit dir zusammen wäre – oder besser gesagt, gewesen wäre? Ich habe nur Zugang zu den Klinikunterlagen gebraucht. Und du wirst mit dieser kleinen Schlampe, die nur hinter dir her ist, nicht unser erfolgreiches Geschäft ruinieren. Geschweige denn, dass du tatsächlich glaubst, dir erlauben zu können, mich zu betrügen!" Blitzschnell hob Isabella die Schaufel und lies diese mit voller Wucht auf Mateos Kopf herabsausen, woraufhin er mit einer stark blutenden Kopfwunde zu Boden fiel.

„Nein!" Terri bückte sich zu ihm hinunter und versuchte die Blutung mit ihren bloßen Händen zu stillen.

„Weg da, Schlampe! Es geschieht ihm nur Recht und dir zeige ich auch, wer hier das Sagen hat." Sie hob erneut die Schaufel und holte zum Schlag aus, aber gerade in diesem Augenblick schoss etwas zwischen sie und Terri. Luna! Sie starrte laut knurrend Isabella an und zeigte ihre Zähne mit total angespanntem Körper.

„Los, erschieße doch den blöden Köter, bevor der mich angreift! Sofort, Jose!"

Isabella trat ein paar Schritte zurück und dann geschah alles gleichzeitig. Das Monster legte sein Gewehr an und als er abdrückte, sprang nicht nur Toran gefolgt von Steinhold und Sternhold die beiden von hinten an, sondern auch Terri zwischen das Monster und Luna. Ein Schuss löste sich und Terri schrie vor Schreck auf. Das Monster und Isabella gingen durch den heftigen Stoß der Wölfe beide augenblicklich zu Boden, wobei Rodriguez das Gewehr aus der Hand fallen ließ. Toran schob es weit weg und bellte kurz ein Kommando, woraufhin mehrere Wölfe sich aus dem Wald näherten. Rodriguez rappelte sich auf und lief zurück zum Auto. Der Motor heulte auf und in letzter Sekunde als er gerade zurücksetzte und wegfahren wollte, erreichte Isabella die Beifahrertür und sprang hinein. Die Wölfe liefen ihnen nach und es war gelinde gesagt eine Genugtuung die Furcht in den zwei Menschengesichtern zu sehen. Das Monster gab Gas und raste die kleine Straße hinunter. Wir hörten, wie sich das Motorgeräusch immer weiter entfernte, bis es jedoch plötzlich mit einem furchtbar lauten Knall erstarb. Keinen kümmerte es zunächst, weil es zuerst einmal etwas viel Wichtigeres gab: die Gewehrkugel hatte Terri getroffen!

Mir wurde ganz übel, als ich das viele Blut sah. Terri saß auf der Erde neben Mateo und starrte auf ihr Bein. „Oh nein, ich blute ja!" Sie versuchte sich aufzurichten, aber sie musste vor Schmerzen aufschreien und sich wieder fallen lassen. „Ich kann nicht laufen, ich ..."

Ich sah die kleinen Schweißperlen auf ihrer Stirn und fühlte mich ziemlich hilflos. Mateo lag immer noch bewusstlos und stark blutend da – und Terri konnte sich nicht bewegen. Als sie sich hilfesuchend umschaute, fiel ihr wohl endlich auf, dass nicht nur Luna neben ihr stand, sondern auch einige Wölfe, die sich allerdings langsam wieder in Richtung Wald bewegten. Toran beobachtete die Lage regungslos neben Luna, die Terris Hand leckte. „Luna... wie ... du bist auch hier... ich verstehe das alles nicht. Und das sind doch echte Wölfe!" Sie schauderte kurz. „Sie werden mir wohl nichts tun. Was ist hier nur los?"

Kurz darauf gewann wohl die Neugier bei ihr wieder die

Oberhand und sie betrachtete Toran mit verstohlenem Blick etwas genauer. „Sag mal Luna... ist das vielleicht dein Vater? Der Wolf, mit dem du geheult hast?" Luna leckte noch mal ihre Hand und Toran nickte uns kurz zu, bevor er sich mit seinen Kumpels in den Wald zurückzog. Terri wurde wohl wieder ihrer Situation bewusst.

„Mateo! Oh nein... wir brauchen Hilfe! Er ist sicher in Lebensgefahr! Ich muss die Blutung irgendwie stoppen!"
Sie überlegte kurz und zog dann ihre Jacke und das T-Shirt aus und anschließend die Jacke wieder an. Was sollte das nun werden? Sie gab das eine Ende des T-Shirts an Luna und bat sie zu ziehen, so wie in einem Zerrspiel. Luna verstand wohl auch nicht, was dieses Spielchen in dem Moment sollte, aber gehorchte, wie immer. Bald lag das T-Shirt vor Terri in Fetzen, die versuchte, diese möglichst nicht auf die Erde fallen zu lassen. Jetzt verstand ich es – sie benutzte sie als Verband! Zuerst verband sie hastig ihr eigenes Bein und robbte dann zu Mateo, um sorgfältig seinen Kopf zu verbinden. Endlich hatte sie es geschafft, die Blutung zu stillen, aber Mateo lag weiterhin mit geschlossenen Augen da.

„Er muss ins Krankenhaus! Er braucht dringend ärztliche Hilfe! Mateo! Ich bin hier bei dir!" Terri hörte sich aber wirklich verzweifelt an. Ich war der Meinung, dass auch Terri dringendst ins Krankenhaus müsste, aber wie sollten wir das schaffen? Ohne dass ich etwas gehört hatte, tauchte Condesa plötzlich neben mir auf, weswegen ich unwillkürlich zusammenzuckte. Ich hasste es, wenn jemand sich so an mich heranschlich, aber ich musste zugeben, dass sie doch wahnsinnig schnell und leise war.

Condesa erfasste die ganze Situation mit nur einem Blick. „Toran kam zu uns und hat erzählt, was passiert ist. Er meinte, ich könnte vielleicht am besten helfen. Alma, Rudi und Anton sind auch tief erschüttert, aber wir fanden alle, sie sollten bei den Geretteten bleiben. Alma und Rudi können wunderbar mit den Kleinen umgehen und sie beruhigen und Anton garantiert für ihre Sicherheit. Sie sind ja alle nun zusammen in dem Garten bei Anton und Rudi Zuhause." Sie hielt kurz inne. „Entschuldigung – immer, wenn ich sehr aufgeregt bin, rede ich zu viel." Ja, so kannte ich sie tatsächlich nicht. Endlich bemerkte Terri sie auch.

„Condesa? Wie?" Terri schüttelte ungläubig ihren Kopf. „Ich kann das mir einfach nicht erklären. Aber irgendwie musst ihr hierhin gekommen sein... Condesa, du würdest sicher auch den Weg zurückfinden? Bitte hol Opa und Oma! Bitte Condesa – Oma und Opa!" Terri streichelte kurz über Condesas Kopf, wobei ihre Hände deutliche Blutspuren hinterließen. „Es muss doch Teil deiner Ausbildung als Jagdhündin gewesen sein – deine Spur zurückverfolgen zu können! Bitte – Oma und Opa – lauf bitte zur Finca zurück! Bitte!"

Condesa starrte Terri kurz an, nickte uns zu und verschwand mit solcher Geschwindigkeit, dass ich trotz der Situation nur staunen konnte. Es gab ja natürlich die Möglichkeit, dass sie nur ziellos in dem Pinienwald umherirrte und womöglich sich noch verlief... aber anderseits gab es auch die Möglichkeit, dass sie tatsächlich es schaffen würde, Hilfe zu holen. Allerdings hatte ich so meine Zweifel, falls sie die Finca erreichen würde, ob sie Oma Martha und Opa Gerhard klarmachen konnte, wohin sie kommen sollten. Wenn sie versuchen würden, Condesa zu Fuß zu folgen, würde es zu lange dauern. Ich fürchtete, Mateo blieb so viel Zeit nicht mehr. Schon nach diesen ein paar Minuten schien sein Blut durch den Verband zu sickern und er war immer noch bewusstlos. Nicht dass ich ihn jetzt irgendwie in mein Herz geschlossen hätte, aber da nun feststand, dass er nichts mit dem Monster zu tun gehabt hatte, tat er mir irgendwie doch leid. Terri versuchte den Verband um seinen Kopf noch fester zu binden, aber musste dabei selber vor Schmerzen laut aufstöhnen. Luna und ich schauten uns hilflos an.

„Ich kann hier nicht tatenlos warten", sagte ich ihr. „Condesa ist zwar wirklich schnell, aber ob sie sich dort verständlich machen kann, weiß keiner. Ich muss irgendwo Hilfe finden." Ich schaute Mateo an und da fiel es mir ein. „Wir müssen seinen Vater holen, Doktor Morales! Er ist ja der nächste Mensch hier und hat auch nichts mit dem Monster zu tun."

Luna sah verzweifelt aus. „Klar haben wir an ihn auch gedacht, aber er musste in der Nacht zur Klinik – Rudi hat mitbekommen, dass es einen Notfall gab und er musste zur Operation. Ich weiß nicht, ob er schon zurück ist. Ich will auch Terri hier nicht alleine lassen."

„Ich muss es wenigstens versuchen", sagte ich, drehte mich um und lief so schnell ich konnte in Richtung von Doktor Morales' Haus. Obwohl ich durch den Wald noch nie gelaufen war, konnte ich die Spuren von den anderen riechen und diesen mit Leichtigkeit folgen und innerhalb von einigen Minuten war ich schon in dem Garten, wo ich Alma und die anderen entdeckte.

„Wir müssen einen Menschen finden, wir müssen Hilfe holen!", rief ich ziemlich außer Atem. „Terri und Mateo müssen ins Krankenhaus! Condesa versucht auch zu unserer Finca zu gelangen, aber das kann lange dauern – vielleicht zu lange für Mateo. Wir müssen Doktor Morales finden!"

Anton schüttelte den Kopf und wollte etwas sagen, aber in dem Augenblick hörten wir ein Auto zum Haus fahren. Das musste Doktor Morales sein! Anton nickte. „Rudi – lauf schnell mit Arlo zu ihm, ich muss unsere Freunde hier bewachen und beschützen. Alma kann sie wunderbar beruhigen, bis ihr zurück seid."

Rudi setzte sich sofort in Bewegung und ich folgte ihm. „Wie soll er uns verstehen?", rief ich ihm zu.

Rudi hielt nicht an und warf mir einen Blick zu. „Du solltest dich sehen, Arlo. Du hast überall Blutspritzer. Wenn

Doktor Morales dich sieht, wird er sofort verstehen, dass jemand in Not ist!"

.

30. NOCH EINE ÜBERRASCHUNG

Zwei Tage später saßen wir alle zusammen auf der Terrasse von Finca Assisi und warteten auf den Besuch. Doktor Silva Heising war erst verspätet zurückgeflogen und wollte Condesa nun an diesem Abend abholen. Auch Doktor Morales hatte sich angekündigt und wir hofften, dass er Anton und Rudi mitbringen würde. Terri saß auf dem Sofa und hatte ihr Bein mit dem Verband hochgelegt und streichelte Alma, die es sich auf ihrem Schoß gemütlich gemacht hatte. Ich ließ mir einen Kauknochen schmecken, die bekamen wir nun jeden Tag als Belohnung für unsere gelungene Aktion. Meine Eltern erzählten Luna und Condesa wieder, wie stolz sie auf uns alle waren. Ich verdrehte beim Kauen kurz meine Augen, weil ich sicher war, dass keiner es bald nicht mehr hören konnte. Ich war nur froh, dass wir alles überstanden hatten.

Wie Rudi es vermutet hatte, war es eine Leichtigkeit gewesen, Doktor Morales dazu zu bringen, uns zu folgen. Als wir bei Terri und Mateo gerade eingetroffen waren, hörten wir auch bekannte Stimmen aus der Richtung kommen, wo das Haus von dem Monster stand – Condesa mit Oma Martha und Opa Gerhard! Sie muss unglaublich schnell gewesen sein und an ihrer Stelle wäre ich furchtbar stolz gewesen, aber sie spielte alles nur herunter und meinte, letztendlich wären meine Eltern die wahren Helden gewesen. Als Condesa nämlich zur Finca zurückgekehrt war und ihnen von der Mauer aus zurufen konnte, was passierte war, waren meine Eltern auf die Idee gekommen, den Flyer über uns und Rodriguez aus Terris Zimmer zu holen und den Großeltern zu geben. Obwohl sie vollkommen schlaftrunken und überrascht waren, hatten sie alles sehr schnell verstanden und fuhren umgehend los. Wahrscheinlich hatten auch die Blutspuren, die Terri auf Condesas Kopf hinterlassen hatte, ihre Wirkung nicht verfehlt.

Terri war heute aus dem Krankenhaus entlassen worden, weil ihre Verletzung nicht so schlimm war, obwohl sie sicher diese komischen Krücken noch eine Weile brauchen würde. Allerdings für Mateo würde der Aufenthalt dort im Krankenhaus noch lange dauern – er hatte sehr viel Blut verloren und hatte eine schwere Kopfverletzung, die notoperiert worden war. Er war aber wieder bei Bewusstsein und würde wieder ganz gesund werden. Seit Terri auf der Finca zurück war, hatten diese zwei unzählige Nachrichten hin und her geschickt, wobei Terri immer selig lächelte. Es würde mich nicht wundern, wenn wir von nun an sehr viel mehr von Mateo zu sehen bekämen. Mich würde es nicht mehr stören, ich fand ihn langsam schon in Ordnung und dadurch würden wir vielleicht öfter auch Rudi treffen. Ja – auch ich würde mich auf ihn freuen, nicht nur Alma, die ununterbrochen von unserer Rettungsaktion erzählte und dabei sehr oft Rudi erwähnen musste.

Als bei dem Horrorhaus dann endlich die Krankenwagen und auch die Polizei eingetroffen waren, nutzten Luna und ich den Moment und gingen in den Wald, um Toran, Steinhold und Sternhold sowie den anderen Wölfen zu danken und uns von ihnen zu verabschieden. Bei der Menschenmenge fühlten sie sich eh schon unwohl und waren gerade dabei, sich wieder weiter in die Berge zurückzuziehen. Nur Toran würde weiterhin in der Nähe bleiben, um den Kontakt mit Luna nicht zu verlieren. Er tat mir schon fast leid, weil ich gedacht hatte, dass er ziemlich einsam sein musste, aber er überraschte uns alle und erzählte, dass er durch diese Aktion eine Wölfin kennengelernt hatte und Luna wohl in Zukunft mit Stiefgeschwistern rechnen konnte, was uns alle sehr freute.

Terri hatte allen berichtet, was alles dort oben bei dem Horrorhaus passiert ist und wie Isabella Fernandez mit José Rodriguez zusammengearbeitet und die Klinik betrogen hat. Obwohl sie ganz genau mehrere Wölfe gesehen haben musste, erwähnte sie nur, dass ein wolfsähnlicher großer Hund und natürlich Luna das Monster und diese Isabella verjagt haben. Terri wollte wohl auf keinen Fall, dass irgendwelche Jäger unsere Retter jagen würden, was ich sehr bemerkenswert von ihr fand. Sogar so bemerkenswert, dass ich fast dazu bereit war, irgendwann in der Zukunft ihr zu erlauben, mich auf dem Schoß zu halten – ganz sicher war ich jedoch noch nicht. Man muss es ja auch nicht direkt übertreiben mit Dankbarkeit und so – obwohl das schon gemütlich aussah, wie Alma da bei Terri lag.

Allerdings ist die Geschichte für das Monster und Isabella nicht gut ausgegangen. Die Geschwindigkeit von ihrem Transporter ist wohl viel zu hoch gewesen und in einer Kurve hat das Monster die Kontrolle über das Auto verloren, das sich daraufhin überschlagen hat und in eine Schlucht gestürzt ist. Die Rettungskräfte konnten nur noch die Leichen der beiden bergen. Dass das Monster und seine Helfershelferin letztendlich ihr Ende durch den Sturz von einer Klippe gefunden haben, hat uns mit einer gewissen Genugtuung erfüllt. Ich muss zudem gestehen, dass wir über diese Nachricht keine Tränen vergossen haben, egal ob es uns nun im schlechten Licht dastehen ließ oder nicht. In dem Transporter befanden sich auch zahlreiche Heimtierausweise, die als weitere Beweise für den Betrug beschlagnahmt werden konnten. Das Monster mit seinem grausamen Welpenhandel war erledigt.

Endlich hörten wir, wie sich ein Auto näherte – Doktor Morales! Alma sprang von Terris Schoß herunter und lief zum Tor. Ich folgte ihr und ließ meinen Kauknochen liegen, was sogar mich selbst überraschte. Ich ertappte mich noch bei den Gedanken, dass ich die Reste eigentlich Rudi überlassen könnte, falls er auch mitgekommen sein sollte. Was war nun mit mir los? Hatte ich Fieber oder was? Ich sah Mama mich anlächeln und mir etwas zu zurufen. Was war das? Klang wie „so machen es die Erwachsenen". Na ja, wie auch immer, nach unserem Abenteuer fühlte ich mich schon ein bisschen größer und stärker – na gut, vielleicht nicht gerade größer, aber stärker, - wenigstens innerlich.

„Rudi! Rudi!" Alma trippelte wieder aufgeregt vor dem Tor und konnte kaum warten, dass Doktor Morales endlich die Autotür öffnete und Rudi mit Anton aussteigen ließ. Ich freute mich aber auch ehrlich, dass sie mitgekommen waren, und lief zu Alma. Rudi sprang laut bellend hinaus und es kam mir vor, dass sogar Anton sich nicht so träge bewegte, wie sonst.

Bald liefen wir spielend im Garten herum, außer Anton, der sich zu den anderen auf die Terrasse gesellte und sich seufzend niederließ. „Dieses Autofahren ist aber wirklich ermüdend", hörte ich ihn brummen.

Doktor Morales begrüßte die Großeltern kurz, aber ging dann direkt zu Terri und gab ihr die Hand.

„Ich muss mich nochmals bei Ihnen herzlichst bedanken, Theresa", sagte er. „Ohne Ihre sehr klugen Erste Hilfe Maßnahmen hätte ich meinen Sohn höchstwahrscheinlich verloren. Ich stehe für ewig in Ihrer Schuld."

Terri lächelte breit. „Bitte, Doktor Morales – ich bin nur froh, dass er wieder ganz gesund wird. Und eigentlich waren es ja unsere Hunde, die uns gerettet haben – sonst hätten diese zwei uns wohl umgebracht, weil wir ihre Machenschaften aufgedeckt haben. Und ohne unsere Hunde hätten wir auch niemals Hilfe bekommen. Es wundert mich jedoch so einiges – wie konnten unsere Hunde dort vor Ort sein? Und wo sind diese armen Hunde aus diesem Schuppen geblieben?"

„Ach, haben Sie das noch nicht gehört?" Bevor Doktor Morales weitersprechen konnte, hörten und sahen wir noch ein weiteres Auto auf die Finca zukommen. Das musste nun Doktor Heising sein, was Condesa wohl ganz genau wusste. Sie lächelte leise und wartete geduldig vor der Terrasse. Obwohl Condesa vor ihrer Silva nicht zu großen Gefühlsdemonstrationen neigte, konnte ich deutlich erkennen, dass sie sehr froh und sogar glücklich war. Die Gewissheit darüber, dass ihre Silva nicht die Komplizin von Rodriguez war, war für sie eine enorme Erleichterung. Die Trübheit der letzten Tage war wie weggeblasen. Ich freute mich aufrichtig für sie und wollte ihr das noch sagen, aber da sahen wir, wie Doktor Heising eine Transportbox aus ihrem Auto hob. Was war das nun? Für Condesa war diese Box aber viel zu klein. Als Silva näherkam, sahen wir, dass sich irgendetwas in der Box bewegte. Neugierig liefen wir alle ihr entgegen.

„Immer mit der Ruhe! Lasst mich zuerst einmal durch!", rief sie sichtlich gut gelaunt. Sie blieb sogar kurz bei Condesa stehen und streichelte ihren Kopf. „Na, meine Große – schön dich wiederzusehen!" Condesa wedelte vergnügt mit ihrem Schwanz und ich sah ein ganz neues Leuchten in ihren Augen. „Ich habe uns aus Deutschland etwas mitgebracht, aber seid alle zuerst einmal bitte ganz vorsichtig!" Sie stellte die Box auf die Terrasse. „Nicht alle auf einmal! Vorsichtig!" Sie ließ die Box noch zu und während wir daran schnüffelten und versuchten zu erkunden, wer sich dort drin befand, begrüßte sie die anderen.

Alma, Rudi und ich begriffen es alle gleichzeitig. Alma jaulte vor lauter Freude auf, Rudi hüpfte aufgeregt auf der Stelle und ich versuchte meine Pfote durch die Tür der Box zu stecken, um die zwei Gestalten dort drin zu begrüßen. Es waren Tristan und Isolde! Sie saßen ziemlich eingeschüchtert hinten an der Boxwand, aber als sie auch uns wiedererkannten, war die Freude groß. Wie war das möglich? Sie sollten bei der Ausstellung verkauft werden und nun waren sie hier! Wir sprangen wild um die Box herum und Tristan und Isolde hüpften dort drin so sehr, dass die ganze Box wackelte. Terri kam mit ihren Krücken humpelnd neugierig näher und erkannte wohl die zwei genauso schnell wie wir.

„Aber Frau Doktor Heising – das sind die zwei Ausstellungshunde von diesem Rodriguez! Wie kommen sie nun hierhin?"

„Ich erkläre gleich alles in Ruhe – aber ich glaube, die kleinen Hunde kennen sich bereits. Die anderen sind ja auch sehr gut sozialisiert, sodass ich bedenkenlos die zwei zuerst einmal aus dieser Box befreien kann."

Silva mahnte uns mit einem Blick etwas ruhiger zu werden und öffnete dann die Box, woraufhin Tristan und Isolde überglücklich hinaussprangen. Als ich hinter uns ein überraschtes Schluchzen hörte, das eine Mischung von Unglaube und Glück war, bat ich die anderen etwas aus dem Weg zu gehen und still zu halten. Bei Rudi, Alma und Tristan bedeutete das allerdings nur, dass sie anstatt wild herumzuspringen nun wie drei irre gewordene Eichhörnchen auf der Stelle vor und zurück hüpften, aber das war immerhin besser als nichts. Mama und Papa starrten uns an, Mama schluchzte weiter und kam langsam näher. Keiner von uns hatte in dem ersten Augenblick daran gedacht, dass nicht nur wir Tristan und Isolde kannten – sondern dass sie auch Kinder unserer Eltern waren.

„Ist das wirklich wahr? Unsere Kinder sind zurück! Ich kann das kaum glauben!" Mama hatte deutlich Tränen in den Augen und sie zitterte sogar leicht vor Aufregung. Tristan und Isolde konnten nicht mehr an sich halten, sondern stürmten zu Mama. „Mama! Mama! Ja wir sind es! Mama!" Alle freuten sich so sehr, dass keiner kaum mitbekam, was hinter Mamas Rücken passierte, bis Opa Gerhard plötzlich überrascht aufschrie.

„Schaut mal! Paison!" Alle Blicke richteten sich auf Papa, der nicht nur selbständig stand, sondern auch ein paar wackelige Schritte in unsere Richtung nahm. Papa konnte wieder laufen! Zwar musste er nach den ersten Schritten sich wieder erschöpft hinsetzten, aber das war ein Anfang. Opa Gerhard streichelte Papa ermutigend und zufrieden. „Guter

Junge! Wunderbar! Bald tobst du wieder im Garten wie früher!" Na ja, dahin war sicher noch ein weiter Weg, aber ich freute mich sehr. Allerdings hatte Papa wohl nie in irgendeinem Garten toben dürfen, bei dem Monster mit Sicherheit nicht. Wahrscheinlich konnte er sich in diesem Moment gar nicht vorstellen, wie schön alles noch werden würde.

„Die Hunde scheinen sich wirklich zu kennen", bemerkte Oma Martha. „Diese zwei von dir, Silva, haben aber auch eine verblüffende Ähnlichkeit mit Alma und Arlo. Wenn ich nun Terri richtig verstanden habe, sind das diese Ausstellungshunde von Rodriguez – aber wie sind sie nun hier?"

„Ja, also, das stimmt schon mal, das sind genau diese zwei Hunde", fing Silva Heising an zu erzählen und setzte sich an den Tisch. Oma Martha bot ihr ein Glas Limonade an, das sie dankend annahm und zuerst ein paar Schlucke trank. „Lecker! Ja – zuerst einmal muss ich mich bei euch allen entschuldigen. Mein Alleingang war sicher ziemlich verwirrend, aber ich konnte keinem etwas erzählen, weil ich nicht wusste, wer an der Klinik sich mit diesem Rodriguez zusammengetan hatte. Ich hatte das Ehepaar Rodriguez schon länger im Verdacht und um endlich Beweise zu bekommen, habe ich mich für die Tätigkeit als Mitorganisatorin und Richterin für diese Ausstellung freiwillig gemeldet."

Oma Martha nickte zustimmend. „Ja, da hast du recht, das hat uns etwas irritiert. Es gab eine Zeit, in der wir fast jeden verdächtigen mussten, obwohl wir nicht wirklich glauben konnten, dass jemand von uns Anwesenden etwas mit Rodriguez zu tun hatte. Ich habe von Frau Mittenröder – sie ist eine engagierte deutsche Tierschützerin - ", sagte sie erklärend zu Doktor Morales, „gehört, dass du sie als deine Komplizin bei der Ausstellung gewinnen konntest. Sie wollte aber nichts Genaueres berichten, weil sie vermutete, dass du lieber die Geschichte selber erzählst."

Silva lächelte. „Das stimmt! Es hat uns zwar etwas überrascht, dass nur Frau Rodriguez anwesend war, aber unser Plan hat trotzdem funktioniert. Ich wollte unbedingt diese zwei Hunde von ihnen bekommen, aber es wäre sehr verdächtig gewesen, wenn ich sie offiziell selber gekauft hätte. Also fungierte Frau Mittenröder quasi als mein Strohmann und machte ein so hohes Angebot, dass diese Carla Rodriguez dazu nicht nein sagen konnte."

„Ach ich ahne schon, was du vorhast", sagte Doktor Morales. „Wir können ja leicht in der Klinik durch einen Bluttest feststellen, ob diese Hunde ordnungsgemäß geimpft worden sind – und auch mit Leichtigkeit, ob sie überhaupt einen Erkennungschip haben. Wenn nicht, dann kann man natürlich beweisen, dass diese Heimtierausweise einfach Fälschungen sind."

„Ja, das wäre der letzte noch fehlende Beweis", stimmte Silva ihm zu. „Allerdings konnten wir schon in Deutschland feststellen, dass sie tatsächlich keinen Chip haben. Außerdem hat Mateo mich noch vor meiner Abeise kontaktiert und mir einen Ausweis gezeigt, der von Rodriguez stammte." Terri blickte mich an und nickte unauffällig – unser Ausweis, ja! „Dieser war allerdings gefälscht, zwar sehr gut, aber doch – Mateo hatte nämlich entdeckt, dass jemand versucht hatte, seine Unterschrift nachzumachen. Da er natürlich wusste, dass er es selber nicht war, konnte es nur die Komplizin von Rodriguez gewesen sein – wie wir ja nun wissen, diese Isabella." Silva hielt kurz inne, aber ich konnte bei ihr auch keine Anzeichen von Traurigkeit erkennen.

„Ich konnte nun diesen Ausweis mit denen von Tristan und Isolde vergleichen, die vollkommen identisch waren", fuhr sie fort. „Frau Mittenröder hatte auch mehrere Ausweise von denjenigen sammeln können, die sich von Rodriguez betrogen fühlten. Als wir Carla Rodriguez erzählten, was mit ihrem Mann und Isabella passiert war und sie auch noch mit diesen Ausweisen konfrontierten, wollte sie flüchten, aber da war die Polizei schon schneller. Sie wird wegen Beihilfe zu schwerem Betrug und Urkundenfälschung angeklagt und sie wird höchstwahrscheinlich zu einer Gefängnisstrafe verurteilt. Unsere Laborergebnisse nach der Blutuntersuchung reichen wir noch nach."

Terri hatte sich auf die Terrassenstufen gesetzt und streichelte immer abwechselnd jeden von uns, auch ich ließ es zu, weil es sich ganz angenehm anfühlte. Sie zeigte auf Tristan und Isolde, die neben meinen überglücklichen Eltern saßen und wohl dem Gespräch zuhörten. „Was soll nun mit diesen zwei Süßen passieren? Ich meine, nachdem sie untersucht worden sind – sie müssen nicht irgendwie ins Tierheim oder so?", fragte sie deutlich besorgt.

„Auf keinen Fall", sagte Silva sofort. „Ich habe diese zwei Kleinen wirklich liebgewonnen, sie sind sehr schöne Hunde mit gutem Benehmen, wie meine Condesa auch. Weil ich immer so viel arbeite und weg von Zuhause bin, habe ich oft ein schlechtes Gewissen – ich glaube, dass Condesa vielleicht etwas einsam gewesen ist. Da ich nun sehe, dass sie alle sich hervorragend vertragen, werde ich Tristan und Isolde selber behalten." Nicht nur Terri strahlte, sondern auch Tristan und Isolde und vor allem Condesa – so glücklich hatte ich sie noch nie erlebt. Die Freude bei uns allen wurde noch größer, als wir Silva etwas ergänzen hörten. „Und wenn es euch recht ist, würde ich euch mit allen dreien in Zukunft öfter besuchen. Sie scheinen einiges gemeinsam erlebt und durchgemacht zu haben."

„Ja, das bestimmt!", rief Terri. „Das wäre ja wirklich schön! Aber da fällt mir wieder ein, dass Doktor Morales noch etwas erzählen wollte – was aus den Hunden, die in diesem Schuppen von Rodriguez waren, geworden ist? Sie scheinen etwas darüber zu wissen, oder?"

Oma Martha schaute etwas verdutzt drein. „Ach, das hat dir anscheinend noch keiner gesagt. Aber das kann dir wirklich unser lieber Doktor Morales am besten selbst erzählen. Mich wundert allerdings noch etwas anderes: wie um Himmels Willen sind unsere Hunde dorthin gelangt?"

Alle schwiegen und schauten uns an. Luna schaute vorgeblich völlig unbeteiligt auf die Decke, was absolut auffällig wirkte. Condesa leckte ihre Lippen, weil sie wohl gerne alles erklärt hätte, aber natürlich nicht konnte. Anton hatte seine Augen geschlossen, aber ich wusste, dass er nicht schlief. Wir anderen schlenderten augenscheinlich total unschuldig und unbekümmert in den Garten, sogar Papa benutzte seine Rutsche, um uns folgen zu können. Als ich kurz zurückblickte, sah ich alle Menschen breit lächeln.

„Tja", sagte Terri. „Das wird wohl immer ihr Geheimnis bleiben. Ich weiß nur, dass Mateo und ich ohne sie es nicht geschafft hätten. Für mich sind sie alle die größten Helden auf der Welt."

Alle murmelten etwas Zustimmendes und ich fühlte, wie eine angenehme Wärme in mir aufstieg. Ich war ein großer Held! Erhobenen Kopfes lief ich zu den anderen und gab Rudi sogar die Möglichkeit, als erster mit meinem Ball zu spielen. Wir Helden müssen ja in allen Lebenslagen zusammenhalten! Was würden die Menschen wohl ohne unsereins machen – sie wären ja jeglichen Gefahren völlig hilflos ausgeliefert! Sie konnten sich glücklich schätzen, dass sie solche mutigen Helden um sich hatten! Obwohl ich nichts von dem laut gesagt hatte, räusperte Alma sich und wollte mich wohl bremsen, aber nichts konnte meine gute Laune an diesem Tag trüben! Nichts! Alma sollte ruhig mit Rudi und den anderen spielen, ich lief zurück zu den schutzbedürftigen Menschen auch um zu hören, was Doktor Morales zu erzählen hatte.

„Als ich wusste, dass Mateo außer Lebensgefahr war, fuhr ich ja nach Hause, wo mich noch eine Überraschung wartete. Anton wollte gar nicht ins Haus hinein, sondern bellte im Garten so intensiv, dass ich nach dem Rechten sehen musste. Und da entdeckte ich all diese kleinen Hunde – mir war auch sofort klar, dass es sich um die Hunde von Rodriguez handeln musste."

„Aber wie?", unterbrach Terri ihn. „Wer hat sie denn aus den Käfigen und aus diesem grauenvollen Schuppen befreit? Als Mateo und ich dort ankamen, war ja alles schon leer. Und noch einen anderen Menschen haben wir dort nicht gesehen."

„Ja, es ist mir auch ein Rätsel", fuhr Doktor Morales fort. „Die meisten waren auch zu klein oder zu krank, um sogar so eine relativ kurze Strecke zwischen den Gebäuden laufen zu können. Da ich aber im Garten auch den Korb entdeckte, mit dem Anton Rudi früher herumgetragen hat, habe ich die Vermutung, dass es dort wirklich keinen anderen Menschen gegeben hat."

Oma Martha schaute uns an. „Sie meinen, dass unsere Hunde das gemacht haben? Ja, es gibt tatsächlich nichts was es nicht gibt. Irgendwie haben sie es ja auch geschafft, aus der Finca herauszukommen, durch zwei Tore!"

„Nun, wie auch immer", fuhr Doktor Morales fort. „Nachdem ich aus dem Krankenhaus zurück war – und Mateo gut versorgt wusste – habe ich alle Hunde zuerst einmal ins Haus getragen und vorläufig untersucht. Ich muss sagen, dass ich selten sowas Schlimmes gesehen habe. Es waren zehn Muttertiere, drei Rüden und fast fünfzig Welpen. Alle nicht nur verdreckt und absolut ungepflegt, sondern einige auch sehr krank. Ich werde aber dafür sorgen, dass alle kostenlos in unserer Klinik behandelt werden. Da hat mein Mateo auch sofort zugestimmt."

„Oh, das ist ja wunderbar", seufzte Terri. „Ich wusste, dass er ein gutes Herz hat, ich wusste es einfach!" Als sie die leicht amüsierten Blicke von den anderen sah, wurde sie dunkelrot. „Aber was geschieht nun mit den Armen?" Sie versuchte anscheinend die Aufmerksamkeit von sich abzulenken, aber mich konnte sie damit nicht täuschen – wir würden mit Sicherheit Mateo nun öfter sehen.

Doktor Morales wurde wieder ernst. „Ich habe einige hiesige Tierschützer und Vereine kontaktiert, um Pflegestellen für alle zu finden, bis wir sie verantwortungsvoll in eigene Familien vermitteln können. Ich habe auch sofort sehr viel Unterstützung bekommen und viele Freiwillige helfen sogar in der Klinik, die Kleinen zu versorgen. Es gibt aber einen absoluten Sorgenfall, und da möchte ich Sie fragen, ob Sie uns vielleicht helfen können." Er nickte Oma und Opa zu.

„Wenn wir können, natürlich gern", sagte Opa Gerhard sofort.

„Eine von den Hündinnen hat eine schlimme Entzündung und musste operiert werden, genau wie Ihre Haya hier", erzählte Doktor Morales weiter. „Sie hatte vier Welpen um sich, obwohl zwei von ihnen sicher nicht von ihr sind – aber sie kümmerte sich sehr liebevoll um alle, obwohl sie selbst so krank war. Nun brauchen wir eine Pflegestelle für sie und diese Welpen, bis sie groß genug sind. Sie müssen zurzeit auch noch mit der Flasche gefüttert werden, weil die Hündin sie unmöglich nach der OP stillen kann. Ich dachte, dass Sie vielleicht daran Interesse hätten?"

Wie er das geschildert hatte, konnte es sich nur um Tante Rosa und um ihre Welpen handeln. Ich wollte schon das allen erzählen, aber da hörte ich etwas, was meine Freude augenblicklich zunichtemachte. „Nein, das geht nicht", hörte ich ausgerechnet Oma Martha sagen. „Nein, so eine Pflegestelle ist quatsch." Terri und sogar Opa Gerhard wollten wohl auch ihre Ohren nicht trauen – was sollte das nun?

Aber Oma Martha lächelte breit. „Ich bin mir sicher, dass hier alle damit einverstanden sind, wenn ich sage, dass wir genug Platz und auch die Zeit haben, um uns noch um ein paar weitere kleine Wesen zu kümmern. Wenn Sie die Kleinen uns anvertrauen wollen, Doktor Morales, werden sie hier ihr neues Zuhause für immer bekommen!"

An diesem Abend hätte ich nicht glücklicher sein können. Als die anderen nach Hause gefahren waren, kuschelten wir uns in unserem Korb zusammen und sprachen noch über alles – über unsere grausame Vergangenheit und über unser zukünftiges glückliches und sorgenfreies Leben. Ich wollte noch Alma zuflüstern, wie bereit ich mich für die nächsten Heldentaten fühlte, aber sie war schon eingeschlafen – ihre kleine Pfote auf meine liegend und natürlich auch noch im Schlaf ganz leicht zuckend.